Lucía ZigZag

OS GATOS NEGROS DE LONDRES

TRADUÇÃO
UBK Publishing House

ubook ubk
Publishing House

Publicado mediante acordo com Nova Casa Editorial, Espanha. Edição original do livro, *Los gatos negros de Londres*, publicada por Nova Casa Editorial.

COPIDESQUE Rossana Maurell
REVISÃO William Bastos e Mário Félix
PROJETO GRÁFICO Bruno Santos
ADAPTAÇÃO DE CAPA George Lima
CAPA Daniela Alcalá e Alba Nieto Heredia

Dados Internacionais de Catalogação na Publicação (CIP)
(Câmara Brasileira do Livro, SP, Brasil)

ZigZag, Lucía
Os gatos negros de Londres / Lucía ZigZag ; tradução UBK Publishing House. -- Rio de Janeiro : Ubook Editora, 2019.

Título original: Los gatos negros de Londres.

ISBN 978-85-95556-081-9

1. Ficção espanhola I. Título.

19-28652 CDD-863

Ubook Editora S.A
Av. das Américas, 500, Bloco 12, Salas 303/304,
Barra da Tijuca, Rio de Janeiro/RJ.
Cep.: 22.640-100
Tel.: (21) 3570-8150

Sobre como a sujeira também pode ser poética.

Muito obrigada a Alejandra por suas doses de empirismo. Obrigada a Iara, Álvaro e Alf pelo apoio incondicional.

Em homenagem a Charles Bukowski.

"Se você quer escrever sobre seres humanos, tenha um gato em casa."
Aldous Huxley

1

OS RECANTOS PARA OS GATOS E AS ESQUINAS PARA OS BELOS

Porra, que beleza! Que pinceladas preguiçosas e aleatórias! Parecem ter sido feitas por uma mão balançando ao som de uma música caprichosa. No entanto, se fossem, não produziriam um resultado melhor. Alguns golpes são mais grossos, mais poderosos, como se Velázquez tivesse sangrado aquela porção de tinta e a tivesse espalhado precisamente para que eu olhasse para ela quatro séculos depois. Não é de admirar que a *Vênus ao espelho* seja a maior joia do museu. Que perfeição inegável! Que sensações únicas! Que vontade de me deixar sangrar em uma tela também!

Uma amiga me disse uma vez que a inspiração é como um orgasmo: ela entra, devasta tudo em seu caminho e sai pela porta dos fundos, deixando você tremendo e vulnerável, como um cordeiro. Eu acho que ela está certa. Neste momento até a menor gota de chuva poderia me derrubar.

E cada linha é tão real, tão expressiva. Mesmo aquelas fugazes, que indicam que o pintor se enganou e que tentou se corrigir, não importando que o resultado ficasse visível aos olhos de outro artista. Eu me vejo refletido nele, no espelho de Vênus, nas dobras da cama, no brilho do quadril do anjo. E sinto que a admiração que lhe dedico gera tanto ciúme que só eu quero poder admirá-lo. Eu o quero só para mim e que ninguém mais o veja.

— Ei, garoto! Vamos fechar o museu. Dirija-se à saída, por favor.

O guarda interrompeu meu devaneio com a voz cansada de um trabalhador que não havia parado de olhar para o relógio nos últimos cinco minutos do expediente.

Mas eu não estava com pressa. Nenhum desejo de me mudar deste paraíso pictórico para um quarto com paredes manchadas. Então eu caminhei em direção à saída pelo caminho mais longo, tentando prolongar essa morte tão viva que me levava através dos quadros da Galeria Nacional, que me honrava com a presença de obras como *Girassóis*, de Van Gogh. Ao passar por ele, fui atacado por um desejo incontrolável de tocá-lo e ver se ele era tão áspero quanto parecia ser, mas o guarda estava me seguindo de perto e eu fui obrigado a me conter.

O fato é que a arte não pode ser sentida. Os endinheirados bem-vestidos acreditam que a beleza só é admirada por trás de um cordão de veludo, que não há como apreciar um quadro usando a ponta dos dedos.

De repente, algo perturbou a sequência mental dos quadros a que eu estava acostumado: um horrível espaço em branco, ali onde a *Santa Margarida da Antioquia*, de Zurbarán, sempre estivera. Foi tão grande o meu incômodo que eu não pude evitar: parei meus passos para ver por que eles haviam movido a pintura. No centro da moldura vazia havia uma pequena inscrição provisória: "*Napoleão cruzando os Alpes*, de Jacques-Louis David, coleção do Palácio de Versalhes. Exposição temporária: treze de novembro."

O que era aquilo em meu peito que ecoava como alto-falantes conectados a trilhos de trem? Apalpei-o com cuidado, a camisa por cima da mão, como teria feito com o *Girassóis*, e senti as vibrações do meu coração, pensando que, dentro de poucos dias, eu teria à minha disposição uma joia maior que um tesouro. Uma imagem única e incomum do grande David, que eu, por causa da minha baixa posição econômica, só podia ver em Londres graças aos intercâmbios feitos pela Galeria Nacional com outros museus. Às vezes eu pensava que tinha a síndrome de Stendhal, aquele estranho afeto que ninguém nunca ouviu falar, que consiste em sentir tontura e taquicardia quando você se cerca de obras de arte. Mas, no final, cheguei à conclusão de que não, que o que eu realmente queria era ter os quadros.

Eles podem dizer que jovens de vinte anos não têm cultura, que só pensamos em beber e foder. Eu, que naquele momento deveria estar mexendo meus pauzinhos para ganhar alguns trocados, tinha novamente passado o dia trancado naquele paraíso pessoal. Ainda bem que era grátis. Ouvi dizer que em alguns países aproveitadores cobravam pela entrada em museus. Eu nem sei como eles conseguiam colocar um preço na arte.

Mas como não cair em suas armadilhas? Os paraísos estão aí para serem desejados, amados em silêncio. E quando percebemos que, às vezes, eles não estão tão longe quanto pensamos, podemos enlouquecer.

Finalmente cheguei às ruas acinzentadas de Londres, cujo ar fresco e carregado indicava que chovera alguns minutos antes. A Trafalgar Square parecia querer me confundir com seu chão espelhado e seu vento invisível. O estático almirante Nelson estava ereto em sua coluna de pedra, como um felino, me observando ir em direção ao metrô que me levaria para casa.

Não demorou muito para que eu percebesse que um carro estava me seguindo. Eu mantive a calma, com indiferença. *Acalme-se rapaz. Tenho certeza de que é a sua imaginação e o carro tem essa velocidade ridícula porque vai parar no semáforo*, pensei. Mas não, era absurdamente óbvio que ele estava me seguindo. Na verdade, ele logo parou ao meu lado, depois de dois patéticos minutos em que o motorista e eu sabíamos que estávamos vigiando um ao outro.

— Ei... eu te conheço! — exclamou um homem de aproximadamente quarenta anos, enquanto abaixava a janela.

Seus olhos estavam escondidos atrás de óculos escuros, o que me impedia de perceber as suas intenções, como eu costumava fazer quando me relacionava com estranhos.

— Duvido.

— Ah, não! Você é Hayden Rothem, o viado que trabalha no Leviathan. Consegui seu verdadeiro nome com um bêbado.

Desviei o olhar com resignação, mas sem dar àquele porco nenhuma pista de estar certo. Não me lembrava, mas, se o tinha conhecido nas entranhas do Leviathan, quase preferia não me lembrar.

O Leviathan era um pub noturno no Soho, o bairro mais sórdido e polêmico de Londres, por causa de suas tendências eróticas e homossexuais. Famoso entre os turistas por hospedar a Chinatown inglesa; famoso entre os conterrâneos por proporcionar longas noites de festa. Com sua fachada inocente, ele atraía todos os fedelhos que tinham acabado de completar dezoito anos, a um preço que não os faria se lamentar com seus pais com muita frequência, oferecendo boate e frenesi até altas horas da madrugada. Bem escondido, para os mais ousados, aquele lugar era um antro de sexo e drogas de todos os tipos. Um enorme cão preso à coleira de uma mulher de personalidade forte chamada Leona Walker. Leona tinha um faro especial para negócios e um talento natural em alugar espaços privativos, colocando à disposição do cliente uma ampla variedade de garrafas, quatro horas de esquecimento e uma subordinada que aquecesse a cama. Se também quisessem alguma substância que alterasse a consciência, teriam que procurá-la por conta própria, embora não fosse uma tarefa muito difícil. O lugar em si abrigava opções para todos os gostos.

— O que você estava fazendo no museu a essa hora? Algum trabalhinho para os guardas escondido no almoxarifado?

O tom de voz depreciativo e seu riso em seguida me deram vontade de dar um murro em sua boca, mas, pensando bem, sua ideia não era tão estranha quanto parecia. E isso me doeu. *Acalme-se, Hayden. Reúna os cacos de dignidade que lhe restam e diga que...*

— Não é da sua conta. Quer alguma coisa ou posso ir?

— Até um segundo atrás, não, mas você me fez parecer um idiota ao te reconhecer. Você é um dos *underdogs* da Leona, não é?

— Eu sou o Gato Negro — confirmei, sem saber por que tinha dito isso com traços de orgulho.

— Eu sabia! Diga-me, viado... Quanto custa um completo?

— Noventa libras — respondi, com uma expressão neutra que mascarava minha derrota. — E eu não faço em carros.

— Espere. Você não é mais do que um moleque e cobra mais do que três prostitutas do meu bairro?

— Eu tenho um seguro e um lugar para fazer isso. A Leona oferece aos clientes profissionalismo, privacidade e um protocolo de higiene impecável com os seus trabalhadores, mas, acima de tudo, um serviço em que confiar. Com a gente você não vai encontrar percevejos no colchão ou um bisbilhoteiro debaixo da cama. E isso tem um preço. Eu sei quanto o mercado cobra, mas quando o serviço é tão amplo quanto este, o preço é posto por si mesmo. É pegar ou largar.

Omiti a parte em que esclarecia que um menino beirando a maioridade valia mais do que todas as velhas prostitutas de uma rua, e ainda mais quando o menino sabia fazer as mesmas peripécias que elas. Qualidade atestada por dezenas de homens e mulheres.

E como o tempo vale mais que noventa libras, eu me virei para continuar o meu caminho. Mas o homem acelerou para ficar ao meu lado novamente. Isso cheirava a desespero.

— Ei, espere, espere. Você não pode me deixar como eu estou agora.

— Posso, sim… Se não houver dinheiro envolvido — respondi, desdenhosamente.

— Ah! Mas há, sim, há, sim! Vamos lá, apenas me alivie com esse pequeno problema, só isso. Eu não posso ficar mais tempo também. Minha esposa… — ele parecia se envenenar com a verdade de suas próprias palavras — minha esposa está esperando por mim em casa, fazendo o jantar. Vai se preocupar se eu demorar muito.

— Então são trinta libras e repito que não faço em carros. No Leviathan existem salas para…

— Não tenho tempo para ir lá, porra! Venha, viado, seja bonzinho. Eu te dou quarenta e você termina aqui e agora. — Vendo minha expressão receosa, ele acrescentou: — Eu não vou sequestrar você, cara. Eu já tenho quatro bocas para alimentar. Por que eu iria querer mais uma?

Hipnotizado pelas notas que ele me mostrou pela janela, acabei suspirando e entrei no carro pelo banco do passageiro.

Então pude observar melhor o homem: ele era robusto, cheirava a álcool barato e sua barba crescia como um jardim de urtigas. Suas grandes olheiras indicavam que provavelmente tinha uma vida bastante sacrificada por causa do trabalho, mas, com exceção disso, não havia mais nada que se poderia deduzir. Em parte porque ele ainda não tinha tirado os óculos.

Seu pau surgiu movimentando-se em todas as direções, apertado por suas calças e lutando para ser liberado o mais rápido possível. E como bons cães obedecem a seus mestres, eu segui a direção que sua mão indicava, empurrando a nuca para a braguilha e me obrigando a relaxar os dentes. Eu tive que fazer um grande esforço para reter as ânsias que faziam minha garganta encolher. O pau dele estava quente e pulsando como um rato recém-nascido.

Nunca superaria o fato de ser usado como um trapo velho, e nenhum homem que habite este terrível planeta deveria fazê-lo. Quem não odiaria os velhos trapos depois disso? Decidi projetar minha mente em direção à bela Vênus de Velázquez para não vomitar ali mesmo.

Quão bela era a musa, esparramada em seus lençóis de linho e exibindo uma nudez digna da observação de um anjo. Assim, olhando no espelho com expressão sedutora e desfrutando de uma inocência e asseio que tanto diferia do erotismo que eu conhecia... tão diferente do meu mundo. Talvez fosse por isso que eu a admirava. Essa capacidade que os seres humanos têm de querer o que eles não têm.

Depois de alguns grunhidos mais típicos de um porco do que de um homem, o estranho apertou o rato recém-nascido antes de me deixar respirar, enquanto *Girassóis*, de Van Gogh, e o autorretrato de Rembrandt me mantiveram são e ausente dessa realidade pútrida. Eu não podia escapar de um ato que tinha sido tão bem pago, então eu fiz o melhor que podia fazer: fugir da realidade com uma expressão indiferente. Eu gostaria de poder me comportar como um velho trapo naquele momento. Verdadeiros trapos velhos que não podem sentir nada!

Depois eu tive que aguentar elogios e baixarias, enquanto cuspia na calçada e lavava a boca com água, apressando-me para obter o dinheiro e ir para casa. Quando o homem se inclinou sobre mim para me dar um beijo de despedida, eu virei o rosto levianamente, deixando claro que o dinheiro tinha quebrado a distância por alguns minutos e apenas por esses minutos.

— Onde posso te encontrar na próxima vez, viado? — perguntou o estranho, com uma expressão depravada, da janela.

Assim sempre foram meus relacionamentos: eu, um famoso por quem todos perguntavam, pertencendo temporariamente a estranhos sem rosto, de quem nunca tinha ouvido falar em minha vida. No fim, não era muito diferente de um quadro para admirar em um museu, embora alguns pobres resquícios de pensamento ainda estivessem tentando me convencer de que... Ei, Hayden! Aqui ninguém é mercadoria! Mas era quase melhor ser uma e parar de me atormentar com a pergunta, já que uma mercadoria não precisa se questionar sobre nada.

Sem dizer uma palavra, entreguei-lhe um cartão com um gato negro e alguns números de telefone. Então saí de lá.

Esse foi um dia de sorte, embora minha expressão vazia refletisse o contrário. Eu tinha mais quarenta pratas no bolso e só precisava decidir com o que gastar.

Cada libra ganha sob o nome Gato Negro deve ser declarada a Leona, que levava 80% do lucro e, em troca, nos fornecia um lugar para dormir e comida quente. Com isso, Leona se tornou uma importante salvadora de jovens gatos vadios, que ela chamava de *underdogs*, desde que tivessem menos de 25 anos de idade e fossem saudáveis. Ela não aceitava outro tipo de categoria, e essa exigência fez do Leviathan um dos pubs favoritos das pessoas que procuravam companhia. Filantropia? Não. Ela preferia chamar de "golpe de Estado de amor". A única coisa que você tinha que fazer para permanecer no barco era fornecer um lucro mínimo mensal e fingir um caráter dócil.

O Gato Negro não teve problemas em alcançar essas exigências todo mês, e embora você pudesse obter certos privilégios no Leviathan, se você fosse mais rentável do que o resto, a maioria dos trabalhadores preferia esconder o excedente de Leona. Isso se traduzia em mais drogas, comida e álcool do que o pub normalmente oferecia.

Mas eu não vivia apenas do Leviathan: o que me diferenciava do resto era o talento que eu tinha para pintar e, mais importante ainda, para conseguir dinheiro com isso. Eu era um mestre. Não um grande mestre, mas minha habilidade variava entre falsificar quadros mediamente famosos e desenhar retratos para vendê-los. Por isso em cada trabalho eu lidava de um jeito: no primeiro, lutava para que ninguém soubesse o meu nome, e no segundo lutava para que todos o atribuíssem à minha arte. Por três anos, velhos historiadores corruptos e fãs de obras de arte vinham perguntar por mim; eles me mostravam uma foto da pintura que queriam copiar e voltavam depois de um tempo. Dava-lhes a falsificação e eles me pagavam um dinheiro que não equivalia, nem remotamente, ao que valia o trabalho original que eles supostamente estavam vendendo. Eu era o elo menor da cadeia, o garoto tailandês que costura sapatos no porão de uma multinacional. Assim, cobriam o risco de que a falsificação se deparasse com um comprador que conhecia muito bem o assunto e fossem pegos. Se isso acontecesse, eu não queria saber de nada. Eram acordos esporádicos, que só aconteciam algumas vezes por ano, mas eu sabia que estava fazendo um bom trabalho, porque alguns dos meus contatos sempre voltavam.

Fazer trabalhos de rua e projetos temporários consumia meu dinheiro na mesma medida em que o recebia, mas infelizmente nem sempre os serviços eram constantes. Os materiais para falsificação também não eram exatamente baratos. Evitando esse tipo de altos e baixos, eu me considerava orgulhosamente dono do território da Trafalgar Square e de outras grandes telas, embora nem sempre valesse a pena o esforço pela recompensa. E, além disso, mendigar me caía muito bem. Quem não daria dinheiro a um menino de vinte anos que precisara se prostituir quando seus pais o expulsaram de casa? O mais triste foi que eu poderia mendigar com a minha história verdadeira, mas eu já estava acostumado a tirar proveito de uma situação tão deprimente quanto a minha. Era o único lado positivo, porque você tem que lembrar que todas as merdas têm um lado com menos moscas.

Gato Negro era noturno, efetivo, silencioso, frio com qualquer um e ardente com quem pagava, um sobrevivente do ambiente estridente e cheio de fumaça. Hayden Rothem, por outro lado, era diurno, sonolento, inteligente e seduzido pela pintura. Um cara distante e ousado, que descansava durante o dia para poder dar durante a noite.

Desci as escadas que levavam ao metrô de Westminster, passando pela roleta obedientemente e encontrando a multidão que vinha da Galeria Nacional. Não se deve ignorar o controle de bilhete aqui, porque as multas chegam a cem libras e a um julgamento. O trem chegou imediatamente. "Observe o espaço entre o trem e a plataforma", gritou uma voz feminina através de um alto-falante. O vagão cheirava a suor, o que me causou repulsa. A atmosfera de silêncio e peso me deu a ideia de pedir dinheiro ali mesmo, para todos aqueles trabalhadores e idosos que voltavam para casa com as bolsas cheias depois de uma dura sexta-feira.

— Senhores, por favor... Sou órfão desde os seis anos, moro na rua, minha avó está muito doente e não posso pagar uma passagem de avião para o País de Gales. Se puderem fazer a caridade de me ajudar... — Eu gemia, com voz triste e hipócrita, andando pelo vagão com cara de cachorro que acabou de cair de um caminhão.

Tantos anos de prática me ensinaram que algumas histórias funcionavam melhor do que outras, e dependiam do que eu parecia naquele momento e do tipo de pessoa que estava me ouvindo. Não era aconselhável pedir no mesmo lugar muitas vezes, porque sempre havia um implicante que te reconhecia e acabava te chamando de falsário ou enganador.

— Pegue, querido. Boa sorte — sussurrou uma mulher, entregando-me uma nota de cinco libras.

Alguns homens e mulheres idosos caíram no truque também, me dando cerca de dez libras em troca. Mas o show acabou quando um dos guardas da estação de Victoria entrou no trem.

Veja só! Então você mora na rua desde os seis anos, mas tem dinheiro para pagar o bilhete que tem na mão, hein? — gritou o guarda, aproximando-se de mim e tentando agarrar meu braço. Por sorte, consegui sair do vagão antes que as portas se fechassem, deixando o policial para trás, socando o vidro.

— Maldito drogado! É bom eu não ver você por aqui pedindo esmolas de novo! — A voz desapareceu pelo túnel. Coloquei minhas mãos nos bolsos e saí da estação com calma, mas fiquei com a expressão da senhora que me deu o dinheiro gravada no meu subconsciente.

Ultimamente Londres estava transbordando de guardas, já que fazia parte da política pró-turismo planejada pelo Ministério. Se dependesse deles, nos deixariam vagar livremente, tirando o dinheiro dos turistas. Mas esse novo modelo de limpeza, que se tornou moda na União Europeia, os obrigou a vigiar as áreas mais famosas da cidade para limpar sua imagem. E isso se traduzia em esconder todos os mendigos e prostitutas de olhos estrangeiros. Era como colocar a sujeira debaixo do tapete.

Já que eu não poderia aparecer em Victoria por um tempo, eu me desviei do meu destino e peguei um segundo trem, na mesma linha, para Highbury e Islington. A viagem transcorreu tranquila e sem brigas. Eu poderia até mendigar novamente àquelas pessoas diferentes, mas não o fiz por pura preguiça e decadência. Quando cheguei à estação, voltei a trocar de trem, para o meu objetivo final: Hackney.

Hackney era um dos bairros mais problemáticos de Londres. Misturava o antigo e o moderno em um caldeirão multiétnico, onde os preconceitos culturais eram esquecidos na gaveta, junto com o estereótipo do inglês esguio, que bebe chá às cinco da tarde. Mas isso nem sempre foi tão sublime quanto parecia. Os hispânicos tiveram disputas com os indianos; os indianos tinham rixas com os muçulmanos; os muçulmanos com os chineses e, finalmente, todos com todos. O fenômeno da "mente aberta" acolheu qualquer estilo, uma vez que abrigava qualquer tipo de atrocidade nas áreas mais escuras de Londres. Lugares como estes só eram frequentados por ratos, e se um rato branco ousasse entrar ali, poderia acontecer duas coisas: seria devorado ou se tornaria outro rato.

Não me entenda mal. Londres é uma das cidades mais seguras que existem, mas todas as salas brancas têm seus cantos de poeira. Pode-se dizer que até os crimes cometidos aqui são mais elegantes e limpos que os de outras cidades do mundo – quase como os pombos. Os pombos de Londres, que você via comendo merda do chão, pareciam ter mais modos do que os pássaros que estão em outros lugares. Ou pelo menos não lhes faltavam tantos dedos.

O resto do caminho passou quase sem eu perceber, como se alguma força divina me afastasse da existência e guiasse meus passos automaticamente. E mesmo assim me vi diante da entrada gasta do portal, com a sensação de ter me teletransportado e uma vaga lembrança das calçadas cheias de goma de mascar. Tão diferente do chão limpo que existia sob a London Eye.

— Sim? — uma voz enlatada estalou pelo interfone.

— Abra, River. Eu não tenho as chaves — respondi, através da grade.

A porta se abriu com um som metálico, exigindo todos os meus esforços para empurrá-la e superar as dobradiças enferrujadas. Como o elevador não funcionava, eu tive que subir as escadas daquele apartamento de aluguel em ruínas e cinzas. Nove andares. Tão diferente dos andares vitorianos no centro de Londres.

Todos os *underdogs* tinham um lugar para morar dentro do Leviathan, e essa era uma das coisas que levava os jovens sem-teto a aceitar a proposta de

Leona. Mas não perdíamos muito tempo, porque assim que acumulávamos um pouco de dinheiro e status no pub, podíamos nos permitir viver de aluguel com outros *underdogs*. E, na verdade, nós preferíamos isso. Estar longe de Leviathan por algumas horas era, a longo prazo, bastante libertador psicologicamente. E se você não tinha dinheiro suficiente para alugar um quarto, era possível fazer como outros *underdogs* e ir morar em um local ocupado. Tudo para ter o seu próprio espaço e ficar longe do Leviathan.

A casa não estava mal dentro do que se podia esperar: o chão de madeira estava enegrecido pela umidade e rangia a cada passo que se dava, mas impedia que seus pés congelassem no inverno. O metal sujo da pia competia com a sujeira da geladeira, que zumbia a todas as horas do dia. Uma lâmpada pendurada saía de um buraco no teto. Havia também boas janelas, que nos ajudavam a respirar. Porque era disso que precisávamos: respirar. Até o porão estava ocupado por outros *underdogs*.

Cheguei ao nono andar com a língua para fora, enquanto River saía para me encontrar. Ele era baixo e seu cabelo estava desgrenhado. Seu corpo era desajeitado e seus pés estavam descalços e negros. Ele estava segurando uma perna enquanto coçava sua panturrilha com a outra. A única coisa que o salvava em sua aparência eram seus profundos olhos azuis. Ele era totalmente diferente dos jovens ingleses que estudavam na Universidade de Oxford, mas, por aqueles olhos azuis, podia se esquecer de todo o resto. Essa era a vantagem que ele tinha como underdog de Leona.

— Hayden! Da próxima vez, por favor, leve as chaves. Porra, eu quase me matei no corredor. E olha que eu sou o melhor dos seis.

Seus olhos de safira estavam impregnados de uma cor vermelha doentia, mas foi o cheiro que senti assim que entrei que confirmou que todos estavam em casa.

— Você começou cedo desta vez. Não são nem dez.

Um enorme vira-latas com pelos desgrenhados veio até mim, com aquela alegria característica dos cachorros. Kaiser emitiu um único latido e passeou entre as minhas pernas até que eu o cumprimentei com uma carícia. Tão diferente dos cães com pelo lustroso e coleiras curtas que andavam em torno do Big Ben.

Agarrando River pelo braço para que ele não ficasse tonto, levei-o pelo corredor até o quarto do qual uma nuvem de fumaça branca escapava. A visão daquelas pessoas deitadas no chão e mergulhadas em um transe profundo me causou um sentimento de desagrado que eu não sabia expressar porque estava acostumado demais a isso.

Tinham idades entre dezesseis e trinta anos e todos eram underdogs de Leona: secundários, perdedores, fracassados e derrotados da vida; belezas estragadas por circunstâncias muito violentas. O mais distante, Bengala, era um gigantesco nigeriano que permanecia encolhido com claros sintomas de tontura. Dean estava encostado em um canto e olhando para a janela. Ele era um veterano no Leviathan. Tinha o apelido de Tigre, um dos poucos trintões que Leona preservou. À direita, estava o próprio Cherry, o extraordinário sexopata de dezesseis anos. Cherry gostava tanto de seu apelido que se esquecera de seu nome verdadeiro. Liu estava curvado no chão, virado para baixo junto à porta, mas o cabelo preto e o braço coberto de tatuagens o tornavam inconfundível. O rapaz asiático tinha chegado ao Leviathan aos 21 anos e ganhara o nome de Dragão por causa de seu calor. Quando queria, claro.

E, finalmente, havia Eileen, uma jovem baixinha e doce, que tinha uma inquietante semelhança com Audrey Hepburn e que foi apelidada de Colibri no Leviathan. Ela veio morar conosco quando se tornou namorada de um underdog chamado Cachorro Molhado, a quem todos chamamos River aqui.

O cheiro de maconha havia se tornado insuportável. Fui forçado a abrir as janelas.

— Prove, Hayden. Veja como é bom — interveio Eileen, acordando de sua letargia e me estendendo o beck que estava entre seus dedos.

Eu dei uns tapas, sentindo a fumaça entrar em meus pulmões e coçar a minha garganta de maneira agradável. Quando os músculos começaram a pesar, travei e guardei, aproximando-me da janela sem pressa alguma. O céu havia escurecido, turvo, triste. Tão típico de Londres. Às vezes o céu era a única coisa que poderia lembrá-lo de que você morava na mesma cidade que todos aqueles senhores de fraque, embora houvesse coisas que eu não queria compartilhar. Eles que ficassem com seus fraques; eu manteria meu paraíso.

Kaiser entrou na sala e desmoronou ao lado de Liu, submisso e dócil como uma ovelha. Ele parecia disposto a engolir a fumaça para nos acompanhar em nossa noite.

— Onde você esteve hoje, Gato? Não te vimos no Leviathan.

A voz infantil só poderia pertencer a Cherry, o caçula da gangue.

— Sinto muito, eu tinha um compromisso.

— Com quem? — perguntou ele, surpreso.

— Com Velázquez.

De repente, caí na gargalhada, como se tivesse acabado de dizer a coisa mais engenhosa do mundo. Mas Cherry estava falando sério, então cheguei à conclusão de que o baseado me tornara idiota.

— Leona vai te dar um pé na bunda se você continuar sem ir ao Leviathan. Hoje eles perguntaram de você.

— Quem?

— Clientes.

— Bem, que voltem outro dia.

A principal vantagem de ser um underdog era que, se você agradasse aos clientes, eles sempre poderiam guardar seu nome e perguntar por você outras vezes. Se você trabalhasse bem, poderia ganhar seus próprios fãs. Havia até mesmo homens e mulheres que viviam loucamente apaixonados por seus jovens amantes, voltando toda semana para realizar alguma fantasia ou para acalmar a ansiedade, caso fossem casados. Pobres dependentes emocionais, quanto dinheiro deixavam no final do mês no pub! Claro, Leona não fornecia seu nome real, a fim de proteger os empregados. Como alguns eram menores de idade, sempre usava apelidos… e esses apelidos eram tudo o que estranhos sabiam do seu amor platônico. Tentar nos perseguir era como procurar sua alma gêmea, conhecendo apenas sua cor favorita.

Havia lendas de altos empresários que se apaixonaram por algum underdog e o resgataram daquele antro para viver sob o sol de Cincinnati. Essa utopia acabava quando víamos apenas porcos entrarem no Leviathan, porque, embora a maioria deles fosse de engravatados, nenhum deles era empresário.

— Eu preciso da minha dose de inspiração para funcionar bem — acrescentei.

— A única coisa que você precisa é de uma dose disso.

Cherry me mostrou uma sacolinha cheia de comprimidos e esboçou um sorriso travesso. O sorriso de Cherry era sua marca pessoal. Como por magia, todos os presentes se levantaram curiosos e identificaram as pílulas, graças aos ícones desenhados nelas. Que moleque infeliz!

— Que come-quieto você é, seu desgraçado... — River riu, abaixando a poltrona e rastejando em direção ao garoto para pegar uma pílula.

No começo, Cherry nos obrigou a implorar e se recusou a abrir a bolsinha de ecstasy, mas acabou distribuindo o conteúdo com alegria, até mesmo perdendo algumas pílulas embaixo da TV. Quando você está doido de maconha não consegue dizer não a algo muito forte. Todos nós nos estendemos à vontade em nosso espaço, em nosso território, com a chave da dominação na palma da mão e uma noite intensa à frente. Eu joguei o baseado no chão com desdém e engoli a pílula, na esperança de lançar raios pelos olhos de uma hora para a outra. Estava amargo. Mas... o quê? Nada? Depois de um tempo de expectativa, o efeito relaxante da cannabis e o estimulante do ecstasy bateram como um golpe na cabeça, o que nos deixou paralisados durante vários minutos. As vozes dos vizinhos continuavam passando pela janela quebrada do banheiro.

— Deus. Ela é maravilhosa... — comentou Dean, de repente.

— Acho que quero vomitar, mas não tenho nem ideia de por onde pode sair — informou Bengala, depois de um estranho silêncio em que ninguém sabia quem éramos ou o que estávamos fazendo ali.

Os *underdogs* se moviam de um lado para o outro como se quisessem fazer mais do que estavam fazendo. A luz bruxuleante do teto projetava sombras terríveis nos rostos e nas paredes. Por um momento, estávamos todos parados, observando-nos, ávidos como lobos, com os dentes cerrados pela tensão. As mandíbulas tremiam com o esforço. Eileen comentou como estava quente e foi buscar um pouco de cerveja na geladeira. De repente, sentimos a necessidade de beber uma piscina inteira.

E sem saber como, Charles Chaplin marcou meia-noite.

Charles Chaplin era um relógio comum, pendurado na parede, tão horrivelmente sem graça que eu desenhara o ator no mostrador e trocara os ponteiros por braços. Então, agora era Chaplin quem media nossas horas quando o tempo passava, e o tempo desaparecia quando os *underdogs* fumavam.

De repente, senti um desejo irresistível de…

— Eu preciso desenhar.

Das mãos do ecstasy vieram à mente as imagens de Rembrandt, dos Girassóis, da insuperável Vênus de Velázquez. E eu senti que precisava fazer o mesmo, que precisava criar arte naquele momento, como alguém precisa de oxigênio. Foi uma ansiedade que doía e arranhava, mas isso era muito útil, porque os pintores sempre produziam a melhor de suas criações depois dessas explosões.

— Quê…? — começou Dean, incomodado pelo meu vai e vem, mexendo gavetas e prateleiras.

— Eu preciso… desenhar…

Kaiser levantou a cabeça e começou a me seguir, como um mosquito estúpido atrás da luz, balançando o rabo de um lado para o outro e guardando cada movimento. Sua intromissão a cada passo que dava e o jeito de gato de Cheshire que ele carregava não me ajudaram a atingir meus objetivos com facilidade.

Tropeçando em todas as coisas que havia tirado do lugar e me esquecido de guardar, eu resgatei um enorme papel do fundo de um armário. Não me lembrava do que eu havia desenhado até jogá-lo no ar para desenrolá-lo.

— O que é isso? — perguntou River, com o olhar filosófico de quem está revelando a verdade da existência humana. — Um burro.

— Você que é um burro — retruquei, admirando o enorme desenho a lápis de quase dois metros quadrados. — É a cabeça de uma zebra, você não vê? Tem listras.

— Nós também temos listras e não somos zebras. — River indicou uma embalagem de pó branco na mesa.

— É lindo — disse Eileen, com os olhos brilhando.

Mas de sua posição, ela mal podia ver o traçado do lápis. Então presumi que ela havia sido motivada apenas pelas dimensões do papel.

— É arte — respondi, sem modéstia.

Não foi arrogância. Sentia o desenho de uma maneira tão estranha e inovadora que, se tivessem me perguntado naquele momento, nunca teria dito que era o autor. Então eu liguei o rádio do aparelho de som no volume máximo, mas ouvimos mais um som metálico e rouco do que a música do Green Day que tocava naquele instante.

— Temos que mudar essa pilha. O micro-ondas soa melhor do que isso — bufou Liu, e levantou o dedo para o aparelho de som, como se estivesse tentando constrangê-lo. Mas o dispositivo riu dele, emitindo um som ainda mais turbulento, como se isso fosse possível.

A resposta veio instantaneamente de Cherry, que repetiu um trecho da música.

— *Lay down your arms. Give up the fight...*

Liu não sentiu vontade de insistir, embora tivesse percebido a conotação.

Imediatamente o chão se encheu de latas de tinta abertas. Vermelhas, amarelas, azuis, roxas. As latas invadiam o espaço em um inegável aviso de desastre. E, sem lembrar que algum gênio inventou os pincéis há muito tempo, coloquei meus dedos na lata mais próxima e comecei a complicada tarefa de pintar a cabeça da zebra.

Pouco a pouco, abandonei o cuidado e acabei lançando golpes aleatórios, misturando a tinta de algumas latas a de outras por engano. As cores vinham juntas, sem qualquer sentido, mas com uma combinação inata, como uma boa rima que sai sem pensar. O êxtase tomou toda a razão e continuou direcionando meus dedos. Longe de querer pará-los, meus sentidos acentuados também queriam dar vazão àquela explosão de cores, enquanto calafrios agradáveis erguiam os pelos dos meus braços.

— Não... Hayden, pare de se mexer. Você está me deixando tonta.

— Deixe o garoto. Imagine que ele falsifica um dos grandes. Ou, melhor ainda, imagine que ele pinta um quadro fascinante. Imagine, se tornar famoso e rico — murmurou Dean, sonhador.

Havia duas coisas que eu tinha certeza. A primeira era de que eu estava morto por dentro. Que havia perdido toda a capacidade de sentir, e quanto mais eu perdia, menos me importava. A segunda era que a única coisa que poderia me resgatar um pouco desse abismo era a inspiração, e que isso só poderia ser fornecido por drogas e obras de arte. Uma combinação lindamente letal.

— A arte é valorizada de acordo com quem olha, não de acordo com quem a pinta. Nunca conseguirei reconhecimento suficiente para me alimentar — respondi, com os olhos fixos no desenho.

— Bem, então imagine que roubamos uma pintura. Uma de outra pessoa, que já é famosa, como aqueles que você vai ver na Galeria Nacional.

— Sim... imagine.

Eu cheirei e esfreguei meu rosto com a mão. Eu me vi sorrindo como um idiota, como um fracassado. Um homem estúpido com o rosto manchado de cores.

Esse acúmulo de pausas e sensações foi direcionado para um vórtice magnânimo, onde o olho da zebra estava, e eu queria misturar tantas cores que acabei fazendo um círculo grosso e acastanhado. Talvez eu tivesse destruído o papel, talvez o universo tivesse rompido naquele lugar... mas eu não me importei. Aquele ponto central era ideal, profundo; um olho carismático no qual eu poderia me fundir e me perder. Era onde toda a confusão de cores fazia sentido.

Naquele instante, senti uma energia transbordante, mas meu cérebro estava terrivelmente cansado. Satisfeito, sorrindo e um pouco tonto, virei-me e tropecei em Kaiser. Caí para trás sobre o desenho ainda fresco, e manchei minha camisa e cabelos. Eu gostaria de poder me misturar com a arte. Parar de ser Hayden e me tornar uma zebra colorida.

Eu olhei para o teto, em direção ao infinito. Além dele, eu podia ver as estrelas.

— *One, twenty one guns...* — Eileen cantarolou mais um trecho da música com aquela voz suave e melódica como a de um passarinho. Como a de um colibri.

Não, Billie. Às vezes vinte e uma armas não são suficientes, pensei, com o intestino se contorcendo fortemente. Minha cabeça estava girando e minha visão começava a ficar turva, como se cem mil tempestades se formassem.

Ao meu lado, Kaiser virou um pote de tinta vermelha por acidente. Nem remotamente me ocorreu que eu deveria me preocupar com a mancha que ia ficar grudada no chão para sempre, nem com o maldito cão, que agora as espalhava por todo o quarto e que andava pela zebra deixando pegadas vermelhas. Também não me importava se elas davam um toque selvagem ao desenho ou se estavam estragando tudo, porque agora eu me sentia no paraíso, depois daquela explosão brutal de arte. Como se tivesse dado uma mijada monumental.

Virei a cabeça lentamente, como uma boneca diabólica de filmes de terror, e descobri com prazer que o baseado que eu tinha apagado estava ao meu lado e cheio de pelos de cão. Peguei-o devagar e o levei aos lábios para revivê-lo com uma forte baforada que deixou o quarto sem ar.

Quando expulsei a fumaça branca, soube que mais uma parte da minha alma havia escapado com ela.

Então fechei os olhos e esperei por uma boa viagem.

2

TROCAR CÃO POR GATO NUNCA SAI BARATO

O dia seguinte amanheceu chovendo, como de costume na cidade vitoriana. O céu se fundiu com as águas cinzentas do rio Tâmisa, mas as nuvens eram como crianças violentas, que soltavam suas ameaças e partiam rapidamente.

Naquele sábado, acordamos com dor de barriga e umas pontadas martelando a cabeça, atormentados por um cheiro azedo que logo identificamos como vômito. Bengala foi o primeiro a se mover. A visão do imponente negro esfregando seus fluidos ressecados não foi um bom modo de começar o dia.

Pouco a pouco começamos a limpar o resto, como bonecas quebradas que acabaram de receber corda. Eu tive que fazer um esforço sobre-humano para manter o equilíbrio com dignidade, enquanto reconhecia a zebra e as latas de tinta. Eu não me preocupei em limpar a mancha vermelha. Já sabia que ela havia se agarrado ao chão para sempre.

— Quem quer uma cerveja? — perguntou Eileen da cozinha.

Horrorizados, negamos imediatamente. Revivemos a náusea só de pensar em encher nosso estômago com aquele líquido amargo. Mas, no fim, não sei o que aconteceu. Quando Chaplin anunciou que eram onze horas da manhã, assim que terminamos de limpar o salão, quebramos o jejum com latas de cerveja com vários pacotes de salgadinhos.

Como só havia um banheiro na casa, tivemos que esperar a vez de cada um para tomar banho e fazer as necessidades como bons companheiros que éramos: brigando com empurrões e apertando as pernas para não mijarmos uns em cima dos outros. Em seguida, cada um mostrou lealdade a seu ritual matinal: Eileen prendeu o cabelo em um coque, que Audrey Hepburn teria amado; River se molhou e se sacudiu, da mesma forma que Kaiser ao sair de um lago. Dean aparou a barba vermelha com todo o cuidado do mundo e Cherry colocou o capuz do moletom, como aqueles adolescentes que pareciam tristes e perigosos. Quando finalmente estávamos prontos para sair, nos despedimos do cachorro e seguimos a caminho do metrô que nos levaria ao Leviathan.

A viagem foi lenta e monótona. O chão se abriu num enorme bocejo para nos deixar sair. Lá fora, o céu já estava limpo. Então, nós chegamos às miseráveis ruas do Soho, que agora estavam calmas e tranquilas, como um leão adormecido, exceto para os jovens que decidiram passar o sábado na cerveja ou aqueles que estavam começando a acordar depois de uma sexta-feira de embriaguez. Nós, ingleses, nos damos bem com qualquer copo que tenha álcool.

Mantivemos nosso ritmo constante de trabalhadores dignos. Apenas alguns meninos, mas com a pele impregnada pelo medo. Bengala, Tigre, Cherry, Colibri, Dragão, Cachorro Molhado e Gato Negro. Parecíamos mais uma tribo do que um grupo de putas.

Ganhando olhares de soslaio dos londrinos que já nos conheciam, e ignorados pelos turistas que não faziam ideia de quem éramos, encontramos rapidamente a fachada escura e acolhedora do pub onde trabalhávamos. Uma pequena bandeira colorida em sua porta promovia a liberdade sexual, como a maioria das instalações do Soho, e acima dela estava escrito a palavra Leviathan, ao lado do desenho de uma piranha de néon. Sempre ligado. Se a piranha desligasse, significava que a noite havia morrido. Em uma placa menor, podia-se ler LEONA W. & UNDERDOGS. Aquela era a nossa tripulação, sob o nome da nossa capitã.

Como sempre costumava acontecer, Leona nos recebeu de braços abertos assim que entramos, e então deu um tapa em cada um pelo atraso.

Leona Walker tinha um caráter ainda mais proeminente do que seu grande corpo, e ela era uma mulher grande em todos os aspectos. Fortona, com seios gigantescos e curvas volumosas, morena e portadora de quilos de maquiagem que ela não precisava. Aquela mulher de cinquenta anos tinha o maior *sex-appeal* que já vira em um adulto. Notava-se a distância que, em sua juventude, ela fora de uma beleza sorridente e falante, daquelas que ensinavam mais as entrelinhas do que o texto em si. Ninguém sabia se era devido à experiência ou por natureza, mas Leona tinha um poder e habilidade assustadores para tomar as rédeas. Ela nasceu para ser líder.

— Bem, ao que parece, alguém por aqui tomou a liberdade de tirar umas férias. Então eu gostaria de lembrá-los de que, além do objetivo de fazer face às despesas do mês, vocês têm algo chamado compromisso... com este pub.

Os olhos castanhos de Leona estavam voltados especificamente para mim. Eu desviei o olhar como se a coisa não fosse comigo.

— Hayden, não olhe para o outro lado. Eu te conheço. Eu não sei como você faz isso, mas você é um dos principais pilares deste navio. As pessoas vêm e perguntam por você, e quando você não está lá, elas vão embora e voltam no dia seguinte. E o que eu digo a elas? Se você evitar o seu trabalho, perderá seguidores e, portanto, eu os perderei. E isso eu não posso permitir.

A conversa tinha tomado um tom tão sério que meus amigos tentaram fugir, mas Leona me pegou pelo braço e me arrastou para longe, com a desculpa de me convidar para uma bebida. Depois de tomar cerveja no café da manhã, preferia cortar a cabeça antes de tomar outra, mas recusar um "convite" tão hitleriano como aquele não era uma opção inteligente.

— Hayden, querido, tem algo errado com você? Você quer sair do trabalho?

Eu balancei a cabeça, e notei o alívio refletido em seus olhos.

— Então... o que está havendo, querido?

Eu ia responder com uma desculpa idiota, mas a porta do pub abriu naquele momento. A conversa foi interrompida por um grupo barulhento de garotas que entraram no Leviathan vestidas com elegância. Todos os olhos se voltaram para elas, porque naquela hora não havia outras pessoas para quem olhar. Ignorando os pobres diabos que babavam pelos seus decotes, elas vieram diretamente para Leona assim que a viram.

— Olá! Você é a gerente do pub? — perguntou uma ruiva, com ares tão extrovertidos que chegavam a assustar.

— Sim. Sou a Leona Walker.

— Bem, olha, nossa amiga vai se casar amanhã e ela está esperando lá fora, vendada. Nós pensamos que uma festa de despedida de solteira sempre combina com um homem que está disposto a tirar suas roupas... E eu ouvi dizer que aqui você tem deuses gregos de muito boa qualidade. Podemos alugar um para o dia todo?

O aluguel é para apartamentos, sua estúpida. Pessoas são contratadas, pensei.

— Eu não vejo por que não, contanto que você tenha dinheiro. Eu te aviso que não será barato.

— Nós estamos dispostas a pagar.

— Vamos ver que horas são... Hummm. Podemos emprestar um dos nossos garotos até as sete da manhã. Está bom? Seriam dezoito horas, sessenta libras por hora, preço para empresas. Sairia por mil e oitenta libras.

— Mil o quê...?

— Jesus, que caro!

— Nós somos muitas. Com isso, Danielle deve ficar satisfeita.

— Daria um pouco mais de cinquenta libras para cada. É acessível.

— Porra! Eu poderia alugar um desses para mim sozinha.

— Doreen! Não seja cruel. E quanto ao seu pobre Frank?

— Frank pode esperar. Por enquanto, você tem que dizer sim a esta mulher.

Vendo como era a mulher, tentei fugir em silêncio para me juntar aos meus colegas, mas Leona me impediu, agarrando rapidamente meu ombro.

— Vocês têm sorte, queridas. Ele poderá satisfazer o seu pedido de bom grado.

— Chefe... — Eu comecei a sussurrar. — Eu acho que existem outros mais qualificados para esse tipo de...

— Claro que existem, mas, se você não entendeu minha indireta, eles cumprem seus horários. Eu não tenho por que lhes enviar mais nenhum trabalho.

Embora parecesse um lugar sujo e miserável, dentro do Leviathan havia uma hierarquia e funções perfeitamente claras. Leona tinha uma série de *underdogs* que, por causa do seu tempo de serviço ou obediência, tinham maior estima e confiança do que os outros. Esses caras estavam acima do resto e poderiam evitar um pouco do trabalho sujo, como um chefe de uma peixaria que não precisa sujar suas mãos. Porém, na maioria das vezes, o privilégio era ganho à custa de um "serviço exclusivo" que faziam para a própria Leona. Às vezes, era porque a chefe os amava; às vezes, porque ela queria se divertir por algumas horas. Mas por uma razão ou outra, no final, Leona não era a única a se aproveitar dos privilégios da liderança.

E eu me encontrava naquela encruzilhada: muito atraente para ser ignorado, muito rebelde para ela confiar em mim. Quando Leona me chamava em seu escritório para me colocar contra a parede, em seguida me reservava sua indiferença por meses, além de ordenar as mais cruéis tarefas para evitar ter que me ver. Uma estratégia para impor a minha colaboração, mas sem sucesso sobre mim. Eu achava que sabia por que ela estava fazendo isso: ainda estava curiosa sobre o meu temperamento e me colocava à prova para me submeter. A verdade é que eu nunca me dei bem com ordens e, afinal de contas, a coisa mais importante em um negócio é fazer com que seus subordinados o sigam com os olhos fechados.

O resto dos *underdogs* era especializado naquilo que sabiam fazer melhor. Era assim que Leona distribuía os pedidos para satisfazer os clientes. Colibri, por exemplo, era doce e delicada; o oposto da bestialidade de Bengala. O cliente, assim, já sabia a quem procurar, dependendo do desejo por uma sessão difícil de dominação ou de comer uma menina com um rosto angelical.

Cherry e alguns outros eram sadomasoquistas. Lady era uma travesti. Víbora era uma *stripper* que se dedicava a esfregar uma cobra em seu corpo enquanto dançava. Havia também *underdogs* com fetiches variados: Camaleão se encarregava das fantasias e dos jogos. Red tinha predileção por lugares públicos. Já Libélula gostava de usar brinquedos, e Abril era especialmente boa com as mãos.

Mas também havia pessoas de caráter paciente e manso, que geralmente acompanhavam as senhoras mais velhas que pediam os serviços de Leona. Essas buscavam alguém para contar suas fofocas, enquanto lhes levavam as compras até a casa, e estavam contentes de pagar apenas por isso, porque elas estavam todas abastadas, putas velhas.

Além disso, havia também um tipo de underdog de alta classe. Jovens que tinham ido para as mãos de Leona por razões de apatia existencial e usavam o dinheiro para pagar por uma carreira ou um capricho muito caro. Foram chamados *escorts* ou garotas de programa, que consistiam em alguns sortudos que cobravam quantias astronômicas por um serviço requintado. Na maioria dos casos, era para representar filhos, sobrinhos e amantes de clientes em alguns eventos sociais. No total, havia cerca de seis escorts. Eles não iam ao Leviathan, não usavam drogas, não bebiam e cuidavam muito bem de si mesmos. Eles eram cultos, educados e não se juntavam ao resto de nós. Na verdade, se eles tinham Leona Walker como intermediária, seria apenas para não se misturar pessoalmente com esse "submundo".

Eu não me enquadrava em nenhuma dessas categorias, então era óbvio pensar que alguém como o Camaleão seria melhor para esse pedido. Mas, antes de responder, o olhar firme de Leona dissipou qualquer argumento. Ela não admitiria um "não" como resposta depois de todas as horas que perdi.

— Você? Mas você é uma criança — murmurou a ruiva, levantando as sobrancelhas.

Bom. Era verdade que eu não media dois metros nem tinha uma barba de lenhador ou um pescoço forte, nem os músculos de um fisiculturista, nem o forte apelo de um milionário em seus quarenta anos. Era verdade que não era um Hugh Jackman, mas se havia algo que não me faltava era estômago e um orgulho estratosférico.

— Eu sou o Gato Negro e crianças não vêm a este pub.

Para enfatizar as minhas palavras, levantei minha camisa com ousadia para lhes mostrar o torso musculoso. Leona ficou satisfeita com a expressão de cadelas no cio que as mulheres fizeram e tiraram o dinheiro imediatamente.

— A quem...?

— Para mim — interveio Leona, antes que eu pudesse falar, pegando as notas. Então, as moças concentraram sua atenção em mim.

— Quantos anos você tem, querido?

Seus olhos ávidos estavam fixos no meu corpo, analisando-me com uma curiosidade levada.

— Vinte.

— Ai... Você ainda é um jovenzinho. — E começaram a rir, como harpias espreitando ao redor de uma presa.

Eu escondi uma expressão de desprezo. Essas meninas tinham dois ou três anos a mais que eu e já se acreditavam umas profetas, só porque a puta da sua amiga estava se casando. Elas estavam nessa fase da vida em que tentam dar conselhos e acreditam que podem chamar o mundo inteiro de criança.

De mãos dadas, arrastaram-me para o exterior do pub, ouvindo os comentários burlescos que os meus colegas me enviaram do bar. Mas a verdade era que eles estavam com inveja. Não havia mais nada além disso em seus rostos. Geralmente nós tínhamos que lidar com bêbados, gordos, depravados, sádicos, desesperados, velhos, *drag queens*, putas e loucos. Mas, de tempos em tempos, o universo nos abençoava com alguma doçura feminina, com peras desabrochando do decote. Todos sabíamos que cumprir suas horas com um grupo de coroas velhas ou com um harém de corças alteradas não chegava nem perto.

Mas minhas boas expectativas mudaram quando a ruiva me parou na porta antes de chegar ao grupo de mulheres, em cujo centro havia uma de olhos vendados. Seus comentários maliciosos gritados bem alto pareciam invocar o diabo. Enfrentar um séquito como esse, embora fossem mulheres bonitas, pavoneando-se e se oferecendo em seu ambiente natural, era tarefa digna de heróis. Eu juro que, em festas de despedida de solteira, as mulheres se tornam monstros.

— Você tem que usar isso.

A ruiva, cujo nome era Annie, me entregou uma coleira de couro e roupas forradas de pelos.

— Eu não vou me vestir de cachorro — rebati, com esse instinto primordial para evitar o ridículo que todo homem tem. Annie não se atreveu a me desafiar… ou pelo menos não até se lembrar das libras que havia pago por mim.

— Coloque ou vou reclamar com sua chefe. Quando você estiver na rua, morrendo de fome como um cachorro, você se arrependerá de não ter aceitado essa fantasia.

Lá estava ela. A maldade inata das mulheres, com sua famosa língua mais afiada que uma navalha. Pelo menos os homens eram mais simples a esse respeito: um olho roxo e pronto.

As outras mulheres que acompanhavam Annie não ousaram falar. Elas não tinham a menor ideia de como lidar com um sobrevivente endurecido das ruas ou não tinham a coragem de fazê-lo. Aquela ruiva pequena, mas valentona, parecia ser a única atrevida.

Então, com um ar nublado de desprezo, ajustei o colarinho de espinhos no pescoço, do qual pendia uma longa corrente, como uma coleira. O moletom cinza consistia em um par de orelhas de cachorro no capuz e uma cauda peluda nas costas.

— Eu posso olhar? — perguntou a garota de olhos vendados, sem saber por que suas amigas permaneciam em silêncio.

Annie me deu um aceno com uma placa e retirou a venda da amiga.

— Surpresa! — falaram todas em uníssono, antes de começarem a rir como loucas. Instantaneamente, o puxão nas roupas e os comentários malignos começaram. Elas pareciam uma corja de bruxas em completa alienação mental.

— É para você!

— Todo seu! Por um dia!

— Veja lá o que você vai fazer! Nós estamos vigiando você.

— Sim! Ou Louis vai ficar com ciúmes…

— Como se chama? — perguntou a noiva.

De repente, elas ficaram em silêncio, olhando para mim com expectativa. E responder que me chamava Gato Negro com aquela fantasia parecia uma estupidez sublime, então eu respondi:

— Hayden.

— Bem, Hayden. A partir de agora, e até as sete da manhã, você será o cachorro de Danielle. E, como um bom cão, você tem que obedecer a tudo o que ela lhe disser — esclareceu Annie, com autoridade e ganhando confiança, agora que me relegara àquela posição.

Ela pegou a corrente que pendia do meu pescoço e a entregou a Danielle.

— Vamos tentar. Hayden, sente-se — sugeriu a garota, com o jeito de um empresário na frente de um estagiário.

E, diante dos vinte pares de olhos, eu tive que me abaixar e sentar no chão. Isso deve tê-las deixado muito felizes, porque começaram a aplaudir como focas e a dizer palavras incoerentes como um apito. Eu me senti um pouco humilhado, mas também tive a sensação de ser a única pessoa normal no grupo. Irônico, considerando que eu estava vestido como um cão.

— Hayden, dá a patinha — pediu Danielle agora.

A reação geral foi repetida quando estendi minha mão lentamente, embora desta vez a garota parecesse mais calma e usasse aquele gesto para apertar minha mão e me ajudar a levantar.

— Bem, e qual é o plano agora, garotas?

— É óbvio, não é?

— Vamos fazer compras!

Foi como um mistério da vida com o qual todas concordaram. Eu revirei meus olhos. Quanto dinheiro elas planejavam gastar? Os ingleses eram um poço sem fundo.

Meu dia como underdog começou de uma maneira muito patética e deprimente, acompanhando aquela tribo de mulheres loucas que não faziam nada além de rir e gritar comentários vulgares sobre mim. Elas decidiram pegar um ônibus para a Harrods e eu passei a maior vergonha da minha vida quando perguntaram ao motorista, antes de entrar, se podiam levar cachorros. O motorista me lançou um olhar de compaixão e percebeu que toda essa parafernália poderia ser resumida em três palavras: despedida de solteira. As vinte fulanas estavam indo para o fundo do veículo, empurrando e incomodando os passageiros, e eu era quem estava pedindo desculpas aos rostos fechados, como se eu fosse o único integrante decente do grupo.

No meio do caminho, decidiram sair antes da Harrods e ir comer no Hard Rock Cafe, que, além de ser o único em Londres, era o mais antigo do mundo. Ótimo, era só o que me faltava. O Hard Rock estava sempre transbordando de pessoas. Desocupados que se divertiam se você se vestisse diferente e pediam fotos, como se vissem um papagaio exótico. Eu preferia mil vezes comer em um boteco, cheio de carregadores de cerveja bêbados, desde que não houvesse uma guitarra dos Sex Pistols pendurada na parede.

Como se meu dia não pudesse piorar, fui forçado a passar por uma das ruas mais turísticas de Londres sem camisa, vestido de cachorro e sendo arrastado. Um desfile bizarro, que nada combinava com o estilo elegante e cheio de canteiros floridos da avenida. Os ingleses e estrangeiros estavam nos observando com curiosidade, a maioria sorrindo e outros me olhando com descaramento. Alguém até me lançou um elogio.

Quando entramos no Hard Rock a coisa não melhorou, especialmente quando me forçaram a me sentar ao pé da mesa, como um animal. Mais cedo ou mais tarde, todas as pessoas do lugar cometeram o pecado sem precedentes de desviar o olhar da jaqueta de Axl Rose e da bateria de Led Zeppelin para olhar para mim. Se isso não era ser importante, não sei o que mais poderia ser.

— Tome, Hayden. Hoje é seu dia de sorte.

E elas me alimentaram com os ossos de suas asas de frango. A expressão de raiva me deixou, quando disseram que estavam brincando e pediram algumas costelas com churrasco, embora eu também tivesse que comê-las no chão e tirá-las de suas mãos. Um show hilariante, que foi favorecido pelas luzes laranja e o clima ao som de Lenny Kravitz.

Quando a refeição terminou, saímos do Hard Rock e fomos para o Harrods, o mais luxuoso centro comercial de Londres. Embora tenha sido fundado há oitenta anos, era a única velharia que ficava mais nova a cada ano que passava. A imensa fachada lutava para aproveitar a calçada e persuadir os transeuntes com suas vitrines: dezenas e dezenas de manequins sonhando em serem despidos. E já que havia uma placa na porta que proibia expressamente a entrada de cachorros, eu tive que ficar do lado de fora, depois de sofrer a euforia das harpias. Do lado de fora. Esperando. Com a coleira amarrada a uma árvore, para que eu não escapasse. Patético.

Para completar, quando olhei para a esquerda, encontrei um cachorro que estava me observando. Um cachorro da verdade. O mastim estava amarrado à árvore ao lado, com uma expressão de cumplicidade, e parecia se perguntar de que raça eu seria.

— O que foi? Cai fora! — rosnei para ele.

Odiei ele. Era o animal de estimação de uma dama que estava dentro da Harrods naquele momento, então era um cachorro refinado. Kaiser poderia derrubá-lo como uma galinha se quisesse… e esse pensamento me fez sorrir. Era como um confronto entre um pobre e um rico em que os pobres sempre ganhavam. Eu tinha que aproveitá-lo bem, já que não havia muitos desse tipo.

Qualquer sentimento de camaradagem e renúncia mútua se foi quando o cachorro estúpido se aproximou com a intenção de me cheirar o rabo. Eu lhe dei um pontapé nas costas que o fez se afastar tanto quanto sua coleira permitiu.

— Cachorro filho da puta… — murmurei, ficando impressionado com o quão essa frase me caía bem.

Felizmente, as garotas não demoraram muito para voltar, porque comprar alguma coisa na Harrods que não fosse uma besteira significaria se arruinar completamente. Infelizmente, sua rota de ações estava apenas começando. Passamos três horas rodando por Londres e renovando o guarda-roupa de vinte moçoilas exigentes que, além disso, tinham que comprar roupas diferentes umas das outras. Como havíamos concordado que eu era o servente de Danielle e, portanto, do grupo, tive que carregar todas as sacolas e pacotes que haviam sido comprados.

Eram quatro da tarde e acabamos no gramado do Hyde Park por causa do sol incomum daquele dia em Londres. Um sol mentiroso, sim, mas o suficiente para os cidadãos pegajosos saírem de suas casas e piscarem os olhos para o céu. Uma conspiração do cosmos evitou que chovesse novamente e estragasse a tarde. Nós até nos livramos da umidade da grama, sentando em cobertores que as meninas tinham trazido. Chegavam-nos algumas palavras vagas dos alto-falantes e os esquilos cinzentos surgiam de vez em quando para procurar amendoins nas sacolas de compras. De sua parte, as garotas estavam se divertindo muito ao me mandar latir para qualquer cachorro que passasse perto de nós.

Doreen voltou depois de um tempo com uma enorme quantidade de sorvete nas mãos. Ela até se lembrou de comprar um para mim. Como bons ingleses, aprendemos a saborear essa frieza, mesmo com nossos dedos na mesma temperatura.

— Ei, Hayden. Você está usando as mãos? Cães não usam as mãos.

Eles também não comem sorvete, queria ter dito. Mas eu tive que me contentar em cheirar e comer o sorvete que Danielle segurou.

E foi aí que o jogo começou. A loira aumentou sua autoestima graças aos comentários de suas colegas de classe e começou um cabo de guerra comigo, cheio de más intenções. Primeiro, ela me pediu para comer o sorvete lambendo, lentamente; então, eu me permiti usar um pouco do talento de underdog que eu tinha e obedeci a seu pedido de uma maneira sensual. Entre os assobios e as notas das vinte mulheres, Danielle deu outro passo e passou o sorvete de baunilha no tornozelo, estendendo pela perna e subindo até a coxa.

Por um momento, houve um instante de tensão no grupo, mas finalmente decidi seguir o jogo e peguei sua perna com toda a suavidade do mundo. Começando com o tornozelo, passei a língua pelo rastro de baunilha e lambi a extensão da perna com olhos gulosos, dando aquela visão magnífica para as mulheres mórbidas e deixando Danielle ruborizada.

Elas não queriam brincar com fogo? Bem, aqui todos nós nos queimamos. Minha boca terminou de subir na coxa, distribuindo beijos e lambidas no lugar, até que tive a audácia de inserir minha cabeça sob a saia da minha amante.

— Ha-Hayden... Chega, é o suficiente — exclamou Danielle nervosamente.

Suas amigas explodiram em gargalhadas e aplausos, encorajando-me a continuar, mas a ação foi interrompida por um puxão instintivo da coleira, o que me deixou sem ar.

Agora era Danielle que ria, recuperada do embaraço e se desculpando pela resposta abrupta. Depois ela estragou as desculpas, dizendo que foi minha culpa.

— Cachorrinho, pede — ordenou então, mostrando-me o sorvete que derretia.

Magoado como estava pelo puxão no pescoço, eu tive que engolir meu orgulho e me ajoelhar na frente de seus pés, choramingando comicamente. Mas quando Danielle foi me lançar algum tipo de zombaria, peguei a saia dela e puxei-a até os joelhos com malícia.

Provavelmente ninguém em Hyde Park teria notado esse ato, mas a garota estragou tudo com um grito agudo que quase destruiu meus tímpanos.

Claro, ver sua calcinha branca não tinha nada de mais, mas eu teria dado qualquer coisa para olhar para aquela expressão de horror acompanhada por vinte gargalhadas borbulhantes.

Vermelha como um tomate, Danielle subiu rapidamente a saia. Os esquilos ficaram com medo e agora todos estavam nos observando. O verde esplêndido do parque só serviu para nos destacar aos olhos do resto, como quando você usa um marcador de texto em toda a página, exceto em uma palavra.

— Mau! Cachorro mau! — choramingou a noiva, com uma mistura de constrangimento e irritação em seu rosto. Ela demorou a me bater com sua bolsa, mas logo Annie veio em minha defesa, dizendo que tinha sido a coisa mais engraçada do dia e que não era justo eu ser punido.

Depois disso a tarde foi tomando um rumo melhor. Pouco a pouco, elas pararam de me tratar como um ser inferior (dentro da minha posição absurda de cachorro) para me tratar com a cumplicidade e confiança de um amigo. Eu recompensei isso, fazendo um pouco de striptease no meio do parque e tirando minhas calças. Isso pareceu satisfazê-las. Ponto para mim.

Então pensei que eu era um idiota. O que eu estava fazendo de cueca em Londres em um dia de novembro?

Elas me fizeram mais algumas sacanagens, nunca melhores. A pior de todas foi me empurrar dentro do lago Serpentine, que separava Hyde Park dos Jardins de Kensington. Quando eu estava completamente encharcado e cercado de patos, tive que escolher rir de mim mesmo e devolver os sorrisos das garotas. Elas pareciam preocupadas em ter passado dos limites e me deixado com raiva, porque qualquer pessoa decente teria considerado isso fora dos limites.

Mas não, eu não fiquei com raiva. Porém eu me vinguei, pegando ambas as extremidades da corrente que cercava o grupo de garotas e puxando com todas as minhas forças para empurrá-las. Em circunstâncias normais, eu não teria conseguido mover vinte pessoas, mas a pressão da coleira em suas costas, a multidão e o meio-fio fizeram o resto do trabalho, e elas acabaram gritando e caindo no meio do lago. Tudo terminou em risadas, ameaças baratas e alguns guardas nos pedindo que nos comportássemos.

Voltei a pensar que eu era um idiota. O que eu estava fazendo dentro de um lago em Londres, num dia de novembro?

No caminho para Piccadilly Circus, encontramos uma cabine que soltava jatos de ar por um "preço módico". Como Londres era uma cidade preparada para que as pessoas que saíssem da casa sem guarda-chuvas não pegassem um resfriado, aproveitamos a comodidade para secar bem as nossas roupas. Os chiliques das peruas quando se olhavam no espelho e descobriam como o cabelo estava e o cocô de pato que tinham em suas roupas foram impagáveis. De verdade.

Quando terminaram de se arrumar, o céu escureceu e a noite inglesa estava esperando por nós. Jantamos em um local barato para compensar o dinheiro gasto no Hard Rock e fomos à procura de uma festa em um bar assustador de Covent Garden, o bairro que os artistas de rua frequentavam. Havia um lugar que atraía a atenção das garotas por causa de sua boa atmosfera, e se ainda havia espaço para pessoas livres e entediadas, tudo se resolveu quando vinte mulheres malucas, acompanhadas por um cachorrinho travesso, entraram no local.

O resto da noite passou rapidamente e sem alterações, porque a multidão de pessoas e o barulho impossibilitavam que as garotas me mandassem fazer alguma estupidez. O fim da festa de despedida de solteira consistiu em dançar e beber em quantidades enormes, ao mesmo tempo em que suportava os toques de Doreen e tentava me divertir um pouco.

Já eram seis da manhã, algo inacreditável para um pub londrino, e o movimento não tinha diminuído em nada, graças ao clima que nosso grupo criou. Foi então que Danielle me tirou da coleira e me afastou da multidão de gente até um local mais reservado. Os meus ouvidos latejavam e os sentidos estavam lentos, mas eu ainda estava muito mais estável do que a pobre e cambaleante loira. Nenhuma das meninas percebeu que estávamos ausentes ou que Danielle tinha me conduzido por um corredor atrás das escadas.

Entramos em uma sala escura e quase vazia que imediatamente identifiquei como uma sala privada, por causa de sua semelhança com as do Leviathan. No meio, havia uma pequena mesa cheia de garrafas de cerveja, algumas quebradas e espalhadas pelo chão como uma trilha perfeita e bitucas de cigarro fora do cinzeiro. O ar fedia a alvejante do balde e do esfregão que estavam encostados na parede. Danielle colocou o copo no chão desajeitadamente e se atirou na cama, como um saco de batatas.

Nenhum de nós disse uma palavra. Sentado na beirada da cama, peguei um baseado que tinha achado no mesmo lugar e dei algumas baforadas, piorando a dor de garganta que o banho no lago me rendera. Eu só queria terminar o trabalho. Ela queria algo mais.

— Hayden… — ela ronronou. Seus olhos estavam vidrados e agora que estávamos fora do brilho da festa, eles tinham começado a fechar. Era óbvio que antes daqueles copos muitos outros haviam sido bebidos.

— Fala.

— Não está com calor?

Tomei esse comentário estúpido como uma desculpa para lhe tirar a roupa, o que efetivamente deixou a loira de saia e sutiã apenas. A sala ecoava com o som que vinha de baixo, mas ainda assim a agitação parecia distante, estranha para nós.

— Hayden, minha cabeça dói… — Essa insistência em me chamar o tempo todo me fez pensar que ela estava esperando algo de mim. Por um momento, pensei que ela fosse vomitar, mas depois ficou parada, como se tivesse entrado em transe.

Com toda a minha boa-fé para deixá-la dormir, de repente me vi com a correia presa em sua mão. E avançando em direção a ela, mais por obrigação do que por prazer, deixei-me ser colocado em seu corpo, muito perto de seu rosto e admirando seus olhos azuis. Nenhuma palavra era necessária, e também era melhor não dizê-las. O que começou com um beijo lento e desesperado acabou se tornando uma necessidade apaixonada de buscar cada gota de saliva que tínhamos.

Danielle estava ofegante e buscava acariciar meu peitoral frio. Eu fiquei duro. Ela notou isso imediatamente e aproveitou a circunstância, me tocando, mas a verdade é que era eu quem tinha as rédeas da situação. Eu não precisava ser convencido de nada, apenas lembrar-lhe de que Louis a esperaria no altar amanhã.

— Porra… — murmurou ela, acaloradamente.

Por um momento senti pena do pobre Louis, fazendo um movimento para fugir e dizendo:

— Danny, não podemos. Espere, vou ligar para suas amigas te levarem para casa.

— Não! Não estrague a noite. Fique comigo... — Ela puxou a corrente novamente, trazendo-me mais perto de seus lábios mais uma vez. — É uma ordem. Você ainda tem uma hora para ser meu cachorro.

Então eu entendi de onde vinha tanta insistência. No fundo, ela era uma garota como todas as suas amigas; uma garota que acha que é uma adulta e só pode escapar da responsabilidade através dessas merdas monumentais. E tudo por causa desse temor típico de ficar ligado a uma única pessoa pela vida toda. Ela tinha uma hora de liberdade sobrando: uma hora de devassidão, na qual ela ainda não estava oficialmente soldada a seu noivo, no caso de ter se lembrado dele em algum momento. pÉ o que eu digo... por que você vai se casar, se quando pensa neste noivo, sente um ataque a sua liberdade e tem alergia?

E eu poderia ter recusado. Eu poderia ter dito que o preço que Leona colocou foi como um companheiro e que o sexo não estava incluído, mas, por algum motivo, eu não o fiz. Em vez disso, coloquei minha cabeça no pescoço dela e comecei a espalhar beijos pela área, tirando desajeitadamente seu sutiã por causa de sua falta de colaboração. Minha jornada parou em seus seios por um momento, causando-lhe um pouco de falta de ar.

Aproveitando ao máximo a minha experiência, passei a boca pela barriga e pelo umbigo e abaixei a saia, como fizera no Hyde Park, mas com outro propósito. A calcinha branca também foi removida lentamente, usando apenas os dentes. Quando minha boca estava entre as suas pernas, ela choramingou de vergonha e prazer, embora seus sons tivessem sido silenciados quando eu coloquei o baseado em sua boca e a convidei a fumar.

Voltei à minha posição inicial assim que os lençóis começaram a ficar molhados. Ela puxou minhas calças com a intenção de acentuar algo de que eu não precisava. Aquele momento, enquanto Danielle levantava e abaixava a mão, era ideal para impedir algo que facilmente terminaria com uma ducha no banheiro. Fazer a coisa certa, já que ela não pretendia fazer isso. Porque eu sempre conseguia manter minha mente fria sobre sexo casual, o que para mim não implicava nenhuma dificuldade. Esta foi uma decisão e não uma falta de vontade.

Então eu decidi. Eu virei a menina rudemente, colocando-a de quatro e levantando os seus quadris.

— Você vai ser a minha cachorra hoje à noite — falei, com malicioso prazer, sem que Danielle ainda estivesse ciente das consequências das minhas palavras. Nós transformamos Louis no assunto tabu do momento. Seu interior generoso se abriu para mim quando ela soltou um grito de surpresa e alegria.

Meu sorriso desapareceu, os arquejos se aprofundaram, os gemidos inundaram o ar, o balanço acelerou, o êxtase nos perseguiu e meu olhar ficou frio, insensível. Algo que não tinha aparecido até agora surgiu nele: desprezo.

No domingo, o pub fechava, mas Leona submeteu todos nós a um exame médico.

Fazíamos um exame médico a cada dois meses, já que a fauna que frequentava o Leviathan poderia conter bichos muito variados. Normalmente usávamos preservativos e outros milagres da ciência, mas de vez em quando um underdog aparecia como HIV positivo ou alguma outra doença. Leona, então, tinha que expulsá-lo imediatamente.

Depois da sensação desagradável de que meteram um cotonete no meu pau, saí de lá e me preparei para um dia difícil de não fazer absolutamente nada. A única coisa boa no domingo aconteceu por volta das seis da tarde, quando River me encontrou sentado em um banco, na porta de casa, e me disse que a garota na festa de despedida tinha confessado que o namorado tinha mais chifres do que um touro e o tinha deixado plantado no altar. Eu não sei como River sabia, mas achei a notícia tão engraçada que tive que me apoiar no banco para não morrer de rir.

— Você não teve algo a ver com isso, certo? Você não seria tão canalha a ponto de interferir mais do que o necessário… não é?

Eu não respondi. Apenas fitei River com um olhar vazio e sombrio. Então olhei para baixo, como se a coisa não fosse comigo, e continuei comendo meus palitos.

— Hayden! Você tem centenas de pessoas para transar!

— Sim, mas com Danielle havia coisas em jogo, então foi mais divertido. Que se foda.

Espirrei. Além de tudo isso, ainda peguei um resfriado infernal, porque caí na Serpentina e circulado seminu por Londres.

— Velho, acho que você passou dos limites. Você mesmo disse que até foi bom. Além disso você já fez coisas mais humilhantes.

— Exatamente, River. Havia outros como elas que nos tratavam ainda pior. Esta é apenas uma lição do que podemos fazer com eles, dentro daquilo em que eles mesmos nos converteram. Olha, River, eu faço por nós. Essa é nossa luta.

River manteve seu olhar alto, sem me entender completamente, mas entendendo ao mesmo tempo. Seus olhos terrivelmente azuis expressaram o que ele não estava dizendo.

— Que se fodam aquelas cadelas magras. No final, saiu mais caro do que elas pensavam… — Sorri, com malícia.

Depois de um tempo, a conversa acabou e ele foi para casa.

Eu fiquei um pouco mais na rua, fumando. De repente, um papel veio voando com o vento e bateu no meu rosto. Afastando-o com um palavrão, percebi que era uma brochura da Galeria Nacional. Ela estava anunciando a nova exposição do neoclassicismo que aconteceria em treze de novembro, e a maneira de fazer isso foi estampando a famosa pintura de David na página. Não notei a hora, nem o lugar, nem as outras obras. Eu só olhei para Napoleão, e Napoleão olhou para mim. Não se parecia em nada com qualquer pintura que eu tinha falsificado. Eu não consegui desviar o olhar.

E eu sabia que, em certo sentido, essa pintura deveria ser minha.

3

O GATO GORDO HONRA SUA CASA

Na manhã de segunda-feira acordei com uma ressaca demoníaca, consequência de uma noite tranquila com os outros *underdogs* e algumas garrafas de tequila. A verdade é que o frio me tornou um inútil, mas não pude tomar nenhum medicamento por causa da quantidade exorbitante de álcool que devia ter no meu sangue.

Mas, como era segunda-feira, minha ressaca e eu tivemos que sair da cama e mover a bunda até o trem que nos levaria para a casa dos meus avós. Segundas-feiras eram os dias honestos da semana, em que eu tinha algum relacionamento com minha família… e isso significava, mais do que tudo, que meus avós convidavam minha irmã e eu para comer em sua casa, localizada em Sussex Gardens. O prato do dia era a sopa sagrada que a vó Abbeline fazia havia cinquenta anos e passara de geração em geração, desde os primórdios da família. Por esta razão, esse dia é apelidado de "Segunda-feira da Sopa" desde que me conheço por gente.

Quanto aos meus pais… eles nunca vão. Antes, sim, claro, mas desde que tivemos o nosso pequeno desentendimento, eles pararam de ir visitar os avós no mesmo dia que eu, para que não se deparassem comigo. Até um ano atrás, eles nem deixavam minha irmã ir. Àquela época eu já estava há quase dois anos sem ver Janice, até que meus avós intercederam por mim e conseguiram que convivêssemos pelo menos durante algumas horas por semana.

Quando fui atravessar a rua, no mais absoluto torpor, um carro quase me atropelou. Novamente essa existência vazia, monótona. Esse cano com vazamentos. Esse carro que perdia óleo toda vez que eu tentava arrancar. Mais uma vez esse maldito inverno na esquina. Esse tempo chuvoso que ameaçava extinguir a chama miserável do meu interior.

Estava frio hoje. Muito. Mas não aquele frio romântico, que aparece nos filmes de Papai Noel nos dias de Natal. Era um frio cortante e gélido, que penetrava através das roupas como uma mulher ousada e lhe dava arrepios até mesmo nos ovos. O inverno estúpido de Londres, como em todos os países nórdicos, apareceu muito antes da data marcada.

Os hotéis de Sussex Gardens iam aparecendo e ficando para trás. Centenas de portões negros e edifícios brancos. Outras centenas de caixas de flores, de números presos nas paredes, de empresas atrás de recepcionistas chatas. Essa área residencial de Londres tinha um aspecto particularmente tradicional para que os turistas chorassem de emoção ao descer do táxi, acreditando que, sendo tal área tradicionalmente inglesa, encontrariam até a própria Rainha Elizabeth sentada em sua cama, bebendo chá.

Os ônibus vermelhos chacoalharam de um lado para o outro, destacando-se irritantemente junto às cabines telefônicas clássicas da mesma cor. Mal se podia ver o céu por causa dos prédios altos e das árvores que os acompanhavam. As folhas arranhavam o ar incessantemente. Eu dei de ombros dentro do meu casaco.

— Hayden! Menino, aonde você vai? — exclamou uma voz trêmula ao longe.

Brandon estava de pé na escada, sem se atrever a sair do patamar e enfrentar as gotas que caíam do telhado. Ele usava um colete de malha preta sobre uma camisa azul, como aqueles aposentados de cinquenta anos que jogam golfe e levam a filha para andar a cavalo.

— Ah... olá, vovô. Me desculpe, eu estava pensando na vida. Ah... Não, não se mexa, estou chegando.

O velho largou a mão grande sobre o meu ombro em saudação, como sempre fazia, e me convidou a entrar pouco antes de uma senhora enrugada de aparência impecável me alcançar no corredor.

— Querido! Como foi a semana? Anda, entre. Espere! Limpe as solas no tapete. Isso, muito bem. — Então, Abbeline tirou meu casaco e me deu um olhar alarmado, segurando meus ombros. — Filho! Você está cada vez mais magro. Você tem que comer mais.

Ela deve ter sido a única avó do mundo que disse essa frase com razão, porque era verdade que nos últimos meses eu havia me tornado um saco de ossos. Não que Abbeline fosse compensar a minha carência materna infeliz com quilos de pudim, peixe com fritas e assados de domingo, mas realmente vi como meu corpo estava se tornando o declive do Himalaia por causa das costelas salientes, as clavículas agressivas e o abdômen de bezerro. E embora ela quisesse checar as provas da evidência, levantando-me a camisa, eu não deixei ir além do ponto em que não veria as cicatrizes e marcas, que eram resultado de brigas com bêbados, acidentes ou até do esporte que eles chamam de sexo. Meu estilo de vida agitado, secreto e escondido para ambos os setentões não ajudava muito em oferecer ao meu corpo substâncias saudáveis. Então eu acabava magro, ressecado e afetado por este estúpido resfriado não medicado, que tinha me deixado com um aspecto de cachorro sarnento.

Eu tinha chegado ao cúmulo de pedir a Colibri um pouco de maquiagem para as olheiras que haviam se instalado naquele dia sob meus olhos.

— Haydeeeeeen! — berrou Janice, por trás de Abbeline.

A passarinha se jogou nos meus braços, emitindo aquela risada dourada e despreocupada. A garota era tão pequena que parecia que havia caído no chão, e essa mania de voar ao meu redor a tornava uma cópia indiscutível de Kaiser. E, como qualquer passarinho, ansiava que fosse segurado nos braços e impelido para o céu, para fazê-lo voar. Quando a peguei de novo, dei um beijo em sua testa e a abracei, com todo o carinho que consegui expressar sem parecer exagerado.

— Olá, Jany. Como foi o seu dia na escola? — perguntei, por pura trivialidade.

— Bom! — Ela alisou a saia azul-marinho. — Adivinha? Na sexta-feira temos de nos fantasiar, até os professores! E então eles vão nos dar doces. Você virá me ver?

— Hmm... Talvez — respondi desinteressadamente, adentrando a casa. A verdade é que eu não tinha interesse em ir à escola de Janice; eles começariam a me fazer perguntas.

— Mas... é um "talvez" que traz a possibilidade de um "sim"? Ou é um "talvez" para eu calar a boca?

— É um "talvez" que dá a possibilidade de você calar a boca — respondi com uma risada abafada, abraçando a garota com o braço, como um pássaro faria com a asa.

Por sorte, a conversa foi adiada pela necessidade de arrumar a mesa. Janice dançava aqui e ali, carregando os talheres um por um e fazendo outras coisas estúpidas, enquanto eu insistia para Abbeline se sentar e nos deixar cuidar de tudo de uma vez. Entre idas e vindas, a sopa atingiu seu ponto e começou a encher a cozinha com um cheiro quente e delicioso, que faria até as abelhas salivarem.

— Brandon, você não tem vergonha de estar sentado aí enquanto seus netos arrumam a mesa? Venha me ajudar, meu Deus.

— Espere um momento, mulher, estou vendo as notícias. — Abbeline soltou um suspiro e mexeu a sopa na panela.

— Tomara que eu morra antes de você. Aí você veria como é difícil cozinhar, servir, esfregar e... — começou, mas parou quando percebeu que o velho não a estava escutando. Em vez disso, acendia um charuto e se inclinava para trás, com toda a calma do mundo. — Embora, claro, como você vai durar mais tempo do que eu, se fuma como um mineiro irlandês?

Brandon não pareceu atingido pelo insulto. Na verdade, ele me convidou para fumar enquanto Abbe não olhava. "A elegância de um homem é medida pela qualidade do que ele fuma, pela marca do que ele bebe e pelas promessas que faz", dizia ele. A fumaça suntuosa roçou meu córtex cerebral, mas não tive tempo de bancar o elegante por mais tempo, porque entre comentários incisivos e pedidos gentis terminamos rapidamente sentados em volta da mesa. Essa pequena roda de cotovelos colados (em que mal cabia a panela e todos ficavam cara a cara) provou ser um erro constrangedor, especialmente porque logo veio a pergunta maldita e tive que passar o resto da refeição cabisbaixo:

— Hayden, tem certeza de que não quer vir morar conosco? — Abbeline colocou a colher no prato. — É que eu te vejo tão faminto, e com o corpo que é pele e osso... E eu entendo que a vida de estudante independente é difícil e você tem que apertar o cinto de vez em quando... mas nós nunca perdemos uma refeição à mesa. Nós deixaríamos você fazer praticamente o que quisesse, nós até lhe daríamos uma pequena mesada. Além disso, tenho certeza de que é o que seus pais gostariam.

Me impressionava a inocência de minha avó, acreditando que eu estava envolvido na aventura heroica de estudar Belas Artes de dia e sair com amigos tranquilamente à noite, enquanto a realidade financeira dura estava me dando experiências que me tornariam um homem bom e independente.

— Não, desculpe. Eles teriam preferido que eu apodrecesse na rua. Do contrário eles não teriam me expulsado, aqueles desgraçados.

— Hayden! Não fale deles assim! — retrucou Brandon, olhando para a pequena Janice.

Ela, por outro lado, parecia envolta em uma aura de curiosidade e olhava para nós o tempo todo, com aqueles olhos de coruja, sem se sentir ofendida. Neste momento, ela parecia se importar mais com a minha maneira graciosa de me expressar do que em defender a honra de seus pais. Um adulto poderia dizer essas coisas na frente dos outros? Que interessante!

— De qualquer maneira, você sabe que eu estou melhor sozinho, trabalhando e pagando meu aluguel. Não é justo que eu me torne um fardo para você, sem contribuir com nada e gastando tudo.

— Você sabe que não é um fardo. Nós ficaríamos felizes em...

— Não, vovó, caralho! — eu cortei amargamente.

Eu não estava com vontade de recusar com educação, porque minha cabeça latejava grotescamente e a ressaca me deixou tonto. De vez em quando, eu espirrava e meu catarro caía, sem mencionar a necessidade iminente de fumar um cigarro naquele exato momento.

Então eu quebrei o silêncio, comentando como a sopa estava boa ou algo igualmente superficial, que não era importante para todos, mas que servia para relaxar o clima.

Finalmente a velha foi até a cozinha para limpar tudo, sob protestos. Então acabei ficando sozinho com Brandon na sala de estar. Havia também Janice conosco, mas a atenção dela logo nos abandonou assim que colocou na TV seus desenhos favoritos.

— E como foi no musical? — perguntei ao meu avô.

— Muito bem, filho, foi muito bonito. Sua avó começou a chorar de emoção e você sabe como é difícil fazer sua avó chorar. Ela é uma mulher forte.

Eu não disse nada sobre isso, mas eu tinha visto Abbeline chorar muitas vezes. E era muito difícil, considerando que sempre foi por causa do meu relacionamento com meus pais.

— Sim? O que você me disse que viu?

— Os... Misericordiosos? — respondeu ele, tentando lembrar.

— *Les Misérables* — disse.

— Sim, sim. Isso. É que para guardar nomes, eu...

— Deixa pra lá, vovô. Foi em outro dia.

— Ai, meu jovem. Eu só lembro de coisas antigas. Já do que aconteceu ontem...

— Bem, mas isso é o mais importante. As coisas que você fez ontem podem ser lembradas por qualquer um.

Eu mal percebi quando minha mão pousou na dele, tocando sua pele quente e enrugada como um casulo de borboleta. Na verdade não era muito diferente: frágil e rachado por fora, poderoso e dourado por dentro.

— Você sempre sabe o que dizer nos momentos certos, Hayden.

Nós ficamos em silêncio. Assim. Muito quietos. Cruzando os olhares carregados de experiências silenciosas. Dois pontos de vista: o de um jovem que é maduro demais e de um homem velho que é jovem demais. A diferença de tempo era imensa.

Lá fora, a chuva propunha uma pequena trégua a Londres.

— Me conte aquela história que eu te contei daquela vez, que eu esqueci... Você se lembra? Aquela com as margaridas. Preciso ouvir.

— Você não se esqueceu. O que acontece é que você não se lembra — respondi.

Lembrar, ao contrário do esquecimento, é voluntário. E eu sabia que meu avô se lembrou dela e até mesmo dos menores detalhes, mas talvez tudo que ele quisesse fosse ouvir primeiro de outra boca. Sentindo-se uma criança novamente e fingindo que ele não sabia o que iria acontecer. E talvez não quisesse saber.

— Você se apaixonou por uma garota quando estava viajando pela Escócia. Brittany, acho que era esse o nome.

— Brianna — corrigiu ele. Eu sorri.

— Brianna. Você passou todo o verão lá só para ela, já que seu plano inicial era ficar apenas na primeira quinzena de agosto. Isso fez você mudar de ideia, então no final você teve que viver em um celeiro por dois meses difíceis com a carteira vazia. Depois de tudo isso, você teve que ficar com ela: uma escocesa ruiva, doce e cheia de sardas, que de vez em quando tinha a audácia de levantar a saia xadrez para você. Você teria talvez... treze, catorze?

Brandon assentiu e riu.

— Apesar disso, Brianna era uma menina caprichosa, que parecia uma potra ingênua, porém mais de uma vez o deixou mal ou respondeu a suas confissões com uma resposta imprudente. Naquele dia, você a encontrou nos campos verdes de sua fazenda, a muitos metros dos olhos curiosos de seus pais. Ali você arrancou uma margarida e começou a remover as pétalas, fazendo o clássico "bem-me-quer, mal-me-quer", com um resultado positivo para você.

Meu avô ficou quieto e silencioso, como se fosse um desenho. Eu continuei:

— Então ela te disse: "Uma flor estúpida nunca me fará amar você." E essas palavras marcaram você, que ficou deitado ali, parecendo perdido e acreditando que nunca mais a veria novamente. — Eu respirei profundamente. — Mas, no dia seguinte, Brianna acordou e abriu a janela, como em todos os dias. Logo abaixo, no pátio de sua fazenda, estava você, que tinha desenhado o retrato dela, enorme, no chão, com pétalas de margaridas e outras flores.

— Ah, sim, sim! Que obra-prima eu fiz. Que perfeição! — Meu avô, de repente, pulou animado. — Pode ser que esse talento para o desenho venha de família, Hayden. Você deveria ter visto aquilo. Eu gostaria que houvesse câmeras naquela época. A noite toda eu fiquei fazendo aquilo.

Lutando contra o vento, que arrastava meu trabalho pouco a pouco, passando horas colecionando flores. E então o que eu disse? O que eu disse?

— Que, se uma margarida não a faria se apaixonar, mil deveriam fazê-lo.

— Sim, isso! E ela sorriu. Eu a vi derreter como a dama sensível e dantesca que ela sonhava ser e eu finalmente a transformei em minha adorada. Teria sido uma história de amor eterno e leal... se não fosse pelos pais dela, que me encontraram lá com todo o show montado e me expulsaram de suas terras com tiros de espingarda. Muito dramático, sim, senhor. Mas, se não fosse por isso, eu nunca teria conhecido minha amada Abbe.

— Sim, vovô. Você diz isso agora, mas que fantasia você mantém em sua cabeça sem que a avó saiba?

— Que fantasia? Eu te disse que não me lembro mais dessa história...

Brandon sorriu e levou o dedo aos lábios, pedindo silêncio. Eu acabei bufando e mantive o segredo para mim de bom grado, olhando para o relógio na sala de estar e vendo minha irmã.

— Janice, vai pegar suas coisas. Eu tenho que te levar para casa antes do seu professor de piano chegar.

Enquanto a garota fazia um esforço sobre-humano para sair de frente da tela, fui até a cozinha para dizer adeus para minha avó e agradecê-la pela comida.

Mas então eu me encontrei em silêncio, completamente sozinho dentro daquele cômodo pequeno e centenário. Sobre a mesa, estava a bolsa da vovó Abbe, e, de dentro dela, sua carteira piscou para mim. A péssima e venenosa necessidade econômica ardeu em minhas entranhas até que decidi dar alguns passos, abri a bolsa rapidamente e peguei uma nota de cinquenta libras. Eu estava apenas suspirando de prazer quando uma voz melancólica interrompeu meu crime, como um choque elétrico.

Eu não sabia se tinha conseguido largar a bolsa a tempo, antes da chegada da velha de olhos azuis que acabara de entrar, entendendo minhas ações.

Ela olhou para mim. E eu olhei para ela. Ela sabia. E eu também sabia.

— Hayden, querido, me passe a bolsa que você tem ao seu lado — murmurou ela, com uma voz neutra e firme.

Quase temendo sua reação, mas não deixando a vergonha me denunciar, fiz o que ela pediu e esperei. Abbeline foi diretamente para o bolso das notas e contou seu conteúdo, sentenciadora. Depois de alguns segundos de obviedade e tensão, a velha tirou mais cinquenta libras e as entregou a mim com o rosto impassível, contra todas as expectativas.

Eu não as peguei. Já tinha o suficiente com esse sentimento sujo que me encurralou.

— Pegue, Hayden. O legal é mais fácil, mas também mais merecedor.

— Você sempre foi uma pessoa nobre, vovó. Às vezes demais — respondi, após uma pausa.

— É para isso que a decência serve. Para receber e perdoar o que não é decente.

Não foram necessárias mais palavras e tomei as notas com desejo ardente, sem negligenciar em nenhum momento o respeito extraordinário que tive por aquela massa de rugas e anos. Não havia o que dizer para expressar esse estranho sentimento de gratidão pela família, mas tampouco era necessário.

— Prometa-me que você fará todo o possível para se reconciliar com seus pais.

— Eu prometo — respondi secamente.

Então me virei e fui para a porta, saboreando estranhamente a enorme quantidade de dinheiro que eu tinha no bolso agora. Tudo que eu queria era sair de lá e parar de me sentir como o maior merda do planeta para aproveitar o meu tesouro.

— Janice, vamos embora! — Minha irmãzinha desceu as escadas como um vendaval e agarrou minha mão. Eu podia sentir o olhar calmo de Abbe na minha nuca.

— Tchau, vó! Tchau, vô! — gritou a garota.

— Tchau, filhos. Até a próxima semana.

Eu peguei a Janice sem olhar para eles e me preparei para enfrentar o frio agudo que tomara conta de Londres. Antes de continuar, assegurei-me de que a mocinha tivesse a jaqueta bem fechada e, finalmente, seguimos até chegar a Sussex Gardens.

— Bem, Hayden, eu ainda tenho que decidir de que me fantasiar, sabe?

— Hm… bem. E o que você tem em mente? — perguntei, fingindo interesse e abrindo o guarda-chuva rosa que ela estava carregando. O céu começou a chorar de novo.

— De alguma princesa da Disney. Eu tinha pensado em me fantasiar de Bela, porque eu realmente gosto do vestido amarelo, mas, por outro lado, eu gostaria de escolher uma que tivesse uma coroa. Eu gosto de coroas.

Eu teria cuspido no chão se não fosse o olhar inocente de Janice, porque essa conversa estava me dando verdadeira repulsa. Mesmo assim, achei-me estranhamente grato por falar sobre esse tema infantil incomum em vez dos assuntos que eu encontraria mais tarde, quando retornasse ao Leviathan.

— E por que não a Elsa? Com este vapor que sai de nossas bocas, você estaria bem adequada.

Eu tinha uma visão bastante diferente do que estava acontecendo: agarrando a mão da minha irmã e puxando-a para mim nas faixas de pedestres, tomando cuidado para não pisar em muitas poças, para não tomar uma bronca de seus pais. Os dois refugiados sob um guarda-chuva insignificante da Barbie, que molhava mais do que protegia, discutindo fervorosamente sobre as princesas da Disney.

— Eu também gosto da Elsa, mas ela não tem um vestido muito legal, digamos. E ela é uma filha da puta.

— Ei, você. Não fale palavrões — respondi.

— Você fala palavrões.

— Eu falo porque não tenho ninguém para me dizer "Ei, não fale palavrão". Encontre outra pessoa para imitar. Eu não sou um bom exemplo.

— E você gostaria de ter alguém para te dizer "Ei, não fale palavrão"?

Depois de um momento refletindo, respondi:

— Não, acho que não. Os palavrões são muito expressivos. Vamos fazer uma coisa, ok? Você pode falar todos os palavrões que você quiser, mas lembre-se de que nem o pai, nem a mãe nem nossos avós devem ouvi-los.

— Ótimo! Você vai me ensinar palavrões, então? — perguntou ela, com os olhos brilhando.

— Claro. Escreve a lição de casa: filho da puta, buceta, puta, vadia, babaca, cuzão...

Janice riu exageradamente e gravou todas as palavras em seu cérebro, mesmo que não soubesse o que elas significavam.

— Tá bom. E o que eu faço com o vestido da Elsa?

— Sabe de uma coisa? As verdadeiras princesas são as que usam armadura — respondi então, sem saber muito bem por quê.

Janice me encarou por um longo tempo sem entender, até que finalmente vimos o chalé onde ela morava a alguns metros. Eu não queria me aproximar. Eu sabia que seus pais estariam agora olhando para mim, com ciúmes, atrás da cortina.

Ela estava prestes a correr para a porta, quando se lembrou de voltar e me dar um beijo na bochecha.

— Acho que entendi. Vou me fantasiar de Mulan!

A menina se virou para sair novamente, percebendo algo no último momento e parando para abrir o pequeno guarda-chuva.

— Cuidado, puta! Eu não quero que você pegue um resfriado! — gritou ela, a meio caminho de volta, deixando-me atônito em frente ao chalé, sob a proteção do guarda-chuva da Barbie.

Ela me chamou de puta? Fiquei mais um tempo ali, com um sorriso estúpido em meus lábios e ignorando a chuva, graças ao guarda-chuva rosa, tão fora de sintonia comigo. Sim. Mulan era a resposta. Mulan tinha sido criada para que Janice entendesse minha frase e se fantasiasse dessa personagem, e isso me fez sentir orgulho da minha irmã. E de Mulan.

De repente, uma ideia maliciosa e malévola atacou minha mente, pouco antes de eu decidir ir embora. As sugestivas notas no bolso tinham despertado em mim um sentimento de ganância e vingança secreta que eu acreditava estar controlado. Então, olhando para os dois lados da rua, eu dei a volta no quarteirão para acessar a casa dos pais de Janice sem ser visto. Não foi muito difícil pular o portão dos fundos e caminhar tranquilamente pelo jardim, onde verifiquei que o velho abrigo de Kaiser ainda estava lá, para que o cão supostamente perdido pudesse voltar. Certamente isso era um capricho de Janice, a única que não sabia que eu o levara comigo no dia em que fui expulso da casa. Consegui alcançar a janela do quarto de hóspedes com agilidade, escalando a videira e sabendo que aquela era a única sala que podia ser aberta do lado de fora com um pouco de habilidade.

De repente, fui privado do frio e do vento, dentro de uma casa que outrora foi minha e que agora era habitada apenas por dois adultos intrometidos e uma menina inocente.

A sala estava completamente silenciosa e escura, como se a luz tivesse se aliado a mim para fingir que não estava usurpando seu território. As cortinas que criavam a penumbra pareciam anunciar algum tipo de luto, e os únicos vestígios de humanidade que ali estavam eram as fotos emolduradas da cômoda. Eu me permiti ficar preso pelas dezenas de rostos congelados e descoloridos. Só por um momento.

Era óbvio que ninguém parava para olhá-los há muito tempo. Talvez fosse por isso que estivessem tão empoeirados.

Com a discrição e o presságio de um gato, honrei meu apelido e esvaziei em completo silêncio todas as gavetas que eu me lembrava de que poderiam conter dinheiro, reunindo entre minhas garras de pirata uma pilhagem que poderia exceder duas centenas de libras. Então eu saí com a expressão de um vilão de cinema, ouvindo o piano de Janice no térreo e as ordens da mamãe no banheiro. Quero dizer, da mãe dela.

E eu me vi de volta à rua com meu resfriado ficando cada vez mais pérfido e a sensação de ter ganhado na loteria de uma forma muito fácil.

Conseguir dinheiro foi o fio condutor da minha vida. Manter meu aluguel, minha luz bruxuleante, o meu computador, meus materiais de desenho e meus narcóticos eventuais demandava uma base econômica estável, que apenas Leona não poderia manter, e as artimanhas para conseguir isso eram, pelo menos, artísticas. Em algum momento da minha vida, quando o dinheiro se tornasse uma daquelas coisas que você acumula no banco sem preocupações, eu devolveria cada centavo roubado à minha família. Ou pelo menos a meus avós. O restante poderia ser devolvido a Janice, quando ela já fosse uma adolescente com espinhas e razoavelmente responsável.

Nada por aqui, nada ali… Bingo! Nenhum policial ou vizinho bisbilhoteiro parecia ter decidido caminhar próximo ao meu pequeno crime. Fui mais uma vez bem-sucedido e triunfante, como um Robin Hood escapando a galope, porém com objetivos um pouco mais maléficos. Peguei meu guarda-chuva da Barbie e saí assobiando.

4

QUEM NUNCA VIU UMA PANTERA, VÊ UM GATO E SAI CORRENDO

Uma sequência de ônibus me levou para as grades do Soho e, uma vez lá, para o ninho da fera. O Leviathan me esperava imponente e sério, mas leal, como aquela mulher que você despreza, mas que sempre está a sua espera quando você precisa de calor.

Eu precisava desse calor agora. Eu precisava me cercar de pessoas desprezíveis para me sentir um pouco mais sensível do que o resto, para me destacar como a mosca mais limpa que estava condenada a essa merda. E eu me senti um pouco melhor quando a porta se abriu para mim, proporcionando-me o olhar de boas-vindas de River, Colibri, Camaleão e outras inúmeras belezas maltratadas sob o jugo da guerreira Leona Walker.

O Leviathan tinha nesse momento uma atmosfera de transcendência e decadência inconsistente, contribuindo para criar um ar denso e carregado por conta de todos os charutos que estavam sendo fumados. A fumaça tão sociável se instalou em minhas narinas quando entrei e me convidou a fazer parte dessa comunidade tagarela, que agora estava anestesiada por uma música calma e baixa.

Com a luz do sol, a besta permanecia adormecida, inofensiva. Não mais do que alguns *underdogs* enchiam o pub secretamente, para atrair uma clientela que logo estaria tomando algumas cervejas durante o dia e, depois, iria alimentar a loucura de álcool à noite.

— Cara, Gato! — Red levantou a voz do andar de cima, estendendo seu cabelo quente e flamejante pelo corrimão. Aquela jovem astuta, sedutora e carismática. E geralmente sem roupas. Era assim que eu a conhecia melhor. Uma das poucas *underdogs* em quem se podia confiar. — Você quer jogar alguma coisa?

— Em que você quer que eu ganhe?

— Um jogo de dardos? Aquele que perder convida para uma rodada de "neve", como dizem por aí…

— Você precisa mesmo me convidar? — perguntei, com um meio sorriso soberbo, aceitando o convite.

Atravessei o pub passando pela pista de dança e parei no bar para pedir um gim-tônica. O Leviathan era decorado com tema de oceano e uma iluminação intencionalmente pobre, misturando um mobiliário rústico, semelhante ao de um navio, com iluminação de bar retrofuturista e pista de dança. Fazendo jus ao seu poderoso nome de criatura do mar, as paredes eram decoradas com tentáculos de plástico gigantes, que se sobressaíam entre janelas redondas, e ofereciam suas ventosas para apoiar os copos e servir como cinzeiros. Eles estavam cheios de papéis, líquidos enigmáticos, chiclete mastigado, pontas e outros tipos de merda que os clientes, misteriosamente, tinham conseguido não jogar no chão. E como limpá-los era um saco, a tripulação do navio se dedicou a vê-los crescer e crescer, como se fosse a história de seu mastro.

Uma escada levava a um andar superior apenas um pouco mais alto (quem fosse maior em estatura poderia bater com a cabeça no teto do piso térreo), onde ficavam os banheiros, e que abrigava uma série de sofás e mesas. Além disso havia uma rede obscura de corredores e quartos privativos, que eram testemunhas de gemidos e agitações à noite. Aquelas salas privativas tinham abrigado casais fazendo amor, orgias devastadoras, homens inconscientes e trambiqueiros se escondendo de algum tipo de dívida. Havia também um escritório pessoal para Leona e quartos compartilhados para os *underdogs* sem-teto.

— Você se arrisca a beber depois de aceitar meu desafio? Que porra você pensa que é, Gato?

— Meu objetivo não será comprometido por um par de bebidas, Red. Você deveria saber. Mas, sim, já que você disse isso... Posso ganhar mesmo se estiver bêbado — provoquei, com um pequeno sorriso. Eu era conhecido como um dos melhores atiradores de dardos do Leviathan.

A mulher com cabelo flamejante esperava por mim na área das poltronas. Eu conhecia a Red há dois anos. Havia alguma confiança entre nós que não tinha nada a ver com o fato de que havíamos dormido juntos várias vezes. Talvez fosse uma questão de olhar para o sapato e ver que ambos pusemos o pé na mesma poça. Ao seu redor, me esperavam o alvo e um pequeno grupo de *underdogs*: Dean, Cherry, Lady, Pato e Ás de Espadas.

O jogo não foi muito difícil, apesar da atmosfera calorosa que Red criou com suas provocações e comentários. Eu me declarei vencedor após dois jogos com Ás de Espadas e Lady nos meus calcanhares. Eu nunca venceria Ás de Espadas nesse tipo de jogo. Afinal, o garoto de olhos amendoados tinha crescido entre dados e baralhos com cantos dobrados.

Finalmente, o pobre e espirituoso Pato teve que pagar o preço, sentando conosco em uma cadeira alongada e distribuindo o conteúdo branco de uma bolsa em seis fileiras iguais, separadas por cartão de seguro de saúde. Irônico.

Dean torceu uma nota de cinco libras e inalou o pó branco, com uma exclamação de euforia. Foi a vez de Cherry, o esnobe moleque de dezesseis anos, que se cansou de seus pais rapidamente e fugiu para destruir a sua vida voluntariamente, e que tinha agora acabado de espirrar com o nariz manchado de branco. Isso me incomodou, porque me lembrou de quem eu era anos atrás. Lady, a travesti com as costas mais largas e o rosto mais feminino que já vi em minha vida, cheirou sua parte, seguida por Pato e Ás de Espadas. E, finalmente, chegou a minha vez.

Cheguei à conclusão de que neste bar quem não consome drogas não sente nada, e há quem as use para parar de sentir. Eu não sabia se esse estímulo artificial poderia se tornar uma solução definitiva ou não, mas é claro que era a solução mais fácil. Se você ignorasse a queimadura que invadia sua garganta e o peito... se você prestasse um pouco de atenção, poderia ter as sensações doentias queimando dentro da sua cabeça também. Abençoada e colérica cocaína. Eu, pelo menos, não era um viciado em drogas. Havia alguns *underdogs* cuja dose diária de criatividade consistia em encontrar uma veia do corpo que não estivesse coagulada.

Lembro de ter ficado deitado na poltrona. Lembro-me do peso intruso de Red se curvando ao meu lado e murmurando alguma coisa. O que eu não me lembro é da chegada da noite, nem quando desci as escadas, nem quando eu enchi meu copo com cuba-libre e fui para a pista para pular e suar com cada música em um volume altíssimo.

Teriam passado três horas, quatro... como vou saber? Eu nem havia me lembrado de jantar, porque naquele momento a fome parecia ter esquecido sua função para me deixar dançar melhor na "neve". Eu não sei por que eles dizem que a droga faz você achar o seu lugar, quando o que ela realmente faz é desalojar.

Por volta das dez horas da noite, a temperatura do meu corpo começou a diminuir e, pouco a pouco, comecei a ter plena consciência das minhas ações para sair daquele galinheiro de pessoas que havia enchido a pista. Respirando fundo e esfregando o rosto com nojo, eu deixei cair meu peso sobre os cotovelos no bar, enquanto o garçom olhava de lado para mim e me dava um tapinha na bochecha.

— Ei, Gato, você tá dormindo... — Aaron sorriu para mim, com aquela curva cordial que ele sempre tinha na boca e jogou um pano molhado em água fria. — Vá, pegue, refresque-se.

Agradeci-lhe de todo o coração, embora não tenha dito nada, desejando me fundir com o pano e deixar aquele buraco infernal cheio de fumaça. Felizmente, o tempo me deu um pouco de descanso, antes que um jovem do bar se aproximasse, invasivamente, de mim. Eu não queria reconhecê-lo. Agora, tudo que eu queria era me tornar um insignificante punhado de tripas de insetos esmagados em um para-choque. Droga...

— Eeeeeeei! Hayden!

Era Jeffrey Thompson, um rapaz voraz, com cabelos longos e olhos penetrantes que trabalhava no Leviathan há quatro anos como braço direito de Leona. Você poderia dizer que ele parou de sentir as atividades em sua própria carne para começar a dirigi-las com sua grande líder, embora eu o conhecesse principalmente porque ele foi meu primeiro amigo e protetor quando cheguei a este bar, três anos atrás.

Eu poderia culpá-lo por me levar pelas estradas ruins quando eu ainda era uma criança sob a mão autoritária de meus pais, descobrindo o mundo estúpido, mas divertido, das armações e da vadiagem. Tudo isso causou uma infinidade de problemas, dívidas e ameaças, que afetaram a segurança de Janice e que levaram ao rompimento com meus pais, mas essa é uma história que agora não tenho vontade de contar. Assim, pode-se dizer que o menino compensou seu erro procurando um lugar para me acolher no Leviathan, se por acaso não acabou arruinando minha vida.

— Olá, Jeff.

— Como você cresceu, querido... — gritou o garoto, com uma imitação engraçada de uma tia distante. — Deus, já estava na hora da sua barba crescer, certo? Uma velha louca raptou você?

— Elas bem que gostariam — respondi, com um sorriso engraçado, mas vazio.

— E o que você tem feito?

— Bem, você sabe... O de sempre.

— Não diga! Sinto muito por você. Deixe-me convidar você para uma bebida.

Aaron tirou dois copos e os encheu com Cacique e limonada, todo o gelo do mundo, tendo em vista como eu estava mal.

— Hayden, tenho pensado muito na sua proposta de nos tornarmos milionários. E acho que, apesar das dificuldades, você pode contar com a minha espada.

— Porra! E com o meu machado. Quem não quer se tornar um milionário? —respondi. — Mas tenho que admitir que estou um pouco perdido sobre a proposta que supostamente fiz. Eu não me lembro de nada sobre isso, não te vejo há meses...

— Ok, eu confesso: a verdade é que foi Dean quem me disse, mas você teria amado a ideia. Você sabe, a operação Zebra das Cores.

— Minha pintura?

— Sim. Bom, não é o seu quadro que importa para nós, mas o que vamos roubar da Galeria Nacional. Você já pensou em um bom alvo?

— O quê?

A pergunta me pegou completamente de surpresa, a ponto de rever em minha mente se eu não tinha ouvido a palavra "roubar" errado.

— Você ainda não pensou? Mas garoto... nós não temos todo o tempo do mundo. Que tal aquele Girassóis? Eu não sei quem pintou, mas é um tamanho ideal para um underdog ir e roubá-lo.

— Sim, tá bom. Conta outra — murmurei, e tomei um gole da bebida.

— Hayden, estou falando sério. E eu pensei que você também.

— Jeff, quando Dean veio com essa ideia de roubar o museu, estava drogado! E eu não conseguia ver dois palmos à frente do meu nariz. Como ele levou qualquer coisa que eu disse seriamente? — perguntei, atordoado.

— Eu sei, eu sei. Dean pensava o mesmo, mas quando você levou o panfleto da Galeria Nacional para casa e circulou algumas datas com uma caneta, ele pensou que você realmente tinha pensado sobre isso. E, então, ele teve a ideia e me perguntou se eu queria fazer parte daquela empreitada heroica que você estava construindo.

— Ok. Olha, eu não sei quem está delirando mais, se Dean ou você... Como vamos roubar um quadro de um museu? Vocês pensaram no que estão dizendo? Você nunca viu os filmes de invasões e assaltos profissionais que eles colocam na TV e a monstruosa segurança que eles têm que burlar?

— Sei lá. Você falsificou pinturas, certo? Você sabe como essa merda funciona.

— E em que ponto de toda sua fantasia você cogitou que uma coisa tem algo a ver com a outra?

— Ei. Aqueles do cinema roubam diamantes de valor astronômico, cofres ou sei lá mais o quê. Mas uma pintura? Quem vai querer roubar uma pintura? A segurança não deve ser nem metade do que vemos na TV.

— Às vezes eu fico fascinado pelo mecanismo com o qual sua mente deve funcionar — murmurei, esfregando meus olhos. — Olha, Jeff, a arte é comprada e vendida, cara. Muito caro. Muito mais caro do que seus neurônios poderiam imaginar. E por essa razão, qualquer ilegalidade que tenhamos pensado sobre museus está fora de cogitação.

— Bem, ok. A Galeria Nacional pode ser um plano suicida... — Jeffrey abaixou a voz, embora o melhor sistema de isolamento acústico fosse a trovejante música tocando na pista de dança. — Mas naquela sua brochura dizia que haverá uma exposição temporária em novembro e que eles trocariam muitas obras com outras partes do mundo. O que aconteceria se... digamos... o veículo em que as imagens estão sendo transportadas sofresse um acidente perigoso e...?

— Jeff, chega. Acho que minha mente não poderia assimilar agora o funcionamento de um garfo, quanto mais de um assalto. — Bebi o conteúdo do copo em um gole só e me levantei. — Eu não sei onde isso terminaria, mas tô fora. Seja o que for que você e Dean tenham pensado, se é que tal ideia pode ser chamada de pensamento, aconselho-o a desistir.

Jeffrey me viu entrar na pista de dança mais uma vez, enquanto eu tentava colocar minhas ideias em ordem e esquecer as informações imprudentes e corruptas que acabara de receber.

A noite era jovem. Linda e perigosa como uma rainha e disposta a cortar sua cabeça se você não controlasse bem as suas ações.

Sob a percepção de um sábio sobrevivente do Leviathan, logo comecei a distinguir um movimento generalizado de *underdogs*, que se camuflavam entre a multidão para esconder suas intenções sujas: era a hora da colheita.

No início da noite, por volta das onze horas, os trabalhadores do bar começavam um ritual secreto, liderado por Leona, que consistia em prender clientes em potencial com suas garras cheias de prazer e, acima de tudo, dinheiro. Os *underdogs*, estrategicamente colocados ao redor da sala, passavam meia-hora analisando a massa alterada de baladeiros e dividiam as presas, considerando as possibilidades acessíveis: aqueles que não tinham alianças nos dedos, os que estavam um pouco bêbados, os que estavam entediados, os que eram as velas que acompanhavam seus amigos enquanto comiam... E os jovens especialistas se esfregavam neles, dançavam bem juntos ou até os convidavam para uma bebida.

Os malvados *underdogs* caçavam tão elegantemente que nem pareciam caçadores.

Depois, quando suas presas estavam bem animadas, e eles prontos para pegá-los pela mão e ir a um local reservado, informavam o preço e esperavam pela sua reação. É claro que os com menos dinheiro se separavam deles logo, antes que as coisas esquentassem mais, porém, geralmente, quando você está com tesão, nenhum preço parece muito caro.

A colheita tinha se tornado uma arte, uma verdadeira competição e uma marca pessoal em que cada underdog melhorava mais e mais para ter seus próprios fãs e tornar-se mais conhecido. As características de cada um pressupunham um filtro. Héteros, por exemplo, tinham baixa rotatividade quando a noite parecia muito gay, e bissexuais como eu (apaticamente convertidos por causa do trabalho) poderiam adicionar vários a sua contagem, porque ciscavam aqui e ali.

Se você fosse bem, teria dois clientes por noite. Às vezes, até vários juntos. Se você fosse mal, tinha que se contentar em ver o resto dos *underdogs* perdidos pelos corredores, acumulando riqueza. Alguns *underdogs* chegavam a falsificar espinhas no rosto para parecer mais jovens e reluzentes. Outros ajudavam uns aos outros, para prender os clientes e favorecer algum retardatário. Era um jogo de sobrevivência, um caldeirão de estratégias em que, se você não conseguia se dar bem, estava fora. E quando você não tem nada em seus bolsos, agradar a sra. Walker era sua maior prioridade.

Red apareceu ao meu lado por ironia do destino, isenta de participar do jogo desta noite. Seus olhos estavam firmemente fixos nos meus, como uma encantadora de serpentes, e não teve escrúpulos em me pegar pela cintura quando outra música começou a tocar, agarrando-se a mim e me dizendo algo em meu ouvido que eu não pude entender. Red dirigiu seus lábios aos meus, permitindo-me sentir seu hálito quente, com cheiro de licor.

Mas o meu objetivo foi interrompido por um gritinho ao meu lado, que conseguiu atravessar a música e chegar aos ouvidos, graças a seu acentuado tom agudo.

— Tenha cuidado, por favor... — sussurrou a voz, posteriormente, carregada de sutileza e preocupação.

O espaço entre os corpos me deu uma trégua, para revelar um grande homem robusto perto de Eileen. O estranho apenas murmurou um grunhido inteligível e encurralou a jovem de uma forma bastante agressiva.

— Senhor, você está bem? — perguntou Colibri, com o jeito inocente que tinha adotado desde sempre e que tanto apaixonava os homens mais ternos.

Em resposta, o cara puxou Colibri pela cintura e segurou o pulso dela com força, com os olhos vidrados, incapaz de permanecer fixos em um determinado ponto.

— Já te disseram que você se parece com aquela atriz... como se chama...? Audrey Hep... — O nome se tornou um soluço em seus lábios, até que finalmente gritou, com um gesto pueril: — Vem!

— Sim, mas é que... espere! Se você me deixar... se você me deixar um segundo, eu posso encontrar uma menina um pouco mais forte que pode...

E o sujeito realmente acreditou que poderia pegar Colibri pelo cabelo com aquelas intenções obscenas, puxá-la para um aposento reservado onde iria cobrir seu corpo com hematomas sem que eu, colega de trabalho e de apartamento de Eileen, não fizesse nada para impedi-lo.

— Ei, cara, qual o seu problema? — rebati com hostilidade, dando um empurrão com o ombro naquela massa de músculos e ar. Ar no cérebro, claro.

E aqui vem a parte bonita, amigos. De repente, eu estava debruçado sobre mim mesmo, ofegante. A resposta do cara veio rápida e surpreendente no formato de um soco.

— Hayden! — Eileen chorou, ajoelhando-se ao meu lado.

Eu não prestei atenção na cara de preocupação de Eileen, ou no rosto do homem suado e áspero. Mas, quando tive a oportunidade, me enchi de energia e lhe atirei o copo de vidro na testa.

— Meu Deus! — exclamou Red, observando os fios de sangue escorrerem do supercílio do desconhecido e o olhar constante e firme que eu tinha desenhado no seu rosto.

O homem ficou mais puto. Levantou-se do chão e assumiu uma postura de galo de briga. A essa altura, o pub inteiro percebera a gravidade da situação, fugindo para evitar que a briga sobrasse para eles e pouco fazendo para tentar nos acalmar. Um grupo de ingleses bêbados dava ao contexto uma nuance bastante perigosa.

— Deixa ele em paz, filho da puta! — gritou Bengala, agarrando o pescoço do meu rival. Felizmente, era impossível para o estranho ignorar um negro musculoso de oitenta quilos preso às costas, como uma mochila.

E o homem tinha conseguido me jogar no chão, agarrando minha perna para me impedir de recuar e dava socos para a direita e para a esquerda com a mão livre. No entanto, os golpes não estavam doendo. Ou talvez estivessem, só que eu não prestava atenção a eles. Senti suas juntas brancas como meros aglomerados de pressão contra os meus ossos, que não fizeram nada além de inchar a veia do meu pescoço e fazer com que o meu sangue queimasse. A intervenção de Bengala salvou a minha existência.

Quando Leona veio até nós, eu já tinha me livrado daquele idiota e estava dedicado a chutar sua cabeça enquanto ele se encolhia no chão, choramingando, bêbado e desorientado.

— Harry! Deixe-o!

Uma mão inimiga me puxou bruscamente para longe do homem. Notei que um grupo de caras da mesma linha havia se reunido em torno dele, batendo em seu rosto para reanimá-lo. Eles pareciam estar juntos.

Um deles se afastou do grupo e veio em minha direção, com óbvias intenções de me acertar, parando e se movendo de um lado para o outro como uma cobra furiosa, quando Leona o interrompeu. A música também tinha parado, deixando um burburinho sem graça e vazio, que logo se tornou uma confusão de perguntas.

— Ei, acalme-se. Acalmem-se todos — gritou a nossa capitã, com seu corpo tenso e imponente.

— Nós? Nós nos acalmarmos? — respondeu um homem grande, com cabelo raspado, sem ser intimidado. — Por que você não diz isso a sua putinha? Eu poderia denunciá-lo agora por quebrar um copo na cabeça do meu amigo! Ele poderia ter ficado sem um olho, maldito!

— Seu amigo estava incomodando minha colega, e se você mexer com um de nós, você mexe com todo mundo — metralhei, interrompendo Leona.

Aaron se aproximou de Bengala para colocar um pouco de gelo em sua testa, onde o soco do homem o golpeara. O underdog negro parecia ainda mais feroz com metade da visão escondida por um pano. River abraçou sua namorada, Eileen.

— E daí? Afinal, é para isso que você está aqui, não é verdade, seu rato nojento? Nós pagamos e você abre suas pernas. Assim é com todos vocês, nojentos que vivem nas ruas, que não merecem respeito nem um tratamento decente. Vocês não se respeitam nem uns aos outros, seus animais. Isso é o que vocês são. Vocês não passam de animais.

O clamor geral pegou fogo com a força de um furacão, provocando olhares rancorosos e comentários raivosos sobre os *underdogs*. Os mais corajosos se aproximaram de todos os cantos do bar e formaram um bloco ameaçador ao redor do grupo, pronto para se lançar sobre eles e lhes quebrar a cara. Eu fui o primeiro.

E, de fato, nós teríamos feito isso, se não fosse nossa venerável capitã se posicionar entre os dois lados e sugerir que os estranhos levassem o amigo para casa e continuassem curtindo a noite.

Ninguém reagiu. Ninguém se mexeu. Os olhares aterrorizantes de ódio poderiam ter derretido uma parede de gelo. A ameaça implícita de nos jogar na rua, se déssemos um passo falso, funcionou com todos os *underdogs*, mesmo com o agressivo Bengala, mas não comigo. Então, a envergonhada Leona teve que me segurar com suas próprias mãos, rezando para que os estranhos (contra os quais ela não tinha autoridade alguma) ignorassem meus comentários desafiadores e se afastassem.

Eles não o fizeram.

— Não, venha, putinha. Aproxime-se se você é homem. Vá para a rua, vamos deixar sua bunda como a bandeira do Japão. Talvez você goste disso, não é, bicha? O que você acha de multiplicarmos os golpes que você deu ao nosso amigo?

— Me deixa, Leona. Esse palhaço não vai poder andar de novo depois da "conversa" que vou ter com ele, mesmo que eu tenha que fazer isso sozinho — murmurei, debatendo com a líder, que estava mostrando mais força do que o esperado. Eu sabia que ela não ousaria me expulsar, eu sabia que custaria um preço muito caro para o Leviathan.

— Hayden, de verdade. Não seja bobo, não vale a pena — ela começou a dizer, tentando dialogar, mas se vendo finalmente vencida e deixada para trás.

Não havia necessidade de palavras exibicionistas, outro aviso ou intimidação de um lado que vivia com a companhia implacável na rua. Eu não precisava dessas coisas. Eu apenas fui na direção daquele estranho com avidez, procurando no meu bolso um objeto pequeno e afiado. E diante do olhar de terror do imbecil, minha mão foi parada a poucos centímetros de seu olho. Eu cerrei meus dentes, sem poder terminar minha ação. Jeffrey estava segurando meu braço.

— Jeff, querido, acompanhe Hayden a um quarto até que ele se acalme, sim? — ordenou Leona, com uma seriedade terrível. Eu sabia que isso me traria consequências indesejáveis, porque o bar tinha parado quase completamente.

Enquanto isso, o estranho, que estava à beira de ficar sem olho, recuperou o fôlego, visivelmente nervoso, transformou seu medo em um vômito de ameaças.

— Vá se foder, e foda-se a sua mãe, aquela puta! Ninguém toca no meu amigo! Tenha cuidado amanhã. Tenha muito cuidado por onde você andar, quando você comer, quando você respirar! Tenha cuidado com a sua família, filho da puta.

A única coisa que ele recebeu foi meu dedo levantado. Quando saímos da multidão, percebi um sentimento geral de respeito por mim. Os babacas acharam melhor ir embora, antes que algum underdog decidisse fazer com que eles saíssem. Afinal, aqueles bandidos eram apenas crianças com o ego inflado. A gente se vê, otário!

Jeffrey e eu subimos as escadas, ainda com todos os olhares sobre nós. Analisando-nos, julgando-nos. Que nojo. Eles não sabiam de nada. Apenas o resto dos *underdogs* se juntou a mim, com olhares silenciosos de apoio, até que finalmente nos trancamos em um dos quartos vagamente iluminado e com pouco mais móveis do que uma cama.

— Em que você estava pensando, idiota? O que você ia fazer com esse dardo? — Jeffrey fuzilou, no meio daquele silêncio apertado que durou pouco, porque no andar de baixo o DJ já havia retomado a música, provavelmente por ordem de Leona, com um som que dava a impressão de querer sufocar o clima ruim e a tensão que se formara.

— Não sei, Jeffrey. Me deixa em paz — falei, relutantemente, andando pela sala como um cão raivoso enjaulado. Eu estava muito chateado, zangado demais para pensar com clareza. As paredes retumbando com música eletrônica não ajudavam.

— Não! Responda a minha pergunta. — O garoto olhou para mim com olhos bastante estranhos, dificilmente interpretáveis. — Você quer ser denunciado?

— Aquele idiota não tinha o direito de nos dizer o que ele nos disse.

— Eu sei, mas você não pode apunhalar todas as pessoas que dizem coisas sobre nós, e, acredite em mim, existem muitas. É isso que somos, Hayden. Somos nós que criamos sentimentos de desprezo, quando cruzamos com as pessoas. Você está aqui há três anos. Ainda não está acostumado com esses comentários?

— Como você pode se acostumar com isso? Ser xingado por uma pessoa com um caráter um pouco maior que o de uma ameba?

Eles nos chamaram de ratos, eles nos censuraram cruelmente pelo que a sociedade pensava de nós. E não apenas de nós, mas de todas aquelas pessoas que foram forçadas a fazer coisas indignas para sobreviver. Eles tinham nos comparado a animais, com um bando de ovelhas estúpidas que não tinham nome nem personalidade. Era isso. Eles haviam tirado nosso nome e tirado qualquer ideia nossa, simplesmente por vendermos nossos corpos e pertencermos a eles por algumas horas. Eles haviam apagado nossa individualidade só porque podiam nos dominar e porque pagavam para nos comportarmos como um cachorro. Talvez Danielle gostasse da comparação, mas a realidade é muito mais triste que uma simples fantasia e uma coleira.

Acabou! Eu não aguento mais essa merda, pensei.

O resto dos *underdogs* e eu tínhamos que provar para aquela gangue bem-vestida que o valor de uma pessoa não depende do valor de seus pertences. Nós tínhamos que ensinar ao mundo inteiro uma lição.

Eu não sabia se era álcool, a cocaína ou o quê, mas senti o fogo queimar dentro de mim e queimar minhas entranhas, com uma sensação escura e venenosa. Um sentimento escuro e venenoso de...

— Jeffrey?

— Hm?

— Vamos roubar aquele quadro.

5

A PRESA QUE ROUBOU O GATO

— Bem. Vocês sabem por que estão aqui?

Silêncio. Cinco olhares atentos. Eu balancei minha bunda de um lado para o outro, sentado no skate com as pernas flexionadas.

— Para nos tornarmos milionários — declarou Dean, o mais velho de todos. Eu respondi com um resmungo.

— Errado. Você está aqui para mostrar ao mundo o que aqueles a quem eles deram as costas são capazes de fazer. Você está aqui para vingar o desprezo que recebemos. Este será um ato de protesto, que mobilizará políticos e jornalistas em todo o continente.

— E isso não é ruim, já que ninguém deveria saber que fomos nós que…?

— E nos vingaremos nos tornando milionários — insistiu Jeff, que se recostou no sofá, com um suspiro de graça.

A frase do assistente de Leona tinha soado como uma verdade universal: uma oração carregada de superficialidade e que, no entanto, foi a que mais moveu montanhas ao longo da história. Eu não podia deixar isso acontecer. Era muito mais valioso mover uma montanha graças ao tapinha nas costas que o socialismo oferecia.

— Nós vamos distribuir o dinheiro — corrigi. — Guardaremos uma parte que resolverá nossas vidas, sim, mas usaremos o resto para tirar os outros *underdogs* do Leviathan e ajudar aqueles que moram nas ruas. Não olhe para mim assim, você também sabe o que é ficar sem nada.

— Hayden I da Inglaterra, o Vingador — exclamou Cherry, num tom de voz ideal para ser acompanhado por trombetas.

— Estou falando sério.

— E foi você quem se nomeou líder da operação, irmão? — perguntou Ás de Espadas, com um toque de inocência em sua voz e outro de frivolidade em seus olhos. Ele passou a tarde inteira no sofá, agachado ao seu gosto, enquanto esvaziávamos a geladeira. — Eu tenho o direito de escolher o que fazer com o meu quinhão do dinheiro.

— Esse plano é chamado Zebra de Cores, então está literalmente assinado por mim. Eu tomarei as rédeas disso, gostando você ou não. Você é bem-vindo para deixar meu apartamento e procurar outro lugar para roubar. — Eu lhe dei um olhar áspero. — Não será difícil encontrar um substituto entre mais de trinta *underdogs*.

Mentira barata. Aquele loiro encristado era um verdadeiro profissional dentro da ilegalidade, trapaceiro e um mentiroso melhor ainda. Ele havia saído de casa quando ainda não tinha nem pelos nos ovos, se tornara independente em pequenos jogos e sobrevivera roubando na rua. Perder Ás de Espadas seria como perder um Chuck Norris, mas eu não tinha a mais remota intenção de confessar isso a ele. Se eu não deixasse claro para ele sua posição dispensável desde o primeiro momento, ele poderia usar sua influência para me manipular, como já havíamos feito tantas vezes com Leona. Eu conhecia bem esse jogo, então não adiantaria dar lições de navegação a um capitão.

Com um sorriso suspeito que exibia submissão forçada, Ás de Espadas levantou as palmas das mãos de modo receptivo e me deu uma trégua, decidindo voltar ao assunto apenas mais tarde. Então olhei para a equipe de *underdogs* que ocupava o sofá e continuei.

— E você sabe por que Bengala e Dragão partiram assim que você veio? Você tem que lembrar que esta também é a casa deles...

— Porque eles estragariam tudo — disse Jeff, abanando a meia-calça graciosamente. O preto e o chinês sempre tiveram pouca coragem.

— Errado! Porque pensaram nas consequências dessa operação e decidiram ficar de fora, o que é razoável demais para ser criticado. Ou seja, a partir de agora ninguém que esteja fora deste círculo ouvirá sobre o assunto, nem mesmo suspeitar dele, e também não nos interessa que saibam. É preciso ter cuidado com as palavras e com os ouvidos que estão próximos. Por isso é completamente proibido falar sobre isso com alguém além de nós. Vocês entenderam?

Os *underdogs* assentiram. Tigre, Colibri, Cherry, Ás de Espadas e Espelho. Cinco lutadores dispostos a se arriscar pelo mesmo objetivo... mas veríamos até que ponto.

Enquanto isso, grupos de táxi e vozes de vizinhos passavam pela janela quebrada do banheiro.

— E o River? — perguntou Eileen. — Ele não disse que também se inscreveu?

— Estou aqui.

Cachorro Molhado entrou pela porta com um engradado de cerveja debaixo do braço. Primeiro, ele nos cumprimentou com um aceno de cabeça e, em seguida, deu um beijo curto nos lábios da namorada. Kaiser o seguiu pela casa com adoração e se sentou a seus pés, quando o menino rivalizou por um buraco no sofá.

— Hayden, andei pela Galeria Nacional e você estava certo. Há vans especializadas em transportar caixas na porta.

O resto dos *underdogs* olhou para nós sem entender, então eu corri para explicar em detalhes, enquanto a cerveja descia pela minha garganta.

— Vejam só. Antes de chamar vocês, fiz algumas pequenas investigações para determinar se a coisa era viável. Primeiro, eu descartei qualquer possibilidade de roubar a pintura do próprio museu e foquei na ideia de Jeff de invadir os veículos de transporte dos quadros trocados com outros museus. Então eu mandei River verificar se a Galeria Nacional já havia preparado as vans para a exposição de treze de novembro. Obviamente não será fácil, uma vez que é provável que seja uma frota de semiblindados e cheios de carros de vigilância... Então, olhei na internet a maneira pela qual as pinturas emblemáticas são transportadas e descobri que, ao chegar no país de destino por avião ou barco, a troca é feita na fronteira e começa rapidamente uma operação cuidadosa de restauração, teste de temperatura, vibração, preenchimento a vácuo, pressão... e muitas outras medidas que vocês não entendem nem precisam se importar. Lá, no meio do aeroporto. Cheguei à conclusão de que é também impossível para nós atuarmos naquele momento. É quando mais técnicos e policiais estão por perto... e eu não quero soar um alarme e ganhar de presente uma bala na minha cabeça. — Eu cocei a parte de trás do meu pescoço. — Depois desse tratamento, transferirão a pintura para uma van do museu de destino, que a levará para sua nova casa em uma rota cuja especificidade e vigilância dependem exclusivamente da importância da pintura. É onde entramos, embora eu saiba da *Guernica* que a proteção poderia incluir, inclusive, a Polícia Metropolitana.

— Tudo isso por uma merda de um quadro?

— Sim. De fato, nossa questão é baseada na escolha de uma obra que seja famosa o suficiente para nos fazer ganhar muito dinheiro, mas não a ponto de envolver a guarda da Rainha Elizabeth.

— E eu suponho que você já tenha o alvo escolhido... — sugeriu Dean.

Eu lhe lancei um sorriso travesso, levantei-me do skate e peguei o livreto em suas mãos. Desdobrei-o. Napoleão poderia fazer uma entrada ainda mais triunfal, se fosse possível, montado em seu cavalo. O ambicioso desbravador conquistou quase toda a página.

— *Napoleão cruzando os Alpes*. A boa notícia é que ela atende aos requisitos e que, além disso, é uma bela pintura. A má notícia é que tem mais de dois metros de comprimento.

Eu ia terminar a frase com uma risada maliciosa quando a surpresa causou um espasmo em Ás de Espadas, que engasgou e me molhou com uma chuva de cuspe quente e cerveja.

— Obrigado por me convidar para outra bebida, eu adorei. Por favor, faça de novo.

— Dois metros! Porra, meu irmão! Como é que uma pintura de dois metros deve ser transportada?

— Veja bem. Somos sete pessoas fortes, com duas mãos hábeis cada, com cinco pares de dedos preciosos…

— Hayden, você tem ideia de quanto vai nos custar mover um quadro maior do que nós por uma cidade como Londres, levá-lo até Hackney sem sermos vistos, escondê-lo sem sermos pegos e vendê-lo a mãos apropriadas sem sermos roubados? — perguntou River, com preocupação. Não esperei mais críticas para responder:

— Eu vou dizer: vai ser um trabalho difícil, estranho, perigoso, delicado, um sacrifício, mas vai compensar a enorme quantidade de dinheiro que vamos ganhar. Você topa? — Ás de Espadas permaneceu em silêncio. — E vocês?

— Para mim, claro que sim — respondeu Jeff. — Eu acho que, se planejarmos com cuidado e cooperarmos, tudo pode correr bem.

— É só que, se der errado, todos acabaremos na cadeia.

— Eu não — retrucou Cherry alegremente, o único menor. — Eles não teriam a crueldade de colocar uma criança inocente como eu na cadeia. Eu sou apenas um cordeiro influenciado pelos lobos.

— Alguns minutos sozinhos com você seriam o bastante para eles entenderem que você não é um cordeiro, rapaz — disse Dean.

— Eu foderia o policial contra a parede até que ele me deixasse sair. E se o juiz ainda tivesse uma dúvida, eu também lhe faria uma visita.

Dean explodiu em gargalhadas.

— Cherry, seu merda…

O riso foi repetido por seus companheiros até que decidi impor o silêncio, jogando a lata sobre a mesa com um baque estrondoso. Os que estavam no sofá pularam de susto.

— Atenção, anormais. Vocês estão fugindo do assunto. Temos que planejar como atacar a van.

River interveio:

— Pelo que eu estava investigando, é um veículo com um compartimento traseiro de aproximadamente quatro metros de comprimento por três de altura, fechado por três cadeados para os quais não temos a chave. Além disso, ele é fechado por compressão e algum tipo de alavanca é necessário para abri-lo. Não tive tempo de olhar muito mais. Havia guardas por ali e eu precisava de tempo para pular a cerca.

— Cadeado... Bem. Acho que descartamos a possibilidade de quebrá-los. Essas coisas não são como aquelas que fecham um armário de ginástica, esses são feitos para que não possam ser quebradas ou forçados — respondeu Jeff.

— E se roubarmos a chave? — sugeriu Eileen, mas balancei a cabeça.

— Temos uma chance em um milhão de encontrar a chave que abre os caminhões antes do dia treze, e é possível que não esteja nem dentro do museu agora. Talvez só consigamos encontrá-la quando os motoristas pegarem as pinturas e, mesmo assim, será o momento em que mais medidas de segurança serão tomadas.

Todos ficaram em silêncio, pensativos. Então Ás de Espadas arrastou a bunda até a beira do sofá e se inclinou para frente.

— E se fizermos uma chave que abra essa fechadura? Se aqueles idiotas a deixaram lá fora, nós poderíamos... fazer um molde do buraco da fechadura?

— Um molde! — eles exclamaram animadamente. — Espere... Um molde? Que tal... chiclete? Ou plasticina?

— Isso pode ser facilmente deformado.

— Cimento! — propôs Jeffrey. — Isso endurece, então não se deformaria.

— Idiota, coloque cimento lá dentro, vamos ver como sai mais tarde — disse Ás de Espadas.

O desespero se instaurou entre nós e sufocamos nossa ansiedade com cerveja. Foi então que Cherry interveio, falando tão devagar e conscientemente, que parecia estar apaixonado por cada palavra.

— Resina dental...

— O quê?

— Nós podemos usar resina dental para o molde!

— Ok, Cherry. Obrigado pela sua participação. Por favor, tente novamente — bufei, acendendo um cigarro e inalando profundamente.

— Não, não, Hayden! Resina para fazer moldes de dente! Minha mãe é dentista, já vi isso milhares de vezes. Ela faz uma pasta fria e rosa que ela coloca na boca para as crianças e fica branca depois de um tempo, e é muito forte! Na verdade, ela envia esses moldes para empresas que fazem próteses, para fabricar dispositivos feitos sob medida.

Ficamos olhando para ele com uma expressão estranha no rosto.

— Ei... Isso poderia funcionar... — eu comecei a dizer — Não fica preso dentro?

— Não se injetarmos um pouco de água, simulando saliva. Deve funcionar como na boca de uma pessoa.

— Isso... é ótimo, Cherry! Você poderia roubar um pouco dessa massa da sua mãe?

— Claro que não — respondeu ele. — Eu vou pedir. Se eu disser a ela que é para algo na oficina, ela me dará.

Eu assenti. Tinha esquecido que o garoto estava fazendo curso de mecânico quando não tinha turno no Leviathan. Mesmo um adolescente hormonal como Cherry tinha boas ideias de tempos em tempos.

— Bem, amigos. Hoje é... dois de novembro e a exposição é dia treze. Eu estimo que eles precisarão de cerca de quatro dias para trazer todas as pinturas para o museu e arrumá-las para o grande dia. Mas não sabemos exatamente quando as caminhonetes sairão ou quando Napoleão viajará, então teremos que ficar alertas durante toda a semana. Vamos dormir ao lado da Galeria Nacional, vamos comer ao lado da Galeria Nacional e respirar ao lado da Galeria Nacional. Tentem não chamar muita atenção, vocês sabem que a Trafalgar Square tem pessoas a qualquer hora do dia. E quanto ao Leviathan, temos que continuar atendendo a Leona, para ela não suspeitar de nada, mas vamos trabalhar em turnos de duas pessoas. Cherry, traga a resina amanhã sem falta. Precisamos nos aproximar da Galeria Nacional, fazer moldes e encontrar um cara que não faça um monte de perguntas na hora de fabricar as chaves.

— Bem, tá bem. Eu vou conseguir.

— Eileen, você poderia procurar um serralheiro legítimo? Você sabe, algum jovem com uma loja de bairro... ou um velho que não se importa com a metade do que acontece no mundo...

— Claro, pode deixar. Eu acho que há um em Paddington que tem demência senil. Ele vendeu um bastão elétrico para o Camaleão sem perguntar por quê.

— Bom. — Meus olhos pousaram desta vez no segundo mais novo do grupo. — Vamos ver, Ás de Espadas, você tinha cinco irmãos, certo? Como estão?

O menino levantou uma sobrancelha, um tanto perturbado pela pergunta.

— Eles são seis e estão bem. Por que você quer saber?

O astuto underdog sabia que havia uma segunda intenção por trás dessa pergunta.

— Bem, é que ontem me lembrei do enorme colchão que você comprou no ano passado, aquele que foi feito especialmente para famílias grandes. Ele pode se tornar o protagonista desta história e... Pare de me olhar assim. Depois eu te digo o que eu pensei.

O próximo a reagir foi Dean, o mais velho do grupo, segurando a grossa barba vermelha e esperando para receber seu papel na peça.

— E você, Dean? Como está seu antigo Fiat?

— Continua poluindo o planeta como um campeão. Para que você precisa dele?

— Bem, você vai ver. Venha comigo.

Nós nos levantamos rapidamente, fazendo com que os ares empreendedores que queimavam o grupo fossem tangíveis. Kaiser deu um imponente latido assim que notou movimento, e sem fazer a menor ideia de qualquer coisa, resolveu olhar para mim estupidamente alegre.

— E quanto a você, Kaiser, se eles te perguntarem, você não ouviu nada.

Nos dias seguintes nos dedicamos exclusivamente a nos preparar para o *grand finale*, sendo notável o desconforto de Liu e Bengala ao falar sobre o assunto. Em geral, tudo foi realizado em nosso apartamento por conveniência, e até concordamos que a pintura seria mantida ali até que conseguíssemos vendê-la.

Considerando que não sabíamos em qual aeroporto chegariam os quadros, tivemos que dividir a equipe e distribuir os *underdogs* entre Gatwick, Heathrow, Stansted, Luton e a Cidade de Londres para vigiar todos. No quinto dia fui à Galeria Nacional flertar com a recepcionista e descobrir em que aeroporto as trocas chegariam, com cara de turista curioso. Descobri que iriam para Luton, mas perguntar sobre o horário seria suspeito demais.

Eu também tive que me tornar uma marionete do Leviathan no quarto dia, apoiando todos aqueles macacos idiotas que passavam pelo pub com uma vida cotidiana mais triste do que a de um cachorro abandonado em um posto de gasolina. Naquele dia, às treze horas, pratiquei o ato de vandalismo mais descarado da minha vida: eu me sentei em frente a placa dianteira do Fiat de Dean, com meu material de pintura, e converti o cinco em um seis, e o efe em um e. Por fim, decidi deixar o carro de River como estava, já que não tinha sido exposto demais.

Enquanto isso, Cherry roubou alguns macacões de sua escola de mecânica, e Bengala fez a valiosa aquisição de quatro cones laranja, daqueles que se usam nas ruas para separar as pistas. Os pilares do grande roubo estavam tomando forma.

Meu segundo ato de vandalismo consistiu em uma excursão complicada com River, passando por todas aquelas ruas glamourosas pelas quais a van de Luton poderia passar. A odisseia consistia em parar o carro em alguns pontos estratégicos da estrada, enquanto eu me deitava embaixo, sorrateiramente, com meu formão e martelo de esculpir, levantando o asfalto para criar os buracos mais salientes que essa cidade velha já tinha visto. Em condições normais, precisaríamos de uma furadeira para abrir o chão, mas era muito mais fácil se você lutasse com as ferramentas adequadas. Tivemos que passar três tardes para não alertar a polícia.

Já em casa, lar doce lar, levei um sanduíche à boca para dar uma mordida.

Se você nunca tentou fazer um com salsicha e chocolate com avelã, deveria largar tudo para experimentar. Não há criação visualmente mais repugnante e deliciosamente mais saborosa.

Enquanto isso, o colchão de Ás de Espadas recebia golpes naquela textura semelhante à de um pedaço de carne humana. Sua pele, músculos e tendões foram rasgados em uma fenda vertical, liberando todas as entranhas esbranquiçadas e limpas.

— É de foder, meu irmão. Meu pai vai me matar quando descobrir que eu trouxe o colchão aqui. Você sabe como é difícil conseguir um colchão desses? — disse Ás de Espadas. — E como vou explicar a falta dele? Vou falar que o colchão fugiu?

— Você tem seis irmãos para culpar — sugeri.

— Você se refere aos que têm dois e três anos? Ou talvez àqueles que estão na Hungria? Ah, não. Eu acho que você está falando do Mike, que quebrou um braço...

— Cale a boca e me ajude com isso. Quando vendermos a pintura, você pode comprar dez colchões como este para que os sete anões possam dormir juntos novamente.

— Você não deixa passar nada, amigo. Além disso, se este plano falhar, você me deve um colchão.

— Se este plano falhar, estarei na cadeia ou no Novo México. E eu quero pensar que você também.

Ás de Espadas bufou e começou a cavar dentro do colchão. A porta se abriu naquele exato momento para receber Colibri e Cherry.

— Olha só, Gato! — Eileen se aproximou de nós, girando seu corpo como uma dançarina. Não era muito difícil adivinhar que sua paixão sempre fora o balé. Duas chaves iguais pendiam de seus dedos, frescas do forno.

— Ei! Maravilha! Fizeram muitas perguntas?

— Que nada! Dissemos a ele que perdemos as chaves da casa e que todos os serralheiros para quem ligamos se perdem quando lhes damos o endereço, por isso pensamos que era mais fácil tomar o molde da fechadura. Você deveria ter visto nosso discurso de atores da Broadway. Só que acontece que o homem era mais surdo do que uma parede e que ficamos falando para o nada por quinze minutos.

— O velho nos lançou ao sucesso sem saber. Anote o seu endereço para lhe enviar uma cesta de Natal — disse Ás de Espadas, sarcasticamente.

Cherry olhou em volta.

— Ei. Onde estão River e Dean?

— Dean está com Jeffrey. Era sua vez no Leviathan — expliquei. — River foi a Notting Hill para comprar os cilindros de metal de oito centímetros. Também foi comprar as máscaras.

— Máscaras? Por que não usamos balaclavas? — perguntou Cherry.

— Pelo mesmo motivo que descartamos usar a meia-calça de sua avó: é como gritar que vamos atacar alguma coisa.

— Bem, eu descartei a coisa de meia-calça porque eu não quero colocar o rosto onde sua avó meteu a bunda — rosnou Ás de Espadas.

Cherry lhe lançou um olhar de ódio que logo se transformou em compreensão.

— Tá bem. E os guarda-chuvas? Quem vai trazê-los?

— Que guarda-chuvas? — Eu olhei para o adolescente com uma expressão de surpresa até que, de repente, me dei conta. — Sim, sim. Jeffrey é responsável por isso.

Mordi o sanduíche novamente. A salsicha invadiu minha língua possessivamente, enquanto a doçura do chocolate gritava, exigindo ser reconhecida. Como um artista no meio de uma rua cheia de empresários.

— Hm! Eileen, Ás, eu tenho que mostrar como medir com o lápis. Eu não vou estar no aeroporto. Vocês vão ficar com o carro de Dean, que vai atrás da van em que Napoleão viajará.

— Tudo bem — murmurou Colibri, sentando-se à minha frente, com as pernas cruzadas. Ás de Espadas parou de puxar as molas do colchão e ficou ao seu lado.

— Vamos ver. Vocês precisam de um lápis.

Peguei um para cada um, do mesmo tamanho que o dedinho.

— Deus, meu irmão. O que você fez com eles? Você os comeu? — perguntou Ás de Espadas.

— Estes lápis medem apenas cinco centímetros. Eu os apontei até o fim, até que ficassem todos iguais. Quando artistas pintam um retrato, usam um lápis de medição conhecido para manter proporções. Se você esticar o braço na frente do seu nariz e fechar um olho — os dois repetiram o gesto, hesitantes — então, aponta para uma distância entre dois pontos que está no horizonte, o que você quiser, e você conta quantos lápis de cinco centímetros cabem na distância. Tenha em mente que quanto mais longe você estiver do seu objetivo, menor ele parecerá, assim menos lápis se encaixarão nessa distância. Você pode até medir menos que um lápis, caso em que seu polegar é usado para marcar a linha.

— Espere. Com isso pretendemos medir a pintura?

— Exatamente. Quando o avião chegar ao aeroporto e os técnicos começarem a baixar as caixas, você provavelmente verá que as pinturas estão cobertas e embaladas como uma cebola. Seria impossível descobrir qual é o nosso Napoleão, porque haverá vários de tamanho semelhante, então a única maneira que posso pensar para ter certeza é medir a largura e o comprimento, que nesse caso medem, em metros, dois e sessenta por dois e vinte um.

— Ah, eu entendo — respondeu Eileen. — Mas, para compará-lo, teríamos que saber a que distância estamos do ponto de vista da imagem, porque não acho que eles nos permitam chegar muito perto. E então teríamos que calcular suas dimensões por uma regra de três.

— Como? Matemática!? — bradou o loiro encristado, com horror. O Ás de Espadas parecia muito inteligente, mas ele costumava dizer que seu ponto forte era apenas "inteligência aplicada".

— Não, você não precisa dela. Você só precisa supor suas medições em comparação com o resto das tabelas, levando em conta que a proporção é mantida, isto é, o comprimento sempre medirá quarenta centímetros a mais que a largura.

— É impossível que nós não nos enganemos — resmungou o garoto.

— Não, isso não é impossível. Nós apenas temos que procurar por uma pintura que é maior que o resto e cujo comprimento é proporcional à medida que o Gato disse — enfatizou Eileen alegremente, com aquele sorriso inventado por Audrey Hepburn. — Nós cuidamos disso, Hayden.

Eu assenti.

Atar todas as cordas e preparar planos secundários para apoiar os principais era essencial, algo que tínhamos que cuidar enquanto o sr. Tempo nos permitisse.

Porque o futuro não importa. O futuro não existe e nunca fornece nada além de expectativas. Mas o presente... o presente pode mudar as coisas.

Em nove de novembro, a roleta-russa disparou em Cherry, que na época estava com Jeffrey no Leviathan. Feliz ou infelizmente, nenhum deles pôde assistir ao assalto.

Às oito horas, River me ligou da Galeria Nacional para dizer que as vans tinham começado a sair. Então liguei para Dean e lhe disse para estacionar no terminal Luton. Eileen e Ás de Espadas estavam com Dean. Os três tinham ido para o aeroporto por volta das seis da manhã, como estavam fazendo todos os dias da semana.

River voltou de sua ronda para me encontrar e foi até a rua Meeson em busca de seu carro. Os minutos passaram inquietos e lentamente enquanto rezávamos em silêncio pelos outros *underdogs* para que medissem corretamente a pintura de Napoleão. O plano era reunir todos em Luton para escoltar a van, que anteriormente seria marcada como alvo por Eileen e Ás. Meia-hora depois, River estava dirigindo em direção ao aeroporto, quando meu celular tocou.

— O que foi? — rosnei, na esperança de ouvir a voz de Ás de Espadas ou talvez Jeffrey. Hoje todos nós estávamos com um humor levemente ácido devido à tensão.

— Hayden? Sou eu, Liu. Eu queria lhe dizer que tenho que ir a Wembley para comprar uma coisa. Como parece que hoje nem você nem nenhum de vocês vai pisar na casa... — Sua voz soava distante e cuidadosa. — Eu pensei que você poderia querer que eu levasse Kaiser para uma caminhada. Ele está por aqui, latindo e enchendo meu saco.

— Hã... Ah! Sim, Liu. Se você me fizer esse favor, eu agradeço... — respondi, tentando parecer calmo.

— Ok... — murmurou o asiático do outro lado do telefone. Então, ele desligou secamente.

— Era o Dragão? — perguntou River, olhando para a estrada. — Esse mané finalmente decidiu se juntar a nós?

— Eu acho que ele e Bengala se declararam definitivamente fora disso — respondi quando ele colocou o uniforme de operário que Cherry nos tinha trazido.

Quando percebemos que ia demorar, River estacionou o carro, enquanto esperávamos o telefonema de Eileen. Passaram-se vinte minutos. River não saiu do veículo e eu não parei de verificar se tínhamos tudo, de novo e de novo. Skate. Cones. Chaves. Cilindros. Guarda-chuvas.

Eu fumei um cigarro.

Skate. Cones. Chaves. Cilindros. Guarda-chuvas.

Entrei no carro novamente. River não disse nada.

Skate. Cones. Cilindros. Guarda-chuvas. E as chaves? Aqui estão as chaves.

Eu respirei fundo e olhei para o garoto de olhos azuis, que estava fazendo sua perna balançar distraidamente, enquanto olhava pela janela.

Eu olhei para o telefone ansiosamente. No fundo de tela, havia uma foto nossa, deitados nos jardins em frente à abadia de Westminster. Dean era o mais alto de todos, naquela época em que ele tinha a pele queimada e um corpo quase tão musculoso quanto o do Bengala. Ele usava a clássica barba ruiva que continuava nas costeletas e quase o fazia ter mais pelos na parte inferior do rosto do que na superior. Lembro que costumávamos dizer a ele que, se um dia sua cabeça caísse, não saberíamos em que posição colocá-la. Ao lado dele, estava Jeffrey, um pouco mais baixo e com cabelos negros, caindo sobre os ombros. A verdade é que ele tinha uma boa aparência. Acho que foi uma das primeiras vezes que ele foi incentivado a sair com a gente.

Perto deles, Cherry sorriu para a câmera com a expressão de uma criança. Cherry era um garoto que nunca parava de sorrir. A franja loira caía entre os olhos descuidadamente. Com um semblante triunfante e um rosto cheio de arranhões, ele segurava em seus braços o motivo de sua satisfação: um esquilo cinzento, assustado e aterrorizado. No canto da foto, estava River, com Eileen encolhida entre as pernas. Ele ofuscou o flash com seus maravilhosos olhos fluviais e cabelo escuro agitado, vestindo roupas largas para esconder o corpo desajeitado. Ela, com a aparência de um cordeiro e a pele da mesma cor, os cabelos castanhos reunidos em um rabo de cavalo e uma faixa no olho pintada no estilo Audrey.

No lado direito, estava Ás de Espadas. Sério, como sempre. Magro e com aquela camisa quilométrica que parecia estar derretendo em seu corpo. Não podia faltar a crista sobre a cabeça loira e aquele olhar astuto de comerciante, que presumia ter conhecido todos os sentimentos do mundo. E talvez os tenha conhecido mesmo.

Ocupando o canto direito e batendo a foto… eu. Sorrindo de lado. Ah… tempos de ouro, aqueles.

— Se eles não ligarem logo, eu vou me matar — lamentei.

— Tá, como se você tivesse uma arma para fazer isso. — River olhou pela janela. — Não é justo. Na América todo mundo tem armas. Roubar um quadro deve ser brincadeira de criança. Mas na Inglaterra? Nah. Somos mais elegantes, mas como querem que ataquemos um veículo de carga de aço blindado? Com um garfo?

Eu soltei uma risada.

— Calma, River. Eu não quero nem pensar no que aconteceria se eu colocasse uma arma na mão de Cherry. Ou de Dean.

O garoto assentiu, resignado, e olhou para a rua. Para um ponto específico. Na esquina de pedra, onde o sol refletia. Era uma câmera.

— Hayden... Não te preocupa que alguma câmera possa filmar o roubo? — perguntou ele com o cenho franzido.

— O quê? As câmeras? Bem, todo mundo sabe que Londres está cheia delas. Há em toda parte: nas ruas, monumentos, nos becos... Milhares e milhares de horas de filmagens, durante 365 dias do ano. Expostas ao sol, granizo, chuva... Você realmente acha que isso é possível?

— Não, não acredito. Para começar, imagino que a maioria das câmeras não funcione e estão lá apenas para intimidar.

— Exatamente. George Orwell não estava muito equivocado. A grande lenda de Londres. Olhos vigilantes, onde quer que você esteja, prontos para filmá-lo, gravando um espirro que seja, se você é suspeito... — Eu dei um aceno teatral. — São apenas histórias para educar as crianças. E mesmo que algumas conseguissem nos gravar, seria impossível rever todos os vídeos antes do final do dia. Essas fitas são removidas automaticamente a cada 24 horas.

— Como você sabe?

Eu dei a ele um sorriso estranho, impossível de interpretar.

— Ninguém vai nos pegar, River. As únicas que funcionam são aquelas que registram as placas no centro de Londres, por causa da taxa de congestionamento. Mas é por isso que vamos fazer o assalto fora do anel viário de Marylebone.

A taxa de congestionamento era uma tarifa cobrada de todos os carros que entravam no interior da cidade, para evitar a contaminação. A questão não era que nós não poderíamos pagar dez merdas de libras, o ponto era que o Fiat de Dean tinha a placa de licença falsificada e nós não poderíamos pagar por um número que não existia. Nós não queríamos levantar suspeitas ou deixar rastros estranhos.

Naquele momento, o telefone tocou.

— Olá, pessoal! Aqui é a Águia Careca.

— Deixa de babaquice! O que aconteceu, Eileen?

— Nada. Tudo bem. Tivemos algumas dúvidas ao medir certos quadros, mas acho que estamos atrás da van correta. É a terceira e eles estão separados um do outro.

— Ótimo. Quanto falta?

— Bem, Dean diz que quarenta minutos sem tráfego, então você tem tempo para fumar outro cigarro.

— Se você insiste... — eu ronronei, embora já estivesse acendendo um. — Ei, a propósito. Como está o caminho? Existe vigilância aérea?

— Eu não vejo nenhum helicóptero, embora, quando entramos na cidade, as câmeras naquela área provavelmente estivessem funcionando muito bem.

River e eu nos entreolhamos.

— Bem, não importa, contanto que vocês não se exponham demais.

— Assim será, senhor Don Gato! — a garota cantou antes de desligar.

Eu sinalizei para o meu parceiro e liguei o carro. Um longo caminho nos esperava até o destino, mas um ainda maior esperava por Dean e os outros. Provavelmente agora eles estariam comentando sobre a peça, enquanto fervilhavam de excitação... mas, depois de cinquenta minutos sonolentos seguindo a van, a coisa já teria perdido a graça.

Quando transcorreu aquela meia-hora muito enfadonha para ser típica de um roubo histórico, os edifícios devem ter começado a substituir os campos verdes na visão de Dean, porque então ele me ligou todo nervoso por causa do pânico. Ver-se no meio da cidade significava apenas uma coisa: a função estava prestes a começar.

— Hayden?

— Olá, Dean.

— Hayden, velho, eles vão perceber que o registro é falso.

— Não, me ouça — assegurei-lhe. — Nós não vamos chegar ao anel viário que registra as placas de pedágio. Nós já tínhamos falado isso. Você está seguro.

— Foda-se, é muito suspeito que eu os esteja seguindo. E eu tenho que devolver o carro. Eu não posso me dar ao luxo de queimá-lo em um campo para destruir evidências.

— Dean, acalme-se. — Eu mudei de posição, dependia completamente da sanidade mental daquele trintão. — E pare de viadagem, porra, ninguém te pediu para queimar nada. Você é outro motorista circulando pela estrada. Coloque isso na sua cabeça.

— Ah… Olha… Sabe de uma coisa? Eu queria ter um baseado no porta-luvas. Agora eu precisava relaxar e…

— Dean, nem pense nisso — retruquei. — Hoje temos que nos manter limpos e alertas. Uma única falha no plano e vamos ficar pobres para sempre. Entendido?

— Ah, sim, capitão, meu capitão! Você está certo, eu aguento. Eu tenho uma força de vontade de ferro… e hoje vai ser um ótimo dia, rapaz. Hoje vamos dar um xeque-mate nesses caras ricos. Foda-se o sistema.

— Que força de vontade, meu irmão? O que acontece é que você não tem mais seda… — murmurou Ás de Espadas ao lado dele.

— Cale a boca, Ás, ou não vou conseguir ouvir o Gato — rosnou Dean, ainda que eu não tivesse dito nada. — Hayden, eu avisarei quando estivermos próximos.

Ao meu lado, Cachorro Molhado sorria.

Londres era uma cidade de engarrafamentos. Uma cidade glamourosa, cheia de táxis e ônibus o suficiente para encher vários reservatórios, para que as ruas principais pudessem se transformar em um congestionamento total. Contávamos com esse fator característico para fazer o trajeto, que consistia em ficar eu no ponto de destino, enquanto River ia com Dean, para tentar redirecionar a van através das ruas que nos interessavam, pressionando e cortando o veículo entre dois carros. Seria uma missão muito escandalosa e muito perigoso fingir que eram quaisquer acidentes e mal-entendidos, então ambos os *underdogs* tinham a intenção de intervir o mínimo possível.

Além disso, Ás de Espadas e Eileen deveriam sair do carro de Dean para deixá-lo sozinho com a sua parte, enquanto procuravam uma maneira de chegar perto da minha posição antes que o trio de veículos o fizesse. O plano era chegarmos os três a pé no ponto de destino, enquanto Dean e River, em seus carros, garantiam que a van também chegasse.

Mas eles, provavelmente, seriam forçados a pegar um táxi e mandar que ele passasse pelas ruas secundárias, porque a pé seria impossível para Eileen e Ás chegarem antes deles. Embora o acaso pudesse nos oferecer milhões de oportunidades para fracassar, encontrar um táxi naquele momento e ultrapassar os condutores pobres imersos no engarrafamento que levava ao centro de Londres era relativamente fácil.

Então, em menos de dez minutos, Colibri e Ás de Espadas surgiram ao meu lado, naquela simples passadeira de Cricklewood Broadway. Nós nos cumprimentamos com um tapinha.

E imediatamente Dean ligou para o meu celular de novo, em pânico.

— Deus, Hayden?

— Sim?

— Você não imagina o quanto minhas mãos estão suando. Se eu não te vir de novo, queria só dizer que… eu te amo.

— Você é um imbecil.

Dean riu.

— Está parecendo muito com filme? Eu tive que dizer isso, cara.

— Melhor colocar suas mãos no volante e fazer seu trabalho, cérebro de ameba.

— Ok, querido.

O vento soprava de vez em quando. Logo apareceu uma fina garoa e as pessoas começaram a se transformar em guarda-chuvas. Como o primeiro momento crucial da operação Zebra de Cores estava se aproximando, desta vez eu fui o primeiro a pedir por uma atualização a Dean, que não tinha desligado o telefone por conveniência.

— Dean, me dê sua posição.

— River vai para um lado da van e eu para o outro. Em cinco segundos, passaremos pelo posto de gasolina.

— Bom. Do posto à faixa de pedestres eu contei 420 passos, ou seja, três minutos e meio, na velocidade máxima permitida — disse, em voz alta. — O semáforo leva vinte segundos para ligar desde que o botão é apertado, então, subtraindo esse tempo do que o carro leva e o transformando em distância…

— Você tem que avisar quando for ao hotel The Crown. Logo depois disso, eles devem ficar presos no semáforo — concluiu Eileen, com expressão afável.

Agradeci sem palavras e passei para Dean. Depois de três minutos evitando que as senhoras de Londres quisessem apertar o botão para cruzar, o trintão levantou a voz metálica:

— Já estamos indo para o The Crown. *Puxe a alavanca, Kronk*!

Eu obedeci nervosamente e apertei o interruptor. O skate dançava entre meus dedos, Eileen retesava seus ombros e Ás de Espadas embaralhava suas cartas.

Justo no tempo previsto, a van apareceu, protegida por dois carros-fortes, e parou no semáforo, diretamente na primeira fila. Foi quando liguei o alto-falante e ocupei a faixa de pedestres. Era a hora do show. Começamos a fingir ser artistas de rua.

Nossa. Aqueles vinte segundos em que o sinal vermelho durou foram os mais rápidos e mais turbulentos de nossas vidas. Eileen se contorceu com aquela música divertida, mas doce; era Audrey Hepburn dançando balé. Ás de Espadas se aproximou dos carros na primeira fila enquanto as cartas voavam de uma mão para outra sem cair, de uma maneira hipnótica. Eu fiz algumas piruetas que aprendi na capoeira. Os três com macacão azul, os três perfeitamente compenetrados. O tempo corria, mas os segundos estavam contados.

Quando o skate foi jogado no chão em direção à van, Ás de Espadas e Eileen me levantaram nos braços como uma pequena torre humana e me lançaram nele. Meu peito bateu no skate, deixando-me sem fôlego, mas o impulso recebido me ajudou a rolar para a parte de baixo do veículo. A escuridão e o fedor de óleo inundaram minhas narinas. Então, enfiei a cabeça pela parte traseira e busquei no bolso as chaves e os cilindros. Como planejado, a frente do veículo seguinte estava muito perto para que o motorista me visse, e os carros de River e Dean estavam em ambos os lados, impedindo a visão da calçada.

A chave entrou perfeitamente e o mecanismo se abriu, justamente quando a música acabou.

— Obrigado! Muito obrigado! — vociferou Ás de Espadas pelo alto-falante. Então os dois andaram entre os carros e fingiram pedir dinheiro.

Aqui vinha a parte mais difícil: eu tinha que virar o corpo perpendicularmente ao skate, apoiando-me apenas no traseiro, e abrir as fechaduras laterais sem ser visto pelos espelhos. Por isso, esperei que Eileen se apresentasse e pedisse dinheiro a Dean pelo lado oposto e que o Ás de Espadas fizesse o mesmo com a van. Ele bateu os dedos na janela e fingiu estar irritado com a atitude mesquinha do motorista, mas foi tempo suficiente para eu abrir o mecanismo e encaixar o cilindro no lugar, sem que o espelho me traísse.

Apressadamente, eu me virei para o lado oposto e os papéis foram trocados: Eileen fingia abordar o passageiro da van, enquanto o Ás de Espadas fingia voltar a insistir com River. Mais uma vez, o corpo inclinado de Colibri se interpôs entre o espelho e mim, dando-me tempo para abrir a terceira e última trava. E a mais difícil.

Os homens da Galeria Nacional rosnaram furiosamente e ligaram o motor para assustar Eileen. O suor escorria pelas minhas têmporas. Se o veículo começasse a andar naquele momento, as rodas traseiras passariam sobre mim. E a fechadura resistia.

— Por favor! Nós precisamos do dinheiro! Por favor! — implorava Colibri desesperadamente, passando a mão pela janela para impedir que o veículo se movesse.

E, nesse instante, a luz do semáforo ficou verde. Dean olhou para mim com horror de seu Fiat... e os motoristas levantaram a janela. Uma aceleração sem piedade os levou para longe da faixa de pedestres.

6

... NÃO VOLTA NUNCA AO PRATO

— Hayden! Deus… Meu Deus! — chorou Eileen, ajoelhando-se ao meu lado.

Eles me encontraram no chão, encolhido de medo e meu rosto manchado de cinza pela explosão do cano de escape no meu rosto. Fora isso, eu estava inteiro.

— Você conseguiu, moleque! Você colocou todos os cilindros, certo? — Dean insistiu da janela do carro, bloqueando a pista e levantando um coro de buzinas atrás dele. Eu apenas sorri euforicamente e respondi:

— *Ding, dong*. Bingo!

Dean riu e apertou minha mão, antes de arrancar na direção da van. Os dois *underdogs* me arrastaram para a calçada com exclamações de horror.

— Deus, Hayden. Você é um imbecil! O que há de errado com você? Não se arrisque assim de novo… até o último segundo! Quase me matou do coração! — Eileen reprovou. — Nós preferíamos perder a oportunidade de roubar a pintura a perder a sua vida.

— Tudo bem, Colibri, sem exagero — respondeu Ás de Espadas com desprezo, enquanto pegava o skate. — Você foi ótimo, meu irmão. Bom pra caralho.

Eileen deu a Colibri um olhar assassino e ambos permaneceram imóveis, esperando pela minha reação.

— O quê? Estou bem, ok? Chega de lenga-lenga, temos trabalho a fazer.

— Bem, bem… Agora vem o buraco, certo? Qual deles vamos usar? — perguntou Eileen.

— A Kilburn High Road é a rua mais próxima, é claro, então agora você vai avançar com os cones e cortar o caminho da van se necessário. Vocês e Dean têm que redirecionar o veículo para passar por lá.

— Mas ficamos para trás! Precisamos de um carro para nos levar, certo? — resmungou o Ás.

— Como não cresceram asas em vocês esta manhã, receio que sim. Mas não há problema com isso: ligue para o River para ele vir buscá-lo.

— E Dean vai ficar sozinho seguindo a van?

— O pior já aconteceu, porque agora estamos praticamente em linha reta em direção ao centro de Londres e não acho que a van precise se desviar demais. Então, sim, Dean pode lidar com isso sozinho.

Fui até a cabine telefônica mais próxima, cheia de publicidade pornográfica dentro, onde escondemos os cones.

— Ok, e você? Você vem com a gente?

— Não. Eu vou atrás de vocês para supervisionar.

— Você não pode nos acompanhar.

Eu levantei o skate e sorri.

— Você subestima minhas asas.

Não parei para examinar seus rostos. Lancei o skate à frente, e ele teria continuado se não o tivesse prendido com um dos pés. A lei do atrito queria me multar por excesso de velocidade, mas logo impulsionei com o meu pé direito.

Evitei os paralelepípedos e procurei as calçadas das casas, as ciclovias, os caminhos dos esgotos. Conhecia cada centímetro da minha amada e odiada Londres. Londres pertencia a mim e às minhas rodas havia anos.

Cricklewood Broadway foi rapidamente deixada para trás e a Kilburn High Road começou. Só me permitia aliviar a tensão quando a fila de carros atrás de mim parava em um semáforo. Então consegui me adiantar e a sensação de movimento foi invertida como uma fita que rebobina. Quando o meu ritmo de avanço ficou insuficiente e eu não tinha mais atalhos para pegar, optei por desviar para a calçada e me agarrar ao para-lamas de um dos ônibus vermelhos que estavam passando pela linha. Eles tinham uma pista especial para evitar engarrafamentos.

Eu tenho que admitir que não foi a viagem mais confortável do mundo, nem a melhor ideia. Especialmente considerando que eu estava recebendo fumaça na cara e que tinha que ficar agachado para não perder meu skate ao longo do caminho. As rodas vibravam sob meus pés por causa da velocidade e a vibração era transmitida por todo o meu corpo, até atordoar cada célula dele. Não era a definição exata de "pegar o ônibus", então quando eu finalmente soltei o para-lamas, meus membros me fizeram cócegas irritantemente. A parte boa? A van e os carros de Dean e River foram deixados para trás há muito tempo.

Embora parecesse estranho, eu estava cansado. A súbita quietude não me caiu bem.

Eu estava no meio de Kilburn, aquela interminável rua residencial, onde River e eu havíamos cavado o buraco dias atrás. As pessoas andavam de um lado para o outro na pressa de sempre, inconscientes da pressão sanguínea que estava atingindo as minhas artérias naquele momento. Eu as invejei. Eu gostaria de poder também ignorar meu coração galopante por um momento.

O segundo momento crucial da operação estava prestes a acontecer... e, embora tivéssemos ensaiado várias vezes com o veículo de River, o que aconteceria com o furgão dependeria completamente da sorte. Eu fiquei agachado na calçada, esperando o show terminar. À minha frente, estava a espessa cicatriz no asfalto, sangrando poeira e alcatrão em partes iguais. Não tanto quanto deveria, porque River e eu o limpamos completamente para que ficasse invisível aos olhos de qualquer motorista.

Os segundos se passaram devagar. Alguns momentos depois, o furgão da Galeria Nacional virou a esquina e foi em direção ao buraco em grande velocidade. No momento em que os motoristas viram e quiseram reduzir a velocidade, já era tarde demais e foram engolidos pelo buraco.

E, bem, eles se estreparam. Eu nunca tinha visto um veículo cambalear com tanta violência, carregando toneladas de aço como aquele. Por um momento, achei que um pneu ia sair e me deixar sem cabeça. Aquele chacoalhar soou quebrado e desastroso, e provavelmente os vidros teriam explodido se não fossem à prova de balas. Ainda assim, eu vi tão claramente, como num documentário: os cilindros de metal incorporados sofreram o choque com tal brutalidade que sopravam as dobradiças, quebrando a pressão sob a qual elas estavam e me permitindo observar, por um milésimo de segundo, a fenda escura que se abriu na câmara traseira. Insignificante demais para os motoristas perceberem e considerarem fechá-la.

— Sim! Porra! — Meu punho se fechou de emoção, desfrutando exageradamente das maldições fugazes ditas pelos pobres. Eu não ficaria surpreso se um pneu tivesse furado.

Mas seguiam seu caminho com um ritmo desajeitado e hesitante, como se tivessem batido o dedinho do pé no bico de uma mesa. Esse era o som da vitória, o grito de fogos de artifício explodindo no céu: agora que a cabine traseira estava destrancada, qualquer ladrão poderia abri-la com suas próprias mãos e levar o conteúdo em menos de dez segundos, se soubesse o que tinha vindo roubar.

Eu explico. River tinha feito uma segunda viagem para a Galeria Nacional para examinar melhor o fechamento das vans, e tinha nos contado que as cabines traseiras possuíam (além dos cadeados) um sistema de pressão dificilmente ultrapassável sem o uso de uma máquina de alavancas. Presumi que isso foi feito para evitar que as vibrações das portas fossem transmitidas para os quadros.

Claro que não tínhamos essas máquinas. Então tivemos que encontrar uma maneira original de aproveitar todos esses quilos de aço. Costuma-se dizer que as coisas caem sob seu próprio peso.

— Dean? Porra, eles estão com o porta-malas aberto — falei, subindo no skate e discando o número de Eileen com o outro telefone que eu tinha no bolso.

— Grande garoto! Eu pularia de alegria, mas estou com o pé no acelerador. Eu continuo em Kilburn High Road.

— Eu sei. Eu vi você passar, você não foi atingido pelo baque por milagre. E River?

— Não tenho ideia. Deve estar pelas ruas secundárias, pegando Ás e a Eileen.

— Estou ligando para Eileen. Temos que decidir onde roubar a pintura. Agora, eu te digo — disse, colocando os dois telefones em ambas as orelhas. Manter-me no skate com esse ritmo de equilíbrio foi complicado.

— Santa Mãe, isso está cheio de policiais — reclamou Dean.

— Como? Você está sendo escoltado? — O coração me veio à boca.

— Não chega a tanto, mas nota-se que eles aumentaram a vigilância nesta área.

— Quieto! Vê se esconde o telefone, para que não parem você por uma besteira, como falar enquanto dirige.

— Olá! Aqui é o Urubu Peludo — uma voz feminina ressoou no telefone.

— Eileen, e aqueles cones?

— Já vai, já vai — respondeu a garota no outro lado do aparelho. — Nós corremos tudo o que pudemos. É que o River não conseguiu estacionar para nos pegar. Não se preocupe, estamos aqui.

Eu mal tive tempo de respirar, porque Dean estava falando no lado esquerdo, para me informar da direção da van.

— Gatito, ainda estamos em Kilburn. Eu duvido muito que eles queiram continuar nesta rua, isso desvia muito da rota. Então, vamos voltar para Abbey Road em cinco minutos. Corra, Forrest!

Eu pulei do lugar onde estava como se tivesse recebido um choque e comecei a rolar pela calçada, na direção oposta à multidão de pessoas. Eu tinha seis minutos e meio para chegar ao fim da rua. Se não conseguíssemos na primeira vez, teríamos que deixar a van, porque não podíamos nos permitir entrar no centro de Londres com a placa falsa de Dean.

— Eileen, os cones para Abbey Road. Vamos desviar a van para uma das pequenas ruas transversais e vamos roubar a pintura lá. Já! — gritei para o celular da direita, tão alterado que eu tinha me esquecido de ofegar. Mas o frio continuava rastejando afiado em minha garganta como se eu tivesse engolido uma espada de circo.

— River, vire ali. Hayden diz que estamos indo para Abbey Road — disse Eileen, depois de um momento de silêncio. No final, eles pareciam ter conseguido entrar no carro, por causa da voz difusa que escapou do garoto de olhos azuis.

— Ops... Heidi, temos um táxi na frente e não podemos ultrapassar. Ele parou para pegar uns caras — a voz de River soava distante, porque era Eileen quem segurava o telefone, mas presumi que ele tivesse falado, já que ele era o único que me chamava de Heidi, em vez de Hayden. Normalmente, ele fazia isso quando queria aliviar as tensões, e isso só deixava claro que a situação estava tensa e me deixava ainda mais nervoso.

— Merda! Por que essas coisas têm que acontecer agora?!

— Porque, até onde eu sei, eles ainda não colocaram meu nome nesta rua.

— Calma, Gatito — Dean me confortou, do telefone esquerdo. — Estamos furando todos os semáforos que existem neste mundo.

Sem fôlego, cheguei à esquina da Abbey, onde finalmente tive o luxo de descansar por dez segundos. Eu estava tão acostumado a ser informado da situação que os seguintes momentos de silêncio foram como uma tortura medieval.

— Quatro minutos para Abbey Road — anunciou Dean, finalmente.

O tempo continuava correndo contra o relógio. Tudo o que eu queria agora era ouvir a voz de Eileen dizendo que os cones estavam prontos para desviar a van.

— Três minutos para Abbey Road — a voz masculina anunciou novamente.

Meu coração começou a pulsar tão rápido que parei de sentir a pausa entre os batimentos cardíacos. As engrenagens da minha mente estavam girando a toda velocidade.

— Hayden, dois minutos para Abbey Road.

Eu não aguentava mais. Eu liguei para Eileen.

— Eileen, porra!

— Hayden, me desculpe! Eles pararam River. Os policiais nos viram entrar no carro com os cones e Ás de Espadas está discutindo com eles. Ele está tentando lhes dar a desculpa de que queríamos usá-los para o atletismo, mas acho que não chegaremos a tempo. Assim que pudermos...

— Ei, o que você está fazendo com esse telefone? — havia uma voz baixa no outro lado da linha.

— Desculpe, senhor. Nosso treinador está preocupado com...

A ligação foi interrompida abruptamente, deixando-me com algum desejo inútil e sobre-humano de xingar ao telefone. E agora? Eu mal tinha dois minutos para encontrar uma maneira de desviar a van ou todo o plano iria para o inferno.

— Gato, um minuto para Abbey Road. Eu espero que você já esteja lá com os cones.

Corrigindo: eu mal tinha um minuto de ouro para descobrir como desviar a van. Eu estava cada vez mais certo de que eu teria que fingir um atropelamento.

— Não, Dean. Merda! Você não pode fazer isso parar?

— O quê? Eu estou atrás dele, como você quer que eu o pare? Hayden, o que está acontecendo?

Eu inclinei minhas costas contra a parede, respirando profundamente. Os dedos perderam toda a cor quando eu apertei o telefone e Dean continuou fazendo perguntas, aquecendo o ar frio ainda mais.

Mas o que eu poderia fazer?

Abbey Road permaneceu tão calma e imperturbável como sempre, com toda essa clientela de táxis negros ocupando o caminho. Havia apenas algumas árvores pontilhando as calçadas, misturadas com fios telefônicos, postes altos e cabines vermelhas. Alguns pombos nos parapeitos. Uma lixeira solitária. Um pedaço de chiclete jogado no chão. Oitocentos mil cartazes dos Beatles, lembrando que foi aqui que a famosa foto foi tirada. E nada que pudesse me ajudar a parar uma van blindada. Eu queria que aqueles quatro músicos estivessem aqui agora para atravessar a faixa de pedestres!

Não queria me jogar contra o para-brisa quando o veículo chegasse à esquina e acabar no hospital com seis costelas quebradas, ou que aquele dinossauro de três toneladas de aço passasse por cima de mim. Além disso (e supondo que Deus interviesse diretamente, para evitar que eu sofresse danos sérios), a van pararia e atrairíamos todos os transeuntes como tubarões são atraídos pelo sangue; sem mencionar a fama quilométrica que essa rua tinha. Seria impossível roubar a pintura.

Um imenso veículo branco apareceu então no horizonte de Abbey Road. Logo atrás, vi o carro de Dean.

E bem ao meu lado, ouvi um latido que eu poderia reconhecer em qualquer lugar, entre cem dálmatas se quisesse. Liu caminhava com Kaiser na calçada oposta, fazendo um esforço suado para evitar que o cão redirecionasse seu rumo por causa de algum cheiro viciante.

É claro! Liu disse que precisava ir a Wembley para fazer compras. Wembley fica muito perto daqui.

Eu não sabia o que era mais importante naquele momento, se a van da Galeria Nacional se aproximando a toda velocidade do cruzamento… ou a longa coleira que ligava o pescoço do meu cachorro à mão do jovem chinês. Fosse o que fosse, germinara em minha mente uma ideia maluca que ainda procurava forma, mas que me levou a agir rapidamente, porque o futuro dependeria dessa estupidez.

A esquina da Abbey Road e a próxima rua se tornou meu refúgio temporário, levando alguns segundos críticos para a van terminar de se posicionar a poucos metros de distância. De onde eu estava, olhei para o Kaiser e emiti o mais intenso "miau" que um gato como eu poderia ter conseguido na vida.

Veja bem… Não havia nada que atraísse mais a Kaiser do que a presença de um gato. E não quero dizer a relação estereotipada entre gatos e cachorros, não, era algo muito mais íntimo. Gatos e Kaiser tinham um vínculo íntimo de amor e ódio, capaz de manipular toda a lógica que vinha do cão e transformá-lo de um pardal com um coração de ouro em um falcão ganancioso. Nenhum estímulo do mundo era capaz de distraí-lo quando ele estava naquele estado… e muito menos algo tão pateticamente importante quanto sua própria vida.

E agora eu confiava trezentos por cento naquela habilidade estúpida do cão de ignorar tudo o que não se assemelhava a um felino, mesmo que aquele "algo" fosse um titã de aço vindo em sua direção.

Os momentos seguintes duraram apenas alguns segundos, mas pareceram uma eternidade para mim. Aqui, nas profundezas da minha mente e numa projeção ideal, Kaiser conseguiria distinguir o miado acima do barulho dos carros, se soltaria de Liu e realizaria uma corrida frenética para a esquina onde estaria o suposto gato; fazendo uma diagonal perfeita e bloqueando o caminho graças à coleira. Isso forçaria a van a virar sem que Kaiser fosse atropelado ou o chinês fosse arrastado junto com ele.

Mas, na prática, tudo era muito mais difícil.

As rodas fizeram um som lastimoso e melancólico e arranharam o asfalto como se nunca quisessem se separar dele. Os latidos inundaram o ar por um momento e cessaram em seguida. Imediatamente, a van fez sua entrada na rua lateral, com um movimento desajeitado e desorientado.

Bem, sim. Ela desviou. Mas eu não ousei olhar para ver em que estado o cão teria ficado, então eu apenas virei nos calcanhares no meu lugar, enquanto a cor fugia do meu rosto. Eu rezei a todos os deuses que eu conhecia por alguns milissegundos; aquelas teatralidades que os ateus fazem para suportar a pressão em momentos críticos.

Mas, de repente, os latidos recomeçaram e o cachorro virou a esquina com sua felicidade natural. Então, ele ficou desapontado. Não era o gato que ele esperava encontrar.

— Oh, Kaiser... Deus. Me desculpe, me desculpe... — falei, com um alívio que quase assustou, abraçando a cabeça do vira-lata ignorante.

— Cachorro idiota! Onde você está, suicida de merda? — gritou Liu da outra rua, virando a esquina.

Eu acariciei a cabeça do animal e corri apressadamente para onde a van tinha ido. Eu preferia não ter que encontrar o asiático e explicar a ele como tive a audácia de forçar Kaiser a arriscar sua vida, o meu próprio cão, um animal que vivia comigo desde que eu tinha quatro anos.

Ele se perguntaria se há algo neste mundo que seja capaz de despertar meu amor. Ele se perguntaria em que momento eu pensaria em me preocupar com outra coisa a não ser a minha pele, em que ponto eu pararia de tratar as pessoas como se fossem móveis dentro do meu próprio quarto vazio. Por que isso de decidir como usá-los... ou quando estabelecer que eles não servem mais e você tem que jogá-los fora... não está certo, nem é mentalmente saudável. Não foi a primeira vez nem seria a última. Era quase aterradora a forma como eu podia manejar os outros a meu favor, porque eles eram meus, porque eu não precisava de uma segunda opinião para movê-los. E tudo por um quadro que eu nem sequer aceitei roubar. No mínimo, ele me daria um tapa. E estaria certo.

Finalmente, eu vi a van virando a esquina, cantando pneus. O condutor da van estava lançando insultos ao motorista do Fiat que vinha atrás e o impedia de dar marcha à ré. Vantagens abençoadas e casuais de ser uma rua de mão única.

— Porra, nos deixe dar marcha à ré, nós entramos na rua errada!

— E daí, senhor? Aprenda a dirigir, tenho que ir trabalhar e não posso perder um minuto! — gritou Dean, imitando outro tom de voz. Além disso, estava embutido na gola do casaco e usava enormes óculos de sol. Toda precaução para não ser reconhecido era pouca.

— Foi um cachorro que se atirou na nossa frente! Ouça, nós carregamos uma remessa importante e está rua é proibida — reclamou o homem pela janela, em voz alta.

— Desculpe, cara. As regras de trânsito dizem que você não pode dar marcha à ré aqui — disse Dean, sem olhar para fora.

Eu podia sentir sua expressão nervosa, refletida no espelho retrovisor, enquanto eu caminhava rapidamente atrás do Fiat, para me esconder da van. No meu bolso, peguei a máscara de plástico. O momento estava se aproximando, mas eu não conseguiria fazer isso sozinho. O relógio se moveu lentamente naquela rua deserta. Apenas uma senhora foi vista carregando compras e dois árabes levando caixas de laranjas em uma loja de frutas.

Finalmente, o furgão ligou o sinal da esquerda para entrar na rua principal, mas mais uma vez encontrou a passagem fechada. Desta vez, os responsáveis foram alguns cones laranja cortando a rua.

Eu sorri como um garoto que vê o super-herói aparecer dos céus. E sem mais tempo para se divertir com a perplexidade do motorista, River me deu um tapinha no ombro. Eileen se juntou a seu lado com uma risada estridente e Ás de Espadas completou o grupo à minha direita, com uma atitude solene. Os três estavam vestidos de macacão azul, escondendo o rosto com máscaras de animais e armados com fortes e compridos... guarda-chuvas? Esses fiéis companheiros dos ingleses? O da máscara de cachorro se virou para olhar para mim. Eu sabia que ele estava sorrindo. A que estava com a máscara de passarinho respirou fundo, agarrando sua arma com força. O da máscara de arlequim me entregou um dos dois guarda-chuvas que ele estava carregando. E eu tinha acabado de tirar do bolso a máscara de gato, colocando-a, pegando o guarda-chuva nas mãos e correndo em direção à van.

O Ás de Espadas foi o primeiro a saltar para a frente do veículo, provocando uma freada espontânea e queimando o asfalto pela segunda vez. As portas da frente foram abertas de forma brusca e sincronizada, levantando exclamações de surpresa dos motoristas, quando os dois guarda-chuvas entraram no interior do veículo, batendo neles violentamente. Eu não me lembro daquele momento, mas acho que River e eu o aproveitamos bem.

Um golpe. Dois. Três, quatro. Gritos.

Colibri foi até a cabine traseira com a ajuda do Ás de Espadas. Cinco golpes. Seis. Sangue espirrando no porta-luvas. Copiloto inconsciente. Sete.

A van fez um som sibilante e rodou em uma roda instantaneamente. O motorista procurou a sua arma.

Oito. Nove golpes. Dez. Os guarda-chuvas deformados e golpeados continuaram desempenhando seu papel.

O motorista conseguiu arrebentar o guarda-chuva de River, mas o pobre homem sofreu com a segunda parte do plano: dois guarda-chuvas novos (com os outros teria sido impossível abrir) foram implantados dentro do carro, de repente, bloqueando qualquer visão e enchendo o interior com pontos espinhosos, preparados para furar um olho descuidado. Não contente com isso, abrimos dois guarda-chuvas cada, bloqueando todo resquício de espaço e mobilidade possível.

Um deles tinha produzido uma explosão de tecido rosa. O rosto de Barbie encarava os guardas agora. Era o guarda-chuva de Janice.

— Droga! Ladrões! Delinquentes!

A voz de motorista me levou para fora desse devaneio estranhamente cômico, me dando conta que estava esfregando o nariz para parar o sangramento. Também parecia estar fazendo um esforço hercúleo para manter o olho direito aberto, roxo e inchado como estava.

Os guarda-chuvas deixaram de resistir quando nós os soltamos, mortos como se tivessem perdido a sua alma, mas também se mantiveram abertos, graças a suas pontas. O motorista viveu uma odisseia para se livrar deles, e quando o fez (para fora da van, chutando panos e hastes dobradas) já não havia lá uma alma. Os animais raivosos da emboscada haviam deixado de presente para ele uma chave de fenda presa no pneu, um sujeito inconsciente, babando no banco da frente e uma surpresa maravilhosa na parte de trás do veículo.

O motorista pôs as mãos à cabeça. Apenas o carro velho de Dean estava à vista, mas não demorou mais de cinco segundos para dar marcha à ré com um som estridente. A última visão que ele teve foi a de uma placa falsa, conduzida por um homem com o rosto coberto.

— O quadro! Filhos da puta! — gritou o motorista, quase temendo o que iria encontrar na cabine traseira: as portas estavam abertas e a pintura maior tinha desaparecido, deixando um vazio que só seria substituído pela aparência de horror da Galeria Nacional. E em seu lugar havia um papel branco. Aberto. Enorme. A cabeça de uma zebra pintada com várias cores. Sobre ela era possível ler a frase: "Você pode exibir este, otário!", rabiscada com spray.

Dizem que um guarda-chuva aberto em um lugar fechado traz má sorte. Sei não…

— River, vira. Não, não! Na esquina, seu idiota!

— Isso pesa como uma vaca, droga. Por que você teve que escolher um quadro grande? — reclamou Jeffrey, sua bochecha colada à pintura.

— E graças a Deus que viemos ajudar… — disse Cherry. — Eu nem sei como conseguimos escapar de Leona.

— Para começar, provavelmente a moldura pesa mais do que a própria pintura. Não é minha culpa, temos que transportá-la assim — resmunguei.

Meu corpo inteiro doía, mas não tivemos tempo para descansar em um banco. Já tínhamos contado dez carros de polícia no trajeto; eles já deveriam ter sido avisados sobre o que aconteceu com a Galeria Nacional e o Metropolitan.

Mesmo assim, tivemos sorte. Se o motorista não tivesse que ficar para vigiar a van, ele nos teria pego imediatamente por causa do peso da pintura.

— Eu sempre quis roubar uma pintura famosa! Desde pequeno! — anunciou Cherry, animadamente.

— Bem, pelo menos tudo correu bem — comentou Eileen, alegremente. — E a surpresa da zebra, Hayden? Eu não sabia que você tinha preparado isso.

— Nós tínhamos que assinar de alguma forma, certo?

— Aquela assinatura vai te custar a prisão, meu irmão. Tinha suas impressões digitais no papel — rosnou o Ás de Espadas.

— Eu não sou tão imbecil a ponto de negligenciar isso, Ás. Raspei a superfície com uma lixa antes de trazê-la.

Paramos por um momento para Eileen trocar com o Dean, agora se colocando como guia do esquadrão. Após uma longa viagem de duas horas pelas ruas mais escondidas de Londres, a passo de tartarugas mancas e fazendo pausas a cada quinze minutos, por fim fomos obrigados a entrar em uma das avenidas principais para nos dirigir ao nosso apartamento. Respirando profundamente e cruzando todos os dedos que tínhamos, nos preparamos para entrar na torrente borbulhante de pessoas e testar a nossa sorte.

A faixa de pedestres era imensa, sem fim, e tivemos a sensação de cruzar uma passarela feita especialmente para as pessoas nos notarem. Além disso, a exaustão bateu forte, porque o chão estava destruindo nossas costas a cada linha que avançávamos. Como você pode ver, o nível de paranoia que se atinge quando faz algo ruim é fascinante.

Ficamos cara a cara com a morte quando um carro da polícia parou bem na nossa frente, por causa do semáforo. Sentimos nossos corações pararem, e o que é pior: os olhos do agente estavam firmemente fixos em nossa nuca.

Mas não pensem que estávamos transportando o quadro a olho nu, lá na frente de todos, né?

Não, não, cara! O plano consistia em entrar na primeira rua transversal, onde as câmeras estavam desligadas, para colocar o quadro recém-roubado dentro do colchão do Ás de Espadas, que fora esvaziado e trazido anteriormente por Dean. Desta forma, conseguimos conduzir nossa gigantesca presa por toda a metrópole sem sermos notados, transportando um aparente objeto em movimento. Ás de Espadas tinha gritado, amaldiçoado e insultado enquanto removíamos as entranhas do seu colchão (especialmente feito para os irmãos mais novos da família se aconchegarem com os mais velhos quando eles tinham pesadelos, sem cair para fora da cama) e depois daquela carnificina voluptuosa, tínhamos encontrado um corpo perfeito para o quadro, que poderia ser transportado na frente dos narizes da polícia sem sermos farejados. E que também era à prova de choque.

Ainda assim, tínhamos tomado nossas próprias medidas de segurança, como usar o colchão verticalmente, para que Dean e eu caminhássemos escondidos atrás dele, caso um policial se aproximasse, já que éramos os únicos reconhecíveis da cena do crime. Além disso, metade do grupo o tinha soltado quando entramos no campo de visão da polícia, quase como se eles tivessem evaporado, porque não era normal que um colchão comum necessitasse de sete pessoas para ser transportado.

Tudo na vida é baseado em fingir, como Napoleão fingiu cruzar os Alpes em um cavalo cheio de brio com uma armadura brilhante, quando ele realmente o fez envolto em casacos e em uma mula bruta.

Assim, deixamos o peso do tesouro nos braços de Jeffrey e River, mas, quando chegaram ao outro lado, começaram a ter problemas reais para sustentá-lo sozinhos.

Depois daquele pequeno milagre, nós desaparecemos do olhar suspeito do guarda e voltamos a pegar a pintura, deixando que River e Jeffrey descansassem por alguns instantes. Agradecendo a cada minuto que passava sem ouvir a buzina do veículo, acabamos chegando mais uma vez na frente daquela porta suja com dobradiças enferrujadas. Uma vizinha de cabelos cacheados e ralos, em sua maioria brancos, deixou o prédio, apoiada no corrimão.

— Olá, senhora Harrison — disse Eileen, imitando uma voz relaxada, enquanto o resto de nós tentava passar a pintura pela porta.

— Olá, filhos. — A senhora olhou para o enorme colchão com curiosidade, não querendo continuar seu caminho. — Estão ocupados hoje. Por acaso vem outro jovem viver aqui?

Como não conseguiu pensar em uma desculpa melhor, Eileen assentiu, balançando a cabeça e apontando para os únicos *underdogs* que não viviam nesse edifício no momento: Ás de Espadas e Jeff.

— Ai, Deus, bem sei quanto custa pagar o aluguel... mas vocês só têm um banheiro! Como vão conseguir com mais pessoas? — A vizinha balançou a cabeça. — A propósito, vou passar pelo supermercado. Você quer que eu te traga alguma coisa?

Eileen fez um esforço para se lembrar do interior da geladeira. Precisávamos de leite com urgência, mas, se pedíssemos àquela mulher um pacote de seis, ela provavelmente quebraria o quadril quando voltasse.

— Dois pães e manteiga seria ótimo. Obrigada, senhora Harrison.

Sra. Harrison se afastou, repetindo a ordem para não esquecer, enquanto Dean estava fazendo movimentos mirabolantes para segurar a porta, e nós, tentando introduzir a engenhoca no patamar. Ele caiu no chão, finalmente, nos dando um momento para respirar profundamente.

Agora que a porta fechada nos protegia de olhares indiscretos, nos sentimos leves como uma pena, devido ao peso que havíamos tirado dos ombros. Poderíamos dizer que o assalto terminou com sucesso, certo?

— Não coloquem esses sorrisos no rosto, pessoal. Ainda temos que levá-lo para casa — disse River, agarrando a ponta do colchão novamente.

Só então, Liu entrou, seguido pelo incansável cão, que nos cumprimentou com um par de latidos e começou a descer as escadas sem nós. Porra, da próxima vez nós lhe daríamos as chaves para que ele pudesse entrar.

Liu nos olhou desconfiado, enquanto todos nós olhamos para ele completamente congelados em nossa ação. Nós éramos crianças que juraram que não tinham comido o bolo, com as bocas cheias de chocolate. Eu fui o primeiro a reagir.

— Hmm... Liu, você pode nos ajudar com o colchão do Ás de Espadas? Ele e Jeff vão ficar por alguns dias e... bem, nós prometemos convidá-lo para a festa do pijama. Eu sei que você ama pipoca.

Essa proposta idiota o tirou de seu devaneio, no qual ele provavelmente estava se perguntando por que precisava de oito pessoas para mover um colchão. Eu esperava que ele não chegasse a nenhuma conclusão, mas quando tentou levantá-lo, sem sucesso, ficou paralisado, congelado, como se uma vértebra tivesse sido quebrada e deixada para ser dobrada para sempre. Então, ele se levantou muito devagar e, olhando para nós como se fôssemos estranhos, pronunciou:

— Se perguntarem, não nos encontramos aqui hoje. Eu não vi você subir essa coisa para casa. Na verdade, estou pensando em morar com Bengala por um tempo. Divirtam-se em sua festa do pijama.

Então, ele se virou e deixou Kaiser para trás. Ninguém disse nada. Nós só nos olhamos por alguns segundos.

— Esse troço vai passar pela porta? — perguntei.

— Sim, passa, eu medi — respondeu Eileen. — Ele só não entra no elevador, então vamos ter que subir nove andares pelas escadas.

— Você está de bom humor, certo? — Jeffrey deu uma risadinha.

— Você não sabe o quanto eu quero dizer que sim.

E, bem, digamos que vou pular essa parte da história, pessoal. Não há nada de interessante em trinta minutos de maldições, colisões com todos os cantos possíveis, puxões de cabelo, atropelamentos e acidentes muito variados. Como quando nós espremememos Cherry com o colchão, ou quando quase caiu sobre os degraus, ou quando ele desceu, desfazendo os últimos dez minutos de subida, rolando enquanto caía. Meu coração acelera só de lembrar, embora eu ache que nosso anjo da guarda era precisamente a pilha de camadas que envolvia a pintura.

— Napoleão do caralho. Ele engordou como um porco — disse Dean, quando chegou à porta da frente, descansando-o no chão, finalmente, sob exclamações de alívio.

— Ah, vocês estão aqui... — murmurou Liu, com um pouco de zombaria, deixando o interior do apartamento com uma mala na mão. — Eu deixei Kaiser com água e comida.

— Você já vai? — perguntei, assumindo que a resposta estava direcionada para mim. — Bem... Vamos ver você no Leviathan então. Se a qualquer momento você quiser falar sobre isso...

— Não, eu não vou querer. Fiquem bem.

Liu cumprimentou o resto de seus colegas de quarto de maneira igualmente seca e se afastou, deixando um cheiro acusador no ar.

O rapaz veio morar conosco desde que era apenas uma criança imigrante da China com seus pais e não sabia nem o que significava a palavra "dog". Quando o negócio começou a dar errado, ele se tornou um underdog. Mas Liu sempre estivera lá. Ele estava lá quando River ficou cansado de ser espancado por seu pai e veio até nós choramingar como um Cachorro Molhado; ele estava lá quando Bengala foi preso por agredir um homem que o chamara de merda preta. Ele estava lá quando meus pais me expulsaram e quando me prenderam. E agora nós literalmente o expulsamos do nosso território, do dele. E tudo porque Napoleão era um cara exigente, que só queria viver com quem se dava bem. Ninguém moveu um dedo. Pelo menos até Jeff estalar os dedos para chamar nossa atenção.

— Vamos, peguem. Isso não vai se mover sozinho.

Em um último esforço, arrastamos a pintura para a sala e a encostamos na parede; imenso, embrulhado. Nosso grande presente. Minha mão estava se movendo para ele ansiosamente, quando as palavras de Cherry me paralisaram.

— Imagina se erramos de quadro e não é o de Napoleão?

Ninguém contara com essa possibilidade. A pintura deixara Luton envolta em plástico e papel bolha. Embalada em aço depois e fechada com fita isolante.

Além disso, tinha o colchão, então não pudemos ver o que estava dentro a qualquer momento. Os *underdogs* me interrogaram implicitamente sobre as consequências de terem roubado a pintura errada.

— Nós venderíamos do mesmo jeito, então não importaria muito — menti.

Mas eu me importaria! Se ao desembrulhar o Conquistador não aparecesse, iria colocar um preço de acordo com o que encontrasse, sim, mas a minha decepção seria gigantesca. Eu não queria um retrato de Khalo, não queria uma dama de Klimt, nem uma paisagem de Pissarro. Eu amava aquele quadro.

Sem me dar conta, minhas unhas já estavam coçando sua pele. Buscando as costuras do colchão, rasgando o invólucro de plástico, destroçando o papel bolha, afastando com asco a tampa de aço que não merecia tocar tal amostra de excepcionalidade.

A pintura mostrou seu rosto.

Era monstruoso. Celestial. Um deus para o qual o Olimpo é pequeno demais. Eu não tinha visto nada parecido em toda a minha curta vida. Nada que chegasse à sola dos sapatos, nada que tivesse a honra de ser comparado à sola dos pés.

Napoleão exigiu com os olhos que nos ajoelhássemos diante dele.

7

A CURIOSIDADE MATOU O GATO

Quinze de novembro.

Seis dias haviam passado desde o ataque à van.

Seis noites fartas de garrafas abertas e substâncias ardentes no corpo. Nós tínhamos brindado pelo nosso prêmio e pelo nosso sacrifício, pelas coincidências, pelos semáforos... por tudo. Pela arte. Aquela que nos deu um objetivo para nos unir, um futuro brilhante e um meio para alcançá-lo. Porque não devemos esquecer que não conseguimos Napoleão sem a arte: sem cinzel para esculpir o asfalto, sem a tinta preta que mudou a placa, sem o lápis com que escolhemos o alvo correto. Sem a Zebra das Cores.

O que posso dizer em minha defesa? A arte é uma dama caprichosa.

E nós havíamos brindado a Londres e a seu museu, que agora era nosso em uma milésima parte. Não olhe para mim dessa maneira. Você não entenderia, é uma questão de performance.

Mas o alívio desapareceu tão rápido quanto se assoa o nariz. Os underdogs levavam as mãos à cabeça diariamente e insistiam que tinham que vendê-lo rapidamente, que com certeza a polícia estava nos rastreando, que talvez estivessem extorquindo a encantadora sra. Harrison por nossa culpa, ou que a senhora Harrison com certeza era policial. Eles eram tão difíceis e convincentes que tirá-los de casa por alguns minutos era como se descalçar depois de uma longa caminhada.

Naquele dia, o apartamento ainda estava sem River, sem Eileen, Cherry e Jeffrey. Eles tinham ido à casa de Jeff para incinerar todos os objetos que tinham usado no assalto: macacões de operários, guarda-chuvas e cones. Vivíamos com a possibilidade de um agente bater à porta a qualquer momento, o que só causava um desejo involuntário de permanecer fora do apartamento. O grande paradoxo era adorar a companhia de Napoleão, mas sem muita vontade de ver o seu rosto. Era assim com Dean e Ás de Espadas, que estavam sempre no Leviathan. Foi assim que todos os *underdogs* me deixaram em paz.

Com ele. Finalmente.

Quem iria querer contemplar as chamas dançantes do fogo quando ele era ainda mais brilhante? Quem gostaria de testemunhar o ambiente descontraído do pub quando ele provocava uma aura muito mais serena?

Abracei meus joelhos em silêncio, sentado no chão e olhando a uma distância segura para que não caísse em suas garras. Eu nunca me cansaria de olhar para ele. Era enorme, mal-iluminado pela luz natural que entrava pela janela. A aparência da sala parecia se render ante sua presença régia. Seria o tamanho real? Mediria isso o cavalo no qual o desenho foi inspirado? Eu tinha ouvido falar que Napoleão era um pouco baixo, sim, mas ele realmente me olhava de tal forma tão fraterna que até poderia apertar sua mão.

Kaiser cochilava a seus pés, como se também fizesse parte da pintura. Os sons de vizinhos gargalhando e rindo entravam pela janela quebrada do banheiro. Mas, quanto ao resto, silêncio. Silêncio, não. Havia algo alto no ar: o cintilante vermelho brilhante da capa do conquistador, que lançou uma aura carmesim nas paredes tristonhas.

Eu me lembro daquela vez na creche, quando um garoto pegou um estilete e me acertou nas costas, rasgando-a de cima a baixo. Disseram que foi um acidente… Sim, um acidente… O caralho que foi! Tenho certeza de que ele me odiava. O fato é que todo mundo instantaneamente começou a correr de um lado para o outro, o carpete se manchou inteiro de sangue e as crianças começaram a gritar como se tivessem sido levadas ao matadouro; simplesmente por pura inércia. Eu também me lembro da dor horrível nas minhas costas, tão insistente e ao mesmo tempo tão estranha. Como eu não era capaz de ver a minha ferida, não entendia que todo aquele sangue confuso pertencia a mim, de modo que o que eu fiz foi ficar onde estava e começar a pintura na parede com ele. Eu não chorei, não gritei. A forma como o carmesim lambeu a parede tinha me hipnotizado, quase tanto quanto foi deixada a marca da minha mão embebida nele.

A coisa era engraçada. Sangrando até a morte enquanto fazia pinturas rupestres e a velhinha maluca da minha professora indo e voltando à procura de um médico. Acho que teria entrado em choque ali mesmo se o professor de apoio não tivesse me envolvido imediatamente com ataduras.

Eu sorri. Sempre fui fascinado pela cor vermelha, esse poder que ela tinha. Tão brilhante e rugindo em seus tons claros, tão sábios e antigos em seus tons escuros. *E você tinha isto em sua capa, Napoleão*. Será por isso que não consigo parar de olhar para ela? Por que é pintada com pedaços de sangue do autor e todos aqueles que olharam para você e sentiram suas veias fervendo?

Os vizinhos ainda estavam gargalhando.

Levantei-me do chão, indo em direção à sala de onde vinha o som, envolvido com uma aura de positivismo. Enquanto eu ligava a torneira do chuveiro, me olhei no espelho mofado e quebrado nos cantos.

Quem era esse garoto? Reconhecia aquele reflexo como meu? Aquele cabelo revolto, preto como uma centena de pianos de ébano, caindo sobre os olhos. Olhos verdes, talvez algo cinza. Apagados? Eles teriam sido se não fosse por esse brilho esperançoso: o olhar de ambição. Abaixo deles, as maçãs do rosto claras, a pele branca de um lorde inglês, só pontuada por um piercing no lábio inferior e um na sobrancelha. Na orelha, um par de anéis de metal.

O dia de hoje tinha um aspecto fresco e vital. O sucesso do roubo nos rejuvenesceu e nos moralizou muito. Claro que não confiei muito nessa sensação. Normalmente nossa vida era como um cubo mágico: quando você consegue finalizar um lado, o outro fica uma merda.

Coloquei meus dedos no jato que saía da torneira. A água quente começou a entrar com timidez. Então tirei meu moletom e minha camisa. O corpo magro e fino se refletiu no espelho.

Mais de uma vez me perguntaram se eu me alimentava direito. A curva irregular da espinha dava-lhe uma aparência frágil e rosada, como um estrangeiro letárgico e em desenvolvimento. E naquele cume de costelas havia centenas de traços de contusões, golpes, socos, cortes, violência permitida ou não... assim como um animal marcado pelo fogo.

Mas não senti pena daquele menino no espelho. Cada cicatriz havia escrito sua história. Porque é isso que nós, humanos, somos: histórias.

Eu entrei no chuveiro, encurralando-me em uma extremidade para não ser queimado pela água. Logo soltei um palavrão enquanto tentava girar a torneira. Mantendo a tensão do equilíbrio, tive um momento para observar meus braços perolados com gotículas. Olhando-me bem, eu não parecia um vira-lata. A verdade é que esse aspecto quebradiço era um disfarce, uma lâmpada arcaica para o gênio vigoroso, uma ilusão para se decepcionar. Um anel de metal perfurava meu mamilo esquerdo, dando-me uma aparência corajosa. Como uma daquelas bestas com chifres. De certo modo, continuei sendo atlético, e não apenas por comer *petit-suisses*. Foder devia se tornar um esporte olímpico. Afinal, é o único exercício que todos os atletas têm em comum.

Quando saí do chuveiro, os vizinhos gritavam como gaivotas no cio. O barulho e o vento me levaram a fechar a janela, enquanto tremia como uma galinha, mas não havia maneira humanamente possível de encaixar a dobradiça. Depois de a mandar para o inferno, voltei para a sala e me deparei com o olhar carinhoso de Kaiser, sempre tão estúpido e inocente.

Ao me aproximar para acariciar sua cabeça, de repente me vi perto da pintura, o corcel. Parecia que ele ia relinchar de um momento para outro. Se eu estivesse drogado, teria me afastado para evitar que ele mordesse minhas orelhas.

Eu levantei meu braço. Devagar, hesitante. Como alguém que se atreve a chegar na gaiola de leões. Apenas alguns fios de ar separaram meu dedo do óleo seco.

Eu quase estremeci. Quase.

Mas minha ação foi prejudicada pelo som repentino das chaves, quando a porta da frente se abriu, e eu rapidamente retirei minha mão.

— Ei, Gato — disse River. Seus olhos azuis se encontraram com os meus. — Ei... O que você está fazendo pelado, amigo?

— O que você acha? — respondi, apontando com obviedade para a toalha desgastada em que eu estava enrolado. River jogou as chaves no aparador e tirou o casaco.

— Ok, termine de tomar banho, mas tenha um pouco de decência. Não podemos mais andar nus, como quando éramos apenas homens no apartamento.

— Ele está tentando me provocar. — Eileen entrou atrás dele com um sorriso engraçado.

— Que mentira é essa? — perguntei, fingindo estar ofendido.

— A curiosidade matou o gato, Heidi. Você sabe disso. Insinue-se para Eileen e você verá a si mesmo com um cachorro de verdade — ameaçou River, colocando um beijo nos lábios da garota. Colibri se pendurou em seu braço, carinhosamente.

Os dois *underdogs* estavam namorando há cerca de um ano, período em que o império dos hormônios masculinos foi interrompido pela chegada de uma menina ao patriarcado. Todas as reclamações que explodiram no início foram subjugadas pelo temperamento encantador de Eileen (em vez de por insistência de seu namorado), especialmente depois de nos informar que sabia como fazer brownies que eram uma delícia do caralho.

Cherry e Jeffrey entraram depois, olhando para Napoleão, como se quisessem se certificar de que ele não pegara o cavalo e galopara em sua ausência.

— Como foi na casa do Jeff? — perguntei.

— Bem, a porra da lareira não tinha energia suficiente e levou três horas para queimar tudo. E ainda por cima os macacões de operário foram feitos de algum tecido especial que não queima nem com um arroto de dragão.

— É que minha lareira é feita para manter o calor no inverno, enquanto eu leio um livro, bebo uma xícara de chá e Pearl cochila aos meus pés. As ilegalidades estavam fora do preço. — Jeffrey permaneceu cauteloso.

Não havia nada para culpar, era difícil o suficiente encontrar algo que queimasse com mais fervor do que um isqueiro. Em um acesso de loucura genuína, tínhamos pensado em cozinhar os objetos na grelha (uma ideia invalidada por seu próprio grau de estupidez) e removê-los em um churrasco no jardim, mas aquilo era típico de filmes americanos. Além disso, com esse tempo, não acenderia nem mesmo um fogo de artifício lá fora.

— A propósito, você ouviu alguma coisa sobre o roubo nas notícias?

— Na TV, não. E eu mantive todas as três da minha casa ligadas durante todo o dia — Jeff respondeu.

Ninguém ficou surpreso com o comentário dele, porque a casa de Jeffrey era enorme. E, acredite em mim, eu poderia me gabar mais do que ter três televisores e uma lareira vintage. Ele morava sozinho, e sua alta posição na escala de confiança de Leona proporcionou-lhe uma renda que poderia facilmente parar com os trabalhos de acompanhante e garoto de programa. Você sabe o que isso significa? Que o dinheiro que ele ganhou não era mais o fruto de seu próprio trabalho, mas essa parte era uma comissão do nosso. Na verdade, ele era o único underdog que podia se dar ao luxo de estudar um curso na faculdade; o único que tinha o direito de faltar ao Leviathan quando os exames estavam perto.

— Ontem fui comprar o *Financial Times* e fiquei de olho no resto — relatou River, que adorava ler a maneira como os outros movimentavam o dinheiro. — Não havia nada no *The Sun* ou no *Daily Mail*, mas no *The Times* eu vi um artigo ridículo sobre as fofocas da Abbey Road. Algum vizinho testemunhou o roubo e tentou espalhar o boato, mas acho que ele não recebeu muito crédito. A verdade é que o seu testemunho soava estúpido e difícil de acreditar, como quando chegou a parte do guarda-chuva. Por isso publicaram a entrevista nas últimas páginas do jornal.

— Eu não entendo… — murmurou Cherry. — Por que a polícia ainda não deu um alerta oficial?

— Talvez a Galeria Nacional tenha solicitado discrição — sugeri. — Eu não consigo pensar em mais nada.

— Faz sentido. O dia treze da exposição não foi cancelado e Hayden disse que ela continuaria ativa neste mês. — Eileen cruzou os braços. — Eu acho que as pessoas interessadas nestas coisas iriam viajar para Londres para ver Napoleão principalmente porque é um dos mais famosos quadros… E anunciar que eles não o têm agora seria um duro golpe para a imagem do museu. Quero dizer… eles não vão jogar tudo fora por causa da falta de uma única pintura, então talvez a Galeria Nacional tenha feito alguma trapaça na publicidade.

— Isso pode ser feito?

— Se eles vendem como um acidente de última hora, sim.

Eu não pude deixar de sorrir. A imagem hilariante de todos os executivos que procuravam a obra em silêncio, enquanto eles se reuniram em uma das salas da Galeria Nacional, se aproximou para divertir minha mente em poucos minutos.

Os *underdogs* encolheram os ombros, abandonando progressivamente a conversa comum.

Um silêncio pensativo invadiu a sala. Cherry se aventurou a lavar os pratos. Jeffrey me ofereceu um cigarro no terraço. Eileen se aconchegou no colo do namorado, olhando para o celular. Ele leu o Financial Times. A Rússia e a Grécia prometeram reviver suas relações.

O Ás de Espadas e Dean chegaram pouco depois. Seus casacos estavam tão molhados que precisavam ser colocados no aquecedor.

— Ei! O que está rolando no pub? — perguntou River, olhando para cima do jornal.

— Nada novo. Bem, exceto Leona. Ela perguntou por você cerca de duzentas vezes. Disse para você largar o que estiver fazendo e ir para lá, porque você anda faltando muitas e muitas vezes.

— Aquela vadia ruim só sabe colocar o nariz onde não é chamado. Nós vamos ter que ser mais cuidadosos — alertou Ás de Espadas.

— Que seja. Sentem-se. River e eu temos algo para contar — apontei.

Dean e Ás olharam para o sofá, onde mal havia espaço para dois idiotas anoréxicos. Depois de um olhar mútuo, correram para as almofadas, cutucando e chutando acidentalmente, deixando a pobre Eileen em pé.

— Argh! Estou pouco me fodendo porque pegaram o meu lugar — reclamou ela, enquanto se afastava com Kaiser, que a rodeava como um satélite. Nas mãos, ela trouxe o envoltório de bolhas que havia sido usado como embalagem para a pintura e que havia ficado espalhado no chão por seis dias. Ela se sentou no chão.

— Temos que passar para a segunda parte do plano "Zebra de Cores" — River começou, deixando a sala sem voz, com seus sugestivos olhos azuis. Ele me deu a palavra, porque a terra era desconhecida para ele, exceto por algumas explicações que eu lhe dei. Eileen começou a explodir as bolhas distraidamente. Pop. Pop.

— Vocês já ouviram falar da *deep web*?

Todos os *underdogs* balançaram a cabeça, exceto Ás de Espadas e Dean.

— É o lado oculto da internet — respondeu o homem de trinta anos. — Não tão escondido, mas vamos dizer que é o seu lado escuro.

— Sim, você poderia chamá-la assim hoje — confirmei. — Mas nem sempre foi tão aterrador. Inicialmente, foi criada pela Marinha dos Estados Unidos para compartilhar informações secretas. Então as coisas começaram a dar errado.

Jeffrey balançou a cabeça, o rosto desnorteado; nós tínhamos capturado a atenção dele. Pop. Pop. Pop.

— Mas e essa net? Onde está?

Eu limpei minha garganta e me acomodei no meu lugar. Pop.

— Vejamos. Imagine um iceberg afundado no meio do mar. Isso é a internet. Quando os usuários navegam, eles podem ver apenas a parte que se destaca, que é a internet superficial, que normalmente usamos, com todos os mecanismos de pesquisa. A parte submersa é a *deep web* e, claro, você não pode ver qual é o seu tamanho.

— Mas você pode estimar — interveio Dean. — Diz-se que a *deep web* ocupa cerca de 96% do total da Internet.

Os olhos de Cherry se arregalaram. Pop. Pop.

— Quanto?

— É o que dizem. A internet rasa é ótima, certo? Bem, imagine uma dimensão oculta e sinistra que é quinhentas vezes maior. Milhares... não, milhões de milhões de pessoas compartilhando informações secretas agora, enquanto nós aquecemos o assento e Eileen estoura uma bolha. Não é incrível?

Os *underdogs* se entreolharam imediatamente, compenetrados. Pop. Pop. Pop.

— Uau! Parece imensa — exclamou Jeff.

— A-há! Eu acho que sei onde você quer chegar, meu — murmurou Ás de Espadas, com os olhos em mim. — Você pretende vender o quadro na *deep web*.

Eu sorri. O garoto acertou de novo.

— Queremos vendê-lo para a Marinha dos Estados Unidos? — perguntou Cherry, levantando uma sobrancelha.

— Não, cérebro de galinha. Não pertence mais à Marinha. — Fiz uma pausa de suspense. Pop. — Digamos que agora a *deep web* se tornou o maior ninho de perversão humana no mundo. Tudo o que é bizarro e ilegal que você pode imaginar está lá. E com isso quero dizer milhões de fotos e vídeos de pornografia infantil, suicídio, estupro, canibalismo entre pessoas, experimentações bestiais… e os temidos vídeos *snuff*.

— Que vídeos? — perguntou Jeff, com uma careta de desagrado inesquecível em seu rosto.

Eu não tinha certeza se ele queria continuar ouvindo, mas o lado mórbido que toda pessoa tem emerge desde a primeira palavra. A força gravitacional parecia ter subido repentinamente, pois os meninos estavam se inclinando em nossa direção para não perder uma única sílaba.

— Filmes *snuff* são gravações reais de assassinatos, torturas, amputações… e outras coisas nojentas. Seja com animais, crianças, mulheres ou homens. — Os olhos deles brilhavam de emoção. — E em torno disso, milhares de degenerados comprando e compartilhando esses vídeos, provavelmente ficando com tesão quando o sangue respinga na câmera, lambendo suas bocas porcas enquanto a saliva escorre.

— Hayden, pare. Por favor! — Eileen gemeu, cobrindo as orelhas. Até as bolhas haviam se acalmado. Isso era demais para a sua mente inocente. Dean riu, embora o resto dos *underdogs* também tivesse empalidecido seriamente.

— As parafilias que existem ali são verdadeiras atrocidades: animais, agulhas, estrangulamento… Um nojo, amigo. Perto dessa gente, o pior que podem fazer para nós é uma carícia. E alguns não podem nem repetir — acrescentei, com certo sarcasmo, imitando tesouras com os dedos.

Eileen não entendeu, mas o resto dos rapazes fechou as pernas instantaneamente, com um olhar de terror.

— Ah, e não se esqueça do tráfico de órgãos e de humanos — disse o Ás.

— Que estupidez. Qual pessoa com um mínimo de cérebro consentiria em ter suas bolas cortadas… na frente de uma câmera?

— Bem, eu acho que alguém doente. Ou eles provavelmente sequestram pessoas inocentes para cometer seus crimes.

— Ah! Que terrível! E pensar que essas pessoas depravadas estão escondidas em todo o mundo, com seus computadores e câmeras… Pode até haver alguns aqui em Londres. — Colibri abraçou seu parceiro, aterrorizada, enquanto River acariciava sua bochecha.

— Há muitos deles, com certeza — disse Dean. — Mas isso é empirismo, meninos. Vocês precisam saber de tudo.

— Além disso, nem sempre são coisas desagradáveis. Na *deep web* também existem arquivos que não podem vir à luz, tais como relatórios sobre alienígenas ou illuminatis, documentos da NASA e FBI, linguagem de bancos de dados, questões políticas e econômicas como a Bolsa…

— Ou publicações científicas — acrescentou Ás.

— Exatamente, mas o que nos interessa é a ampla rede do mercado negro que ela possui. É onde nós venderemos o Napoleão.

Eileen se inclinou para frente, mais confortável com o assunto. Pop. Pop.

— Há também pessoas interessadas em pinturas?

— Lá você pode comprar e vender tudo o que puder imaginar, Eileen. Você pode contratar hackers… ou até mesmo contratar assassinos como se contrata um empregado para uma rede de fast food. Armas, drogas… o que você quiser. Por que não compradores de arte? Sempre houve saqueadores ao longo da história.

— Ai, ai… mas isso significa que vamos ter que explorar por lá — lamentou a garota. Pop. Pop.

— E agora é a hora perfeita para explorar! A poeira já baixou o suficiente agora, e embora eu adore ter Napoleão perto de mim enquanto eu coço a bunda, acho que já é hora de procurar alguém para levá-lo por alguns milhões. Vamos ver o que Chaplin diz? — O relógio pareceu responder com os cliques do ponteiro dos segundos. — Duas e meia. Bom momento para começar a ganhar dinheiro. Eileen, me entregue o notebook, já que você está de pé.

A menina me deu um olhar de ódio, porque, nesse contexto, estar "de pé" significava estar "fora do sofá". Mas ela desistiu rapidamente e abriu a tela do computador na minha frente, revelando a multidão de pontos que a cobriam. Este notebook tinha sido o único companheiro que seguiu meus passos quando saí de casa, além de Kaiser, e esses três anos cobraram seu preço.

Porque agora que me lembro. Já faz três anos que sou um underdog. Minha Nossa Senhora! Suponho que o tempo é como uma namorada: vai embora assim que você não pensa nela, pensei.

— Uma coisa... — falou River. — Como você soube da existência da *deep web*?

— Curiosidade. Eu descobri enquanto estava perdendo meu tempo no YouTube — respondeu Ás.

— Quanto a mim, curiosidade também. Quando eu tinha dezesseis anos — respondi, limpando a tela com a manga.

— E eu por causa de uma aposta que fiz, há um tempo atrás. — disse Dean. — Embora a verdade seja que também era uma desculpa para satisfazer minha curiosidade.

— Então todos vocês foram para lá por morbidez...

— Sempre é assim na primeira vez — respondeu Dean. — Então, se você ficar, é porque descobriu um aspecto muito sujo de sua personalidade. Eu acho que é terrível encontrar um lugar para alimentar um monstro assim.

Eu balancei a cabeça. Dean estava certo. Poucos minutos foram suficientes para que as áreas mais tenebrosas da *deep web* nos tirasse completamente a fé na humanidade, especialmente porque a humanidade não estava em lugar nenhum. Os níveis de repulsão e deformação a que chegamos como espécie me pareciam misantropos, a culminação do grotesco e da perversão que um cérebro inteligente pode criar. Se você nunca entrou na *deep web*, nunca saberá o significado de sentir verdadeiro nojo da mente humana.

Antes de entrarmos, tomamos algumas medidas de segurança.

Eu cortei um pedaço de fita preta com os dentes e o coloquei em cima da câmera, apenas para o caso de alguém hackear o nosso computador para nos espionar. Então, fizemos uma divisão do disco rígido pelas indicações do River, instalando em uma de suas partes um sistema operacional mais difícil de infectar que o Windows. Ativei o antivírus e baixei outro por sugestão do Dean. Depois passei alguns minutos conectando-me a um proxy, um elemento da rede que atuava como intermediário para proteger o remetente.

— Tudo isso é necessário? — perguntou Eileen, desnorteada.

— Eu acho que sim… — respondeu River. — A *deep web* tem mais vírus que a buceta da Leona.

Imediatamente os meninos riram. Ninguém sabia exatamente sobre o passado de Leona Walker, mas todos perceberam que, em sua juventude, ela fora uma das prostitutas mais reconhecidas do Soho.

— Veja bem, a *deep web* funciona por níveis de perigo e são seis — explicou o Ás de Espadas. — O nível um está na internet superficial, que são os motores de busca usuais, redes sociais e essas coisas. Os dois e os três já fazem fronteira com a ilegalidade, embora também possam ser acessados a partir da internet normal, porque abrangem programas de download de arquivos e, portanto, violam a lei de direitos autorais e tudo o mais. Pornô, lojas e coisas feias também aparecem na cabeça, que se torna explosiva no nível quatro e cinco. O nível seis é a parte mais obscura e infestada de hackers doentes, que podem roubar suas cuecas sem tirar as calças, junto com as páginas das organizações estatais e suas conspirações secretas. Mas nós iremos apenas para o nível três, que é onde os mercados negros estão localizados.

Todos eles estreitaram os olhos para a pequena tela, observando o logotipo do Google de boas-vindas, como quando os primeiros homens observaram o fogo. Eles esperavam algo cativante. Meus dedos voaram entre as teclas.

— Vamos ver. A *deep web* não pode ser acessada por acidente. Você precisa baixar um mecanismo de busca específico da internet normal para acessá-lo. Seu nome é Tor, *The Onion Routing*.

— Como? Grátis e legalmente?

— É que entrar na *deep web* não é ilegal. Ilegal é o que você faz dentro, não confunda.

Imediatamente achamos o programa representado por uma pequena cebola inocente, e colocamos para baixar.

— Tor é um mecanismo de busca como o Google?

— Mais ou menos, só que é especializado em esconder seu endereço IP. Em resumo, ele apresenta a *deep web* de uma maneira completamente anônima.

— Ah… que obscuro, não é?

— É uma maravilha — defendi. — A internet normal está cheia de rastreadores, filtros de palavras conectados a servidores da polícia e páginas da web que mantêm todas as rotas que você seguiu. É por isso que somos recomendados por pessoas que conhecemos quando fazemos contas em redes sociais. Eles nos observam, Cherry. Sempre. A todos. Privacidade é apenas uma opção no Facebook para fazer você se sentir mais calmo, mas no fundo somos apenas pequenos Trumans sendo vigiados por um monitor. Mas a *deep web*... Ah, amigo. A *deep web* é anônima. É a liberdade.

O adolescente assentiu, sempre absorvendo nossas ideias como uma esponja.

— Então funciona como uma espécie de portal tridimensional?

— Quê? A *deep web* não está em outra dimensão. Digamos que seja um lugar na web que os mecanismos de pesquisa, como o Google, não conseguem alcançar, porque as páginas são indexadas.

— O que significa indexado? — perguntou Eileen.

— Bem, é como... eles não estão conectados ao resto das páginas. São redes dinâmicas e em mudança, como se fossem formas ou isoladas do resto.

— E como elas são?

— Bem, como eles não têm um formato www., e o endereço é em *.onion*, você não pode escrever diretamente as palavras que deseja pesquisar, como acontece no Google. Você acessa as páginas copiando e colando os links que deseja acessar na internet normal ou usando uma página especial da *deep web*, que mostra uma lista de links: a HiddenWiki, a Wiki Oculta. Isso é o que vamos usar.

— Filho da puta! Você criou?

— Não fode — disse. — *Hidden*, não Hayden.

Depois de pensar por um momento, procurei o link da Wiki Oculta no Google e o coloquei no mecanismo de busca Tor, acessando imediatamente uma página simples, carregada de listas de links.

— Esta é a Wiki Oculta? Já estamos na *deep web*?

— Vai aparecer uma imagem de um bebê aberto de uma hora para a outra? — Cherry queria saber, expressando a principal dúvida de todos os *underdogs*.

— Não surte. Estamos em uma página oficial — respondeu Dean veementemente.

— Isso sim, colegas: a partir de agora é quando podemos encontrar portas para caminhos mais tortuosos — indicou o Ás de Espadas. — Estilo Rota 66, mas sem um sinal indicando quando você está passando por níveis perigosos.

Estiquei as mãos na frente do meu corpo para fazer meus dedos rangerem, enquanto os garotos colavam os olhos na tela.

— Primeiro você deve saber que a moeda virtual da *deep web* é o bitcoin. Contribui para aumentar o anonimato e a segurança na hora de comprar, desde que você não exponha o país ao qual você pertence usando sua moeda comum.

— Quantas libras valem isso? — Eileen perguntou, assumindo que seria assim que nos pagariam pelo quadro.

— Ah, bem, eu não sei disso. O valor do bitcoin é recalculado a cada minuto, porque depende da atividade da *deep web*. Vamos procurá-lo no conversor.

Depois de alguns cliques do Google, soubemos que um bitcoin era quase duzentas libras. No início, era uma quantia que nem todos podiam pagar, mas também aprendemos que havia páginas que os davam de acordo com certos requisitos. Você se lembra do filme *Jurassic Park?* Bem, deve-se notar que confiar nesses locais era equivalente a colocar a raposa no galinheiro: eles iriam roubar você até o osso.

— Agora só temos que procurar um link que nos leve a um mercado negro de arte.

— Espere, Hayden. Não apresse as coisas. Vamos dar uma olhada, já que estamos aqui — implorou Jeffrey.

Ele me perguntou porque eu era o dono do computador. Dei a ele minha pequena bênção, principalmente porque ele não era o único do grupo que queria explorar aquele mundo mais aterrorizante que um romance de Stephen King. Então, Jeff pegou o mouse e se dedicou a clicar nos links mais atraentes.

— Argh... Por que eles não funcionam? — reclamou ele, depois de diversas páginas exibirem o erro “Not found”.

— Se um site mistura o fato de ser ilegal e dinâmico, qual você acha que é o resultado? — Dean apontou para os links. — Olha, eles estão embaixo. Ao seu lado, coloca *down* entre parênteses. Olha, olha... quase todos eles. E fechadas em datas semelhantes. Deve ser porque a polícia os pegou e é por isso que novos links surgem todos os anos.

Jeffrey olhou as categorias com curiosidade. Armas. Maconha. Ciência. Governo. Mercado erótico. Menores de idade.

— Olha! Esse aqui funciona. Temos que nos registrar para entrar?

Uma janela apareceu mostrando as palavras "Mercado de Assassinato" em um fundo sóbrio. Abaixo, havia uma lista de nomes acompanhados por uma quantidade de dinheiro.

— É uma página para contratar assassinos? — perguntou River, animadamente.

— Sempre quis contratar um assassino. Desde que eu era pequeno — comentou Cherry. Ele se inclinou sobre a tela e apontou para um dos nomes em voz alta. — Olhe! Nós podemos matar Barack Obama. Custa... sessenta bitcoins?

— Sessenta bilhões. Esse bê é de bilhões — corrigi sarcasticamente. Traduzi-lo para libras só serviria para parar nossos corações.

— Ah... Você tem sessenta bilhões de bitcoins por aí?

— Eu tenho quatro libras em moedas. E um lenço usado. — River tirou um papel do bolso.

— E eu não tenho nada contra o Obama — replicou Eileen.

— Não, espere — apontei para um parágrafo com uma pequena letra na parte inferior. — Não é uma página para contratar assassinos, mas um mercado de apostas. As pessoas propõem como essas pessoas vão morrer e quem acerta leva o pote acumulado.

— Ei, irmão... Isso não implica que alguém pode apostar que Obama vai morrer com uma pedra na cabeça e no dia seguinte ir para os Estados Unidos atirar pedras? — sugeriu o Ás de Espadas, com astúcia.

— Sim, provavelmente funciona assim, implicitamente.

Jeffrey fechou a página e procurou por um novo link aleatoriamente. Desta vez foi uma página pessoal com um e-mail sob o qual foi oferecida uma pequena quantia de dinheiro e um nome: KidLoving. Em sua foto de perfil, havia um homem com uma gigantesca máscara de coelho. Um menino de dois ou três anos, com o rosto pixelado, estava encostado no peito dele.

— O que esse cara está fazendo aqui?

— Postou um anúncio. Ele parece ser um pedófilo. Oferece bitcoins por sexo online.

— Isso que ele tem nos braços é uma criança? Pobrezinha! — Eileen levou as mãos à boca.

— Caramba, Cherry! Você é menor de idade! Ofereça carne fresca a esse cara e ganhe dinheiro para haxixe — disse River, rindo.

Cherry pulou da cadeira animadamente e começou a despir o moletom enquanto tirava a fita isolante da câmera.

— Ei! O que você está fazendo, imbecil! — Dean e eu nos lançamos contra Cherry, que abaixava a roupa que ficou emaranhada, enquanto o Ás privou novamente a visão do computador. — Não se brinca com essas coisas, cara. Pare de brincar com algo tão sério.

Um pouco assustado com o ocorrido, decidi cuidar pessoalmente do mouse para vender a pintura logo.

— Como vamos encontrar o mercado negro de arte? Aqui não há mecanismos de pesquisa nos quais escrever, nem sabemos onde estão os links diretos.

— Bem, trabalhar para os golpistas de arte tem suas vantagens. A última vez que eu falsifiquei aquela foto religiosa… lembra?

— Sim, a dos apóstolos com a ponte.

— Isso. Bem, eu era íntimo de Murray e ele me contou alguns segredos dos mercados negros. Ele me disse que costumam apresentar os links como comentários nos fóruns de coleções de arte. É como um código que todos os compradores do mundo têm.

— Então não pode ser muito difícil…

Depois de vários cliques sem sucesso e alguma outra surpresa, encontramos uma página de informações secretas sobre o Museu do Louvre. Na verdade, embaixo havia duas pessoas que haviam comentado sobre mercados negros: a primeira foi em 2009 e havia saído do ar, e a segunda ainda estava intacta, mas parecia focar apenas em ladrões de relíquias orientais. Nesse segundo fórum, encontramos outro link para um mercado de pintura.

Tiramos uma grande foto de Napoleão, uma em que ele voltou a colocar seu cavalo sobre duas pernas com aquele ar celestial, e criamos nosso anúncio. Inserimos a frase "preço a ser discutido por mensagem privada."

Feito o anúncio (e como não tínhamos mais nada a fazer, além de usar a noite antes de começarmos a nos vestir), demos uma olhada no resto do gênero e colocamos nosso anúncio em alguns outros fóruns do mercado negro, desta vez encontrados através de um motor de busca da *deep web* chamado *DuckDuckGo*.

Acabamos em êxtase e felizmente saciados, como Michelangelo depois de terminar de pintar a Capela Sistina, apesar de seu pescoço estar meio duro pelo esforço. A euforia foi mágica, e por isso quase nos esquecemos da precaução de eliminar o cache e outros vestígios que poderíamos ter deixado passar. Quase, né? Não se preocupe comigo. Então nós deixamos aquela internet sinistra e desligamos o computador.

— Bem. É isso aí, pessoal. Nós apenas temos que esperar os pedidos chegarem. — Finalmente respirei fundo e me estiquei no sofá, levantando gemidos ao mexer minhas articulações. — E o que vocês pretendem fazer? O que vocês têm em mente?

— Vou deixar uma barba grossa e ruiva, como um lenhador de Nebraska — disse Dean.

— Eu quero dizer em relação ao dinheiro da pintura, seu imbecil.

— Ah! — O trintão riu. — Eu pagaria à minha mãe uma residência de luxo, onde ela poderia tratar os enfermeiros como mordomos. Ela os obrigaria a coçar as costas e lhe dar sopa na boquinha. Eu a conheço e sei que ela adoraria isso. Eu moraria nos Estados Unidos. Aqueles nossos primos do outro lado do oceano me intrigam.

— Eu vou comprar uma casa decente para os meus irmãos. Com um grande jardim, onde você corre sem bater nas quinas das mesas — disse Ás.

— Eu vou me inscrever em aulas de balé. É o que eu sempre sonhei — respondeu Eileen, com os olhos brilhantes de emoção. — Além disso, eu não acho que minha vida iria mudar muito sem o roubo. Quero dizer... Meus pais continuariam no cemitério. Eu não teria outro lugar para ir. Eu não acho que deixaria Londres também.

— Não mudaria sua vida? Bobagem — rosnou Cherry. — Sem o dinheiro, você iria murchar como uma passa. Ficaria mal-humorada e se isolaria em uma casca dura. E no final, você se tornaria uma mulher amarga solteira, vivendo em uma casa cercada por cavalos roubados. — E ele assentiu para si mesmo com confiança, deixando uma linha fina em nossas bocas.

— Não, não — River corrigiu, agarrando-a pela cintura. — Nós iríamos a algum lugar juntos.

Eu olhei para ele com desconfiança.

Para River, sua família estava tão morta quanto a de Eileen. Seu pai transformara a esposa em um monte de pele manchada de hematomas, a ponto de perder a capacidade de sentir algo diferente do que o marido sentia. Nunca haveria um crime pior do que privar uma pessoa de sua liberdade de expressão, e isso não tinha nada a ver com o fato de seu pai ser um militar rigoroso vivendo fora de Londres. Quando sua mãe se tornou um saco de pancadas inapto e o homem passou a se enfurecer com seu filho, River foi inteligente o bastante para sair dali.

— De qualquer forma, não faça planos muito relacionados a iates — disse Jeffrey, calmamente. — Devemos lembrar o acordo exigido por Hayden para tirar todos os *underdogs* do Leviathan. Depois disso, não teremos muito dinheiro a gastar.

Ás de Espadas aproveitou a oportunidade para pular, como se tivesse enfiado um percevejo na bunda. Foi o momento dele, e eu estava esperando por ele há dias.

— É onde eu queria chegar, mano. Não que eu despreze a visão da bela Madame Walker chafurdando nas ruínas de seu amado bar, mas... por que temos que dar o dinheiro a outras pessoas, se elas não nos ajudaram nem um pouco?

— Nós não lhes demos a oportunidade também — disse, quando me levantei e fui para a pequena cozinha fundida com a sala de estar, procurando os sacos de chá nas prateleiras.

— A alguns sim, e a única coisa que faltou foi darem uma gargalhada — azedou Ás de Espadas com seu tom de voz, claramente se referindo a Liu e Bengala.

— Não fale nada sobre os fracos e os covardes! — fuzilei, franzindo a testa. — Ninguém os ajuda apenas por não terem coragem. Essa é a única razão pela qual você tem que deixá-los por aí. Mas o esforço deles não tem tanto mérito quanto o dos fortes? Hã? Não custa mais a eles fazer o que você faz de olhos fechados, Ás?

— Você acha que eles não sabem como resolver seus próprios problemas sozinhos? Eu falo sobre consertar a janela quebrada no banheiro, aquela que tem me fodido por seis dias. Estou falando de consertar o elevador, o telefone, a cama do Kaiser. — O garoto fixou seus olhos castanhos nos meus, gesticulando. — Estou falando de gastar o dinheiro para consertar, meu irmão, consertar. Mas consertar nossas vidas, não a vida dos outros.

Nós dois permanecemos em silêncio por alguns segundos, interrompidos apenas pelo tilintar das xícaras de chá quando elas se chocavam. Apenas Eileen ousou falar, com aquela maciez que suas palavras continham.

— Eu acho que a vida é uma oportunidade para os sonhos. Precisamos ser ambiciosos, sim, mas não se deve esquecer de seus companheiros também.

E como sempre acontece quando você quer ficar em paz, sua opinião pragmática acaba no meio e ninguém se importa. Pelo contrário, o rancor estava inchando a veia do Ás de Espadas. Quando em seis dias você não faz nada além de engolir, tudo o que você quer é vomitar tudo antes que as palavras saiam entre seus dentes.

— Você não pode desculpar Liu e Bengala. O que quer que você diga, você não pode mudar o fato de que eles fugiram como ratos.

Resmunguei um grunhido e respondi falando lentamente, minha voz embargada pelo aborrecimento. Eu tinha vivido tanto tempo com meus dois ex-colegas que podia entender qualquer decisão tomada, assumindo-as quase como minhas.

— Ratos... Ratos... Sempre ratos. Que tipo de insulto é esse? Quando a comida está faltando, os ratos mais velhos cometem suicídio para que os jovens possam sobreviver. E você fala de valor? Por que você não fecha a porra da boca, Ás?

O garoto tirou o tênis e jogou no meu rosto com força. Caiu no chão depois de bater no meu antebraço.

— Por que você não fecha, animal? Sempre defendendo o lixo que rasteja na rua, só por não ter outro lugar para rastejar. O que importa se eles são a maior merda do planeta? Você é um cretino, meu irmão. Sabia? E eu quero minha parte do dinheiro na íntegra.

— Bem, olhe. Eu acho que você não prestou bem atenção nas suas próprias palavras. Depois você não sabe por que te chamam de amargo.

O Ás de Espadas avançou em minha direção, tão leve quanto o vento e sem que ninguém pudesse reagir a tempo. Suas mãos pegaram a gola da minha camisa e me levantaram, o que instantaneamente serviu para eriçar meu cabelo e colocar as minhas garras para fora.

— O que você está fazendo? Me solta, idiota!

— Você acha que é um líder? Um Truman Capote com uma língua afiada? — Ás de Espadas se aproximou do meu rosto. — Acontece que você não é ninguém. Só um sanguessuga a mais nesta cidade sangrenta. Você nem sequer merece uma irmã como a que você tem. Você vai transformá-la em outro animal como você.

O fogo queimou nas minhas veias como um lança-chamas.

— É engraçado você falar sobre Janice quando você tem seis irmãos. Você é como um palhaço. Eu devo mencionar ainda a vaca da sua mãe?

Todos os *underdogs* se lançaram sobre o Ás de Espadas, para impedi-lo de me partir a cara com um tapa, mas ele ainda assim encontrou uma maneira de fazer isso. Eu não revidei. Merecia isso.

— Dobre sua língua — estalou o loiro encristado. — Eu também tenho seis irmãos que podem te dar uma surra enquanto você se prepara.

— Você quer dizer os que têm dois e três anos? Ou talvez se refira àquele na Hungria? Ah, não. Eu acho que você quer dizer Mike, que quebrou um braço…

— Corno sem mãe!

— Filho de uma grande prostituta de sete filhos — devolvi.

O garoto se enfureceu e chutou quem o segurava para se libertar daqueles braços. É isso o que nunca se deve fazer ao tentar acalmar alguém depois de uma briga: segurá-lo. Sentir-se preso nesse estado, sozinho, pode desencadear uma resposta violenta, mas o deixei passar alguns segundos assim como uma forma de vingança.

Finalmente, eu pedi para soltá-lo e ele parou, respirando profundamente e andando pela sala. Kaiser gritou para ele levá-lo ao parque. A sra. Harrison gritou alguma coisa da janela do banheiro.

O Ás de Espadas, depois de um tempo, ajoelhou-se diante de mim e pediu desculpas, oferecendo um pano para limpar o sangue da minha sobrancelha.

Pedi-lhe perdão em resposta e ofereci uma xícara de chá. Normal: Chaplin estava apontando para as cinco e a hora do chá deve ser respeitada.

8

COM CURAS E GATOS, POUCOS TRATOS

Os dias seguintes foram passando a conta-gotas por causa da intriga visceral a que estávamos sujeitos.

No início, fizemos mais algumas expedições à *deep web*, sempre tímida e cautelosamente, dedicando-nos exclusivamente às coisas práticas, como criar uma carteira virtual de bitcoins para fazer a troca e um *tormail*, endereço eletrônico predominante naquela rede. Embora não por essa razão, fomos privados de alguns sobressaltos e advertências escabrosas. Vivemos imersos em uma própria expectativa bizarra de um filme de Tim Burton: a qualquer momento, poderia nos alcançar uma resposta de e-mail, uma proposta de compra ou uma ordem de assassinato. Todas as opções eram possíveis.

E a espera estava se tornando eterna e ainda mais tentadora, porque com esse mundo submerso agora em mãos os *underdogs* começaram a brincar pela *deep web* todos os dias para satisfazer o monstro que eles chamam de curiosidade. Eles gostavam de apostar em quem era capaz de realizar mais minutos de vídeos ou assuntos macabros, ou colocavam Eileen em frente à tela, forçando-a a ver coisas que a faziam chorar até que doíam seus ouvidos e obscurecendo a sua pureza um pouco mais a cada vez. Então, ela sempre fazia a mesma coisa: se soltava e abraçava River, buscando conforto. E então River quebrava a cara de todo mundo.

Outras vezes, passavam o tempo em uma página illuminati, a tal ponto que era eu que tinha que fechar o notebook com uma porrada para tirá-los da frente da tela. Os sites somente consistiam em um conjunto de imagens perturbadoras e cliques sem saída, que apontavam para mensagens que mudariam o mundo se tivessem vindo à tona.

Eram dimensões nas quais preferi não me envolver. Até o dia em que descobri Cherry desabotoando as calças na frente de um vídeo de pornografia infantil. Foi então que resolvi colocar uma senha de acesso no computador.

— Deus! Venham todos. Nesta página eles ensinam como fazer bombas caseiras.

Chaplin alardeou a chegada das três horas da tarde para quem quisesse ouvir. Dessa vez, foi Dean quem estava sentado no chão, de pernas cruzadas, na frente do computador. Todos os *underdogs* largaram o que estavam fazendo para correr livremente para a frente da tela, como uma fila de formigas atraídas por uma gota de iogurte.

— Sempre quis ter uma bomba. Desde pequeno! — Cherry cantou.

— Saiam daí… — avisei, quando entrei na sala para tirar os sapatos. Os tênis voaram pelo ar e eu dei um bufo de prazer, quando as tábuas frias beijaram meus pés. — Esse tipo de página é ilegal na Inglaterra.

Dean franziu a testa e fechou a página com pesar. Ninguém queria deixar esse papel de criança ignorante regulada por uma mãe muito dura, papel que eu havia adotado involuntariamente. Era mais fácil deixar que os outros cuidassem de você e descartar toda a responsabilidade com o clássico: "Se eu não conheço o perigo, ele não existe."

— Bem, então… nós procuramos algo da Área 51. Certo?

— Ah sim, sim! É bom discutir se os objetos fotografados pelo céu são OVNIs ou sacolas de compras — disse River.

Depois de vários segundos, encontrei um site que exalava um delicioso aroma de mistério incongruente. Eu mesmo fui dar uma olhada, encontrando um relato detalhado sobre uma numerosa presença de crateras e cabos no solo de Nevada. Nossos olhos brilharam e voaram através das linhas a toda velocidade, com a avidez de uma tempestade de areia, eternamente satisfeitos cada vez que nos deparávamos com uma imagem mórbida purulenta.

Foi então que o braço de Eileen, como uma mola, saltou e recaiu sobre a tela. Ela apontava para um aviso assustador. Nesse ponto. Nessa frase:

— O FBI ESTÁ OLHANDO!

Cherry deu o primeiro grito de medo, espalhando-o para os outros. Uma massa de carne transformada em braços e mãos cobriram a visão do aviso perturbador.

— Sai! Corre!

— Apaga!

— Aperta o esc!

Todos se lançaram sobre o notebook com um frio nas entranhas, mas antes de Dean e eu conseguirmos acalmá-los, o botão de desligar foi pressionado e o notebook nos deixou ali, sozinhos, parecendo imbecis em choque diante da tela preta.

— Ah, droga! Que ataque cardíaco à toa!

— Isso é como o *ouija*, que precisa ser fechado antes de sair, não é? — Eileen se atreveu a perguntar. Ela encontrou um olhar de irritação meu.

— Ok, pessoal, acho que eu preciso relaxar um pouco — rosnei, recolhendo o computador. — Saiam daqui. Eu não quero que vocês fiquem perto do meu notebook por um tempo.

— Mas, Gato, e se já inventaram a máquina do tempo e ninguém sabe? Ou se a NASA capturou um alienígena por anos e mantém isso em segredo? — Cherry torceu os dedos, canalizando sua ansiedade teatral. — Ou pior... talvez saibam o dia exato em que vamos morrer pelo impacto de um meteorito e não disseram nada para evitar pânico. Isso pode estar acontecendo agora nos "Estados Destroçados da Insanidade"! Temos que saber!

— Deixe-me revelar algo, meio-anão: metade do que é dito na *deep web* é falsa, e a outra metade é inacessível para pessoas como nós. Você acha que pode dormir em paz?

— Você acha que se eu partir seu saco com um pontapé vai parar de me chamar de meio-anão?

— É improvável. Talvez eu quebre seu pé.

— Pfff — Cherry levantou de supetão, agitando o ar do quarto. — Vá se foder. Eu vou dormir um pouco.

A porta bateu. Nós deixamos o adolescente fora do jogo por cerca de três horas.

— Em vez de ficar procurando porcaria na *deep web*, vocês deveriam estar preocupados em monitorar se alguma coisa do roubo saiu no noticiário — retruquei.

— Nada saiu, Gato. Estou verificando o jornal todos os dias! — bufou River.

— Nós não temos nenhuma resposta para o *tormail* ou para as mensagens dos fóruns também — resmungou o Ás de Espadas. — E duvido que seja, porque passou despercebido. O monitoramento conta cinquenta visitas por dia na maioria dos anúncios que colocamos.

Eu percorri a sala nervosamente, até que acabei enfrentando aquele gigante fotossensível que permaneceu a salvo do público sob uma tela escura. Afastei o pano para me certificar de que Napoleão não havia saído por causa do desprezo excessivo.

O que está acontecendo lá fora, amigo?, pensei, tristemente. Eu senti uma respiração por cima do meu ombro. Dean admirava Napoleão ao meu lado, enquanto coçava a grossa barba ruiva.

— O que está pensando, cara? — perguntou o trintão.

— Nada, eu o estava apenas observando. Vou sentir falta dele quando estiver na posse de algum patife com as mãos sujas.

— Cara, é grande e bonito, mas não acho que merece todos os milhões que vão pagar por isso. Na verdade, acho que gosto mais das pinturas que você faz — comentou.

Os três anos que convivi com Dean vieram à minha mente para me fazer lacrimejar.

— A arte não pode ser comparada. Não só o resultado: a origem é o conjunto de circunstâncias e sentimentos que existem na mente do autor ao preparar seus pincéis, quando ele começa a manchar a tela em branco. Ninguém tem o direito de julgar isso. Mesmo às vezes o quadro é mais artístico do que a pintura, mas ninguém percebe isso porque só olhamos onde devemos olhar. — Suspirei e soltei o tecido que cobria a pintura, virando-me com um sorriso. — Mas este não é o caso.

Kaiser latiu ao nosso redor para demonstrar seu tédio. Eileen e River estavam no sofá, assistindo *Friends* na antiga TV que roubamos da avó de Liu, abraçados e trocando beijos no nariz e na testa de vez em quando. Eles formavam um casal impecável: Eileen porque era pequena, bonita, como um pequeno diamante em um mar cinza; River porque era sensível e transparente, como uma teia de aranha sustentando o orvalho.

— Ah... *L'amour*... — Ás de Espadas mudou sua expressão, entretendo Kaiser. — Eles me dão câncer no olho. Que repugnante, meu irmão.

Mas eu sabia que não havia nada que pudesse sustentar seu argumento, porque talvez fosse a coisa mais pura que havia em Hackney naquele exato momento.

Às vezes acho que seria bom ter dedicado minhas carícias a apenas uma pessoa. Parece poético. É como mostrar algo para você e para o seu parceiro. Ser como uma rainha e um rei do xadrez: ter apenas uma vida e um amor. Mas eu acho que para aqueles que trabalham no mundo da afeição há coisas impossíveis, coisas que te sobrecarregam para que você não seja, então, capaz de distinguir quando realmente acontecem.

— Ei, esse pão está duro feito pedra. Se jogarmos na cabeça de alguém, com certeza a pessoa morre — interrompeu Dean, gritando da cozinha, segurando um pão em suas mãos com um gesto de aborrecimento. — Por que você não coloca a porra do pão no lixo? Jogue fora. Eu já te disse isso mil vezes.

— Ei! Nada é jogado fora aqui. Me dê o pão, eu tiro uns pedaços — propôs River.

— Falando em pão... Quem vai fazer as compras esta semana? — perguntou Eileen.

— Dean e Ás de Espadas.

— Eu? — perguntou o loiro encristado.

— Não fode, Ás. Agora que você mora nesta casa como todos os outros, você tem que fazer o trabalho duro também — retrucou River. Ambos aludiram preguiçosamente. — Não compre peixe agora. Está muito caro. E não exagere no chocolate. Eu te conheço, Dean.

Os *underdogs* pegaram o casaco e saíram com resmungos de resignação. River pegou Colibri pela mão e levou-a para o quarto para um momento a sós. De repente, eu estava sozinho na sala com Napoleão. Bem, e com o cachorro, mas isso não conta.

Fui até a janela para admirar o céu de Londres. Ás de Espadas e Dean andavam como formigas na calçada de paralelepípedos.

Londres tinha muitas coisas boas e muitas coisas ruins, como todos os lugares, mas eu não conseguia imaginar sair da capital para me mudar para um lugar mais tranquilo. A cidade vertiginosa era meu tempero, minha lei da vida. Eu era o rei das moscas.

Eu era fascinado com a sua ebulição, sua efervescência, seus milhares de pessoas com milhares de caminhos. Se você olhasse para as varandas vitorianas, poderia imaginar senhoras debruçadas com seus vestidos proeminentes, o nevoeiro de Jack, o Estripador, a tubulação de Sherlock. Poderia ouvir a música do baile de máscaras, a conversa dos funcionários em suas mansões, o ruído de navios trazendo chá da Índia. Ao prestar atenção, quase se podia sentir o cheiro do suor dos cavalos parados à frente das diligências ou respirar o mesmo ar respirado por Virginia Woolf. Aquela época bonita, em que você comprava uma peça de mobiliário única na cidade, antes do fordismo eminente e decepcionante.

Londres era elegante, impecável, mesmo em suas partes mais bizarras. Londres tinha história. Londres era história.

Não era a primeira vez que esta cidade me tirava da depressão para me lembrar, como um aviso, que a vida continuava. Como diziam? "Se você se mover, o mundo vai te acompanhar; se você parar, o mundo vai girar sem você."

Ainda bem que ninguém se importa com a sua vida. Todo mundo está tão concentrado em seus próprios problemas que ninguém tem tempo para se lembrar do seu. Quando você percebe que não é nada para o mundo, seus males também se tornam pequenos. Senhores, saibam que a tristeza não é endêmica.

A campainha tocou, gritando como um rato esfolado. Eu pensei onde estaria cada underdog naquele momento, e não parecia que algum deles estaria tocando a campainha tão cedo. Quem poderia ser? Meus avós? Eles não sabiam onde eu morava. Meus pais? Eles seguramente não chegariam nem dez metros perto dos lugares que eu frequentava. Leona Walker? Ela nunca se misturou com os *underdogs* fora do Leviathan. Poderia ser então...? Finalmente?

A campainha gritou novamente. Peguei um dos pesos que Bengala deixou ao ir embora, espremendo-o entre os meus dedos, pronto para uma emergência. Percebi o quanto precisávamos reformar o apartamento: um olho mágico agora seria indispensável.

Abri a porta e afastei-me por um metro, como se a fechadura cheirasse a um animal morto. Diante de mim havia uma pessoa com uma expressão séria, toda vestido de preto, como um empresário chinês bem-sucedido. Segurava um objeto afiado em sua mão direita.

Era, na verdade, uma freira, com um caderno e uma caneta na mão, talvez com vinte anos.

— Olá! Boa tarde.

— Ótimo. Testemunhas de Jeová. Era o que faltava aparecer neste circo. A nossa sorte está incrível...

Eu já estava fechando a porta na cara da freira quando a moça pôs as mãos no portal de madeira e disse, com uma voz de veludo:

— Não, não! Espere! Eu faço parte da St. Mary's Women, uma ordem anglicana que é dedicada a prestar ajuda voluntária aos bairros mais carentes todas as quartas. Eu só queria...

— Carentes? Nós somos mais do que você poderia contar.

— Ah... — A freira fez uma pausa hesitante e levantou o caderno, como uma criança diante do professor. Levou alguns segundos para organizar suas ideias e me responder. — Sim, Sim. Me desculpe! É só uma maneira de falar. Posso entrar?

— Você está sozinha? — perguntei, perplexo, lançando um olhar para fora. — Hackney não é um bom bairro para as freiras andarem, irmã.

— Oh, não! Meu colega está no quinto andar e um policial nos espera lá embaixo.

— Ah! Com a sra. Harrison? Vocês também providenciam novos quadris?

— A velhice, graças aos céus, está nas mãos do Senhor. Você vai me deixar entrar?

— Você vai me dar alguma coisa? — perguntei, com um sorriso engraçado. Ela me respondeu com outro, inocente, como o de Eileen em seus dias de folga.

— Depende de como nos entenderemos, meu jovem.

Eu a estudei com meus olhos. Tinha uma pele bonita, como se fosse esculpida em pedra. Olhos castanhos comuns, que não perderam seu brilho graças a certa nuance de inteligência. Sua boca foi feita para ser beijada, um desperdício para o mundo.

Ela olhou para os meus pés descalços.

— Hayden — disse, abrindo a porta.

A freira entrou com um passo alegre de corça e o caderno grudado no peito. Ela ficou no patamar, bisbilhotando até onde seu olhar alcançava, até que pediu permissão para se sentar no sofá e eu tive que empurrar Kaiser, soprando um pouco os pelos que ele tinha soltado.

— Prazer, Hayden. Eu sou a irmã Gwendoline. — Ela juntou os joelhos escondidos e esticou o hábito.

— Bem, você até tem o nome de uma freira. Que clichê — respondi, desapontado.

— Você estava levantando pesos? — perguntou ela, apontando para o que estava na minha mão.

— O quê? Ah, sim, mas já terminei. Posso oferecer algo para você beber? Coca-Cola sem gás? Vinho? Uma dose de tequila, talvez?

— Ah... não, obrigada.

— Bem... — Eu me levantei para pegar cigarro na cozinha. *Normal. Seria a coisa mais agressiva que entraria em sua boca*, pensei.

Eu ouvi um sussurro vindo do quarto.

— Eu estou te dizendo que alguém entrou, Eileen. QUEM ÉÉÉÉ? — River gritou do quarto fechado. Gwendoline ficou surpresa e me fitou com medo, desviando o olhar rapidamente para a porta de saída. Parecia uma lebre percebendo a presença de algum predador.

— Ninguém! — respondi, irritado. Não queria explicar o que estava acontecendo aos gritos.

Houve um silêncio reprimido.

— "Ninguém" está respirando o nosso ar?

Revirei os olhos antes de levantar a minha voz.

— Sim!

— Porra, querem falar mais baixo?! — gritou Cherry do quarto ao lado, com a voz de um urso em hibernação. Provavelmente tinha o mesmo humor agora.

A porta se abriu apenas o suficiente que duas cabeças diferentes aparecessem. Ambos mostravam corpos nus e brancos como duas esfinges. River e Eileen olharam com desconfiança para a carola na sala.

— Quem diabos…?

— Vão foder em silêncio. Depois eu explico por que existe uma freira no nosso sofá. — sussurrei ao fechar a porta do quarto.

— Quantos moram aqui? Se estou incomodando, vou embora… — disse ela, insegura.

— Não, não. Não se preocupe. Nós somos doze.

— Doze! Santo céu! Como é possível?

Ok. Eu admito que exagerei um pouco, mas você sabe que para construir um bom final, deve construir um bom começo. Sentei-me ao lado dela e acendi um cigarro.

— Porque lutamos menos que as irmãs de clausura. — Eu expulsei a fumaça branca com deliberação, sentindo a visão de Gwendoline fixa em meu rosto. Era óbvio que ela não estava olhando meus olhos, mas os piercings.

— Fumar faz muito mal. Por que os jovens fumam hoje? — perguntou ela.

— Pelo mesmo motivo que eu respiro perto de um cano de escape, ou atravesso a rua sem olhar os carros, olho diretamente para o micro-ondas quando o café está aquecendo, ou carrego o celular ao meu lado todas as noites.

— Como se pode ter consciência de algo ruim e não remediar isso? Se você não pode parar de fumar sozinho, você pode pedir ajuda… — sugeriu ela, carinhosamente.

— Eu já sei qual é a ajuda que você espera que eu peça. Você está olhando para a pessoa errada, irmã. Eu não acredito em Deus ou em qualquer outro criador que não seja uma merda de explosão de energia universal. Sim, gosto de explosões. Elas são tão artisticamente aleatórias…

— Acreditar que um universo criou seres inteligentes por nenhuma razão é muito egocêntrico, sabe?

— Se Deus não precisa de uma causa para existir, por que o universo precisaria?

— Você deve saber, já que explica tudo com a ciência.

— A ciência te dá comida, te cura se você está doente e até veste você com essas roupas horríveis que você usa.

— Mas ela não te ajuda no que é realmente importante. Ela não te ajuda a encontrar a espiritualidade interior com a qual se pode alcançar a paz. — Gwendoline se agitou animadamente. — Olha, Hayden, Deus é como um super-herói. É uma salvação.

— E é uma merda. Um super-herói aparece no momento certo. Deus espera que você se machuque para aparecer em sua vida, com a desculpa de ajudá-lo a se recompor. Ele nada mais é do que um oportunista que joga dados.

— Então você admite que Deus existe?

— Eu admito que há algo, mas eu chamo de força de vontade. — Fiz uma pausa para exalar a fumaça, o que distorceu minha voz, enquanto eu continuava. — Se existe um Deus em algum lugar, ele deve ser cego e surdo. Eu acho que eu e muitas outras pessoas fomos vítimas de uma conspiração do cosmos para nos lançar toda a má sorte e desesperança do continente.

— Você acha que Deus está te punindo?

— A mim? Como assim? Eu acho que ele está castigando você, tão jovem e desperdiçando sua vida olhando para uma cruz.

— Eu sou uma serva de Deus — disse ela, ofendida.

— Ser servo de alguém por escolha é patético.

— Mas nós precisamos disso. O ser humano é fraco por natureza, nem sempre tem força de vontade para enfrentar a vida e estabelecer seu próprio caminho.

— Nós concordamos nisso — disse, recostando-me no sofá. A imagem de Napoleão a cavalo passou pela minha cabeça. — O mundo está cheio de fracos. Apenas alguns de nós estão aqui para fazer história.

— Mas você está indo na direção errada! Nós só queremos mostrar o bom caminho. Estamos aqui para tentar conscientizá-lo…

— Ah, tá! Então Deus compra um animal de estimação e depois o deixa para cuidar da sua vida, hein? Bom. Normal que depois não consiga domesticá-lo novamente.

— Que coisas você diz. Ele nunca nos abandonou, apenas nos deu a liberdade de escolher.

— Então o que você está fazendo aqui? — perguntei, perplexo. A freira ficou sem palavras por um momento; então me lembrei por que a deixei entrar. — Você ia me dar alguma coisa, lembra? Para me ajudar a escolher melhor.

Gwendoline riu.

— Para escolher bem você só tem que abrir os olhos. O mal está em toda parte, pronto para tentá-lo.

Eu dirigi um olhar guloso para seus lábios. *Isso é verdade. Eu te arrastaria agora para o quarto e você começaria a gritar a palavra "Deus" em menos de dois minutos.*

— Ver o bem, fazer o bem, ser capaz de escolher apenas o bem... Isso é coisa de ovelha. Saber distinguir o bem nos dá a capacidade de ver o mal, e se vemos o mal, não somos o mesmo que Deus?

— Pare de dizer essas coisas, Hayden. Nunca ouvi tantas impurezas juntas. Meu estômago está se contorcendo.

Eu queria rir. Com um estômago tão fraco, uma pequena dose de conversa de Leviathan seria suficiente para fazê-la vomitar até o fígado.

— Desculpe, é que tenho a sensação de estar falando com uma parede. Estou com vontade de me divertir e você não debate nada, querida.

Eu não sei qual a destruição de neurônios mais rápida, a causada pelas drogas ou pelas cruzes...

— Não há nada para discutir. — Ela se defendeu, um pouco embaraçada com a maneira como eu olhava para ela. Dava para dizer que ela queria terminar a conversa o mais rápido possível. — Bem, Hayden. Gostei de você e cumpriu todos os requisitos. Deixe-me dar uma contribuição de cem libras e uma Bíblia de bolso.

— Ah... — Eu peguei o pequeno livro, perplexo, e, muito mais feliz, o dinheiro. — Obrigado, Gwen. Isso nos dará a oportunidade de comprar muitos alimentos pré-cozidos. Racionando, talvez até dure um mês.

Meus olhos verdes olharam com carinho para o dinheiro e para Gwen com o canto do olho. Um ataque de compaixão inesperada a deixou escandalizada.

— Não, não! Não compre esse lixo. Tome mais cinquenta. Mas compre algo saudável, ok?

— Incrível! Sua generosidade faria a Cruz Vermelha chorar de humilhação. Finalmente poderemos comprar carne de verdade! E peixe! Pelo menos por duas semanas. Bem, por uma, porque somos doze...

Sua ingenuidade estava tirando o melhor de mim. Sorri para a freira com aquela inocência de uma ratazana. É uma habilidade que só os gatos têm. Ela mordeu o lábio cheia de dúvidas, e desta vez demorou um pouco mais para soltar as libras.

— Bem. Eu acho que, se eu estou ajudando doze pessoas, eu posso te dar um pouco mais. Tome mais cem, ok? Mas você tem que me prometer que vai compartilhá-lo com todos.

Assenti várias vezes e dei a ela minha expressão mais convincente de gato agradecido.

— O mérito é das mulheres de St. Mary. E lembre-se de que Deus cuida de você.

— Ótimo. Diga a ele que ele não precisa mais cuidar de mim, já que ele não faz isso muito bem. Mas eu o perdoo desde que ele mande você para a minha casa de vez em quando.

— Que engraçado você é, jovem. — Ela riu. Então me entregou o caderno. — Assine aqui para confirmar que você recebeu a ajuda, por favor.

— Claro. A satisfação é maior deixando prova de seu altruísmo no papel. É assim que a pouca bondade das pessoas funciona — rosnei, dissimuladamente. Ela se levantou sem prestar atenção e foi para a porta.

— Foi um prazer conhecê-lo, Hayden. Faça bom uso desse dinheiro, ok? Sem drogas e coisas assim. A comida é uma necessidade primária.

— Claro, irmã. Eu sonho em poder comprar coisas como hortelã, farinha, cogumelos e um bom filé — respondi, oferecendo-lhe um sorriso singular.

— Estou muito feliz por você e pelos seus sonhos culinários. Te desejo muita sorte. — E ela se virou como uma pomba, balançando suas penas.

Hmm... Sim... Sonhos culinários..., pensei, saboreando a visão do hábito preso pela bolsa, marcando sua bela bunda. Pouco me faltou para agarrá-la.

Poderia ter fechado a porta na sua cara e sorrido maliciosamente. Eu poderia tê-la espancado por simples prazer, até que ela se ajoelhasse diante de mim, em vez de diante de seu Deus. Poderia ter batido o haltere na sua testa e roubado todo o orçamento que planejara distribuir em Hackney. Eu poderia tê-la deixado viva apenas para transar com ela no quarto, onde Colibri e Cachorro Molhado estavam.

Mas eu não fiz. E é compreensível, certo? Já havia muitas ilegalidades sobre mim. E eu não sou tão mau quanto você pensa, cara...

Fechei a porta e fui até a cozinha caçar o hambúrguer frio que Dean trouxe ontem do McDonald's. River saiu do quarto imediatamente e olhou para mim, com os olhos de uma coruja.

— O que aconteceu? Quem era esse complexo de castidade? Eu não conseguia ouvir nada por causa do barulho da maldita janela.

A mostarda escorrendo pelo canto da boca não me permitiu responder. Aterrorizado, procurei algo para me limpar, e não encontrando, abri a Bíblia e arranquei algumas folhas com um único movimento. O apóstolo São Lucas salvou minha camisa do desastre. Foi a única coisa que ele fez por mim em toda a minha vida.

— Não tenho ideia, só sei que vamos passar o melhor Natal das nossas vidas.

9

DE ALGO SE TEM QUE MORRER, DISSE O GATO, QUANDO SE APAIXONOU PELA SÉTIMA VEZ

O 25º dia de dezembro explodiu contra os cristais junto à nevasca do século. Não é brincadeira. Amanheceu chovendo, como de costume. Mas teria sido bom, certo?

Um conto de Natal nesta cidade onde Harry Potter levou o expresso de Hogwarts à estação de King's Cross e um homem com uma máscara branca mandou pelo ares o Parlamento porque ele queria mudar a sociedade. A fachada da Harrods queimava centenas de watts por dia com seu exército de luzes douradas. Se você não entrasse com cuidado, poderia dar de cara com um Papai Noel gigante ou um arbusto em forma de rena que ficava no meio da rua.

Covent Garden estava mais charmoso do que nunca com seus mercados. O Palácio de Buckingham manteve seus guardas. A Carnaby Street lotou de fofocas dos Rolling Stones para agradar os turistas. Camden Town estava a toda! E até mesmo o Soho (onde o Leviathan e a Chinatown inglesa ficavam) tinha decorado seu pedaço de céu com lanternas orientais.

Foi a primeira vez que os *underdogs* montaram uma árvore de Natal desde que alugamos o apartamento. Cherry queria comprar um cacto gigante para mostrar quão duros nós estávamos, mas a ideia foi descartada por imaginarmos sete pessoas fazendo uso de vodca ao lado de uma planta cheia de espinhos. Depois de darmos uma volta pelos mercados, pesquisando os preços absurdos que essas putarias de plástico tinham, acabamos pegando uma velha árvore do lixo de um vizinho. A euforia do sucesso com Gwendoline nos levou a decorar a árvore com notas de cinco libras penduradas em seus galhos. A árvore em si era mais triste do que um brócolis magro, mas ninguém se atreveria a dizer que parecia uma árvore de Natal de pobre.

Eu acho que não é necessário dizer que no dia seguinte as notas desapareceram. Ninguém disse nada e todo mundo riu, então tivemos que repensar como decorá-la de uma forma menos arriscada. Assim, para o dia 25 de dezembro, tínhamos um lindo arboredo, enfeitado com anéis de latas de cerveja, piercings que não usávamos mais e pingos coloridos de tinta de seus galhos. Esta última tinha sido minha ideia e lhe deu uma aparência *cyberpunk* e vanguardista.

No dia de Natal, o Leviathan ficou fechado. Lógico, até porque não poderíamos ir, já que o transporte público também estava suspenso. Foi um dia para ser passado com a família e não era o melhor momento para um corno ser parceiro de uma prostituta. Vamos dizer que é feio. Faça no dia seguinte, certo?

Como estávamos felizes, apesar da derrota na venda de Napoleão, que já tinha sido anunciado online havia mais de um mês, sem notícias, eu inventei uma festa gigante em nosso andar, onde se permitiu a passagem apenas de substâncias recreativas e gente de vinte anos, pronta para se divertir.

Nós também convidamos os ex-moradores da casa, Bengala e Liu, que colocou um par de condições iniciais para sumir de vista qualquer coisa relacionada ao roubo antes de pisarem em nosso apartamento. Eles não tinham nada com que se preocupar: naquela noite, Napoleão estava doente e ninguém poderia vê-lo. Talvez você pense que iríamos trazer pessoas para casa e correr o risco de sermos descobertos... mas o que quero te dizer é que nós éramos jovens e tínhamos acabado de superar mais um ano de dificuldades econômicas, sociais e médicas. Nós nos sentíamos sobreviventes de uma Terceira Guerra Mundial: a de cada dia.

Para os que não tinham família ou não se davam bem com ela, também organizamos um jantar de Natal. Estes se resumiram em órfãos como Eileen, Pato e Bengala, e não conformados como River, Camaleão, Lady, Cherry, Red e eu. Enquanto o primeiro orou para ter pais com quem compartilhar champanhe, o segundo implorou para ficar longe dos seus, tanto quanto possível. Era nesse tipo de evento que nos lembrávamos de onde viemos. Eileen havia perdido seus pais em um acidente de carro, os de Pato estavam presos por fraude e a mãe de Bengala foi deportada. Enquanto isso, os de Camaleão e Red não apoiavam seus filhos, e os de Lady decidiram não apoiá-lo quando mudou de gênero e foi assim que tudo terminou. Finalmente havia os dois extremos: Cherry havia saído de casa porque eles eram muito protetores e River porque o espancavam.

Mas ainda era uma ocasião para comemorar, então, pela primeira vez em nossas vidas, decidimos gastar o dinheiro em uma refeição saudável e cara. Como o duque de Wellington na Batalha de Waterloo, nós também conseguimos derrotar Napoleão para torná-lo nosso prisioneiro. Viva o Reino Unido, porra!

Dean, Liu, Jeff e Ás de Espadas se juntaram à festa duas horas depois, com a barriga cheia de comida. Dean nos contou sobre o maravilhoso pudim que sua mãe tinha feito e Ás reclamou da guerra que seus seis irmãos fizeram. Chegaram bem a tempo de experimentar o prodigioso brownie caseiro de Eileen.

— River incluiu um detalhe que vocês certamente vão amar — disse Colibri, segurando o rosto do menino com suas luvas de cozinha e dando um beijo em sua boca.

— O quê? — Red foi a primeira a tirar um pedaço da peça, com os lábios vermelhos. — Caramba... muito forte...

— Ah! Que bom! Deu um toque supercaseiro ao brownie! — afirmou Camaleão, depois de uma grande mordida.

— Se não me engano, isso é o que eles chamam de "spacebrownie", certo? Eu ainda não havia experimentado nenhum... — comentou Bengala. Seu sorriso de satisfação se destacou na pele negra quase radioativamente.

— Eu sim, mas nenhum feito por Eileen. Eles são divinos! — exclamou Lady. Ele ria tão lindamente que às vezes eu até esquecia que já tinha sido um babaca.

Eu provei o meu pedaço e tive que dar o braço a torcer. A doçura do chocolate se misturou com o forte sabor da erva. A harmonia foi perfeita. Kaiser olhou para todos nós com olhos gananciosos e implorou por um pedaço do que quer que estivesse exigindo a atenção dos humanos. Tive a decência de recusar. O chocolate era uma bomba-relógio para cães.

— Ai! Eu sempre quis experimentar um spacebrownie. Desde que era pequeno — falou Cherry.

— Quanto você colocou por pessoa, River? — perguntou Pato.

— Meio grama mais ou menos. Foi bem triturado e jogado ao mesmo tempo que a manteiga — respondeu ele. — Mas não coma demais, vamos ver se vai te dar onda e aí falaremos.

Quando o jantar terminou, a música de Hackney já estava atravessando as janelas. Embora houvesse alguns carros parados nas calçadas tocando músicas estridentes para atrair os transeuntes, as pessoas preferiram montar suas próprias festas em casa, para beber sem levar uma penalidade. Nós não seríamos diferentes, então Jeff ligou seus alto falantes portáteis e seu pendrive ao aparelho de som. Eu acho que a surdez da pobre senhora Harrison se debatia, principalmente nas festas que nós montávamos com todos os *underdogs* do primeiro e do nono.

O brownie de maconha tinha sido um paradoxo, porque nos deixou mais noturnos e ligados do que um hamster correndo numa roda às quatro da manhã. Mas, na realidade, era meia-noite, segundo Chaplin, quando garrafas de vinho barato e absinto foram abertas. As tampas se perderam no chão em apenas dez minutos, mas não importaria muito, porque no final da noite nós teríamos deixado tudo vazio.

A coisa, então, começou a ficar estupidamente engraçada.

Em uma das dez vezes em que fui fazer xixi, encontrei um homem negro gigante vomitando no banheiro. Percebi que era Bengala, que apenas riu e disse para eu não me preocupar, que só estava alimentando os insetos.

Voltei para a sala e Camaleão estava lá, gritando várias merdas, enquanto estava embrulhado como um rolinho primavera com o plástico-bolha que ainda estava espalhado pelo chão.

— De onde você tirou tantos plásticos-bolha? — perguntou Pato, que já havia sido apanhado pelo ato hipnótico de estourar as bolhinhas. Pop. Pop.

— Compramos um grande colchão recentemente — respondi, apontando para as tirinhas de enchimento que também estavam no chão. — Então, o cachorro o destruiu.

Pelo menos, a mente ainda funcionava um pouco. Tenho orgulho de ter evitado que os *underdogs* jogassem o Camaleão escada abaixo, para ver se o plástico-bolha funcionava bem. Acho que fui o último do grupo a perder a razão, o que aconteceu quando um novo amigo entrou em jogo, cortesia de Gwendoline: o LSD.

— Espero que não sejam covardes, porque eu comprei para o olho em vez de para a língua. Eles são mais baratos — informou Cherry, com um sorriso.

O garoto de dezesseis anos havia se tornado, indiscutivelmente, o avião do grupo. Ele sabia sobre fraudes. Sabia sobre preços. Avaliava a qualidade de qualquer tipo de droga que adquiríssemos. Ele era a mula em que todos nós confiávamos.

Estávamos olhando confusos o pequeno quadradinho de LSD que tínhamos que colocar na parte branca dos olhos. De repente, os *underdogs* pareciam ter perdido a coragem ao ter que lidar com algo que parecia tão sombrio.

— Ei, Hayden — Red me olhou, com seus olhos amendoados. — Li em algum lugar que Pablo Picasso usava o absinto para a inspiração, como Steve Jobs, com LSD. Você vai se tornar um gênio também? Você vai se tornar um gênio para mim?

Talvez fosse a forma como a ruiva olhava para mim, ou talvez fosse o efeito do absinto queimando meu estômago igual a cem mil infernos, com oitenta e cinco graus de álcool. O fato é que eu coloquei o pequeno quadrado na esclera do olho e fui imediatamente seguido pelos doze que estavam comigo.

Dez minutos depois, a música tornou-se tão poderosa, que pensávamos que tínhamos artistas lá conosco. Depois de onze minutos, comecei a ver o quarto como em uma pintura de Andy Warhol. Aos doze minutos, Red estava despida da cintura para cima na minha frente, compartilhando sua saliva. A experiência mais estrondosa da minha vida. Depois de Red, comecei a me sentir mais quente do que corrimãos de uma escada no inferno, mas a coisa não deu em nada, porque eu não conseguia desamarrar os cadarços. Aos treze, Kaiser pegou o prato de brownie com os dentes e atirou-o ao chão, quebrando-o e comendo tudo o que restava.

"Tic-tac, tic-tac", Chaplin tocava, marcando cinco horas. Tinha entrado plenamente em um momento extravagante, em que eu estava pirando, mas eu sabia que eu estava pirando e outros também. Lady e Pato, sentados estranhamente no sofá, disparavam frases bastante estranhas:

— Eu nunca percebi o quão bonitas são as suas mãos. Eu troco com você.

E nós bebíamos. Cansamos de sentir. E bebíamos mais. Abrimos a janela para deixar entrar o ar da noite. Uivamos para a lua, como lobos, apaixonados por essa luz que brilha no céu quando está escuro. Ficamos grávidos de litros de álcool, sabendo que seríamos pais de uma ressaca recém-nascida no dia seguinte.

Eram seis horas e nós tínhamos todos perdido a cabeça. Estavam jogadas em algum lugar do apartamento. Meu coração batia acima do limite de velocidade da sinalização rodoviária, mas em vez de se preocupar com a multa, tentava se desengatar das artérias impertinentes e sair correndo pela boca. Ninguém sabia onde cada um estava. Vivemos imersos em uma contradição confusa entre os músculos, que queriam correr dez maratonas de uma vez, e os pulmões, que ansiavam cair em qualquer buraco e nunca mais respirar.

E então Cherry nos convidou para a sala afastada. Só nós, os cúmplices: Jeff, Eileen, River, Ás de Espadas, Dean e eu. Ele fechou a porta atrás de nós e entregou-nos um copo de vinho do mal a todos.

— Um brinde pela nossa vitória. Por ele. — Cherry tinha pegado a caixa atrás do armário e havia retirado o pano que o cobria de uma vez, dramaticamente, acenando como um navio soltando suas velas. Mais uma vez, o conquistador nos fez parecer pequenos.

— Realmente. Nós não tivemos o sucesso que Deus merecia ter nos dado, desde que o trouxemos para o apartamento. — River bebeu do seu copo, levantando a taça como um nobre. — Estou contente de ter este grandão aqui, mas estou mais feliz ainda de ter a vocês todos.

Eileen agarrou sua cintura e olhou para nós com carinho. Por um momento, nós ficamos todos em silêncio e com os olhos voltados para Napoleão, agradecendo a pausa para demonstrar uma parceria que não precisava de provas. Não, uma irmandade. A música tocou, mas era impossível silenciar a batida de nossos corações.

— Por Napoleão! —exclamou Dean.

— Por Napoleão! — Todos nós coroamos, com olhos lacrimejantes e a fronte perolada de suor. Mas foi por causa das substâncias que tínhamos dentro do corpo, não acho que havíamos nos tornado tão sentimentais. Foi então que eu percebi que meu corpo estava tenso, mandíbulas retesadas e dentes doloridos de tanto apertar.

Mas tudo mudou de repente. Foi muito rápido, como a perna de um cavalo se quebrando na reta final da corrida. Cherry quis fazer graça e tocou a boca de Napoleão com o copo, fazendo com que o vinho saltasse e caíssem duas gotas na pintura.

O menino ficou perplexo.

Todos os *underdogs* ficaram perplexos.

O que começou como "perplexo" em mim, tornou-se algo mais perturbador do que acordar um dia em uma casa desconhecida.

Napoleão, ferido com balas calibre de vinho tinto Peleón, escorria sangue por suas roupas frutadas. Não, estou exagerando. Apenas parecia um arranhão no joelho de uma criança ao cair do escorrega, mas havia o risco de que o líquido apagasse sua existência, seu peito e sua pele para sempre. Seu tudo. Era possível que o vinho deixasse um espaço vazio horrível. Meu coração bateu forte no meu peito: isso foi um crime.

Minha mão agarrou Cherry pelo pescoço e acertou o seu rosto com um soco. Eu estava fora de controle. Não sabia quem era esse Hayden tão vulcânico, mas não tinha coragem suficiente para contê-lo. Então, ele pegou o crânio do garoto e o bateu contra a pintura.

— O que é isso, Cherry? Tinta vermelha, talvez? Você acha que é tinta vermelha?

— Hayden... Solte-me, babaca, você me machucou.

— Como? Você disse tinta vermelha? — repeti, com uma torrente de voz temperada com veneno. Minha mão apertou sua bochecha de tal forma que a pressão arremeteu contra seus olhos e os lábios ficaram distorcidos momentaneamente.

— Não, não… é vinho, cara. Foi sem querer, me desculpe! — ele gaguejou desajeitadamente.

— Heidi. Acalme-se… ok? — murmurou River, com uma risadinha nervosa. Suas palavras eram como o canto de um pardal em uma tempestade.

— Limpa! AGORA! — gritei em seu ouvido.

O adolescente não se mexeu, incapaz de obedecer ao meu pedido se eu não o soltasse.

— LIMPA! — berrei, impaciente. — Se não estiver limpo, vou te matar. E se ficar uma cor diferente, vou te matar duas vezes!

Por fim, ele entendeu minhas intenções, olhando cuidadosamente para as gotas de vinho que caíam. Sob meu olhar abrasador e atento, ele esticou a língua até o óleo seco e lambeu como pôde as gotas de vinho. Então ele fez uma careta de amargura, mas eu não o deixei escapar. Não parecia suficiente.

Silêncio. Os *underdogs* estavam congelados. Pato bateu na porta do quarto.

— Ei! O que está acontecendo aí, pessoal? Vocês estão saindo agora?

Ninguém respondeu.

— Foi um acidente — choramingou Cherry, finalmente, mexendo-se para procurar conforto. Eu olhei para ele como um robô, experimentando um sentimento pela primeira vez.

— Acidente… — repeti.

— Acidente — concordou River. Então ele se aproximou com cautela e empurrou o menino para longe da pintura, pacificamente. Ele era apenas um homem tentando não assustar um cisne. Cherry olhou para mim com uma expressão de respeito e desprezo ao mesmo tempo.

— Sinto muito — murmurei, sufocando as palavras. Entretanto, ainda não sabia se deveria dizer ao menino ou a Napoleão. — Eu acho que preciso descansar um pouco.

E então eu me virei e saí do quarto. Eu caí no quarto ao lado como um saco de farinha, moído e derrotado com todas as letras. A música não parecia mais tão alegre para mim. Eles me deram dez minutos de paz antes de alguém bater à porta.

— Hayden? Está acordado? — River colocou a cabeça para dentro. Seus olhos celestes se pregaram em minha mente e a perfuraram com ferocidade, desfocados, duplicando seu exército.

— Sim, entra.

— Como você está?

— Em plena quinta-feira negra, depois de anos de prosperidade desenfreada. E você?

— Como um gráfico do mercado de ações que implora para chegar a uma linha reta. — O garoto caiu ao meu lado com um estrondo, levantando náuseas no colchão e no meu estômago. — Ei, não se preocupe, ok? Eu conversei com Cherry e ele diz que amanhã ele não vai pensar no que aconteceu. Eu acho que isso significa que ele te perdoa.

—Fico feliz. Ele é um bom menino, não merece o que eu fiz a ele.

River fez uma pausa muito confortável.

— Mas por quê...?

— Você não consegue imaginar, River? Nem um pouco? — Eu virei minha cabeça para ele. — A menor imperfeição na pintura pode reduzir o preço monstruosamente. Eu sei do que estou falando, não é a primeira vez que revendo coisas roubadas. Esses abutres analisam cada milímetro, procurando um mínimo arranhão pelo qual podem fazer escapar uma parte do dinheiro.

— Então tudo que você fez foi por causa da grana.

Abaixei minha cabeça. Não tanto porque me arrependi, mas porque senti que minha cervical não conseguia aguentar muito tempo em pé.

— Sinto muito. O dinheiro transforma as pessoas, não tenho desculpa.

River sorriu, descontraído, e se levantou. Ainda havia mais algumas horas de luz antes que a escuridão chegasse, mas notei que o garoto certamente tinha emagrecido. Muito mais do que o resto, na verdade. Se eu estivesse em melhores condições, talvez me preocupasse com ele.

— Sabe de uma coisa? Eu posso acreditar na mentira de qualquer pessoa. Mas não de você.

O silêncio que veio quando cachorro Molhado saiu da sala estava quase em movimento. Não demorei três minutos para sair novamente para retomar a festa.

Onze horas da manhã. Os raios do sol entravam pela janela como lança--chamas, perfurando nossas órbitas oculares. Foi quando percebemos a besteira que fizemos ao ter levantado a persiana para ver a lua na noite anterior.

— Alguém... coloque uma bala na minha boca... — disse Dean, de algum lugar no apartamento.

Levei vinte minutos a mais para ter consciência de mim e da minha posição. Estava em pé, em uma superfície dura; o chão, talvez. Abraçado a uma amante fria; uma garrafa, provavelmente. Com os dedos das mãos unidos por algum tipo de substância pegajosa. Absinto, com certeza. E uma dor terrível na perna, que eu não sabia identificar. Alcancei-a com esforço: era um pedaço de prato preso na panturrilha, rodeado de sangue seco. Mais tarde, imaginaria que era culpa de Kaiser.

— Feliz Natal... — grunhiu Ás, com uma voz pastosa.

Red dormia no meu peito, seu cabelo flamejante se agitava ao meu redor. Ela se mexeu como um gatinho no inverno quando eu tentei me levantar.

Eu fui o pioneiro em uma ressurreição mais difícil que a de Jesus Cristo. Cambaleei até a cozinha, enquanto observava o panorama devastador. Não ficaria surpreso em encontrar um foguete da Segunda Guerra Mundial entre as poltronas. Eu senti como se um caminhão tivesse passado por mim, mas a fome que me corroeu foi ainda maior. Liguei o fogão e pus um ovo para fritar.

Eileen dormia tranquilamente ao lado de River, os únicos inteligentes que haviam usado uma cama. O resto dos *underdogs* começou a se levantar de diferentes partes da casa, cada uma mais singular que a anterior.

— River... — Eileen sussurrou baixinho. — Acorde... Vamos comer alguma coisa.

Colibri o beijou nos lábios, mas o corpo de Cachorro Molhado estava frio.

— River? Vamos lá, querido, vamos tomar café da manhã — insistiu Eileen.

Primeiro ela se assustou e depois ficou com medo de ter medo, porque isso significava que seu companheiro estava lhe dando razões para isso. O que aconteceu em seguida sucedeu muito rapidamente. Ou talvez seja assim que minha mente queira se lembrar disso.

— Ai, Meu Deus... River! Acorda! — O grito que a garota deu levou um pedaço de coração de cada um, nos desviando como nenhum alarme jamais faria e revivendo todas as células do nosso corpo para colocá-las em ordem. — Está morto! Meu Deus, ele está morto!

Não sabíamos onde nós conseguimos a energia para correr para Eileen e afastá-la de River. É verdade que o ser humano reage ao limite quando vive situações extremas. O resto dos *underdogs* tinha ficado paralisado, olhando com horror o cadáver na sala, como um monte de girassóis que tinham crescido sozinhos no meio do nada, longe uns dos outros. Eileen foi a única que trouxe algum movimento para a cena.

Ninguém sabia o que fazer, além de segurar a pequena, que continuava gritando e chutando qualquer coisa que estivesse ao alcance. Os onze *underdogs* se entreolharam com os rostos pálidos e as bocas cobertas com as mãos, ainda assim não conseguiam acreditar. Eileen também não nos deixou espaço para chorar: ela já estava chorando por todos.

— Saia daqui — ordenei a Dean, segurando a menina em meus braços. — Esconda a caixa, chame a polícia e saia daqui. AGORA.

Eu não admiti nenhum tipo de resposta, mas Dean também não protestou. Em dois minutos, a sala estava vazia, grande demais para o meu gosto, embora parecesse minúscula toda a vida. Havia uma atmosfera tensa e repugnantemente triste. Eileen se recusou a deixá-lo. Ela tremia contra meus braços e molhava minhas roupas por uma razão que eu nunca pensei que aconteceria.

— Deve ter sido uma overdose. Não deveríamos misturar tantas coisas. Certamente foi minha culpa, foi o meu brownie que o matou. Eu o matei... Foi minha culpa, Hayden!

Eu não sei o que eu disse, mas meus consolos tiveram algum efeito, porque eu era o típico amigo-psicólogo, que dá conselhos, mas não os segue. O silêncio no apartamento era sepulcral, porque, afinal de contas, tinha sido convertido em um túmulo.

— Diga-me que é uma piada. Faça-o respirar de novo, por favor. Traga-o de volta à vida quando eu abrir os olhos e faço o que você me pedir — choramingou contra meu peito. — Hayden, você é meu amuleto. Com você tudo fica mais claro. Você nunca falhou comigo, não me falhe agora.

Eu só sabia como silenciá-la. Ela não queria abrir os olhos porque sabia que ele também não abriria. Simplesmente nos deixamos cair pela parede, até o chão, abraçados um ao outro, enquanto River endurecia no canto da sala. Uff. Mas minha mente tinha que se distrair e distrair a dela. Tinha que...

— *Come on, Eileen...* — cantarolei em seu ouvido, muito baixo, com a voz suave. Aquela velha canção dos anos oitenta que trazia seu nome.

— Não posso acreditar que ele vai me deixar. Eu não posso ficar sozinha. Vou morrer sem ele, Hayden. Eu morro.

— *These people 'round here... Wear beaten down eyes, sunk in smoke, dried face... So resigned to what their fate is...*

Ela perdeu a voz. Eu a segurei tão forte que a forcei a se concentrar apenas em encher seus pulmões de ar.

Da cozinha, meu ovo frito chiou na panela clamando por atenção, expelindo fumaça que foi captada pelo antigo sistema de incêndio. Nós não percebemos quando o alarme soou, mesmo quando a chuva sintética inundou a sala e permeou nossos ossos com uma água pútrida, mais quente do que saliva, que tinha ficado armazenada por pelo menos dez anos.

— *But not us, no never. No, not us, no never. We are far, too young and clever. Come on, Eileen.*

A chuva ficou fria em nossa pele. Frio em corações rachados por vazamentos. Parecia que, no fim, estivesse você do lado de fora ou de dentro, sempre haveria chuva.

Quisera Audrey Hepburn, em sua carreira de quarenta anos, ter expressado o que Eileen expressou em dez minutos. Porque a perda do meu amigo me destruiu, sim, mas o choro de Eileen paralisou minha alma.

10

O CACHORRO PERTENCE AO SEU MESTRE. O GATO, É DA CASA

No dia seguinte, Hackney foi notícia. Uau, que novidade.

Eu não acho que você poderia entender até que visse. Garçons ingleses tentam evitar escândalos servindo copos com 25 mililitros de álcool, medido religiosamente e a um preço estratosférico, mas não podem fazer nada contra uma comunidade de ingleses que sai à rua em polvorosa. Todo o conceito de bêbado violento que você tem em mente é como um adolescente se você comparar com um inglês embriagado às cinco horas da manhã. Há sempre alguém que vai partir uma mesa na cabeça de outro ou fazer barricadas nas ruas para brigar com uma outra gangue. Há pessoas que andam por aí com facas nos bolsos. Em agosto passado, houve até tiroteios no carnaval de Notting Hill.

Entre as vítimas da noite turva de Natal estava o rosto de River, mas ele foi o único falecido, além de outro infeliz que havia se afogado no Tâmisa, quando tentava se infiltrar no HMS Belfast, o gigante navio-museu da Segunda Guerra Mundial ancorado em suas margens.

E, finalmente, vimos a cara do bastardo de seu pai, o titânico militar que havia atormentado sua mãe e espancado River durante sete longos anos. Ele apareceu na TV, choramingando por seu filho perdido e nos culpando por tê-lo desviado. Que vontade tivemos de ir lá para arrebentar a cara dele, santa mãe!

O ânimo caiu entre os *underdogs* como as gotas de chuva no mês de abril. Nós só conversamos sobre questões básicas de coexistência, e quando o fizemos, foi sempre com frases ariscas e mal-humoradas. Perdemos toda a noção de sociabilidade, embora agora devêssemos estar mais próximos. Eileen parou de comer e de ir para o Leviathan. Ficava horas deitada na cama onde o River tinha morrido para "gravar bem seu cheiro, antes de se diluir", como ela dizia. Algo que eu acho que era mais mórbido do que romântico, considerando que o resto do *underdogs* não queria entrar nesse quarto.

Lá estava ela novamente, encolhida na colcha desbotada e seu cabelo castanho desordenado caindo sobre o rosto. O olhar indiferente estava perdido em algum lugar do mundo, enquanto seu celular sussurrava palavras em seu ouvido em voz muito baixa. Era uma voz linda e horripilante ao mesmo tempo, tão conhecida e estranha quanto ouvir a voz de Hitler depois de estudá-lo nos livros de história.

"Olá, Eileen. Sou eu, River. Por que você não atende seu celular? Você já sabe que eu não gosto dessas merdas de mensagens de voz. Bem, eu só queria te lembrar de trazer Dean quando você vier ao Leviathan. Leona está ficando com raiva e está prestes a pegar a espingarda. Ha-ha, você sabe. Eu te amo, passarinho."

— O que... foi isso? — murmurei, com um calafrio agradável no meu coração. Eileen não respondeu. Ela simplesmente pressionou uma tecla em seu celular e a levou ao ouvido novamente.

"Olá, Eileen. Sou eu, River. Por que você não atende seu celular? Você já sabe..."

— Eileen. Deixe isso, venha. Dê para mim. — Caminhei na direção dela, com um certo temor de ter de ouvir a voz fantasmagórica do meu amigo e o lugar onde deu seu último suspiro, levando o telefone celular da garota e o jogando no sofá.

Colibri reclamou como uma leoa que acaba de ser retirada de sua jaula e, em seguida, colocou as mãos na cabeça.

— Foi minha culpa. Foi o meu brownie.

— A maconha não causa a morte por overdose, Eileen. Você tem que parar de pensar nisso. — Eu consegui me armar de coragem e começar a desfazer a cama, com a intenção de trocar os lençóis e, como um segundo objetivo, conseguir que a menina se levantasse.

— Mas certamente ajudou a parar seu coração! Maconha tem efeitos depressivos e o LSD, estimulantes. Tenho certeza que tudo veio junto e…

— Você tenta se convencer disso para se sentir melhor ou o quê? — interrompi, asperamente. — Eu lhe digo que você não teve nada a ver com isso, poderia ter acontecido com qualquer um de nós.

Colibri olhou para baixo, com os olhos molhados, e rosnou:

— Eu gostaria que tivesse acontecido com qualquer um de nós.

— O quê? — perguntei, fixando meus olhos verdes nela. — Não acredito no que ouvi.

— Eu gostaria de ter matado qualquer um, menos ele! Bengala não tem nada a perder, ou talvez o idiota do Cherry. Eu gostaria que tivesse acontecido comigo. Deus! Por que a vida é tão cruel para nós? — gritou ela, fazendo as paredes estremecerem. — Agora que o River estava começando a se recuperar de seus pais, agora que ele havia prometido me tirar daqui com o dinheiro do quadro!

— Isso… que você disse é muito egoísta, Eileen — murmurei. Joguei os lençóis na cara dela e me virei. — Quando você sentir vontade de voltar a se comportar como a Colibri de sempre, se você quiser, nós conversamos.

Eileen não se moveu um milímetro, em silêncio. Fui à cozinha para beber alguma coisa.

Então, ela saiu da cama de repente. Em menos de três segundos, ela se arrastou para a sala, como a menina do exorcista e capturou o celular em suas mãos avidamente, pesquisando na lista de mensagens do menu.

— Eileen! Já chega! Pare com isso. Está apenas se machucando! — Eu poderia ter deixado ela se martirizar do jeito que ela queria, mas a possibilidade de ouvir a voz de River na sala novamente me aterrorizou. Peguei o telefone dela em uma pequena briga e o levantei no ar. — Olha, quer saber de uma coisa? Foda-se o seu celular.

O pequeno aparelho voou pela janela com bravura. O som que produziu quando caiu contra o chão não pôde ser ouvido do nono andar, lógico. O que me ensurdeceu foi o grito de "River!" que Eileen soltou, com uma força e um drama que parecia que eu tinha empurrado para fora da janela o próprio Cão Molhado. E assim foi. O último registro de River vivo acabara de ser destruído.

— Você matou ele! Você matou ele! A última chance que tínhamos de ouvi-lo falar! — ela choramingou. — Deixe-me, eu vou junto.

Assustado, eu consegui pegar a cintura da moça, que agora ia para a janela, puxando-a violentamente para o chão e me preparando para pará-la, como um jogador de rúgbi que se lança em um movimento suicida. Mas ela apenas se encolheu no chão e chorou. Então, percebi que nós dois estávamos ofegantes.

— Vamos esquecer sua voz agora, Hayden… — choramingou ela, esfregando o rosto com as mãos. — E então vamos esquecer os seus olhos azuis.

— Você ia se jogar pela janela? — perguntei, ainda atordoado. Ela me ignorou.

— Estou com tanta fome… E o pão está ficando duro no saco. Você se lembra? Ele mordiscou o pão duro naquele dia, enquanto me abraçava. Quem vai comer o pão duro agora, Hayden? E, ai… Ele chamou você de Heidi quando ficou nervoso. Heidi. Heidi. Não soa o mesmo de outra boca, certo?

— Você pode calar a boca? — grunhi, com uma voz fina. — Parece que o seu plano de vida agora é… cavar um buraco muito profundo com uma pá chamada "River", esperar chover, como sempre acontece em Londres, e chafurdar na lama. Você adora se enterrar mais e mais, hein? — Eu parecia vermelho de fúria. — E eu? Não é justo, Eileen! Por que eu tenho que ser o forte nessa história toda? Por que não posso simplesmente parar de sorrir como Cherry ou desmoronar como você? Eu adoraria sentar em um canto, ouvir a voz gravada de River, até minhas memórias estarem envenenadas. Você sabe o quanto estou cansado de tudo isso? Sabe o quão pouco duraria neste mundo se eu decidisse me sentir culpado por gastar o dinheiro de Gwendoline com todas as drogas que comprei naquela noite?

A menina olhou para mim do lado oposto do quarto, enxugando as lágrimas com a mão e respondendo grosseiramente:

— Porque é bem a sua linha, Hayden. Acreditando que você é um defensor dos fracos, você só torna as pessoas inferiores. Você se vê como a pessoa perfeita que você absolutamente não é. Insulta onde mais dói, está disposto a sacrificar seu próprio cachorro, prefere viver aqui fora em vez de ficar com a sua avó. Reclama das ruas, mas adora ser o dono. Odeia o Leviathan, mas quer ser o underdog mais procurado. Você é um babaca cheio de orgulho, Gato. Esse é o seu problema, você acha que as pessoas são fracas, exceto você e alguns outros. E isso não é verdade, somos mais fortes do que você pensa. Mas você sabe de uma coisa? Nos momentos ruins, é muito mais fácil para as pessoas assumirem o papel de figurantes e deixar os outros remarem o navio. — Eileen apontou para mim. — Você está ali de pé, enquanto eu estou sentada, e assim será, para o bem e o mal.

Eu andei pela sala sem querer pensar, passando a mão pelo meu cabelo preto.

— Não é justo que você me jogue tudo isso na cara, Eileen. É demais para mim.

— Nada é demais para um bom líder. Se você não for um, nós o expulsaremos do barco e procuraremos um que pese menos. Leona, talvez. Você, ao contrário de nós, não tem escolha... Mas, por enquanto, estamos cansados de remar. Você que se foda!

A garota entrou no quarto novamente e fechou a porta atrás dela.

O panorama se tornou cada vez mais pesado com o decorrer desses três dias. Os *underdogs* continuaram com o ânimo inflamado toda vez que chegavam ao apartamento. Era óbvio que os bons momentos que passamos nele haviam sido substituídos pelas lembranças daquela manhã de Natal. Todos respondiam asperamente a qualquer coisa que era perguntada. Parecia que estavam de TPM.

Quanto a mim... Tive que experimentar outra droga para aguçar o paladar, embora fosse a mais inofensiva do arsenal: pílulas para dormir. A imagem do rosto pálido de River vinha para me assombrar durante a noite e eu acordava suando. Em seguida, olhava para mim e via a meu lado Eileen e Cherry com os olhos arregalados e a mesma expressão de susto.

— Dizem que se você não consegue dormir é porque está acordado no sonho de alguém — disse Cherry uma noite, sorrindo para mim com cansaço.

— Dizem isso? Escrotos filhos da puta — respondi com um rosnado, me virando e procurando uma pílula desajeitadamente.

— Melhor trazer o bote, Hayden.

Isso aconteceu como uma reação em cadeia, em que a locomotiva, eu acho, era Eileen. No segundo dia, fui eu que caí em insônia e no terceiro, Cherry e Dean. Ás foi salvo porque ele era um lobo forte e insensível, ou melhor, porque ele não tinha vivido com River por quase quatro anos.

Fazíamos as mesmas viagens à farmácia e ao supermercado. Agora chegávamos em casa carregados de comida, antidepressivos para Colibri e pílulas para dormir para todos. Mas Dean rapidamente saiu da rotina e Cherry encontrou novas preocupações para se distrair. Apenas Eileen estava presa a mim dentro do furacão e ela estava tendo o pior papel.

Dia 28 de dezembro. O roubo de Napoleão foi divulgado no noticiário.

Os *underdogs* estavam em casa fazendo nada, com expressão derrotada. Uma reunião silenciosa nos sofás, observando nosso peito subir e descer ao ritmo de nossa respiração, enquanto a televisão fazia esforços sobre-humanos para nos entreter.

Foi só quando o presidente da Galeria Nacional mostrou sua cara para mostrar o coração partido e indignado com a perda de sua joia mais valiosa que conseguimos arregalar os olhos e apreciar a surpresa. Ninguém falou. A televisão estava imersa em seu monólogo egocêntrico. Um delegado da Polícia Metropolitana apareceu depois, revelando que o roubo tinha ocorrido há mais de um mês e que não divulgaram a informação antes para que a população não interferisse nas investigações.

— Que tipo de explicação...? — começou Dean.

— É uma mentira — disse, acidamente. — Eles mantiveram em silêncio para não prejudicar a Galeria Nacional. Eles divulgam agora que a exposição do Neoclassicismo acabou de terminar. Como eu sabia que aconteceria.

— Talvez tenha sido porque eles esperavam encontrá-lo nas próximas semanas. Se eles trabalhassem rápido, poderiam interceptar o quadro antes de sair do país ou enquanto se estivesse tentando vender. Se eles o recuperassem em segredo, seria uma vergonha desnecessária para o museu. O clássico "aqui não aconteceu nada" — explicou Ás.

— Pode ser — concordei. — E talvez eles tenham razão em relação à população. Quando essas coisas acontecem, falsos alarmes, piadas nas redes sociais e desocupados pedindo explicações começam a aparecer. Talvez seja verdade que isso significaria um atraso para a investigação. De qualquer forma, o motivo pelo qual esperaram mais de um mês para contar é clara: a exposição do museu terminou ontem.

Nossa atenção se voltou para as notícias na forma de olhos e ouvidos.

— Ei, quanto tempo nós não checamos os anúncios da *deep web*? — perguntou Eileen.

— Três dias, eu acho. Eu olhei da última vez e não havia nada — disse Dean, pegando o notebook.

Abri a tela e digitei a senha para abrir o navegador Tor e rumar à *deep web*. Imediatamente, o *tormail* pulou com doze novas mensagens. Os fóruns do mercado negro fervilhavam com dezenas de propostas de bate-papo. O golpe da onda foi tão grande que por um momento nos esquecemos de nadar.

— O que é tudo isso? — Cherry conseguiu dizer, sem saber onde clicar.

— Eu não faço ideia, mas não estamos prontos para dar autógrafos — disse Dean, em uma voz fina.

— Que merda é essa? Todas as mensagens são de hoje, entre as doze da manhã e as cinco da tarde. E são... cinco e meia. Eileen, esta notícia é de agora, ao vivo? — perguntei, surpreso.

— Não, na verdade, parecem que estão repetindo — disse ela, gerenciando o controle remoto. Eu acho que as notícias do roubo foram divulgadas pela manhã e não ouvimos falar sobre isso até agora.

E esses estranhos descobriram antes de nós?

— Olha! Existem muitos novos anúncios nos fóruns. — Cherry estava certo. Vinte outros apareceram em nosso post, com a imagem de Napoleão. — Como é que todos estão vendendo a mesma imagem? Se o nosso é o verdadeiro!

— Acho que entendi — comecei a dizer. — Estamos há um mês sem receber nenhuma proposta porque ninguém sabia da existência da pintura ou porque ninguém nos levou a sério ao dizer que a vendíamos. Agora que a polícia tornou público o roubo, as pessoas viram no noticiário e a *deep web* foi acionada para tentar obter a imagem com o melhor preço. Porque se não é vendido aqui, não é vendido em nenhum lugar. — Eu apontei para os anúncios. — E todos esses caras estão apenas tentando se aproveitar da situação. Eles não são nada além de golpistas.

— Na verdade, eu suspeito que todas as propostas do fórum estão vindo para nós, porque se você olhar para a data em que foi colocado nosso anúncio... — Ás de Espadas apontou para um número na tela. — É a única opção na internet um mês antes de a polícia divulgar o roubo. E isso só pode significar duas coisas, meu irmão: ou que podemos prever o futuro ou que somos os verdadeiros ladrões.

— Existe a possibilidade de termos contato na polícia e por isso soubemos antes, embora não sejamos os ladrões — sugeriu Dean.

— Pode ser. Mesmo assim, não há outro anúncio de venda publicado antes de um mês. Um ladrão não esperaria muito para publicar o seu anúncio, sabendo que logo em cima há alguém se passando por ele — argumentei.

Os *underdogs* assentiram e deram voltas em torno do computador, animadamente. Alguma notificação deveria mostrar que estávamos conectados, porque os chats pulavam repetidas vezes, preenchendo a tela de uma maneira invasiva. Alguns nos cumprimentavam secamente e outros expunham seu preço com espalhafato. No geral, falavam em inglês, porque o anúncio tinha sido escrito nessa língua, mas houve muitos que nos perguntaram em espanhol, chinês e outros idiomas que eu não conseguia identificar. As notificações no *tormail* também estavam subindo gradualmente.

— Ai, ai! Quem nós respondemos? Aqui eles estão nos oferecendo onze milhões de dólares. Onze milhões, Hayden! — Eileen agarrou meu braço, com uma alegria que eu não via há dias.

— E quatrocentos milhões de pesos mexicanos aqui! Eu não tenho nenhuma ideia de quanto vale essa moeda, mas isso já está me inspirando a passar férias num iate nas Seychelles! — comentou Cherry, com um sorriso colossal. — Eu sempre quis passar umas férias de iate nas Seychelles! Desde pequeno!

— Nós não vamos responder — respondi de repente, baixando a tela do computador. Os *underdogs* ficaram mais espantados que Pandora diante de sua caixa fechada. — Vamos deixar esses filhos da puta no sufoco por uns dias. Assim eles sofrem um pouco pela espera que nos fizeram passar e aumentam os valores.

Eles morderam o lábio com dolorosa resignação, mas entenderam que isso era o melhor a fazer. A ideia de ter onze milhões de dólares em mãos, no entanto, tinha sido mais tentadora do que eles pensavam.

No final, restou apenas nos rasgar de satisfação e nos lembrar, secretamente, do quanto River teria gostado de ver isto. Pela cara que meus colegas esboçaram, eu sabia que todos tinham pensado a mesma coisa.

— Estamos a um passo de alcançar o nosso objetivo. Não somos tão fracos quanto eles disseram, hein, pessoal? — Dean ofegou.

— Os jornalistas e políticos vão para as ruas e, em seguida, chafurdam na morbidez, dizendo que há debilidade — rosnou o Ás de Espadas — Debilidade? Qualquer um que visse poderia matá-los a pedradas.

— Deixe-os fazer isso — convidou Cherry.

— O que isso muda, meu irmão? Permaneceremos onde estamos, ou ainda pior: na cadeia — balbuciou o do topete loiro.

— Como disseram em *Laranja Mecânica*, as pessoas vendem sua liberdade por uma vida mais calma. Elas pagam para serem ratos, desde que tenham o buraco assegurado. Mas, às vezes, o mundo precisa de uma pequena dose de ultraviolência para reagir. Às vezes o mundo precisa de um bom chute no saco — dirigi o olhar para o notebook fechado sobre a mesa. — Nossa vez finalmente chegou. Afiem suas facas, companheiros.

Dia 29 de dezembro.

O silêncio me acordou. Um silêncio brutal e violento. Quatro dias se passaram desde a morte de River, e só conseguimos arrastar Eileen para o Leviathan porque o funesto objetivo de hoje tinha o Cão Molhado como assunto central. E também porque o sucesso com a *deep web* tinha elevado um pouco a moral.

Naquela manhã, o Leviathan tinha uma atmosfera vintage, com refletores e luzes de néon apagadas em favor da luz empoeirada que vinha através das janelas. Como não era o suficiente para iluminar todo o pub, as escadas de madeira combinavam com a penumbra, para dar uma aparência mais respeitável.

Todos os *underdogs* estavam lá. A cabeleira flamejante de Red, o torso preto e musculoso do Bengala, a barba ruiva de Dean, as tatuagens orientais de Liu, o topete loiro do Ás de Espadas. Lady, com seus ombros largos e sua roupa preta tristonha; Cherry, tentando iluminar a atmosfera com alguma das suas besteiras; Abril, Libélula e mais três tipos ocupando os sofás; Pato e Camaleão comentando algo. Eileen com os ânimos ainda mais apagados.

Encostada na parede, uma mulher com pele escura e cabelo cheio de dreadlocks reunidos em um rabo de cavalo ficou olhando para mim. As seis novatas do Leviathan estavam todas reunidas, em plena seita. O império lésbico estrelado por Alexia e Lizbeth, mais conhecidas como Vipper e Electra, ocupava a cadeira gigante do palco, enquanto a sinuosa serpente de Alexia deslizava pelo seu colo e pelo apoio dos braços.

O murmúrio já estava começando a aniquilar o silêncio, quando Leona Walker deixou seu escritório, seguida por três assistentes, incluindo Jeffrey. A nossa capitã estava usando um ostentoso vestido vermelho que marcava ainda mais aquelas típicas curvas de uma deusa da fertilidade. Se não tivesse cuidado, poderia tirar o olho de alguém com uma teta. O cabelo preso em um coque alto deixava escapar um par de cachos sobre seu rosto, e a única coisa que mostrava que ela estava de luto era a sombra de olho preta, que tinha emoldurado seu olhar como um guaxinim. E que guaxinim sexy. Por outro lado, os dolorosos lábios vermelhos devolviam a alegria que seus olhos pareciam repudiar.

— Meus jovens — anunciou, em voz alta, em pé no meio da sala. — Hoje, o Leviathan fechou suas portas, mesmo que todos nós estejamos aqui. Pela primeira vez, não é um dia dedicado aos clientes, mas a nós, os empregados, e é uma pena que seja por causa de algo tão triste.

A rainha olhou para seus súditos e suspirou quando devolvemos o olhar. Então, ela continuou:

— Tenho certeza de que a maioria de vocês conheceu o River... ou melhor, o Cachorro Molhado. Ele era um jovem encantador, um empregado eficiente e, até onde eu sei, um bom amigo. Seu caso hoje dilacera nossos corações como nunca o fez antes o caso dos *underdogs* que deixaram este pub por doença ou por escolha, com a simples diferença de que, desta vez, o Cachorro Molhado nasceu no Leviathan... e morreu nele. — Eileen abaixou a cabeça e enterrou o rosto no peito de Dean, o companheiro mais próximo. — Hoje temos que enfrentar uma grande perda, rapazes, mas tenho certeza de que vocês saberão como encarar a situação, como as boas piranhas que vocês são. Nós temos que seguir em frente. Nós devemos seguir em frente. E vocês sabem a quem devemos isso? A River, é claro. Ele nunca teria desejado que sua morte nos distraísse de nossos objetivos. Ele nunca teria desejado que este pub morresse com ele.

Eu soltei um bufo inaudível. Leona Walker era uma especialista em redirecionar os temas da conversa para as partes que a interessavam, especialmente quando seu dinheiro dependia do ânimo que tínhamos.

— A atitude é tudo neste trabalho, queridos. Passamos por situações piores e passaremos por outras, especialmente agora que o crápula do pai de River descobriu onde ele trabalhava e nos denunciou. Ele espera usar sua morte para conseguir um pouco de grana, é claro. Nós vamos defender este navio com unhas e dentes, certo?

— Mais do que tudo, porque o nosso salário vai diminuir se tivermos que pagar uma indenização, certo? — perguntou Alexia. Seus cabelos tingidos de verde combinavam com o réptil que circulava entre as mãos.

— Sim, cara! Abaixe o salário dos *underdogs* que estavam com ele quando ele bateu as botas. Foi culpa deles que tenha ficado tão cego diante das drogas — respondeu sua companheira loira, com o tato de uma manada de elefantes.

— Não fale assim do River, sua vaca! — rosnou Eileen, em um ataque de raiva. Lizbeth se assustou e levantou as mãos em um gesto de paz. Leona voltou a falar.

— Acalmem-se, queridos. Os salários vão ficar como estão. Eu duvido que eles consigam nos responsabilizar, porque a morte ocorreu em um apartamento em Hackney, fora do Leviathan, e não há nenhuma evidência de que as drogas deixem estas paredes. Embora, claro, os companheiros de River tenham que ter uma pequena conversa com a polícia. — Leona olhou para nós, antes de continuar. — Quanto ao Cachorro Molhado, seu apelido não será esquecido. E que melhor maneira de virar a página do que chegar ao pub e encontrar um Cachorro Molhado trabalhando tão bem quanto River? Eu contratei outro menino em seu lugar, um garoto voraz, com pouco dinheiro e muito desejo. Isto é, assim como vocês. — O bar inteiro perdeu a voz, quando Leona puxou um cara que estava atrás dela até agora. — Além disso, ele é um estrangeiro, por isso não deixem de tratá-lo com a hospitalidade e gentileza que ele merece. Eu apresento a vocês o novo Cachorro Molhado: Sascha Korovin.

Ninguém se moveu um milímetro, com exceção daqueles *underdogs* que não gostaram, estampando uma careta de incredibilidade em seus rostos.

O próprio garoto era um insulto a River. Ele era bonito, por que negar isso? Baixo e magro. Seus cabelos eram da cor de palha, retos e extraordinariamente lisos. De um lado da nuca, ele tinha uma pequena trança engraçada, que terminava em seu ombro. Até seus olhos eram ainda mais azuis do que os de River, algo que nunca tinha imaginado ser possível, talvez por causa do contraste com sua pele de marfim pálido. A expressão de Sascha era uma de uma timidez inerente ao momento, e não porque era realmente tímido.

— Já somos suficientes *underdogs*. Por que você trouxe ele? — resmungou Eileen, hostilmente.

A chefe respondeu com o mesmo tom de voz.

— Quando você toca um pub como este, pode decidir se tem *underdogs* suficientes ou não. No momento, sou eu quem tem as rédeas aqui.

— Por que você não coloca outro apelido? — perguntou a mulher de dreadlocks, enojada.

— Eu digo o mesmo. "Cachorro Molhado" pertence ao River. Isso não vai mudar, mesmo ele estando morto — rebati, estufando o peito. Leona respondeu com uma voz calma, mas claramente autoritária:

— Eu considero que é bom para vocês substituir o lugar do River com outra pessoa ativa e... tangível. Eu sei que isso ajudará vocês a esquecer mais rapidamente o que aconteceu e continuar dando o melhor de si.

— Ninguém quer esquecer o River! — disse Camaleão. — Isto é uma ofensa para todos nós e para o próprio Cachorro Molhado. Porque é claro que não há outro Cachorro Molhado! Esse aí está a anos-luz de saber como expressar aquela cara de cão abandonado na chuva! Por mais que você tente nos confundir com a cor dos olhos dele, Leona, você não pode substituir o River! — Sascha se mexeu, impaciente, atrás da mulher. — Essa criança estúpida agora pode voltar de onde ele veio, porque ele não tem a honra de ser um "Cachorro Molhado", nem tem a honra de ser um underdog!

O pub mantinha um intenso silêncio: o silêncio dos lobos unidos por um grande senso de companheirismo, esperando pela menor oportunidade de se lançar sobre uma presa. Leona estreitou os olhos ferozmente, antes de continuar, com aquele tom que ela costumava usar para magoar deliberadamente:

— Ah... Acha que tem mais direito de ser chamado de underdog do que ele, Camaleão? Bem, isso é fácil de consertar. Apresente-se mais tarde no meu escritório. E que o Jeffrey não precise procurar por você, ok? — Camaleão empalideceu. — Sascha é o novo Cachorro Molhado a partir de agora. E a partir de hoje é estritamente proibido pronunciar o nome do River enquanto vocês estiverem dentro das minhas paredes. Está claro, queridos? Alguém mais quer expor sua queixa e arcar com as consequências?

O pub manteve um silêncio intenso: o silêncio dos cordeiros unidos por um sentimento de resignação, esperando pelo dedo que indica quem será sacrificado. Madame Walker sorriu de alegria e caminhou em direção à parede, onde uma foto de todos os *underdogs* estava pendurada.

— Bom. Eu pensei em fazer algumas mudanças no pub. Vocês sabem, modernizar, eliminar rostos antigos e receber novos. — A mulher tirou a foto da moldura e se virou para seus empenhados funcionários. Nós tivemos de nos conter quando a imagem começou a cair no chão em dezenas de pedaços.

Partiu-se ao meio o lindo sorriso de Pato e os cachos castanhos de Abril. Desintegrou-se a expressão de autossuficiência de Red, com aquelas botas altas sexy e a cinta-liga na coxa; estragou-se o olhar hilário de Camaleão, naquele dia, vestido de policial. Distribuiu os pedaços verdes do cabelo de Alexia e os dourados de Lizbeth; foi massacrada a tatuagem de dragão que descia pelo braço de Liu. E evanesceu o River. Simplesmente River.

Eu não aguentei mais e saí da sala, levando o furacão comigo. Desci as escadas até o andar de baixo e me tranquei no banheiro. O espelho enegrecido refletia um rosto que estava faminto e atacado por nervos.

— Maldita Leona... Como você pensa em fazer isso com a gente? Não basta o River estar debaixo da terra, não, ela também tem que enterrar sua memória.

Eu andei de um lado para o outro, como uma mosca estúpida. Melhor, como uma vespa. O cômodo era pequeno e sujo, mas, naquele momento, eu não me sentia digno de mais nada. Eu precisava bater em alguma coisa. Não, em alguém. Eu precisava que a pessoa reclamasse da dor e me perguntasse o que estava acontecendo comigo.

A lembrança de River chegou a manchar meu equilíbrio mental.

Merda. Lizbeth está certa, a culpa foi nossa por comprar todas aquelas drogas. Nós poderíamos ter nos contentado com uma garrafa de champanhe e alguns lagostins, como todo mundo faz no Natal... mas não. Foi mais divertido assim, é sempre mais divertido assim, até que algo ruim acontece. Foda-se! Quando você vai entender que isso é como acidentes de carro, que você nunca acha que vai acontecer com você?

Respirei fundo para aliviar o nó no meu estômago. Esfreguei meus olhos e mordisquei o piercing no lábio, com ânsia. E repeti a sequência novamente.

Você colocou o dinheiro, Hayden, alguém dentro de mim cantarolou. *Cherry comprou tudo porque você deu a ele a grana de Gwendoline.*

Minhas mãos terminaram na pia. Nem mesmo a pressão da água no meu rosto conseguiu tirar a voz da minha cabeça.

A culpa é sua, Gato. Você queria trazer-lhes alguma felicidade sintética naquela noite e olha só...

River voltou a dominar meu cérebro com aqueles olhos azuis. Mas eles perderam o calor, eram frios, como os de um peixe congelado. E igualmente mortos. Um arrepio percorreu a minha espinha e minha respiração se acelerou.

Aquele velho Cachorro tinha estado comigo por três anos que pareceram trinta. Assim que nos vimos, tínhamos grudado um no outro como chave e fechadura, uma conexão que ficou ainda mais forte quando ele saiu de casa, depois de receber a última surra de seu pai. Na época, Liu e eu havíamos acabado de alugar o apartamento de Hackney. River apareceu na soleira, com o rosto parecido com o de um baiacu e nos pediu um pouco de gelo. Quando pegamos alguns cubos embrulhados em um pano, ele me disse que eu poderia jogá-los em um copo com rum. Pode-se dizer que a partir desse momento é que ele assinou os papéis de "melhor amigo" e a nossa simbiose começou. Estávamos muito satisfeitos com ela; era para ser um contrato vitalício.

Você vê, Eileen? O jogo da culpa também serve para dois. Você também estava certa sobre isso: não faz você se sentir melhor, mas pelo menos lhe dá uma espécie de... certeza? Merda. Dizem que o ser humano é a única criatura feita para entender o que ele vê. Não podemos nos conformar em saber que algo aconteceu e ponto final, não... Precisamos saber por quê, mesmo que isso nos destrua.

A coisa começou a ficar feia nos meus pulmões. Como a minha necessidade de respirar aumentava, as engrenagens faziam um som cada vez mais rouco. Alterado, procurei o maço de cigarros no bolso, mas não o encontrei.

— *Nevermore.* — O corvo de Allan Poe teria dito na época. O banheiro estava começando a ficar ainda menor e mais escuro do que antes.

Houve uma batida à porta.

— Está ocupado?

A voz era desconhecida para mim, tinha um sotaque muito raro. Mas eu nem tive a força para me aproximar da maçaneta: com as pernas bambas eu caí no chão, fazendo um esforço para respirar.

— Quem é? — consegui dizer.

— Sascha. Está ocupado ou não? — Sua voz suave era a pederneira que enviava faíscas. Para completar, agora minha paciência tinha o pavio curto.

— Estou cagando. Se manda daqui, se não quer que eu quebre a sua cara — uivei, com a voz trêmula.

Nenhum som veio de fora. Quando achei que aquele idiota já havia saído, a porta se abriu.

— Desculpe-me, eu preciso mijar... — o garoto se desculpou, mostrando seus doloridos olhos azuis. A pequena trança balançou graciosamente na nuca. Quando ele me viu, sua expressão mudou para surpresa. — Ei, cara... você está bem? Está parecendo um fantasma.

"Ei, cara... Você está bem? Você parece um fantasma", disse River, olhando pela porta.

Uma fisgada em minhas entranhas piorou a situação. Eu não consegui responder com o insulto que passou pela minha cabeça, porque estava ocupado demais respirando, como um motor a vapor do século dezoito.

— Ei... ei, responde! — Sascha ficou alarmado e se ajoelhou na minha frente, para me sacudir. — Ei, cara. O que aconteceu? O que você está fazendo aqui?

A hiperventilação chegou sem que ninguém a chamasse. Consistia em uma horrenda luta entre a vontade de respirar a atmosfera inteira de uma só vez e não ser capaz de absorver o ar ou uma bolha de sabão.

— Está bem? Qual é o seu nome?

— Ha-Hayden — consegui dizer. O agá me custou meio pulmão.

— Ah, você é o Gato Negro? — Ele se lembrou então, assustado com a minha resposta grosseira. — Ei, Hayden. Vamos, acalme-se. Respire fundo. Eu acho que você está tendo um ataque de pânico.

Isso explicava minha repentina asfixia. A filha de uma cadela tinha apertado demais meu espartilho. E aquela filha da puta tinha um nome e sobrenome: Leona Walker.

— Inspire... Expire. Inspire... Expire. Assim, devagar. Isso.

Não havia como evitar o contato direto com os olhos. E quanto mais eu olhava para ele, mais ele se assemelhava a River, mais profunda era a punhalada. Eu precisava me distrair de alguma forma.

— Você tem um cigarro? — consegui dizer.

Sascha procurou em seus bolsos um pacote e me entregou um enquanto acendia. A fumaça inundou meus pulmões machucados para ensiná-los a respirar novamente, como Deus pretendia. O sopro foi esplendidamente lento e longo.

Tomei aquele momento para recuperar a cadência da respiração e, quando consegui, resolvi fazer uma pergunta estúpida:

— Que... que porra de nome é o seu? Eu nunca ouvi isso na minha vida.

— Sascha vem de Aleksandr, mas é que os ingleses pronunciam errado. Eu sou russo. Em suma, longa história. — O menino caiu de volta para sentar no chão e completou: — A propósito, eu sinto pelo que aconteceu. Eu estava apenas procurando trabalho, não queria assumir a posição do seu amigo. Leona não me disse nada sobre isso.

Eu fechei meus olhos cansados. Antes que eu percebesse, tremia como uma folha.

Sascha ficou em silêncio por um momento e me abraçou.

11

A RATAZANA SABE MUITO, MAS O GATO SABE MAIS

— Demora um tempo para chegar, mas vale a pena. Além disso, tenho certeza de que eles ainda não removeram as luzes de Natal.

— Mas fica do outro lado do Tâmisa, certo?

— Sim. Vamos atravessar a Tower Bridge, para que você possa ver que é ainda mais incrível do que nos filmes.

Naquela tarde, deixei Sascha me acompanhar para pegar um ar. O ataque de pânico tinha me deixado volátil e espremido como um balão explodindo contra um pinheiro, então eu tinha descolado um pedaço gigante de torta de maçã no Borough Market e o menino tinha sido incapaz de recusar.

Sascha me disse que chegara a Londres há duas semanas e que estava totalmente sozinho. Seu pai havia sido preso no aeroporto por algum problema e que, assim que tocaram o solo inglês, ele havia ordenado a seu filho para se mandar, como o diabo foge da cruz. Quando, no dia seguinte, ele voltou para Gatwick para perguntar por ele, não deram nenhuma resposta concreta, nem quando ele ligou para a delegacia para perguntar o que tinha acontecido. Pareceu-me estranho que a polícia não tivesse registro do sr. Korovin. Imaginei um gigante e bigodudo russo movendo seus pauzinhos com a máfia para escapar da prisão.

Como resultado, agora Sascha estava perdido em uma cidade estranha, sem uma mísera libra, então ele tinha sido forçado a aceitar trabalho de Leona para sobreviver, até que conseguisse encontrar seu pai bigodudo e mafioso. Fiquei com tanta pena do garoto, que o acompanhei à delegacia mais próxima novamente para perguntar sobre seu pai, mas com os mesmos resultados.

Caminhamos ao longo das margens do rio turvo durante três quartos de hora, sempre acompanhados pela visão imponente do London Eye.

— Você já andou ali? — perguntou Sascha, apontando para a gigantesca roda-gigante.

— Que pergunta idiota. — Eu soltei um suspiro, enquanto seguíamos nosso caminho na direção da ponte.

— Pode ser um bom lugar para levar uma garota para um encontro — sugeriu ele.

— Garotas inglesas não ficam impressionadas com subidas. É por isso que você tem que cuidar de impressioná-las lá dentro.

— O que você quer dizer? — perguntou Sascha.

Eu dei a ele um olhar engraçado e o puxei para mim com o braço, para murmurar:

— Você tem muito a aprender, pequeno gafanhoto. No ano passado, tornou-se moda entre os *underdogs* uma brincadeira que consistia em pagar metade de um bilhete para o London Eye e dar uns pegas no seu parceiro antes de uma volta completa. Foi fácil, claro. É muito lento. A graça estava em conseguir que dessem uma cabine só para você.

— De verdade? — O garoto russo ficou surpreso. — Como você sabe disso?

— Bem, olhe para ela: ela tem todos os vagões brancos, exceto um, que é vermelho. É aquele que eles usam como referência para medir as voltas. — Eu fechei meus olhos, fazendo suspense. — Bem, eu vou te dizer que eles eram todos brancos... Até que Red e eu entramos naquele e mandamos ver lá dentro.

Deixei escapar uma gargalhada, que a princípio deixou Sascha perplexo, mas, depois, fez ele rir em voz alta e me acertar um soco no ombro, por mentir.

— Foi brincadeira, colega. Eu inventei isso — respondi. — Essa merda é cara… e aqui você não está de férias. Essas coisas são feitas para turistas.

— Os nativos sempre reclamam de coisas que são feitas para os turistas, mas é a primeira coisa que você menciona quando lhes perguntam sobre o seu país.

Continuamos caminhando ao longo do Tâmisa. No fim das contas, não era um menino tão mau. Na verdade, tinha um sorriso encantador, embora pareça muito estranho que eu diga isso. Mas não olhe para mim assim, só estou avaliando seu potencial como um underdog. Além disso, eu me divertia com seu sotaque, porque parecia que o erre estava passando pela sua garganta.

O caminho foi muito divertido, graças às anedotas encharcadas pelo frio e pela neve que ele contava haver em seu país, embora, por alguma razão, estivesse muito mais interessado em mim do que em explicar-me por que diabos tinham vindo para Londres.

— Leona me disse que você tem um grande talento para desenhar — comentou ele.

— É verdade — confirmei, enquanto descíamos a Tower Bridge, com as mãos nos bolsos. As altas torres vitorianas unidas por segmentos de aço eclipsaram o sol quando passamos. O Tâmisa era muito mais largo se você tivesse que atravessá-lo a pé. As águas acinzentadas murmuravam ferozmente.

— Eu pinto na rua e faço quadros falsos para caras esquisitos que batem à minha porta.

— Falsificações? Para vendê-los ilegalmente?

— Sim. Eu não sou o único a vendê-los. Eu os pinto e ganho algum dinheiro para ajudar Dean e o resto com o aluguel. Mil e quinhentas libras ou duas mil, se tiver sorte, dependendo da dificuldade do trabalho. Mas isso não acontece com muita frequência, apenas algumas vezes por ano, quando correm boatos entre os lunáticos. É como uma rede entre eles.

— Você não é jovem demais para fazer essas coisas?

— Comecei há vários anos como uma brincadeira, trabalhando para um cara que conhecia outro cara. Antes, era muito medíocre e eu fui pego sempre que o comprador não era mais medíocre do que eu. Mas agora eu estou bem, amigo, muito bem. — Eu olhei para o céu com orgulho.

— Você ainda parece alguém fácil de enganar. — Sascha riu.

— Claro que eles ainda estão tentando me ludibriar. Eles me veem jovem, então tentam me pagar com cheques ou promessas falsas, sempre regateando o preço para baixo. Eu nunca consegui que eles escalassem três mil, porque eles já foram avisados antes por outras pessoas. Uma vez, inclusive, me roubaram um quadro em um beco, com uma faca apontada para mim.

— Uau. Precisa ter cuidado. Estamos falando de criminosos.

— Nem todos são bandidos. Têm apenas ciúmes de seus negócios. — Eu encolhi os ombros. — Eu também sou com o meu. Por exemplo, adoro pintar. Quando eu era pequeno, costumavam me dizer que, com tanta criatividade, eu acabaria voando. Eu me lembro disso, antes de ter medo de altura, então me assustei e comecei a colocar pedras nos bolsos. Minha mãe sempre me repreendeu, quando tinha que lavar minhas calças, mas nunca se preocupou em entender e explicar o meu problema. Ela ficava contente em me dar um bolo toda vez que eu me trouxesse uma pedra do parque.

Roxanne quebrou todo o protótipo da mãe tentando se tornar moderna; ela não precisava daquelas coisas. Ela era uma mulher contemporânea, uma daquelas senhoras com caráter firme, que têm as mãos muito grandes e seu marido encolhido atrás delas.

Eu acho que agora eu não poderia voar, mesmo se quisesse. Agora meus ossos é que se transformaram em pedra.

— Então você se dava mal com seus pais? — Sascha olhou para mim, com expectativa. Tínhamos acabado de sair da ponte em busca do Borough Market.

— Pois então, olha. Assim que aprendi a limpar minha bunda sozinho, comecei a perceber que havia algo de fenomenal em fazer coisas ruins. A minha infância não foi muito tranquila, além das broncas que me davam por foder com a bola e essas palhaçadas estúpidas de crianças. Então, no ensino médio, eu era uma daquelas crianças a quem destroçavam a cara todos os dias ou então era eu que partia a cara dos outros. Aprendi a lutar antes dos catorze anos, porque era a única maneira de conviver com o resto. Naquela época, minha motivação era bater em um menino grande e, no fim do dia, conseguir que abaixasse suas calças e me pedisse perdão. E a vitória era muito doce para mim.

— Que menino levado. Normal que seus pais não fossem te apoiar... — comentou Sascha.

— Eu tinha catorze anos, o que você esperava? E ainda o destino conseguiu fazer o meu ego aumentar, porque essa reputação de durão colocava a meus pés todas as meninas do prédio. Aquelas que não tinham visto um ginecologista em sua vida. Eu era um menino exigente e nobre, que estava interessado apenas em beijar, mas sem chegar a lugar algum com ninguém, mas se juntar com alguém como eu tinha seu preço.

— E o que aconteceu depois? — perguntou Sascha, interessado. Ele nem parecia querer interromper a história para falar de si mesmo.

— Você pode imaginar. Aos quinze, minhas companhias pioraram e meu mundo se aproximou cada vez mais dos subúrbios de Londres. Foi logo depois do divórcio dos meus pais.

— Eles chutaram você para fora da casa, pelo que Leona me disse — Sascha murmurou.

— Sim, bem... É um assunto complicado. Meus pais suspeitavam que minha vida estava ficando conturbada, mas não sabiam exatamente o nível. — Retorci meus dedos nos meus bolsos. — Digamos que chegou uma hora em que eu comprei mais substâncias do que podia pagar, então, uma noite, quando voltava para casa, dois tipos me esperavam em um beco e me advertiram de que, se não devolvesse o dinheiro em alguns dias, teria sérios problemas. Não, eles não me bateram nem nada. Isso é muito típico e eles sabiam que se dariam mal se eu jogasse bem minhas cartas.

— E então?

— Então roubei dinheiro dos meus pais pela primeira vez. Mas eles me pegaram, claro. Minha mãe é muito inteligente.

— E foi por isso que eles te expulsaram?

Eu balancei a cabeça e interrompi a conversa para entrar no Borough Market. A abóbada de vidro filtrou a luz solar como uma gigantesca estufa. Eu rapidamente me senti como o cachorro de Pavlov, salivando só de ouvir a agitação e sentir o cheiro do pão fresco, queijo processado, especiarias, macarrão oriental e salsichas alemãs escaldantes nas panelas. E o delicioso aroma de chocolate. Depois do River, eu não iria querer tocar em um brownie por muito tempo, mas as tortas de maçã não teriam o mesmo destino.

Quando Sascha começou a acreditar que a sua pergunta tinha ficado no vácuo, eu virei para ele, com a boca cheia de maçã, e disse:

— Foi então que fiquei de castigo, preso em casa, durante duas semanas, como punição por ter roubado a grana. E quando eu digo que eles me trancaram, eu falo sério. Eles sabiam que eu escaparia em qualquer descuido, então cobriram a janela com uma tábua e colocaram uma fechadura no meu quarto. Minha mãe estava determinada a me deixar lá, sem beber, fumar ou ver meus amigos, até voltar a ser um menino saudável.

— Que aberração! Não é assim que as coisas são resolvidas. — Sascha ficou impressionado. — Soa como uma maníaca por ordem, quando alguém desloca os livros de sua estante.

Eu encolhi os ombros. Com um gesto, convidei o menino a experimentar o bolo, o que ele aceitou de bom grado.

— Mas, claro, o tempo estava passando e os caras a quem eu devia dinheiro ainda não tinham recebido uma resposta, porque eu estava preso. Eu acho que eles pensavam que eu tinha me trancado em casa como um covarde para que se esquecessem de mim. Seu próximo passo foi nos enviar uma carta pelo correio. Eles mencionaram como seria bom se conseguissem o dinheiro no prazo para que minha irmãzinha Janice não sofresse um acidente quando voltasse da escola para casa. Imagine como minha mãe ficou ao ler isso.

— Eu imagino a surra que ela te deu. — Sascha se aventurou, sarcasticamente.

— Eu também não queria que nada acontecesse a Janice. Nunca foi minha intenção que meu mundo esbarrasse no deles. Depois disso, minha mãe se encontrou sozinha com os rapazes e pagou o que eu lhes devia, com a condição de que nunca mais voltassem a nossa casa.

— E você?

— Basicamente, ela fez o mesmo comigo. Ela disse que eles não queriam ter alguém por perto que fosse um perigo para a família, então me deram uma pequena quantia e fecharam a porta na minha cara. E no terceiro mês eles pararam de me mandar dinheiro.

O menino olhou para mim com o canto do olho e deu uma bufada.

— Eu não sei se você merecia ou não. Quero dizer, você foi um canalha, mas afinal eram seus pais. Eu não entendo como eles foram capazes de se livrar de um filho quando ele tinha apenas dezesseis anos de idade.

— Eles estavam com medo, e eu entendo. Houve muita história — murmurei, abaixando a cabeça. Eu mostrava pesar, mas não arrependimento. — Acho que como filho eu também não mereço um Oscar. Eles dizem que você tem que amar as pessoas do seu próprio sangue só por ter seu sangue, mas isso é uma mentira. Besteira. Antes de sermos uma família, somos pessoas e uma pessoa pode arruinar um vínculo muito mais rápido do que construí-lo.

Sascha desviou o olhar azulado, com tristeza. Eu dei a ele um sorriso vazio.

— Mas, venha, anime-se. Você vai encontrar seu pai.

Não demorou muito para guiar Sascha para fora, entre as bancas de peixe e frutas ordenadas por cores. Quando passei, estendi a mão até uma barraca e rapidamente coloquei um limão no bolso. Finalmente, nós poderíamos respirar um pouco de um ar que não saiu queimado de uma panela. Então, me virei para o menino e sorri, enquanto segurava o limão roubado na mão.

— Eu tenho que ir para casa agora. Eu tinha combinado com o Jeff de fazer algumas coisas.

O russo ficou um momento quieto, passeando seus olhos azuis pelos arredores até que finalmente disse:

— Sim, eu acho que deveria ir também. Ainda não consegui nenhum apartamento para morar, então...

Ele teve tempo suficiente para terminar a frase. Se ele não terminou, é porque ele não queria.

— No Leviathan há quartos para os *underdogs* sem-teto. E você é oficialmente um, então Leona não terá nenhum problema em recebê-lo — respondi, me esquivando.

— Eu sei, eu sei. É só que o Leviathan é muito frio. Eu sinto que vou passar muitas horas lá, então eu adoraria... pelo menos... passar as noites longe de lá. — Seus olhos se tornaram suplicantes e por uma razão que eu entendia perfeitamente. — Ou nesta noite.

Os segundos seguintes conseguiram me manter quieto e pensativo. Ele estava conseguindo me convencer, até que esboçou aquela expressão de um cachorrinho abandonado na chuva, com a assinatura de River.

Então sorri, com um toque de cansaço, e dei uma mordida na fruta. Falei, acidamente:

— Tchau, Sascha. Obrigado por me acompanhar esta tarde.

— Ei, Gato. Onde você esteve? — perguntou Jeff assim que entrei, mantendo os olhos na tela do notebook.

— No mercado da cidade.

— Porra. Você saiu da reunião tão de repente e ninguém te viu de novo...

Eu balancei a cabeça para Dean. Eileen estava dormindo no sofá.

— Você fez o que eu pedi?

— Sim. Bem, estou trabalhando nisso. Há mais do que esperávamos — disse Jeff, apontando para a tela. — Olha, eu fiz uma lista de todas as propostas que chegaram até nós, com as condições mais importantes e o preço que ofereceram. Há 113 vindas dos bate-papos e 48 do *tormail*.

— Espero que você não tenha falado com ninguém... — murmurei.

— Não. Eu só anotei o que eles nos ofereceram no começo. De qualquer forma, Hayden, acho que devemos começar a negociar com alguém logo. A pintura em si é inútil, o que vale é o dinheiro.

A vaca da sua mãe é que não vale nada, amigo, pensei secretamente, ofendido por Napoleão.

— Responder dois dias depois de ter saído no noticiário é muito ruim. Eles têm que pensar que somos ladrões profissionais, com uma agenda lotada, que somos difíceis de contatar e que, só por essa razão, eles deveriam nos tratar bem quando conseguirem falar conosco. E claro, sob nenhuma circunstância, não devem pensar que estamos desesperados.

— Estamos desesperados, cara — disse Dean, preguiçosamente. — Eu não quero ter o quadro em minha posse por muito mais tempo. A Polícia Metropolitana está nos procurando neste momento e já somos vítimas das redes sociais mórbidas. Além disso, um vizinho de Kilburn e Abbey Road já afirmou que viu três caras com máscaras e um Fiat assaltando a van.

— Exatamente. Eu quero meu dinheiro e vou meter o pé — disse Jeff.

— Ok… Ok… Eu acho que podemos começar a fazer alguns amigos — concordei, com um movimento desdenhoso. Naquele momento, senti um aperto na bexiga e caminhei até o banheiro, levantando a voz para me fazer ouvir em meio ao barulho da janela quebrada. — Quem vai ser o sortudo?

— Eu não sei, mas aqui está um cara que está conectado agora. Olhe. Ele está falando conosco — respondeu Jeffrey. — Chama-se Captcha666.

— Espero que o seu nome real não tenha nem um seis. O que eu digo?

— Que nós falamos inglês.

Levantei o olhar e a tampa do vaso sanitário. Eu não queria dar nenhuma pista de onde éramos.

— Diga-lhe que um pouco.

— Mas se o anúncio foi em inglês… — murmurou Jeff.

— Faça isso! Quando se trata de vender, todos lidam bem com um idioma.

— Ok. Perguntou se ainda temos o quadro.

Fiquei alguns segundos pensando, enquanto me divertia, dirigindo o jato amarelo pelas paredes do vaso sanitário.

— Diga a ele que podemos consegui-lo.

— Como podemos consegui-lo? Mas se está na sala ao lado…

— Ele não precisa saber. Ele deve pensar que trabalhamos com mais pessoas e que deve ser cuidadoso, se pensar em nos enganar. Meu Deus, Jeff, tenho que explicar tudo? Nós não sabemos como é o cara do outro lado da tela.

— Beleza, tudo bem… — ele rosnou.

— E coloca algum erro de ortografia. Lembre-se que só falamos um pouco de inglês.

— Pronto. Agora ele está nos perguntando sobre o preço. Ele falou que podemos dizer a ele em moeda, que, afinal, ele terá que nos encontrar para fazer a troca e terá que levar o dinheiro em espécie.

— Que filho da puta! Ainda por cima, somos o único país que usa a libra esterlina. Só falta uma seta em néon apontando para Londres. Melhor colocá-lo em euros, para que se ocupe um pouco em procurar.

— E que preço colocamos? Quantos zeros? — perguntou Jeff, captando o interesse de Dean.

Suspirei com satisfação por ter esvaziado minha bexiga, enquanto pensava na resposta.

— Seis no mínimo... talvez dez? Talvez doze... — disse, enquanto fechava o zíper. — Doze!

— Pronto!

— Quê? Espere, não responda ainda! — gritei, saindo do banheiro rapidamente e correndo para o computador. — O que você colocou?

— Dois milhões, como você disse — ele se defendeu, apontando para o chat.

— Dois milhões!? Você é um imbecil? Eu disse "doze"! Dois é muito pouco para o quadro! — Eu fulminei, olhando para o estranho, representado pela expressão "online".

— Foda-se, Hayden. Poderia ter sido mais claro, cara.

— Rápido, temos que corrigir — disse Dean, levantando-se do sofá, impaciente. O estranho já havia respondido "Dois milhões?", com estranheza.

— Mudar completamente o número o faria pensar que somos novatos e que não temos nenhum preço. Adicione mais um zero, corra! — grunhi, pegando o notebook eu mesmo, antes de Jeffrey, e escrevendo sozinho.

O estranho aceitou o preço corrigido com um "Eu tenho que pensar sobre isto", carregado com secura. Finalmente, respiramos fundo e deixamos Jeffrey comemorar.

— Pare de desfilar sua ignorância como se fosse a coisa mais sensual do mundo. Ainda mais quando nossa grana depende disso — eu o repreendi.

Vinte milhões foi o preço final que estabelecemos e por uma razão tremendamente estúpida e acidental. Não poderíamos alterá-lo para outros usuários, caso eles pensassem em conversar entre si e pedir um preço menor. Era uma quantia bem alta, na verdade, mas se nosso plano de esperar um pouco tivesse funcionado bem, os pretendentes escolheriam qualquer filha que mostrássemos, por mais feia que fosse.

E funcionou: Captcha666 nos deixou seu número de telefone.

12

O ACORDO GERA AMIZADE ENTRE O CÃO E O GATO

Dia trinta de dezembro.

Naquela noite, meus pensamentos gritaram mais do que o permitido: a imagem de River, com o corpo rígido, continuava me atormentando. Eu tive que me encontrar com Eileen às quatro da manhã para tomar uma dose de água com um comprimido para dormir. Uma festa. Foi um alívio quando meus olhos finalmente fecharam.

Como resultado, quando acordei, tinha um rosto descolorido. Eram sete da manhã e tudo que eu queria era sair daquelas paredes estúpidas e vagar pela cidade, como se tivesse algo para fazer com a minha vida.

Em Londres abundavam muitas coisas: restaurantes de sushi, bares turcos, bandeiras tricolores, pôsteres dos Beatles e dos Rolling Stones, os ônibus vermelhos, os pombos do caralho e as estátuas de cavalos que infestavam as ruas. Mas se havia algo que se espalhou como uma gigante hipoteca de reprodução sexual foi o *Pret a Manger*. O Starbucks também não ficava atrás.

"Olhe para a direita", me dizia o asfalto ao lado da faixa de pedestres, me chamando de imbecil. Eu tive a sensação de viver com o curso marcado toda a minha vida. Onde procurar, onde cruzar... Mas claro, isso é culpa dos londrinos, que dirigem muito mal. Ou de uma lei que permite que uma criança de dezessete anos dirija um carro. Mas também havia o "Cuidado com o vão" nas plataformas de trem! Será que não temos o direito de sermos atropelados sem que algo nos diga que escolhemos a opção errada?

Era decepcionante saber que todos os caminhos tinham sido percorridos e que qualquer rota estava perfeitamente marcada. A multidão era um cenário, uma cortina de pessoas sem objetivos. Ou, pior ainda, todos com os mesmos. Tive a sensação de ser um dos muitos seguindo os outros. Mentiroso aquele sonhador que disse que apenas peixes mortos seguem a corrente, pois nenhum peixe consegue escapar da correnteza.

Chocado com a grandiloquência da Regent Street, uma rua comercial infestada de turistas, luzes de Natal e arquitetura elegante, que conduz à Piccadilly em forma de curva, eu decidi passar por um beco marginal, que estava muito mais de acordo com as minhas preferências.

A confortável avenida cheirava a mijo de gato e era guardada por uma fileira de apartamentos antigos e amarelados. As sacadas se destacavam com seus portões enferrujados e as bicicletas abandonadas na porta. Os canos escureciam as paredes e davam a elas um ar sujo, ao lado do musgo podre e viscoso que havia crescido nas prateleiras. Circulando entre elas estavam os cabos de energia. Nas janelas, não havia cortinas (porque nos países nublados não existem persianas). Só que as cortinas desgastadas ficavam sempre por tanto tempo abaixadas que não era possível saber se tinham caído, na verdade. O lixo estava jogado nas portas, esperando o caminhão passar. Acentuando o cenário, o frio.

Às vezes acho que Londres é como uma grande peça feita para o público, mas uma daquelas falsas. É uma cidade plástica, uma comédia cheia de atores, boa demais para ser real.

Eu acendi um cigarro com os dedos trêmulos. Os paralelepípedos desencontrados na calçada eram especializados em atirar as avós ao chão. Em um canto, moscas giravam em torno de um pombo morto em decomposição.

A fumaça branca saindo dos meus pulmões não me deixou completamente satisfeito.

Ah, Hayden. Alguém aqui precisa de um baseado, hein?

Eu tive uma semana sem usar nada agressivo por causa da culpa em relação ao River, mas mais cedo ou mais tarde meu cérebro acabava simplesmente me pedindo um pouco de gasolina. Eu nunca fui um drogado que sentia na pele algo que poderia ser chamado de vício, porque já experimentei muitas substâncias na vida. As drogas para mim sempre foram um veículo de inspiração e nada mais, e eu estava feliz por não ser um daqueles *underdogs* que têm de reservar uma parte do salário de Leona. As coisas só surgiam como uma paixão psicológica, exigindo que eu tirasse minha mente do tédio e da vida cotidiana.

Eu salvei um pouco em algum lugar, mas agora não me lembro onde. Talvez em Trafalgar Square encontre alguém para me vender alguns gramas, pensei insistentemente, mudando meu rumo para a enorme praça e movendo meu corpo sem direção alguma.

Os quatro leões de bronze me receberam assim que apareci. Não igual à Galeria Nacional, que permanecia em silêncio e ferida em seu orgulho na lateral. No centro dos leões ficava a imensa coluna de Nelson, que vira inúmeras manifestações durante setenta anos. Um grupo de argentinos barulhentos tirou fotos ao lado da gigantesca árvore de Natal. As duas fontes gêmeas forneciam ainda mais água do que já tínhamos na cidade.

Eu olhei para o chão. Estava seco. Então, para o céu. Claro. Quem poderia saber por quanto tempo? Imediatamente me esqueci do discreto reconhecimento dos narcotraficantes e fui cativado pelos azulejos, tão limpos e oportunistas. Tão suculentos quanto um problema de matemática inacabado à frente de Isaac Newton.

Eu cheirei a praça, até encontrar uma pedra calcária separada de um canto que forneceu a cor branca e um tijolo que me dava a cor vermelha. Comecei a desenhar. Como eu sempre costumava fazer, comecei procurando drogas e acabei diante de uma tela.

As pedras estavam perdendo a superfície, lenta, mas implacavelmente, deixando seus resíduos no asfalto. O desenho alcançou dimensões métricas em apenas alguns minutos.

E então... Quarenta minutos já haviam passado sem eu perceber. A mão doía para apertar, por causa do quão ordinários eram os materiais. Quando tomou forma, as pessoas pararam para olhar para mim e, eventualmente, para atrapalhar. As moedas caíram ao meu redor com um som grosseiro, mas eu estava muito focado na minha tarefa para prestar atenção nelas. Quando você desenha, você não deve pensar em outra coisa senão na sua criação, porque você está fazendo mágica e a magia não merece ser incomodada com tal drama materialista.

E senti que, enquanto desenhava, estava me dividindo em dois. Tinha cada vez mais e mais certeza de que precisava de uma ambulância. Eu não esperava outra coisa, percebi há muito tempo que isso não era um estilo de vida, mas um estilo de morte. E eu não tinha intenção de mudar, porque a gente acaba se acostumando com a guerra e fica aborrecido com qualquer descanso.

No final, fiquei de pé, com os joelhos manchados, olhando o gigantesco desenho terminado aos meus pés. Terrivelmente vazio. Ele não tinha cor. Era um Papai Noel com um rosto afável, montado em seu trenó, enquanto seu chicote serpenteava sobre as cabeças de cinco renas, com um olhar cansado e triste. Era proposital que os animais tivessem uma expressão muito mais humana do que a do homem.

Não havia nada ao meu redor que pudesse me ajudar a colorir aquilo. Parecia que o universo havia me imposto mais um dos seus testes divinos. Minha visão foi direcionada, é claro, para a Galeria Nacional, que ficava logo à frente.

Eu não vou sair daqui até terminar, querido museu. Eu já declarei guerra a você.

Então tirei meu casaco. O vento estava se movendo forte e livre em uma praça tão clara como era a Trafalgar Square, mas devo admitir que uma promessa nunca teve um uso tão bom como se estender no chão para colorir um trenó. Satisfeito, eu peguei um pacote de chiclete e mastiguei todos para colocá-los nos olhos das renas; também não hesitei um segundo para preencher os adornos dos cintos com as moedas que tinham me jogado. Sem nenhum pudor, sacrifiquei meu cinto para representar o chicote. Depois foi muito fácil esboçar os presentes que ele carregava com sacos de lixo coloridos. Mas a cor mais poderosa nas roupas de Papai Noel ainda estava faltando. O vermelho. Minha cor.

Um pensamento louco e fugaz me fez pular como um felino sobre o pombo mais próximo e arrastá-lo em direção ao desenho. Agarrando o animal contra meus joelhos, peguei as chaves da casa e enterrei-as em seu peito. O metal parou quando tinha apenas perfurado as penas. O pássaro virou tristemente em minhas mãos. O que eu estava pensando? Eu pisquei várias vezes. As pessoas ao meu redor olhavam para mim com uma expressão confusa.

— Já acabou, senhor? — perguntou um menino de cinco anos, segurando a mão do pai com desconfiança. Eu apenas dei a ele um sorriso e deixei o pombo escapar.

Eu neguei com a cabeça e tive de me contentar em pintar Papai Noel com o tijolo, embora fosse um vermelho muito mais pesado e desgastado do que o suposto vermelho sangue. No fim, eu desenhei um balão de fala, que saía da boca da rena principal, dizendo: "E quem traz presentes para as renas?", e me afastei, enquanto as pessoas tiravam fotos do desenho.

Eu estava tão absorto com o desenho que o frio já não mordia meus braços. De repente, me lembrei de algo e meti a mão no bolso da calça, para encontrar com satisfação um pacotinho, que envolvia um monte de ervas esverdeadas, com forte odor almiscarado.

— Isso!

Prazerosamente, um pouco distante do público, eu espalhei a maconha com os dedos, enquanto olhava para o desenho, visível por entre as pernas das pessoas reunidas.

Com um sorriso triunfante, voltei para a pintura e empilhei a substância no chão, para dar cor a algumas folhas de azevinho. Saí de lá muito feliz. Sem cinto, sem jaqueta e sem drogas.

Naquela noite, voltei ao Leviathan com meus companheiros, com a ideia de me limpar um pouco. A piranha do letreiro de néon representava perfeitamente a voracidade que encontraríamos lá dentro. Quando chegamos, era meia-noite e estavam colocando uma música gaiata dos países tropicais que se parece com uma chamada de acasalamento: *reggaeton*.

A essa altura, o pub estava lotado de estrangeiros, dominado por mulatonas zoando com tudo o que se movia e latinos mexendo suficientemente a carne para intrigar uma pessoa. Os *underdogs* já haviam partido em segredo para manipular os homens do lugar, que eram os mais fáceis de convencer. A gentileza dos caçadores era imensamente agradecida por clientes, que tinham vivido uma vida doente, sob o jugo de seu chefe ou seu parceiro e que, por uma vez, poderiam apertar o chicote eles mesmos. Era triste. Eram pessoas que pisavam umas nas outras.

Nenhuma mulher queria que entrassem, como ladrões que procuravam suas casas. Para nós, qualquer um que se parecesse com uma mulher era uma dama e deveria ser tratada como tal. Ali, ninguém estava com pressa, cada caçada era uma obra de arte. Delicada. Sinuosa. Era cativante descobrir que até os interiores têm textura, como calçar sapatos sem meias. Nesse jogo, todos tinham um papel, com o qual eles podiam enganar os outros e, principalmente, enganar a si mesmos.

Sascha veio me receber com alegria, refrescando o clima com aqueles olhos de gelo.

— Olá, Hayden! Posso convidar você para uma bebida?

— Você está me seduzindo? — perguntei, sorrindo.

— O quê? Não! Eu só queria te agradecer por ter sido o primeiro a me ajudar no Leviathan. Agora estou um pouco melhor, mas ontem ninguém falou comigo.

— Um simples "obrigado" era mais barato, mas agora vou aceitar uma bebida. Pela sua idiotice.

Aaron nos cumprimentou quando nos aproximamos do bar e nos serviu um copo de vodca bem carregado. A vantagem de trabalhar no Leviathan era que Aaron driblava a restrição de vinte mililitros de álcool com os *underdogs*.

— Eu tenho conversado com Leona, mas ela não quer mudar meu apelido — disse ele.

— Deixa, não é sua culpa... Não há ninguém para confrontar essa vaca. Ela dispensou Camaleão e disse a ele que, se ele passasse alguns meses de teste, poderia pensar em recontratá-lo. Resumindo: agora ele está trabalhando de graça. Essa é a sua punição por se opor. — O líquido foi se perdendo na minha garganta entre um gole e outro. A vodca arranhava com fúria. — Vai ficar tudo bem com a gente, contanto que você entenda onde você está e onde estaria...

Seu nome ficou preso na minha boca. Não porque Leona tenha nos proibido de mencioná-lo, mas porque estava cada vez mais difícil pronunciá-lo sem sentir uma náusea assustadora. Sascha estava ciente disso e procurou por uma rota de fuga: ele puxou meu braço e me arrastou para a pista de dança.

Isso surtiu efeito. As horas passaram como se fossem minutos; tantos braços e pernas se movendo freneticamente em um espaço de concreto, mesmo sabendo que poderíamos respirar melhor a alguns metros da pista. Nós éramos idiotas, éramos tigres-de-bengala que entraram na gaiola do circo por livre e espontânea vontade. E ao meu lado, Sascha ria, fingindo aniquilar qualquer tempestade com sua personalidade encantadora e descongestionante. Sua presença parecia ser a única que me encorajava a seguir em frente. Então eu concordei em me tornar um cordeiro que se deixa devorar pelo Leviathan, uma transformação fácil, causada pelas muitas idas e vindas ao bar. Eu queria mergulhar no álcool e tudo o mais foi tirado do caminho.

Em uma dessas viagens, descobri um pequeno rubi sentado no bar, pedindo-me para sentar junto a ela em um dos banquinhos desgastados.

— Olá, Red.

— Olá, Gatinho. Como está a noite?

— Como um agradável chute na bunda. Eu não bebia há uma semana.

— Ai, que mau humor! É porque você perdeu o Sascha no caminho?

— O quê? — Eu não tinha percebido até agora. — É verdade. Ele deve ter ficado por aí. Tem fogo?

— É como se você perguntasse ao sol, querido — respondeu ela, segurando o isqueiro. — E então? Você já descobriu onde os russos mantêm suas armas?

— O quê?

— Não sei. Como você não desgrudou dele a noite toda...

— Ah... então. É que a presença dele me acalma muito. Acho que é porque o Leviathan ainda não o infectou. — Dei algumas baforadas e pedi uma cerveja a Aaron. — Não sei. Quando estou com ele, me sinto diferente, como se pudesse lidar com merdas maiores. Percebi que, assim que me sinto desorientado, já estou procurando por ele. É estranho, sabe? Porque eu posso ver Dean e Cherry perto de mim e realmente não vê-los, mas, quando ele aparece, a minha visão fica limpa. É um alívio. Eu não posso explicar... É como confirmar algo que você já sabe. — Eu nem sabia por que estava dizendo tudo isso. — Seus olhos continuam me dando calafrios, porque parecem muito com os de... River. Mas, por alguma estranha razão, continuo me aproximando dele. Acho que ele está me fazendo de idiota.

— Você está se apaixonando por Sascha?

— Red, pelo amor de Deus! — grunhi, beijando a garrafa para me consolar. — Não diga coisas que são possíveis de acontecer.

A menina olhou para mim com emoção e cantou à la John Travolta:

— *Tell me more, tell me more. Was it love at first sight?*

— Não é amor, é capricho. Eu quero ele do meu lado, ponto final. — Eu olhei para ela pelo canto do olho. — No Egito Antigo, os gatos se consideravam deuses. Agora eu tenho um complexo. Eu quero alguém para me adorar.

A prepotência tinha um sabor especial: adocicado e eletrizante na língua, mas que atravessava a garganta arranhando. A ruiva não gostou da minha piada.

— Bem, eu pensei que você estivesse assediando a Eileen.

— Por que todos pensam isso? O namorado dela morreu há uma semana. Eu não sou assim tão canalha.

— E eu? — perguntou ela, fazendo beicinho.

— O que tem?

— Você me disse que gostava mais de mulher, imbecil.

— Quando estou com uma mulher, eu gosto mais de mulheres. Quando estou com um homem, é ao contrário. Você precisa de um desenho do metabolismo dos bissexuais?

Red fez uma careta de desapontamento tão óbvia que machucava os olhos. Não teve tempo de me criticar com qualquer outra coisa, porque o meu pequeno russo tinha acabado de se aproximar do bar novamente.

— Hayden! Vem, vem, vem! — Ele insistiu, com aquela euforia alcoólica. — Eu pensei numa loucura. Venha!

Eu esvaziei o copo em um gole e fui até Sascha, resignadamente, piscando para Red antes de sair. Ele me levou para baixo das escadas quase num piscar de olhos, enquanto me contava com entusiasmo que havia um underdog chamado Galo de Briga, com seus domínios assentados na garagem do Leviathan.

Normalmente, quando um underdog possuía uma pequena parte do pub significava que ele tinha outro emprego, além do compromisso com a Leona. Só que isso também significava um segundo compromisso com Leona, é claro, uma comissão sobre os serviços oferecidos. Por exemplo, havia salas dedicadas a narcotraficantes como Abril e a anfitriões de apostas como Pato. Na verdade, Pato fazia um jogo muito curioso que reunia dezenas de ingleses durante a noite e consistia em dividir as apostas entre dois animais que levava ao Leviathan, ocasionalmente: um pato e um gato. Ele obrigava o pato a fumar um baseado, usando um balão de rosca no bico, e, ao gato, o obrigava a beber um copo de uísque por uma seringa. Acho que você consegue imaginar qual era o animal de estimação favorito dele.

Em seguida, soltava-os no chão, e o primeiro animal que caísse e não conseguisse mais se levantar, perdia. Isso se traduzia em distribuir o montante do lado do perdedor entre ele e o vencedor. Pato era um perito em conduzir o processo para que perdesse o lado com mais dinheiro.

— Ele é um tatuador — explicou Sascha, com um olhar de antecipação. — E dá desconto se os clientes são outros *underdogs*.

— Quê? Não, Sascha. Eu não gosto de coisas afiadas que perfuram a pele. Tatuagens doem muito — reclamei.

Mesmo assim, Sascha encontrou um jeito de me arrastar até a porta dos fundos do Leviathan, o que não seria muito difícil, considerando os litros de vodca que eu tinha no estômago. Quando abrimos a porta, nos deparamos com o olhar cor de canela de um underdog veterano. Sascha e eu ficamos em silêncio por um momento e procuramos outro possível tatuador, mas só havia ele. Ou melhor, ela.

— Você é o Galo de Briga? — perguntou o menino.

Ela inclinou a cabeça para um lado, perplexa, e apontou para a placa da porta, onde estava a imagem de um galo com as esporas preparadas.

— Ah... É que por causa do seu apelido eu pensei que...

— Eu... eu te vi no funeral do River — comentei, estreitando os olhos. — Você era aquela com o rabo de cavalo de dreadlocks.

— Sim. Você é o Gato Negro, certo? — Ele me olhou de cima a baixo. — Sim, claro que você é.

— Eu nunca vi você… — murmurei, procurando por uma cadeira para descansar. Eu me sentia velho e anêmico.

— Normal. Nossos turnos não coincidem muito, e quando isso acontece, passo a tarde aqui para atender os clientes.

Sascha sentou-se no sofá ao lado e esperou pacientemente que a mulher de dreadlocks retornasse com seu equipamento.

— E, bem… Onde você quer fazer? Você tem um desenho?

— Eu não quero nada — disse, cansado. — Eu só estou acompanhando esse bastardo.

— Mentira. Hayden quer um gato negro. Não quer?

— O dia que eu fizer uma tatuagem será o dia em que encontrar uma sacola cheia de dinheiro.

— Ah, não se preocupe com a grana, querido. O preço é projetado para que pessoas como nós possam pagar por isso — anunciou Galo de Briga alegremente, enquanto calçava as luvas de látex. Então, ela mergulhou uma bola de algodão no desinfetante e segurou meu braço com cuidado. — A básica custa quarenta libras e se você quiser com cor…

— Não se esforce. Não é pelo dinheiro, é por causa da impossibilidade de encontrar uma sacola cheia de grana. Eu estou procurando desculpas para não fazer isso comigo — disse, enquanto lutava para salvar a minha delicada pele de princesa.

— Hayden tem medo de agulhas! No médico eles têm que dar a ele um doce toda vez que tiram sangue… — Sascha cantou, se divertindo. — Ele é um artista capaz de pintar tudo, exceto sua própria pele!

O loiro se levantou única e exclusivamente para imitar uma galinha. Eu apenas neguei e resmunguei algumas ameaças, enquanto Galo de Briga exibia seu caderno de desenhos na minha frente. Eu sabia perfeitamente bem que minha negação estava se tornando mais vazia e transparente a cada segundo que passava, porque aquela frase de Sascha havia penetrado dentro de mim.

Um desenho eterno, Hayden, um desenho que vai morrer com você. E na pele com que você nasceu. Se isso não é arte, então a arte não existe.

A mulher com dreadlocks delineou a silhueta com um marcador. Então, ela pegou a agulha de tatuagem com a cor preta e esticou a pele do meu braço, com um sorriso no rosto.

— Agora, olhe para o outro lado e respire fundo — ela me disse.

— Cale a boca e me dê isso.

Não estava nos meus planos ser marcado por outro artista além de mim mesmo. Entenda-me. É como se você fosse um grafiteiro e quando você terminasse seu desenho, encontrasse outro pintado no topo. Galo de Briga se recusou terminantemente a me deixar sozinho com uma agulha que escorria tinta enquanto eu estava bêbado. Ela disse que eu nunca tinha tatuado na minha vida e que tinha que experimentar em um pedaço de couro primeiro. Que se minha mão corresse, ela não seria capaz de corrigi-lo. Que a dor poderia me fazer tremer o pulso e fazer um garrancho. Que ela não iria deixar que saíssem garranchos de seus próprios instrumentos. Que eu poderia fazer os furos muito próximos e ferir… Sei lá… Ela me deu mil razões… Eu não me lembro de todas.

Mas eu disse a ela que isso era como aquarela: parecia difícil de dominar de longe, mas depois a coisa se tratava só de tentar. E que eu não ia me mover daquela cadeira até que saísse de lá com o braço dolorido e de outra cor. Percebendo que eu estava falando sério, começou a torcer os dedos com uma expressão de preocupação.

— Agora, olhe para o outro lado e respire fundo — disse a ela. Então, eu coloquei a agulha no meu braço e apertei o botão, que soava como mil infernos.

A arte sempre dói.

Quando Sascha e eu saímos da garagem, meus olhos estavam lacrimejantes. Meu braço parecia em carne viva e não poderia nem mesmo me divertir com o motivo: a tatuagem estava coberta com um pano. Eu tinha que admitir: chegar ao fim tinha sido um trabalho que exigia coragem.

— Que tal? Dizem que é tão horrível quanto depilar as axilas pela primeira vez — comentou ele, com uma expressão hilária. Que grande filho da puta.

Claro. Ele podia rir porque, no fim, nada havia sido feito, mas eu não podia culpá-lo. Quando a mulher com dreadlocks se virou para ele e disse: "E você? Quer um Cachorro Molhado?", Sascha teve a decência de abaixar a cabeça e dizer que River foi o Cachorro Molhado, que gostaria de voltar outro dia, quando tivesse pensado em outra coisa. Seu rosto culpado tinha sido tão adorável, que, por um momento, meus neurônios pararam.

O corredor para a sala principal do Leviathan estava escuro e latejante. No final, a música rugiu como um dragão em busca de suas joias.

— Espere... — sussurrei, com um estremecimento.

— Você está bem? Quer descansar um pouco em um quarto? — ele perguntou, preocupado.

Meus olhos foram até o estande no final do corredor, algo separado dos outros e bem em frente ao escritório de Leona. A curiosidade me atacou com seus dentes de marfim e me aproximei.

— Eu nunca reparei nessa porta. Por que não entramos um pouco?

— Eu acho que esse quarto já foi usado... — respondeu Sascha, hesitante. Eu abri a porta com um ligeiro esforço.

— Isso não significa que vamos usá-lo também.

Entrei sem esperar por uma resposta, circulando o quarto pequeno e sujo. Só tinha uma cama muito bem arrumada, mostrando seu pouco uso, uma mesa sobre a qual havia uma garrafa de uma marca que não é mais vendida e um guarda-roupa. Havia uma pequena lâmpada no canto, que parecia apagada por anos.

— Eu nunca estive aqui antes — comentei, farejando a garrafa velha. — Leona detesta que façamos barulho perto do escritório dela.

— Então vamos ficar em silêncio... — propôs Sascha. Seus olhos brilhavam descontroladamente.

Um pouco confuso, tentei recuar, quando ele eliminou a distância que nos separava. Lentamente, muito lentamente, Sascha levantou as mãos para o meu curativo e o retirou com uma delicadeza de fazer inveja aos anjos. Um gato com um olhar feroz foi exposto, enquanto chorava tinta negra e sangue em partes iguais. Então, ele colocou a boca no meu braço, cheio de expectativa, cativante. Depois, ele estendeu a língua e lambeu lentamente, estremecendo todos os meus músculos com aquele calor, mas me eriçando com aquela cena perturbadora.

— Você sabe... — sussurrou ele, com a língua negra.

Quando ele me soltou, olhou para mim com uma curiosidade indecente. Seus olhos gelados perfuraram minhas entranhas e purgaram para acender-me, embora parecesse impossível.

Mas ele conseguiu. O que você quer que eu te diga? Eu sou um gato, e gatos armazenam carícias. Minha alma estava em pedaços. Talvez, no fundo, eu estivesse esperando alguém vir e ter a coragem de juntá-los. Sascha seria esse alguém? Esse raro objeto no meu coração? Aquele emaranhado de pólen de primavera que me fazia espirrar?

O menino se aproximou do meu rosto lentamente e depositou seus lábios nos meus. Sua saliva tinha gosto de carmesim e escuridão, as duas cores protagonistas da minha vida. Por sorte, fechei os olhos, ou seria hipnotizado em seus oceanos. E pensei que nunca me separaria, que havia encontrado a cola ideal para juntar meus cacos.

Mas ele se afastou depois de um segundo e me deixou sem fôlego. Sem saber como, tinha captado um sinal que não sabia como eu tinha enviado. Ao retornar, Sascha encontrou todas as minhas defesas desligadas, retomando um beijo voraz e caótico, que acabou com qualquer resistência minha. Sentei-me no chão. Ele recuou para pegar um pouco de ar e conseguiu levar minha camisa com ele. Ele acenou diante dos meus olhos como se tivesse conquistado minha bandeira. Então, ele se arrastou no meu corpo com uma expressão de canibalismo e foi direto para o meu peito, agarrando com os dentes o minúsculo anel que eu tinha atravessado no meu mamilo esquerdo e provocando um formigamento que, eu juro, chegou até as solas dos pés.

Sascha riu e olhou para mim, como se tivesse encontrado o brinquedo mais divertido do mundo. Enquanto sua atenção estava voltada para mordiscar o piercing, ele colocou o joelho na minha virilha e me provocou choques elétricos que me fizeram ansiar por me mover para sentir isso novamente. Quando o garoto notou, ele me deu um olhar sujo e levou a mão ao zíper das minhas calças, dando rédea solta à dança.

Eu só tive que respirar fundo. Para combinar um pouco mais com meu apelido, eu já estaria ronronando.

— Diga-me o que você quer — sussurrou ele em meu ouvido, me causando um calafrio com a respiração.

Eu quero o seu coração, eu poderia ter dito.

— Eu quero o seu corpo — respondi em vez disso.

Sascha parecia se contentar com uma resposta tão banal e desenhou um olhar imoral, talvez o meu próprio refletido. Ele tirou a sua mão de dentro da minha calça só para tirar a roupa.

Seu corpo era limpo e branco, como um daqueles cisnes de porcelana nas prateleiras das casas das avós. Deve ser porque os humanos estão tão acostumados a se verem vestidos que, quando olhamos para alguém nu, parece muito bonito para nós.

— O que foi, Hayden? Gosta do que vê? — perguntou ele, passando a mão pelo corpo pálido.

A pequena trança loira parecia muito mais autêntica, caindo sobre a clavícula nua. Seu queixo e pescoço estavam manchados de tinta. O mais provável era que eu estivesse igual.

Ele não esperou por uma resposta, porque tinha coisas melhores para fazer, como consumar o pacto com o diabo que ambos assinamos. Sascha sentou em minhas pernas e agarrou meu cabelo com força, jogando minha cabeça para trás para ter melhor acesso ao meu pescoço. E, foda-se, se em algum momento da minha vida eu teria que acreditar em vampiros, esse momento era aquele. Com os olhos, ele parecia me implorar por uma resposta continuamente; não passava de um verme preso a meu pé com adoração, mesmo sabendo que receberia um pontapé para afastar-se com desprezo. Ou, talvez, o verme fosse eu.

Com um puxão, ele me forçou a cair no chão, com a cara para baixo, preso como um coelho segurando as orelhas, esperando receber o machado no pescoço. Ele parecia disposto a me levar a alguns minutos de sexo cruel, agressivo e muito quente. E eu acho que foi a melhor maneira, porque meu amor era amargo, ácido e apto para diabéticos, então não havia necessidade de lhe adicionar açúcar. Sem falar que eu já sabia como tudo iria acabar: em busca de um orgasmo triste e doente que, por um momento, me tirasse da cabeça River, Leona, meus pais e toda a merda que eu tinha até o pescoço. Mas especialmente River. Alguns minutos de prazer tão grosseiros, como os poetas, que tentam converter os corações dos seus leitores, sem sucesso, caindo em uma garoa amarga com vocação para tempestade. Eu acho que no fundo Sascha era uma daquelas frases pretensiosas que apontam para o coração, mas são deixadas com o cartucho vazio.

Nós lutamos por um tempo no chão, mais uma parte desse espetáculo feita apenas para o elenco. Afinal, os gatos brincam com os dentes. Logo, eu me rendi a sua força e me senti incapaz de me tornar mais forte por mais tempo, esperando que tudo isso acabasse e River saísse pela porta de uma vez, levando seus olhos e suas memórias. Mas não. Eu gostaria que ele nunca tivesse ido embora.

Só o que me consolou esta noite era que, ao menos, eu não precisaria de remédios para dormir. Sascha torceu meu braço nas costas para me imobilizar, enquanto, com a outra mão, eu me esforçava para baixar minhas calças. Submissão não era comigo, mas sim a encenação. Talvez tudo fosse o resultado do desejo de dar a posição de líder pela primeira vez, de atacar as palavras que Eileen me jogara na cara lá em casa. Atrás de mim, ouvi o som de um pequeno plástico se abrindo. Meu rosto preso ao chão só tinha um endereço possível. Eu só tinha um panorama.

Na escuridão que invadiu a parte de baixo da cama havia uma protuberância. Custou-me uma piscadela de um olho encontrar o caminho: era uma grande bolsa de esporte, com uma etiqueta branca na ponta, onde era possível ler as palavras "ovelha negra". Na minúscula fenda no final do zíper, um papel rosa com o rosto da Rainha Elizabeth apareceu.

Uma bolsa com um milhão.

13

AQUI HÁ UM GATO TRANCADO

Dia 31 de dezembro.

Sete noites desgastadas haviam passado desde que os olhos de River ficaram permanentemente secos... e era o último dia do ano. Sete. Um número lindo, certo? Como os pecados capitais.

As coisas tinham mudado muito pouco e, quando mudavam, era geralmente para nos jogar para cima. Meu pobre cão tinha passado toda a semana vomitando e cagando brownie pela casa. Depois de ver Kaiser pintar o chão pelo menos três vezes por dia, eu pensei que ele ia morrer também, mas felizmente se curou antes de eu decidir levá-lo ao veterinário e voltar para casa com um rim a menos.

A atividade da *deep web* rapidamente tinha passado de pedidos de compra a ameaças, impedindo-nos de continuar a falar de milhões com toda a facilidade que deveríamos. Eileen decidiu não voltar a dançar, porque, quando ela fazia isso, se lembrava de River colocando as mãos na cintura dela, e caía em prantos. E partia meu coração ver a pequena Audrey assim. Era curioso. Muitas vezes, lhe tinham dito que não deveria dançar balé, porque é uma dança limpa, feita para peles infantis e ela era como uma mancha sobre os copos de cristal. No final, eles conseguiram o que queriam, embora eu estivesse grato por não ter sido por causa de suas línguas sujas.

Mas, sem dúvida, a novidade do dia foi o saco de dinheiro que encontrei debaixo da cama do quarto reservado, enquanto Sascha rompia gemidos em minha boca e eu os calava depois. Quando os turnos de Dean e Ás de Espadas no Leviathan relaxaram um pouco, tivemos alguns minutos de tempo livre para subir ao último andar do pub.

— Eu tenho que admitir que estou intrigado, cara. Como é que você teve tempo de procurar por monstros debaixo da cama? Sascha não era bom o suficiente? — sussurrou Dean, ceticamente.

— Não estava procurando por nada. Eu disse que vi por acaso — respondi, enquanto subíamos as escadas. Eu levei a mão à tatuagem coberta. Ultimamente me coçava horrores. Devia ser uma reação efervescente de tanto olharmos para ela. Nós nos adorávamos.

Naquele dia, o Leviathan estava mais sombrio do que o habitual. Parecia um navio gigantesco, afundado no oceano abissal. Houve apenas um par de piranhas rondando o bar ou outros peixes mordiscando sofás, enquanto o grande tubarão, ocasionalmente, passeava pelos corredores, movendo seu grande corpo com elegância e nos deixando cegos com tanta solenidade. Depois do destino de Camaleão, nenhum de nós queria questionar o quanto a escuridão de Leona brilhava.

— Aí, Hayden. Diga-me quanta grana você acha que tinha — perguntou o trintão, avidamente.

— É impossível saber, mas mais de mil das grandes com certeza. Era muito volumoso.

— E você acha que Sascha viu? — perguntou o Ás.

— Não, ele estava muito ocupado. — Eu sorri, com um gesto de autossuficiência, e acrescentei: — Por um momento, eu pensei em gritar de felicidade e compartilhar minha descoberta com ele, mas depois pensei melhor. Vocês são meus mosqueteiros.

— Às vezes você me deixa perplexo, Gatinho. Não sei o que teria feito se me encontrasse diante de uma sacola de notas, mas espero que não seja o caso de ter trinta amigos que precisam de ajuda financeira. Porque eu, provavelmente, teria partido para a Alemanha e os deixaria apodrecer.

— Há uma curiosa diferença entre você e mim, Dean. Você sabe que esse não é meu estilo.

Nossos passos foram direcionados para o corredor dos reservados com uma apresentação barulhenta. A madeira nos degraus rangia como o porto de um navio numa noite silenciosa; o nervosismo aumentou quando nos aproximamos do escritório de Leona e da porta prometida.

— É aqui? — O mais velho dos três colocou a mão na maçaneta da porta, paralisando para tentar distinguir qualquer ruído que indicasse que madame Walker estava do lado de dentro da sala. Nada foi ouvido. Então, ele sussurrou: — Você está certo, não me recordo dessa porta. Acho que nenhum de nós entrou aqui antes.

— Abra com cuidado. Ela chia um pouco — sugeri.

Dean apertou a maçaneta diante na nossa cara de expectativa, mas a porta não se mexeu. O ruivo franziu a testa e empurrou a madeira várias vezes, produzindo um som metálico.

— Está trancada. O que isso significa?

— O quê? Deixe-me ver. — Eu lutei com a porta com indignação, até Ás de Espadas e Dean se olharem desconfortavelmente.

— Tá bom, meu irmão. Você está fazendo muito barulho.

— Foi ontem, estava aberta. Juro pelas minhas sete vidas — rosnei, desiludido.

— Ei, cara, nós acreditamos em você! — Dean me assegurou. — É só que acho fascinante a má sorte que temos. Você teve algum problema de visão, como uma velha caolha, quando chegou aqui?

— Eu só posso pensar em uma mulher muito mais perigosa do que uma velha caolha — disse Ás, com cautela. — Talvez Leona tenha algo a ver com isso.

— Eu não acho que o dinheiro era dela. A bolsa estava assinada com o nome de "Ovelha Negra". É estupidamente óbvio que é o apelido de um underdog — contestei. — Mas talvez a Leona não soubesse que alguém estava mantendo a grana lá. Talvez ela tenha acabado de descobrir que ontem nós entramos em seu quarto privado e o trancou.

— Por que teria um quarto privado, se não é para guardar coisas assim? Eu acho isso muito claro — disse o Ás, falando em voz baixa.

— Tão claro quanto Emily é o nome de uma menina com uma história trágica — disse Dean, no mesmo tom de voz.

— Depende da ordem com que os eventos ocorreram. Se ele nos proibiu de entrar na sala reservada antes que alguém colocasse a sacola de dinheiro, não é lógico que a grana esteja relacionada a ela. Parece que a Ovelha Negra se aproveitou dessa situação. Além disso, se eu fosse Leona, teria guardado no meu próprio escritório. — Eu olhei para o quarto da líder. — Por outro lado, se ela deixou o dinheiro antes e depois nos proibiu de entrar no quarto reservado, isso significa que ela preparou o terreno conscientemente.

— De qualquer forma, meu irmão, não há como saber. Eu não vou me arriscar perguntando a ela. — Ás de Espadas respirou fundo e apontou para o escritório com a cabeça. — Vamos lá, este não é um bom lugar para conversar, porque Leona tem ouvidos em todos os lugares. É uma pequena Kim Jong-un.

Fomos para fora sem pressa.

— Por que você não vai falar com ela, Hayden? Você se dá bem com ela — sugeriu a loira de topete.

— Eu acho que não mais — respondi, desviando o olhar, e suspirei entre os dentes. — Eu tenho ido lá dezenas de vezes para pedir-lhe para mudar o apelido de Sascha. Eu acho que ela não está gostando muito de mim no momento.

O ruivo levantou a cabeça, quando uma ideia maluca lhe ocorreu.

— Talvez a grana seja do próprio Sascha. Talvez Leona não tenha te ignorado e tenha mudado o apelido para Ovelha Negra.

— Nesse caso, ela teria ficado feliz em me informar para não me ver mais por causa disso. E Sascha teria me dito também.

— Então o que aconteceu foi que esse garoto roubou a bolsa do Ovelha Negra e a deixou lá — disse Dean. — Sim, é isso.

— Que porra é essa? Por que você insiste em incriminá-lo? — rosnei, franzindo a testa.

— Porque ele é russo e mafioso. Os russos são sempre gângsteres. — Eu fui responder, mas percebi que tinha pensado o mesmo do pai dele. — E porque essas coisas apareceram apenas dois dias depois da chegada de Sascha. E porque, com todos os quartos reservados, você foi para a direita, onde o dinheiro estava guardado. Está claro, certo? Apenas um urso pode encontrar seu covil. O que acontece é que você o tem em um altar porque ele fez você morder um travesseiro.

Eu dei um soco no ombro dele.

— Você acredita que este é um romance em que você tem que suspeitar de tudo e não é assim. Fui eu quem o incitou a entrar naquele reservado, ele não me levou a lugar nenhum.

— Ok, meu irmão, eu vou deixar Sascha e te contar minha versão dos fatos — disse o Ás. — Eu acho que Leona está encobrindo o Ovelha Negra, seja ela quem for. Porque se tem alguém que tem todas as chaves deste pub, é ela.

— Isso não é completamente verdade. Quando você tem um pequeno negócio no Leviathan, é possível ficar em um quarto. Galo de Briga tem as chaves da garagem para tatuar, Pato tem as chaves do número sete para fazer seus jogos de azar e Abril, as do número dois, para vender heroína.

— É que, de acordo com você, Ovelha Negra está aqui agora mesmo, trabalhando lado a lado conosco, e apesar disso nunca o vimos.

Eu hesitei um momento, antes de concordar. O loiro fez um gesto que significava algo como "Espere um segundo" e desapareceu por alguns instantes. Depois de um tempo, ele voltou com um par de lençóis grampeados em suas mãos.

— Vamos tirar a prova. Aqui está o registro da folha de pagamento de todos os *underdogs* do Leviathan; Jeffrey disse que o quer de volta em seu escritório em um minuto. — O Ás de Espadas passou os folhetos rapidamente, o que refletia o salário de cada um dos trabalhadores em seis meses. — Olhe. Olhe. Dê uma olhada. Você está aqui. Aqui estou eu. Aqui Jeff. Dean, Colibri, Galo de Briga, Lady, Camaleão, Red… Olha. Mas não há sinal de Ovelha Negra.

— Tendo toda essa grana, duvido que seja um verme subterrâneo como nós. Talvez seja uma daquelas putas extravagantes e é por isso que nunca a vimos — sugeriu Dean.

— Aqui está. A seção de *escorts* e garotas de programa segue com os mesmos de sempre — apontou Ás. — Eu te disse.

— Ovelha Negra não trabalha aqui ou, pelo menos, não visivelmente. Você não pode ter um quarto reservado com uma chave. Nem faz sentido para aquele underdog escrever seu apelido na bolsa se ele não quisesse que ninguém visse. Quero dizer, você já não sabe que é seu? Por isso, parece-me que alguém escreveu isso para enganar.

— Você quer que eu repita para você? — murmurou Dean, cansado. — Suponha que Sascha seja o único russo no mundo que não é um mafioso, tudo bem. Então Ovelha Negra era um velho underdog que a Leona contratou. E alguém deste pub roubou sua grana e a manteve na única sala onde ninguém entra.

— Bem, eu tenho a sensação de que o Ovelha Negra nunca saiu daqui… — respondi em uma voz lenta, causando um lampejo de dúvida em meus dois amigos.

— Bem, cara, olhe: a única coisa certa aqui é que eu tenho que voltar à minha posição — o trintão disse e perguntou: — A que horas começa seu turno?

— O meu é em meia-hora, meu irmão. Vou devolver isso ao Jeff e dizer ao resto do grupo que não conseguimos pegar a grana. Tenho certeza de que eles ficarão desapontados, mas vamos pensar em algo — disse o Ás de Espadas, antes de se virar.

— Eu ainda tenho duas horas restantes — disse a Dean. — Acho que vou dar um rolê e fazer um paripé na rua, para ver se consigo comprar um maço de cigarro.

O ruivo assentiu e disse adeus, batendo no meu punho.

"Fazer um paripé", em nossa língua, significava pedir esmolas, pintar alguma coisa no chão ou fazer malabarismos, com a ideia de ganhar alguns trocados. Às vezes, também vendíamos coisas que roubamos ou que tínhamos fabricado em casa com métodos igualmente ilegais. Ultimamente, não vinha tendo muita sorte com falsificações.

Vocês é que têm cara de não passar fome, mas eu posso traduzir meus sentimentos: imagine o que é andar por um bar, vendendo qualquer besteira e observando as pessoas enchendo suas barrigas em excesso, para depois parar no banheiro, enquanto você rasteja por dinheiro, para comer pratos que são meio saudáveis e metade nem tanto. Você não sabe o que é ser olhado com desprezo enquanto pensa que as pessoas seriam melhores se elas começassem a se depreciar um pouco.

E o mais delirante de tudo era que, naquele dia, se tivéssemos entrado no quarto reservado, poderíamos ter evitado esses maus momentos durante toda a nossa vida. A imagem da Rainha Elizabeth gravada em milhares de papéis vermelhos perturbava a minha mente a cada passo que dava.

E se isso tem algo a ver com Napoleão? E se esse dinheiro é completamente longe da vida cotidiana do Leviathan e está lá... como uma espécie de prévia do que nos pagariam pelo quadro? Eu virei meus olhos distraídos para a calçada oposta, inseguro. *E se alguém veio de outro lugar do mundo e se infiltrou em nossas vidas?*

Por uma simples precaução paranoica, olhei para trás, para os ingleses que andavam na mesma direção que eu, o tédio. Entre eles, estava um cavalheiro com uma expressão desinibida, com a gravata feita e uma pasta na mão. Um cara que estava andando com um grande pastor alemão. Uma mulher andando com a filha, segurando seu dedo mindinho. Atrás, um homem vestido de preto olhou para mim. Eu olhei para frente novamente. Então, novamente para trás.

A mulher se virou para a faixa de pedestre, ao lado do dono do pastor alemão. Ninguém parecia prestar atenção em mim, exceto o cara vestido de preto, que fez isso de uma maneira exagerada e perturbadora.

Espere... a coisa de Napoleão, pensei. *Quem é esse cara que não para de me olhar?*

Com um estremecimento, virei a esquina e aumentei o passo. Depois de alguns minutos, olhei para trás... e lá estava o homem de preto, agora andando atrás de um menino, ouvindo música através dos fones de ouvido.

Você está me seguindo?

Esse pensamento nasceu como uma paranoia febril e quase egocêntrica, mas, eventualmente, veio com uma pitada de terror que me fez correr como se eu fosse perseguido por um cão de caça. Aquele homem estava tentando me caçar? Iria me esperar na esquina, com outro capanga, refletindo o sol em alguma navalha?

Meus nervos não melhoraram quando parei para recuperar o ar e o homem me imitou, segundos depois, sempre respeitando a distância que nos separava. Ele estava definitivamente me seguindo. Então, me armando com coragem, fui para um shopping próximo e me dirigi suavemente até o banheiro masculino. A porta me cumprimentou com um som vibrante, onde minha respiração ofegante podia claramente se destacar. Com medo, entrei em um dos banheiros e fechei a porta, à espera. Na última cabine da fileira, ouvi sons de roupas, esfregando-se umas contra as outras. Quando me abaixei para olhar através da fenda inferior, descobri uns tênis mantendo o equilíbrio. Ótimo. Se tentassem me sequestrar, haveria um cara cagando ao meu lado, o que poderia me ajudar. Eu não me importava se ele saísse com o rabo para o ar, só esperava que ele não se importasse de parecer todo pixelado nas notícias da internet.

Eu pulei, quando ouvi a porta do banheiro se abrindo lentamente. Seria meu perseguidor? Enfiei meu ouvido na madeira, mas não ouvi nada.

Naquele momento, tive uma ideia um tanto estúpida, que poderia salvar minha vida ou terminar de me enterrar. Saí da cabine cheio de atitude e muito nervoso, reparando, na verdade, o homem vestido de preto, que estava na parede ao lado dos banheiros. Presumi que sua missão era apenas ficar de olho em mim, porque, assim que olhei para ele, ele se virou para esconder o rosto e fingiu fazer xixi, como um disfarce.

Com toda a coragem do mundo, eu passei pelas costas dele e peguei o próximo banheiro, apesar de haver oito livres. Eu abaixei o zíper. Nenhum de nós falou. Parecia uma competição de quem conseguia relaxar o esfíncter antes de lançar o jato, apesar do desconforto.

— Estamos com sorte hoje, não é? — disse baixinho. — Temos que agradecer pelo céu limpo.

Eu ouvi um "sim" dele. Sua voz era baixa, monótona, tilintando depois de quebrar o longo silêncio e mostrando que ele estava disposto a falar o mínimo. Com a desculpa de parecer calmo, olhei para sua virilha; esse tipo de curiosidade é o maior indicador de normalidade que pode existir entre os homens. É uma competição da qual ninguém se livra em um banheiro público.

— Quanto a violência, a coisa não está indo tão bem, embora o primeiro-ministro diga o contrário. Veja você, um outro dia meu amigo me disse que um cara suspeito o estava seguindo. Que coisa, hein? — Desta vez, usei a explicação para olhar para o rosto dele, mesmo que o estranho tentasse afastá-lo. Suas feições eram finas e delicadas, com sobrancelhas grossas e um minúsculo bigode, aparado até a perfeição. Ele não disse nada, mas ficou mais sério. Mais nervoso, atrevo-me a dizer. — Mas, no final, eles capturaram o cara, então tudo correu bem. Sabe como? Bem, meu amigo foi para a Polícia Metropolitana, dando-lhe as características físicas de seu perseguidor e, em seguida, apontou-o em uma linha de reconhecimento. Assim, simples.

Eu subi o zíper da calça naturalmente e lhe dei um tapinha no ombro. Eu usei essa invasão de seu espaço, como uma forma de intimidação, mas confesso que quando saí do banheiro estava prestes a me molhar. Bem, você entendeu o que eu quis dizer. Digamos que eu tenha um certo talento para parecer calmo, mesmo quando meu coração vai explodir. Eu esperava que o estranho se lembrasse dos dez segundos que passei registrando seu rosto em minhas retinas conscientemente.

Por sorte, a estratégia funcionou: quando segui meu caminho para sair do shopping, o indivíduo não me seguia mais.

Mas aquele terror visceral já havia dominado meu corpo e tudo o que eu queria naquele momento era correr para qualquer lugar com muitas pessoas. Talvez esse cara tivesse amigos. Talvez ele estivesse fazendo ligações agora. Talvez isso o assustasse momentaneamente, sim, mas eu ainda não tinha ideia de quem ele era ou de suas intenções. E se você não conhece, não pode se defender disso.

Ninguém se atreveria a me esfaquear em uma praça cheia de turistas. Não, é lógico. Ninguém ousaria perturbar a rotina inofensiva do mundo.

A Trafalgar Square se abriu diante de mim como uma lufada de ar fresco. A vantagem de trabalhar no Soho era que Picadilly e os outros locais famosos ficavam a alguns passos do Leviathan. Eu queria rir de alívio. Eu queria abraçar alguém pela tranquilidade que me deu encontrar rostos desconhecidos que não iriam me ver em tudo, mas a minha euforia era o mesmo que uma gota de água sobre terra rachada.

A quinhentos metros de onde eu estava, as pessoas se reuniram como formigas ao redor do mel. Eles compartilhavam murmúrios enquanto olhavam para o chão e algum livre-pensador gritava suas impressões. Também havia repórteres, todos olhando para baixo e atraindo mais e mais pessoas para o formigueiro. A curiosidade me atacou, e depois de um momento, eu também estava lá, olhando para o que todos estavam olhando.

Eu fiquei instantaneamente chocado. Lá estava meu Papai Noel, pintado com um vermelho escarlate brilhante e insano, a mesma cor que eu desejava antes. O cheiro almiscarado de sangue encheu o desenho. O massacre sobre ele vitimou quatro pombos, que foram espalhados no chão com as entranha abertas, decapitados, desmembrados… com o interior cuspindo para fora catarro preto e vermelho no solo ressequido. Quem teria produzido aquela cena macabra?

"E quem traz presentes para as renas?" A pergunta que eu deixei no ar no desenho foi respondida abaixo, com sangue e a mais vaga caligrafia: "Napoleão."

Londres riu.

14

GATO ENFADADO, ARRANHA ATÉ A CAUDA

— Sascha!

— Ai! Eu estou vendo um gatinho fofo? — O garoto me cumprimentou, olhando para mim com aqueles alegres olhos de rio. — Você está bem? Que cara é essa?

— Meu Deus… — murmurei, minha garganta encolhida pela náusea. — Meu Deus. Eu… Caralho.

Assustado como uma cobaia, voltei ao Leviathan o mais rápido que minhas pernas me permitiram. Meu rosto havia perdido toda a cor e adquirido uma insistente mania de procurar com os olhos o Ás de Espadas, Dean, Eileen ou Jeff. Até mesmo Cherry.

— Ei, Hayden, sério, o que há com você? — perguntou Sascha, intensificando sua expressão ao se contagiar com minhas emoções. Ele colocou a mão no meu ombro para me tranquilizar. Não ajudou muito.

Merda! Aquele homem tinha entendido. Quem quer que fosse. O tipo de preto, Captcha666, uma perturbada que observava os filhos no playground, um lunático enchendo seu travesseiro com cabelo de mulher.

Seja quem fosse. Essas pessoas tinham entendido o meu desenho e ousaram fazer o que eu não pude fazer com o pombo, e ainda multiplicaram por quatro. Eles entenderam que éramos as renas: todas as pessoas que são forçadas a trabalhar duro no Natal e que muitas vezes não podem pagar por presentes. É por isso que eu desenhei laços e aventais para as renas. E assim como haviam entendido quem eram os animais, também descobriram o que havíamos planejado para remediar essa situação: Napoleão. Graças à sua venda, receberíamos todos os presentes que gostaríamos de agora em diante. Não poderia ser uma coincidência.

— Onde estão Dean e Ás de Espadas? Eileen? E Cherry? — eu consegui perguntar, sufocando a voz até as palavras saírem.

— Então... você perdeu. Leona deixou seu escritório há meia-hora e interrompeu todos os turnos para nos parabenizar pelo novo ano. Seus amigos pareciam bastante nervosos e estavam procurando por você. Eu acho que algo aconteceu com eles. Acho que eles foram perguntar a Leona se eles poderiam tirar folga hoje e ela aceitou — explicou o menino. — Eu não sei por quê. Na véspera de ano-novo todos os pubs estão fervendo e eles não têm nenhuma família para estar com eles. Eu acho que eles foram para casa há um tempo.

— Casa? — retruquei, com angústia. Pensar em encarar as ruas sinistras de Londres sozinho apertou meu coração. — Você poderia me acompanhar, Sascha?

— Onde? Para Hackney? — Antes que eu afirmasse, o menino assentiu imediatamente, mas a dúvida plantou-se em seu rosto de repente e ele levantou uma sobrancelha. — Por que você está me pedindo para acompanhá-lo? Eu pensei que você não queria... bem, que eu fosse ao seu apartamento. E ainda mais sem perguntar a seus amigos.

— Eu mudei de ideia. Eu quero ter você por perto esta noite quando nós celebrarmos a virada, e eu não pretendo ficar neste antro nojento. Foda-se o que meus amigos dizem. — Tentei fazer minha voz soar o mais impetuosa possível, para camuflar o pânico.

— Mas eu não pedi permissão a Leona para sair. Ela vai cortar meus ovos se eu sair também.

— Não vão sentir sua falta depois desta noite — eu sussurrei, com um olhar quente e felino.

Eu acho que se Sascha não tivesse me acompanhado, eu não teria saído do Leviathan. Ele percorreu todo o caminho em silêncio e acariciou meu braço para me acalmar; poderia ter percebido que algo estava acontecendo comigo a quilômetros de distância. Eu acho que quando você está com alguém que você gosta, suas habilidades de atuação diminuem.

Depois de uma hora, cheguei à velha porta e o rosto impaciente do Ás de Espadas apareceu, o que depois se tornou um rosto de espanto.

— O que ele está fazendo aqui? — perguntou ele, em um tom azedo. Dean espiou por cima do ombro sem muito esforço, já que ele era o mais alto do grupo, e desenhou uma expressão de apreensão ao ver Sascha.

— Fiquei com pena de ele passar a véspera de ano-novo sozinho, então eu o trouxe comigo — respondi com cautela, esperando a abertura da porta só porque eu estava com ele.

— Ele não… — Ás de Espadas ficou sem fala. O que eu poderia dizer? "Ele não é um dos nossos?" Mas era, porque não pudemos nos referir a nós como a equipe de ladrões de quadros. "Ele não deveria se aproximar de Napoleão em um raio de dez metros?" Nem ele nem ninguém, mas isso não era uma desculpa que pudéssemos soltar.

Sascha mudou o peso da perna e olhou para baixo, com uma certa submissão, o que achei adorável.

— Guarde o que você tem que guardar — disse devagar e olhando nos olhos dele — e nos deixe passar.

O Ás ficou paralisado por um momento e finalmente desapareceu pela porta. Sascha não parou de me olhar de soslaio até que ele apareceu de novo, nos convidando a entrar.

Enquanto o novato se sentava, esperando no sofá, olhando educadamente ao redor, eu me tranquei na cozinha com Eileen e Cherry. Eu tentei dizer a eles o que tinha acontecido comigo, quando eu tinha ido à Trafalgar Square, mas as palavras não saíram.

— Sempre quis fazer uma torta caseira. Desde pequeno! — estava dizendo Cherry.

Colibri o tinha acertado com uma colher, enquanto apontava para o forno, onde os rissóis de carne estavam recheados com cogumelos. Então, começou a rir, quando o adolescente chegou para consertar o dano que ele tinha criado e ganhou uma bolha gigante em seu polegar. Eileen já não sorria muito, e eram momentos como este que ela deveria valorizar como pérolas. Então eu disse que contaria a ela mais tarde. Eu não queria incomodá-la naquela noite.

Tive que aguentar o mal-estar no corpo e voltei para resgatar Sascha do assédio de Kaiser e do interrogatório do Ás de Espadas.

— Por falar nisso, onde está o Jeffrey? — perguntei.

— Ele não pôde vir, teve visita em casa — disse Dean.

Depois de jantar aquelas empanadas empretecidas e meio murchas, nos atiramos no sofá e deixamos a suspeita sobre Sascha se dissolver com cada frase alegre que ele pronunciava. Ninguém podia negar que era encantador. Às vezes, ele pensava que era mais gato do que eu: se eu quebrasse alguma coisa, era o suficiente ronronar para perdoá-lo.

Depois demos uns goles no licor de maçã e vi na televisão uma reportagem sobre os acontecimentos que tiveram lugar neste ano em todo o mundo, terminando com imagens da grande árvore de Natal na Trafalgar Square, pistas de patinação ao lado da estação de King's Cross e da encantadora feira natalina de Winter Wonderland, em Hyde Park. A Rainha Elizabeth apareceu na tela umas quatrocentas vezes, com várias cenas de sua linhagem. Eu não sabia se eles estavam competindo, porque a cada ano aparecia uma imagem subliminar menos descarada.

Quando finalmente a meia-noite chegou, o ano começou com uma aflição mortal e o Big Ben preencheu todos os canais de televisão. A contagem regressiva começou ao ritmo das badaladas fleumáticas, enquanto seguíamos o compasso com atenção, muito quietos, como um grupo de abutres. Esse era o nosso ano. Calados e escondidos em uma metamorfose interminável, que parecia resistir como uma bactéria ruim.

Quando a última badalada soou, eu levantei meu licor de maçã e quebrei o silêncio.

— Brindemos ao que virá!

Todos levantaram a taça. Sascha também se juntou à Cruzada da Liberdade.

— E aos que já se foram — adicionou Eileen, com uma voz partida.

Fogos de artifício explodiram sobre o rio Tâmisa e coloriram as casas do Parlamento. Mas a mesma palavra dizia: eram cores hipócritas. Eram beijos produzidos por uma máquina, abraços resultantes da cinética física.

O barulho da festa veio pela janela quebrada do banheiro como um furacão, e os *underdogs* começaram a desarrolhar o champagne por pura inércia mundial. Se via em seus rostos como estavam totalmente cansados, como estavam ansiosos para pegar uma arma e disparar. Mas atirar no resto ou disparar em nós mesmos? Para salvar o mundo ou salvar-nos dele?

Os soluços inaudíveis da minha Audrey se sobressaíram aos gritos da rua, às buzinas, aos foguetes... Eles me perfuraram. Era fisicamente impossível, mas eu sabia que ela estava chorando atrás de mim, mesmo sem eu girar para ela. Os *underdogs* se apagavam ao redor, como velas consumidas, sem a ajuda de qualquer estímulo. A memória de River caiu como uma pedra e todos nós tínhamos receio sobre como iniciar a festa como costumávamos: levando-nos alguma substância venenosa ao corpo. Seria um chamado pela mudança?

Cherry era o único que tinha verdadeiro vício em cocaína, mas o resto só tinha se tornado vítima de dependência social. E era triste que nada fizesse sentido sem drogas. Todos tinham decidido fazer parte do mesmo circo, mas aqui não havia ninguém para enganar. Eu fui para a janela da sala para não ver como os meus colegas caíram um por um diante da necessidade, sem remédio. Era um ambiente desolador. Preferiam ser chamas poderosas, mas de repente extinguindo todo o oxigênio, do que se deixar morrer de asfixia através de anos vazios. Quando seu corpo está acostumado a receber sensações, isso nunca dá trégua.

Através da janela, o céu estava preto. Esmagador, como nunca antes havia sido. De repente, eu me vi procurando um estranho nas ruas, espionando-me por trás de uma esquina com um rifle ou assassinando quatro pombos na frente da minha porta. Uma mão agarrou a minha, quando a ansiedade estava começando a me atacar. Foi Sascha.

Com um leve sorriso, ele me puxou para ficar longe da janela e me levou para o quarto. Sentado com ele na cama, todas as minhas obsessões foram dissolvidas. Seus olhos tinham um efeito calmante.

— Sei que você está preocupado com alguma coisa, mas eu gostaria que você se esquecesse disso por esta noite. Se você quiser, eu posso ajudá-lo — começou, puxando de sua bolsa duas seringas. Tenho heroína. Você não acha que tem um nome apropriado? Heroína? Que é feita para nos salvar?

Eu não respondi. Ele preparou a seringa para si e deixou a outra à minha frente. Em seguida, ele puxou um par de cordões de borracha e amarrou um no alto do braço.

— Não se preocupe. Que a depressão vá tomar no cu, não somos dois doentes anônimos tentando cometer suicídio. Na verdade, isto é para se sentir ainda mais vivo. É injetar vida na própria veia.

Ele me olhou com cumplicidade, embora soubesse que eu não gostava de agulhas. Eu fiz uma careta de desgosto, mas gostava ainda menos de passar a noite me atormentando sobre quem estaria me esperando na rua. Sem dizer uma palavra, peguei o outro elástico e o amarrei no braço, permitindo que o loiro se inclinasse sobre mim com um sorriso e o objeto em sua mão.

— Mas você sabe como isso funciona? Onde…

— Sim — respondi apenas.

Depois de alguns segundos, senti-me anulado como pessoa. Eu não poderia explicar de outra maneira. O sangue endureceu nas minhas veias como lama, tuberculoso e venenoso. O coração estava perdendo o ritmo.

Nós dois caímos na cama como duas folhas de outono, lentas, voláteis e delicadas. Nenhum de nós falou, nenhum de nós se mexeu. O barulho dos *underdogs* fazendo uso de bebidas foi deixado de fora, como se tivéssemos colocado uma redoma de vidro ao nosso redor.

A saliva secou na minha boca e me deixou com um sabor de precipício. A queda.

Na manhã seguinte, acordei com a sensação de ter atravessado da Europa para a Grã-Bretanha a nado: tinha tremores em meus músculos e memórias de viagem na minha cabeça.

Respirei profunda e dispendiosamente depois que a heroína reduziu minha respiração a uma quase inexistência. As omoplatas doloridas e mechas pegajosas de cabelo em minhas têmporas mostravam uma noite de suor que esfriara. Refletiam um movimento intenso, embora estivesse imóvel por horas. Sentei-me devagar e minhas costas dormentes gritaram.

Ao meu lado, Sascha dormia como um bebê, embora em estado tão extenuado quanto o meu. A pequena trança caía sobre o ombro com uma deliciosa delicadeza. Parecia o próprio Apolo se conservando entre os lençóis brancos. Superava com facilidade quase desdenhosa qualquer senhora rosada que tivesse sido pintada na Galeria Nacional... mas qualquer indício de romantismo foi extinto quando percebi que estávamos deitados na cama onde morreu River.

Um frio excruciante me forçou a olhar para o menino russo com a sombra de medo no rosto. A vida era como uma piada macabra. Por que estava dormindo tanto como se estivesse morto? Com meu coração apertado, fui até o pescoço de Sascha e coloquei minha boca em sua pele, até que meus dentes escovaram a superfície quente. Meus lábios peritos captaram seu pulso, bombeando sangue pelas veias que subiam pelo pescoço dele. Eu me retirei com um suspiro de alívio, enquanto o garoto reagiu ao contato e se mexeu preguiçosamente.

Hoje era o primeiro dia de janeiro. Isso significava que, oficialmente, um ano cheio de batalhas vencidas e perdidas havia passado.

Por alguma estranha razão, o meu corpo não tinha sofrido toda a destruição que deveria. Por isso, quando eu fui para o banheiro lavar o meu rosto, eu percebi que eu era o único que estava acordado no apartamento. O sol entrava pela janela de um modo triste e decadente. Quando Chaplin marcou uma hora da tarde, decidi iluminar a atmosfera.

Liguei a TV depois de quinze minutos procurando o controle, e fiquei hipnotizado olhando os peitos das artistas que compõem o desfile anual. O animado comentarista vociferava como eram magníficos os dragões feitos de papel e os desfiles coloridos, mas eu fiquei com dor de cabeça e tive que mudar de canal. Esse era o meu verdadeiro objetivo: o concerto de ano-novo.

Eu aumentei o volume a limites perturbadores quando a Orquestra Filarmônica de Viena preparou seus instrumentos e começou a tocar sua penúltima canção: *Danúbio azul*, de Strauss. Você não tem ideia do quanto agradecia por ter chegado a tempo.

O início lento e sedoso funcionou como ópio para os meus músculos rígidos, um requintado esboço da melodia principal tocou meu coração com seus dedos limpos. Tariro rarí, tim-tim, tim-tim. Eu não me importava se os *underdogs* pudessem ser acordados ou que os vizinhos ficassem chateados. Que maluco poderia ficar com raiva de ouvir isso? Então eu caminhei até o notebook, os pelos arrepiados com o majestoso forte, e entrei no Skype, zumbindo nos acordes das flautas transversais. Jeffrey estava conectado. Perguntei como tinha sido a noite dele e ele me perguntou sobre a minha. As trombetas se tornaram egocêntricas naquela tempestade de som.

Só Kaiser tinha forças para se aproximar de mim com a cabeça baixa. O resto dos habitantes não dava sinal de vida diante do som. O cão começou a latir e uivar para competir com os violoncelos, embora ele só conseguisse silenciar mais as modestas harpas.

— Tssssss. Cale a boca.. Shh! — eu o repreendi, endireitando minhas costas, quando o coro atingiu o clímax.

Mas então percebi que Kaiser não estava latindo para a televisão, mas para a porta. O animal tinha as orelhas levantadas e a cabeça dirigida para a extremidade da casa, ao ponto de travar o movimento natural de sua cauda e voltar sua atenção ao momento.

Então, ouvi um rangido. Era insignificante, desprezível. Se eu não tivesse ouvido cem mil vezes o *Danúbio azul*, juraria que teria sido o guincho de um contrabaixo. Kaiser se levantou e entrou no corredor. Agora ele tinha certeza: alguém havia entrado na casa. Rápido como um fogo de artifício, eu iniciei uma chamada de vídeo para Jeffrey e corri para me trancar no banheiro.

Do lado de fora, apenas os violinos podiam ser ouvidos, caçando um ao outro de brincadeira.

— Gatito? — respondeu Jeff. — Porra, o que você tem? Você vai me deixar surdo. E onde você está? Não te vejo.

— Eu estou no banheiro, deixei o notebook na sala e… — comecei a dizer, apressadamente.

— Você é um gênio, sabia? Primeiro me chama no Skype e depois no seu celular. Você quer imitar o filme do Truman ou o quê?

— Ouça-me, Jeff. Eu acho que alguém entrou na casa. Cubra sua câmera, rápido.

— Quê…?

— Cubra a porra da sua câmera ou eles vão te ver do outro lado e eles saberão que ela está conectada! — rebati, nervosamente.

— O quê? Ei, tudo bem... é isso. Acalme-se — ele rosnou. — Mas você acha que só porque eles veem meia tela em preto, eles vão presumir que é apenas um papel de parede estranho, ponto final?

— Não tenho tempo para pensar, Jeffrey! — exclamei, abaixando a voz assim que fiquei consciente. — Me diga, o que você vê? Quantos são?

Depois de alguns momentos de tenso silêncio, preenchidos pela parte mais sensual e romântica de *Danúbio azul*, Jeffrey respondeu.

— Ai, Deus, Hayden. Tem razão. Tem um cara lá... — a voz estava assustada. — Saiu do meu campo de visão. Eu acho que ele está na cozinha.

— Como ele é? — perguntei, em uma voz que me obrigou a repetir a pergunta para Jeffrey.

— Não sei. Careca, feio, fortinho. Daqueles que se sentam em cima de você e tiram as entranhas pela sua boca — descreveu o underdog. — Ele acabou de sair da cozinha. Kaiser está o perseguindo e ele parece ter um pouco de medo dele.

— Não será por muito tempo. Meu cachorro idiota só quer alguém para levá-lo ao parque para cagar — lamentei.

Kaiser costumava causar uma impressão apenas por causa de seu tamanho grande e aparência de cachorro de briga, mas em seguida se podia ver que era um covarde.

— Já está na sala de estar. Ele espiou o quarto onde seus amigos dormem e voltou — disse Jeff. — Eu não sei o que ele está fazendo, agora ele está bisbilhotando ao redor da mesa.

— O quê? Como ele descobriu como ocultamos o quadro? — Eu me desesperei, enquanto a melodia harmoniosa forneceu um corte pungente para o momento. — Certamente ele esteve nos espionando. Mas, porra... Eu nem entendo como ele conseguiu entrar na casa! Cherry trancou a porta!

— Ele viu o notebook, mas não se atreveu a chegar perto. Ou não se interessa por ele, eu não sei. Agora ele está bisbilhotando na mesinha. — Ele fez uma pausa. — Tranquilo, Hayden, parece que ele desistiu e já está saindo. Além disso, seu cão está assediando ele.

— Eu gostaria que Kaiser entrasse em um desses estágios em que ele quer violar a perna do mundo inteiro. Ninguém o segura por muito tempo assim.

— Ele voltou. Descobriu o outro quarto onde está dormindo… Sascha? O que o Sascha está fazendo no seu apartamento?

— Sim, é ele. Já te conto. Merda! Merda! Ele tem que sair de lá!

Tariro rarí, tim-tim, tim-tim. *Danúbio azul* atacou com uma intracta no volume máximo, que atingiu um clímax de cortar o coração com pratos vibrantes. Eu não sabia se era isso que me deixava sem fôlego ou o fato de o estranho estar tão perto de Napoleão.

— Desde quando há uma mesa naquela sala? — perguntou Jeff. — Ei, esse cara está bisbilhotando sob a toalha da mesa e… ai, foda-se. O que é isso? Merda, a imagem está difusa. Espere… é o quadro!

— Ele o encontrou?

— Ah, merda, Hayden! Você camuflou Napoleão com uma mesa! Você colocou quatro pernas de madeira e uma toalha de mesa! — exclamou o underdog, apavorado.

— Acabou! Eu vou sair para procurá-lo — disse, com determinação e uma atitude protetora.

— Espere! Ele tem uma faca na mão! Ele vai te esfaquear! — gritou ele, antes de desligar o telefone secamente.

Então a Filarmônica de Viena recapitulou alguns acordes furiosos… e também fez um corte abrupto, um silêncio. E eu me vi cara a cara com aquele estranho, que tinha pulado para trás e olhava para mim com uma expressão de surpresa, me estudando com os olhos. Na mão dele havia, de fato, uma faca, cujo cabo reconheci como pertencente à minha cozinha. Kaiser olhou para nós sem entender nada e a música tremeu novamente, com uma cadência muito doce. Tariro rarí, tim-tim, tim-tim.

— Não se mova, menino — o estranho rosnou, com uma nota estranha em sua voz. — Fique de lado enquanto eu levo isso.

Seus olhos de gato malhado não admitiam réplicas, mas eu reagi, diante do meu tesouro, como um pai faria por seu filho.

— Você tem certeza de que é isso que quer? Em seu lugar, guardaria essa faca insignificante e rezaria a todos os deuses que você conhece… Você está diante do grande Gato Negro. E não é conveniente perturbar o grande Gato Negro.

Com uma expressão de satisfação, eu apontei para a mancha vermelha no chão, onde, há vários meses, Kaiser derrubou as tintas, enquanto eu pintava a Zebra de Cores.

— Você vê o que tem debaixo de você? Esse é o lugar onde, há dois dias, esmaguei a cabeça de um cara que veio à minha casa como você, que me apontou uma faca como você, e me pegou desarmado assim como você. Foi delicioso o som de seu crânio quebrando no chão... — Eu encolhi os ombros, resolutamente, e caminhei calmamente pelo quarto. — Infelizmente, não conseguimos limpar a mancha de sangue, embora os restos do cérebro tenham saído bem. Você acha que o seu vai deixar uma marca também? Você ainda tem tempo para ir e dizer aos seus superiores para não voltarem aqui. Se meu humor melhorar um pouco, talvez eu esqueça tudo e não me preocupe em te procurar...

Dei-lhe um olhar perturbador, enquanto acendia um cigarro com deliberação. Veja bem: quando você está fazendo algo perigoso, você não pensa nos riscos, porque se você pensasse neles, não o faria. Minha teoria é que, hoje em dia, as pessoas pensam muito sobre riscos e é por isso que a humanidade avança tão devagar.

O estranho permaneceu firme, como a sujeira em um salto de sapato. Três segundos. Cinco. Dez. Ele deve ter pensado que eu era um daqueles ladrões sádicos e extravagantes, que têm uma casa cheia de esculturas fálicas e música alta. A Filarmônica de Viena alcançou a poderosa passagem final em *accelerando*, sublinhada por um longo rolo de caixa, que casualmente acrescentou o tom frenético da situação. Então, o cara abaixou a faca com cautela e recuou, até que ele desapareceu pela porta. Em seguida, a música terminou e o público aplaudiu alto.

Só então me permiti respirar fundo. Mas com o cigarro na boca, claro.

— Isso foi... porra, foi genial — disse Jeff, em uma voz metálica do notebook. O caloroso aplauso da televisão ainda durou.

— Estou com medo, Jeffrey — confessei, sem sair do lugar.

— Não se preocupe, Gatinho. Nós falaremos por escrito, eu vou desligar a câmera.

O rapaz do cabelo preto cortou a ligação e eu sentei no computador. Eu ainda estava em choque. Isso foi assustador e precisava de alguém para compartilhar meu nervosismo, e uma vez que nenhum dos *underdogs* tinha acordado, nem souberam o que aconteceu, tudo o que eu podia fazer era entregar-me ao solilóquio do meu velho amigo.

Jeffrey digitou por dois longos minutos que pareceram eternos. Minha perna tremia inconscientemente, deixando-me à beira da exasperação.

— O que está escrevendo? Envie para mim de uma vez!

— O quê? Eu estava apenas limpando o teclado — respondeu ele.

O desespero me fazia cheirar como um cavalo preso. Apesar do momento hilariante, Jeffrey apressou-se em escrever algo que me acalmasse, desta vez para valer.

— Olha, acho que você não deve se preocupar: fiz alguns prints da tela, para que possamos denunciá-lo por invasão. Eu posso cuidar do depoimento, se você quiser, assim o policial não irá a sua casa e não encontrará o quadro.

— Como eu não deveria me preocupar?

Os minutos seguintes foram dedicados a uma conversa sem sentido, em que eu tentei convencer Jeffrey de que agora mesmo estávamos sendo estudados na tela por milhares de pessoas e onde ele tentava me assegurar de que esse cara era apenas alguém perdido e desesperado para comprar um iate. O rumo da conversa de repente mudou quando me referi a Napoleão e me virei para apontá-lo.

O quadro não estava mais lá.

Sua estranha ausência de repente me deixou tonto. Deve ter sido o que eles chamam de estresse pós-traumático. Demorei trinta segundos para me mexer. Lentamente, meu corpo reagiu, mas não meu rosto, apenas para me aproximar da sala com a velocidade de um caracol aleijado. Tudo o que eu queria era andar e não chegar, porque quando chegasse, teria certeza de que me partiria em dois.

Eu tive um mau pressentimento. Como quando você quer matar uma aranha ou quando procura por algo, a coisa desaparece e você entra em pânico. Eu também entrei em pânico quando encontrei o lugar da mesa falsa vazio, com as quatro pernas de madeira espalhadas pelo chão. Sascha também não estava dormindo angelicamente onde eu o deixara. Ambos saíram tão rápido, que levantaram o vento segundos depois, como trens desembestados.

— Espere, Jeff — disse ao computador, com letras trêmulas.

Eu atravessei o chão como um vendaval, batendo nas portas onde os *underdogs* dormiam com tanta força, que meus dedos continuaram doendo, mesmo quando eu desci as escadas.

Eu corri até o oitavo, galopando até o sétimo. Aqueles sons desordenados se aproximando, tão parecidos como um par de cantos se esfregando contra as paredes. Cheguei ao sexto, descendo os degraus de três em três. E eu desejei que o que estivesse tocando fosse nada mais do que um artifício literário para enganar o leitor a pensar que não era…

Mas não tive essa sorte.

— Você! — metralhei, com toda a raiva que correu pelas minhas veias.

Sascha estava descendo as escadas até o quinto andar, carregando a pintura nas costas e olhando para mim com aqueles deliciosos olhos azuis. Acho que nunca senti tanta repulsa em vê-los abertos. Parecia que, naquele momento, ele ia responder algo, mas, no fim, ele mudou de ideia e começou uma descida retumbante, carregada de baques e choques contra as paredes.

— PARE… DE BATER… O MEU QUADRO! — pulei os degraus restantes e pulei em Sascha como um touro de luta. O russo foi empurrado contra a parede e bateu com a parte de trás da cabeça, atordoado. Napoleão caiu no chão e seu cavalo ficou preso entre o corrimão e o portal do quarto andar.

— Traidor! Mentiroso! — Com as duas mãos, agarrei-o pela gola da camisa e levantei-o, jogando-o de volta no chão várias vezes. — Você sabia esse tempo todo! Você sabia que nós guardávamos a pintura aqui em casa e é por isso que você queria vir ao meu apartamento naquele dia, no Borough Market!

À medida que eu ia entendendo tudo, meu desejo de matá-lo aumentava como espuma. O menino recuperou um pouco a consciência e olhou para mim com aqueles olhos frios como gelo, antes de me acertar um murro no rosto. Eu recuei, com o meu nariz sangrando tanto quanto meu coração.

— Você esteve me espionando antes, certo? Você sabia que River estava morto e que você poderia se aproveitar dessa situação, indo trabalhar no Leviathan. De alguma forma você sabia que era eu quem liderava o grupo de ladrões e é por isso que você tentou se aproximar de mim! Tenho certeza de que você planejou se juntar a mim quando eu tive o ataque de pânico, certo?! — gritei, saboreando o sangue nos meus lábios. — Foda-se! Eu nem sequer sei de onde você veio!

Em menos de dois segundos, o pescoço de Sascha estava sendo esmagado sob minhas mãos. O garoto se contorcia debaixo do meu corpo como um lagarto e arranhava meus braços, como tantas outras vezes havíamos feito entre os lençóis. A tatuagem no meu braço começou a latejar com o esforço e a chorar fios de sangue e tinta, manchando a manga da minha camisa.

As mãos do russo subiram para o meu rosto e apertaram minha mandíbula até que eu senti que meus dentes iam explodir. Em resposta, eu apoiei todo o meu peso sobre o joelho e cravei na barriga dele sem piedade, causando a insatisfação de Sascha e a escalada de seus dedos para os tecidos moles do meu rosto, como tarântulas assassinas.

Eu fui forçado a liberar a mão de seu pescoço para parar a sua mão direita, então Sascha teve tempo para virar a cabeça e morder a outra mão, com toda a força que permitia sua anatomia humana frágil.

— Ah! Merda! Me solta, Sascha!

A dor se espalhou pelo meu braço eletricamente e derreteu com o calor do sangue. Imediatamente, minha visão foi invadida pela minha cor vermelha enlouquecedora, pouco antes de o garoto obedecer a minhas ordens e me chutar escada abaixo.

— Não fale tão alto, Gatinho. As paredes têm ouvidos — respondeu ele, por fim, ofegante, com um sorriso sujo. Ele recebeu minha expressão de ódio quando me levantei desajeitadamente, focando-o com dificuldade e levando minha boca à ferida de minha mão, como uma criança. — Olhe para você! Você é um pequeno animalzinho triste, digno de pena. Você se dá conta de tudo o que você demorou a entender? Temos especialistas em informática muito bons em nossos quadros. Qualquer artista da *deep web* tem hackers. Assim que seu endereço de IP nos direcionou para Londres, corremos para voar até aqui e procurar o dono do computador, mas isso foi há duas semanas. Nós temos observado você há um longo tempo. É curioso que você não tenha notado até hoje.

— Você quer dizer o cara vestido de preto que estava me seguindo? — eu consegui dizer.

— Sim, Varsov. Mas você deu a ele um bom susto e ele veio até nós lambendo suas feridas. Decidimos que deveríamos agir antes que você começasse a ter noção de todas as pessoas que estavam à procura de vocês nesse momento. Então decidimos enviar Viktor para roubar a pintura. E qual melhor momento que o ano-novo, quando presumimos que seus amigos estariam mais mortos do que vivos pela ressaca e você estaria chegando ao nirvana com os efeitos da heroína? Na verdade, fui eu quem o ajudou a entrar. Deixei a porta aberta e contei onde você havia escondido o quadro. — Apesar da revelação, Sascha torceu o nariz em uma careta de decepção. — Mas olhe! Acontece que Hayden acabou por ser tão inteligente quanto o esperado e também assustou o Viktor. Bom truque aquele da mancha de sangue, a propósito. Embora um pouco teatral.

Ambos se levantaram devagar, olhando-se fixamente nos olhos, como dois corvos decidindo onde dar a bicada.

— Então todos vocês estão juntos? É uma quadrilha? E depois vocês reclamam que nós os chamamos de mafiosos, caralho. Deve ser esse seu sotaque asqueroso. — Não era verdade, claro. Lembrei-me de ter dito antes que eu amava o jeito dele de falar. — Por que você está me contando isso?

— Estou rindo de você. É o mínimo que posso fazer depois que você me pegou com isso — rosnou, apontando para Napoleão.

— Tem alguma coisa em que você não mentiu para mim?

— Eu não menti sobre meu nome. Me chamo Aleksandr Korovin Sascha. Sinta-se com sorte, é mais do que eu já fiz das outras vezes. — Sua sinceridade não me confortou. Ainda assim, eu estava aguardando o momento em que ele riria e diria que era tudo uma brincadeira de mau gosto. — Mas nós não somos uma máfia, somos comerciantes de arte ilegal. Se fôssemos mafiosos, você já estaria despedaçado em uma caixa e nós estaríamos embarcando com o quadro para a Noruega. Felizmente para você, essa não é a nossa linha. Nós não queremos tantos problemas.

— Não fale como se você fosse algum tipo de Don Vito Corleone. Que tipo de degenerado manda uma criança como você roubar alguma coisa?

— Eles me mandaram porque eu falo bem inglês e tenho a sua idade. Você por acaso se acha menos criança do que eu apenas por pagar sozinho as lojas que carregam seu celular?

— Estou entendendo. E foder comigo também estava nos planos? Porque eu não consigo pensar em um recurso mais rasteiro para abordar quem quer que seja — alfinetei, com mordacidade.

— Isso nunca foi planejado, então vamos ver como um bônus para ambos, depois de um dia de trabalho duro. Embora, graças a isso, você tenha me levado para sua casa. — O garoto deu uma espécie de bufada como um riso, que só conseguiu eriçar-me ainda mais. — Não fique com raiva, Gatinho. Supõe-se que isto é o que os *underdogs* fazem normalmente. Ou significou algo para você? Não me diga que você estava começando a se apaixonar como um adolescente?

A raiva me impulsionou a atacar o garoto, mas a ação foi cortada quando ele me chutou no esterno, o que me deixou sem fôlego. Lutamos no chão como dois leões marinhos para acabarmos exaustos e enredados em suor.

— Como você pôde mentir para mim, Sascha? Eu te defendi!

Em um movimento fugaz, eu peguei a trancinha do garoto, que estava pendurada em seu pescoço, e bati com a cabeça dele contra a borda de um degrau. Então, ele soltou um grito e levou a mão à testa ensanguentada, exclamando dez palavrões em sua própria língua.

— Você é o Ovelha Negra, certo? Você pintou meu desenho de Trafalgar Square com sangue! — metralhei, com uma voz venenosa.

— Eu adoraria dizer que sim e atribuir a mim todo o crédito, mas não faço ideia do que você está falando. — O garoto fez uma careta e olhou para mim, com os olhos cheios de irritação. — Eu não sei quem é essa Ovelha Negra, mas eu vou lhe contar um segredo: esta é uma corrida contra o tempo. Nós não somos os únicos que procuram a pintura, por isso tenha cuidado. — Instantaneamente, a expressão em seu rosto mudou para uma de cumplicidade. — Mas, ei... sabe de uma coisa? Eu poderia reconsiderar o fato de deixar minha organização, para se juntar a você, meu gatinho, desde que você saiba distribuir bem o dinheiro do quadro. Seria muito útil, minhas mãos sabem fazer muitas coisas além de...

— Me unir a você? Por mim, você teria dois rostos, para que eu pudesse socar um com cada mão!

Meus olhos verdes ficaram pretos como alcatrão. Qualquer sentimento de apreço que eu poderia ter por Sascha desapareceu, como uma poça no verão, o qual se limitou a dar de ombros.

— Você que perde, fera, mas não pense que pode me ameaçar. — Ele remexeu nos bolsos e me mostrou um pequeno canivete. — Eu não fui treinado para matar, mas sei cortar a língua de qualquer um que não siga a mesma linha que nós desenhamos. Enfiar a faca em um lugar ou outro não faz diferença, não é? E eu acho que isso não importa para o meu canivete.

No entanto o russo não deu mais nenhum passo. As presenças a meu favor tinham dobrado: no topo da escada, estava Dean, estalando os nós dos dedos, e Ás de Espadas, empunhando seu olhar de seu lobo. Kaiser desceu as escadas como uma bala e freou ao meu lado, olhando para mim com emoção e latindo para Sascha quando se lembrou dele.

O menino de olhos azuis deu um sorriso irônico. Em seguida correu em um piscar de olhos, descendo as escadas. O silêncio tornou-se tão denso quanto um purê de batata.

— Kaiser, corra atrás dele. Venha, garoto! Corra! — Com a mão, fingi jogar algo no final da escada, mas só atraí a atenção do cachorro, até que ele entendeu que eu não jogara nada para ele. Então, ele apenas latiu para mim alegremente e lambeu o suor que se formou no meu rosto.

— O que você queria? Essas coisas só acontecem em filmes — murmurou Eileen, descendo alguns degraus e se ajoelhando ao meu lado.

Ninguém falou, ninguém respirou. Apenas os passos de Sascha foram ouvidos abaixo de nós, alcançando o primeiro andar e saindo para a rua, sem que tivéssemos tempo para alcançá-lo. Os quatro *underdogs* tinham os olhos fixos em mim.

— Eu sabia que aquele garoto ia estragar tudo. Ele é russo. Os russos sempre andam por aí com facas nos bolsos e amigos sem caráter no bar ao lado.

Levantei a mão para pedir que ele calasse a boca no momento em que meu celular tocou. Eu o tirei do meu bolso para ouvir a voz de Jeffrey, pedindo explicações.

— Não aconteceu nada. A pintura está segura — respondi, com uma voz desanimada. Eu estava claramente perturbado. Naquele instante, tudo que eu queria era cuspir uma palavra ruim que pudesse me relaxar. — Não. Amanhã resolvemos isso, Jeff. Agora eu não estou no estado mental adequado e poderia fazer alguma estupidez.

A desolação se tornou tangível quando desliguei a chamada e levantei desajeitadamente, pedindo ajuda para erguer o quadro novamente.

— Tenha cuidado com os cantos — advertiu Cherry, antes de agarrá-lo.

— Não vai quebrar. Eu vi o quão grande e forte é — respondi, em uma voz letárgica. Ás de Espadas interveio com desconfiança:

— Maiores eram as Torres Gêmeas, meu irmão.

Enquanto subíamos, um pensamento geral de súplica flutuava porque nenhum vizinho havia olhado no olho mágico. Mas na minha cabeça, não. Na minha cabeça só havia a certeza sombria de que até a solidão tinha me deixado sozinho.

De que eu não podia confiar em mais ninguém.

15

PATRÃO, MULHER E GATO: TRÊS ANIMAIS INGRATOS

Napoleão.

O quão perto eu estive de perdê-lo foi o pior monstro que pude encontrar debaixo da cama, o pior filme de terror que já vi, o pior exame que eu poderia fazer na manhã seguinte. Perder Napoleão era a maior razão pela qual eu poderia perder o sono. Nem a traição de Sascha, nem a possível busca de algum pirata do outro lado do mundo poderiam se comparar a isso.

Na verdade, a perda do russo foi apenas um empurrão para trazer à tona o lado mais amargo do Gato Negro. Ou isso era o máximo que ele podia admitir publicamente: que tinha sido um lindo relacionamento de três dias. Eu acho que minhas histórias de amor nunca podem ser romances, apenas contos.

Era um delírio estar sentado no sofá, a um par de metros do quadro, e observar o chão que foi pisoteado por esse tal Viktor, a toalha de mesa que foi removida por ele. Eu me perguntei o que ele sentiu quando viu as pinceladas nobres da pintura, se ele acreditava nos anjos. Mas eu não sabia. Fiquei exasperado com a certeza de que havia pessoas que traduziam o peso do quadro em feixes de notas. Isso me deixava louco, me tirava do sério. Como conseguiam? Eles teriam um problema de visão?

Olhei para ele. Dourado, sentencioso, explosivo. Sua mera presença fazia sumir as paredes da sala, o teto, o céu. Para quê? Se ele já estava com sua terra e seu horizonte pintado.

Napoleão. Você e eu sozinhos. Finalmente. Eu não tinha percebido o quão diabolicamente lindo você está hoje, quão terrivelmente bem David pintou você.

Do que você está reclamando, né? Do que pode reclamar que alguém que tem uma anatomia perfeita, mas que essa perfeição não foi produzida por nós mesmos? Essa falta de mérito. Essa sensação de ser uma parte ridícula da série, cuja existência é baseada apenas no que alguém fez por você. Chame isso de David. Vamos chamá-lo de destino. Vamos chamá-lo de Deus.

Não. Não o chame de Deus, foda-se. Mas você sabe como se sente, certo? Você está ganhando o seu cuidado graças aos esforços de David e não aos seus próprios, assim como eu estou ganhando meu pão graças a essa atração mórbida que a natureza me deu... ou órgãos genitais de meus pais, ou sei lá, mas não por causa dos meus pensamentos. Manter-nos soldados por algo que nos vem de fábrica, algo de que nem sequer somos autores. Que crueldade, hein? Que duro. E a pintura de rua me salva ou a esta história que estou escrevendo em um flash. Mas o que te salva?

Às vezes me pergunto se eu não penso demais, se eu não devia parar de desprezar aqueles que se contentam com uma vida simples e tediosa. Mas eu não os desprezo, Napoleão, o que acontece é que eu os invejo, por sua capacidade de deixar as coisas acontecerem.

Eu andei alguns passos em direção ao quadro na penumbra. Eu precisava sentir algo épico.

Você ouviu isso? Você sente o que eu sinto quando te vejo? Provavelmente, nem sequer seja por sua causa, provavelmente é por causa dessa doença maldita, que faz com que eu salte para o cordão de veludo sem que ninguém possa me parar. Meu coração acelera apenas com a ideia de poder tocar você, de sentir os anos e a história através de sua pele. Você permitiria isso, Napoleão? Só desta vez?

O ar preso em meus pulmões de repente foi para fora quando eu coloquei minhas papilas na superfície do quadro com todo o cuidado do mundo. Naquela hora, eu não me importaria de ficar cego. Qualquer sentido, exceto o toque, deixara de importar.

Ah... Sua aspereza acabou por ser mais chocante do que eu esperava. Normal, é que essas coisas não são esperadas. Eu tinha tocado em você antes, é verdade, mas eu nunca tinha tomado o tempo que você merecia. Você pode acreditar que eu estava com medo de enfrentar você? Olhar nos seus olhos uma vez? Você é uma porra de uma cascavel enrolada no meio da estrada. E devo confessar que imprimir todo o seu relevo em minhas mãos está se saindo tão improvável quanto uma agulha de tatuagem entrando e saindo da pele. Isso também dói, de certa forma. Sinto-me privilegiado de poder tocar sua figura, porque é algo muito íntimo, que não deixa o resto das pessoas usufruírem. Eu sei. Você reservou para mim sua caligrafia pessoal.

Minha mão direita se desprendeu do quadro e afrouxou o braço lentamente, levando os dedos para a fivela da calça, brigando com ela para deixar uma abertura em suas profundezas. Fechei os olhos, ferido nas profundezas da alma por essas afiadas pinceladas... e busquei escapar dessa imponente dominação, com umas carícias no lutador, em que logo começou a formar um nódulo endurecido.

Hmm... Olha o que você me força a fazer, maldito líder grotesco. Filho pródigo da pintura. Era isso que você queria desde o começo? Verme submetido sob o seu orgulho e sua arte inigualável, como um dos seus súditos? No fundo você é outra criança estúpida e mimada, que quer que os outros caiam a seus pés, quando admiram sua figura sublime. Olha, você é o mesmo que eu. Mas nós dois sabemos que no mesmo campo não pode haver dois lobos de estepe, purgando para serem alfas...

Suspiros fracos começaram a escapar da minha boca, resignados e tímidos, como se pudessem ofender alguém, mesmo que fosse o maior elogio que poderia sair de mim. Por fim, meus dedos encontraram o caminho penetrando através do tecido e descobriram aquele foco de calor que pedia atenção. O polegar pegou a umidade e se recriou na sensação explosiva que a pintura estava produzindo dentro de mim.

Era apenas mais um servo daquela rainha a que chamam de arte, eternamente condenado a produzi-la com as mãos e a ansiá-la com os meus olhos. Hipersensível aos resultados de outros servos e sempre obrigado a cobiçar sua superação, embora neste reino não funcionassem as escalas de medidas ou as comparações. Meu coração estava batendo com força. Eu pensei que precisava de um marcapasso, mas tinha medo de entender o que estava marcado.

Eu apertei meus dedos um pouco. Minha respiração parou. E eu comecei a mexer minha mão. Intoxicado pela sensação de prazer que me provocava estar descansando sobre a tinta seca, proibida, virgem como apenas um pote e um pincel trazidos ao mundo, com a possibilidade de estragar a cor com qualquer atrito, e da perfeição ir embora para nunca mais voltar. Eu reconfirmei o que eu já sabia. Eu precisava desses silenciosos disparos de talento, direto para o meu crânio, para me manter vivo e, se possível, são.

O suor acumulava os fios de cabelo na minha testa, fechando meus olhos devagar e descansando a cabeça na pintura. A respiração ficou marcada, sonora, agonizante, lutando para atrasar, tanto quanto possível, aquele final que vinha tão rápido, gerando calafrios agradáveis em todo o meu corpo. A mão pegou mais velocidade, como se ela estivesse agindo por ordem da mente artística louca, que estava trancada em algum lugar no meu cérebro, acorrentado e fraco, exceto quando a inspiração vinha. A outra mão ainda estava apoiada na pintura, sentindo as cadeias de montanhas carmesins e os vales escuros que povoavam a superfície e que cuspiam aquele maravilhoso aroma de madeira velha; sentindo o clímax chegar, enquanto minha alma encontrava outra débil frequência, permiti-me, por um momento, sentir a mão de David pousada sobre a minha do lado oposto do quadro.

Eu não queria reter o último grunhido, acreditando, nas profundezas do meu ser, que eu realmente devia a ele. Napoleão, seu corcel, seu céu nublado, suas pequenas pessoas triviais ao fundo, seu autor magnânimo… e os braços divinos da arte. O líquido branco quente tremeu entre meus dedos.

Cada um busca prazer como funciona para si, cada um encontra uma coisa diferente para encher sua alma.

Que posso dizer? Eu sou um romântico irremediável e antiquado, mesmo tendo vinte anos de idade no início do século XXI. Que prefere um sax on the beach a um sex on the beach. Que sou um valioso diamante com uns jeans gastos.

Repetiria cada momento bizarro e nauseante da minha vida apenas para contemplar mais uma vez os minúsculos restos de arte neles. Do romantismo sombrio, da atração mórbida. Eu gostaria de ser um poderoso muro de Berlim novamente, apenas para me ver novamente derrubado. Eu daria qualquer coisa para experimentar novamente esses sentimentos e para saborear a essência fugaz da beleza em seus momentos mais críticos, capturar esse glamour repulsivo que está impresso em cada pequena ação. Existem algumas coisas que não podem ser repetidas. E mesmo quando se consegue fazer uma réplica, você não pode mais sentir o mesmo.

E como me sinto perturbado, ampliando cada momento ligado a um pouco de beleza, como um psicopata abraça sua loucura e mancha sua higiene mental.

A respiração estava voltando ao normal, enquanto eu recuava alguns passos, arrastado para a dura realidade pela inércia universal. Fui ao banheiro para me lavar com um olhar atento e desnorteado, como um filhote de pássaro.

O espelho olhou para mim, mofado e quebrado nos cantos, com uma breve sensação de *déjà vu*. Os cabelos negros como uma centena de pianos de ébano pareciam desbotados para mim, um tom muito mais sujo do que o preto geralmente tem. Não caíam com graça e comoção entre meus olhos: agora pareciam morrer e derreter, em sua ânsia de agarrar-se a algo. A pele pálida não era a de um nobre inglês, mas se referia à de uma criança doente, morrendo de fome na calçada.

Sob os olhos verdes e apagados havia se instalado um tom pálido, resultado de horas sem dormir e noites danificadas, e até os piercings do lábio e da sobrancelha tinham perdido o brilho sem esperança, como se o metal estivesse oxidado, no lugar dos ossos deste velho decrépito de vinte anos. Os bracinhos refletidos no espelho terminavam em punhos tão pequenos, que podiam ser envolvidos pelo polegar e o indicador. Qualquer um teria dito que eu só me alimentava das gotas que estão condensadas nos arbustos.

Eu não gostava de comer especialmente pelo sabor, gostava de comer pelo simples fato de fazê-lo. Achava muito pobre o momento de ficar estático, letárgico, com a boca fechada por não ter nada a dizer. Sentir a frieza de um refrigerante, o ranger de um pão duro, as pontadas de salsa mexicana na língua ou simplesmente forçar o corpo a engolir me fazia lembrar que estava ativo e que estava lá. Que podia viver, assim como poderia morrer. Foi por isso que preferia roer os ossos de uma coxa de frango antes de comer um bom bife, e isso me deixava mais frágil do que um copo rachado.

O cheiro de sabonete barato de banheiro público inundou a sala quando lavei as mãos.

A pintura me afetou visceralmente, mas a pintura era apenas uma milésima parte de tudo de belo que o mundo nos deu. Manga, jazz, filmes mudos e cinema *noir*, hip hop, música clássica, grafitti e ópera. Eles te distanciavam da vulgaridade ordinária, da existência comum. E voltar era tão decepcionante quanto deixar um bom filme no cinema e lembrar que você tem uma vida.

A arte é bela porque é aquela coisa transcendental, que permanece quando o artista se vai, ou porque é aquela coisa efêmera que se vai quando o artista fica.

— Tire as mãos de cima de mim, querido. Você está arruinando meu vestido.

— Você contratou Sascha. Por quê? Para roubar de mim, certo? — perguntei com os olhos da cor do fogo.

— Dizem que os gatos não têm dono, nem mesmo os domésticos. Você quer que nós brinquemos para mudar esse assunto? — perguntou madame Walker, aguçando a vista. Eu não respondi nem me mexi. — Você vai me deixar ir quando eu contar até três.

— Onde você o encontrou?

— Três — ameaçou ela, impacientemente.

Minhas mãos soltaram imediatamente, alertadas por algum mecanismo interno de defesa relacionado a leões e garras. Ela endireitou seu vestido satisfeita e olhou para mim, mais cortante do que uma guilhotina.

— Primeiro, abaixe o tom quando estiver falando comigo. Eu não vou dizer uma segunda vez. Segundo, eu encontrei Sascha na rua, como qualquer um de vocês, e posso lhe assegurar que não o contratei por qualquer razão que não seja seu potencial como um underdog. Eu não tinha ideia de que ele havia roubado você. Embora eu admita…

— O quê?

— Eu admito que seus olhos me interessaram porque pareciam os do River. Era um substituto perfeito. Mas isso nem era importante.

Embora parecesse estranho, sua resposta não me causou nenhum tipo de fúria.

— O que poderia ser mais importante para você do que um substituto para River? — perguntou ela. Ela não me deu tempo para responder. Os olhos de Leona tinham me encurralado contra a parede e espremido qualquer laço de cordialidade. — Você pode suspeitar de mim, querido, mas também suspeito de você. Eu sei que você tem algo em mãos com Dean e o resto. Eu sei que você rouba Jeffrey de vez em quando. Eu sei que você está faltando ao pub porque está escondendo alguma coisa. Eu sei que você e Sascha andaram pelo meu quarto reservado, mesmo sendo privado. É demais para você?

— Você fechou o reservado?

— O que você fez com Sascha?

— Eu não fiz nada para ele, mas, se ele reaparecer por aqui, eu arrancarei as unhas dele e quebrarei os dedos dele com uma prancha. É demais para você? E não fuja da minha pergunta.

— Eu fechei o reservado porque quando você administra um lugar infestado de crianças levadas, é sempre conveniente ter algum lugar livre de hormônios. Eu não entendo o que pode haver lá que te interesse.

A mulher inclinou a cabeça neutra. Ela não parecia expressar qualquer suspeita, nem sobre Sascha, nem sobre o saco de dinheiro. Talvez fosse verdade que Ovelha Negra estivesse usando o quarto pelas suas costas.

Então, dei uma volta no escritório algumas vezes e me sentei em uma poltrona, suspirando e esfregando os olhos com as mãos. Eu estava cansado, mas, se havia algo mais forte que fadiga, era medo.

Leona olhou para mim.

— Hayden. Você quer sair daqui, certo?

— Eu me agarraria a qualquer pedaço de madeira para sair daqui. É só uma questão de tempo.

— Eu sempre soube disso, dá pra notar a distância. Mas você é um emaranhado de contradições, sabe? — Leona sorriu, com um toque de tristeza. — Você tem mais sorte que os outros porque ainda tem família em Londres. Você poderia lhes pedir ajuda e deixar o Leviathan para sempre, mas você é muito independente para escolher um caminho tão fácil. Mesmo que seja por orgulho, você seguirá um caminho construído apenas por conta própria. Você se separou de sua família de forma tão abrupta que já não tem como colar os cacos, então agora é um daqueles que sonham em encontrar uma loira de Chicago e seguir com ela sem enviar sequer uma carta para casa. Você acha que é um Holden Caulfield, mas não chega nem ao agá do nome. Por que você não admite que é um completo idiota?

Ela não esperou pela minha resposta e soltou uma gargalhada. Naquele momento eu soube: ela estava tão cansada quanto eu.

— Alguns diriam até que você é um rato que tem muito amor pela sua toca, mas eu sei que isso não é verdade. Não abaixe a cabeça quando um cliente fala com você, não se mostre cordial ou respeitoso. Uma prostituta orgulhosa demais para ser uma puta; este nunca foi o seu lugar. Eu não sei o que eles veem em você, porque você sempre torna as coisas mais difíceis do que o resto dos *underdogs*. E, no entanto, pode ser essa a chave para o seu sucesso aqui. Quão detestável é a raça humana, que procura a criança com a semente mais enojada para poder humilhá-la? Isso não é mórbido?

— É possível. Eu não estou enojado com o que eles fazem para nós, eu estou cansado de por que eles fazem isso — respondi.

— Não seja mentiroso, querido. Você também finge que detesta tudo isso e, no entanto, se esforça para ser o melhor dos funcionários. Os clientes falam maravilhas sobre você. Você odeia sua faceta Gato Negro, mas olhe! Aí está você, exibindo uma tatuagem no ombro com orgulho. Como se entende isso? — Leona sorriu. — Eu vou te dizer: você tem um problema, Hayden. Tem um problema em ser o último da fila. Você precisa ser um líder em qualquer lugar, precisa ser sempre o melhor das pessoas ao seu redor, e por isso se certifica de andar molhando calcinhas alheias sempre que pode. Seu complexo de superioridade é repugnante, querido.

Eu já tinha ouvido essas palavras antes, mas ter sido dito por Eileen e Leona não significava que era verdade. O que elas sabiam sobre a minha vida e o que eu pensava?

— Fazer o que você odeia te faz mais forte — disse, com um sorriso azedo no meu rosto.

— O mundo pertence àqueles que têm dinheiro, não aos fortes. Por que quem é mais forte do que aqueles que têm que enfrentar a sociedade em desvantagem? Aqueles que têm que sobreviver à fome, expulsão, fofocas, preconceito... mesmo quando tudo está contra eles? — Leona ergueu as sobrancelhas. — Supondo que tranquemos um milionário em um elevador com um mendigo... quem é o mais poderoso dos dois? Um elevador que os isola, que os tira de tudo que eles têm, exceto o que ninguém pode tirar deles: seu caráter. Um elevador que os confronta como eles são, como pessoas, no aspecto mais natural do ser humano que é o comportamento deles. Quem é que seria capaz de ter uma mente fria e matar o outro? Ou roubar um banco, dizer coisas claramente ou defender seus direitos?

— O mendigo, claro — respondi instantaneamente.

Leona bufou e apontou para mim com obviedade.

— Você vê? Aí está. Afinal de contas, ao apoiar o fraco, o chama de fraco. — Ela estreitou os olhos. — Não, Hayden. Ambos são igualmente poderosos. É onde eu quero chegar. O mendigo teria alguma vantagem por levar mais tempo se comportando assim, mas reduzido ao fato de não possuir nada, nem mesmo moral, e estar no limite mais desesperado, todo ser humano seria capaz de qualquer coisa. Então o milionário também se tornaria um mendigo e a luta seria reduzida a uma simples questão física.

— Você me dá dor de cabeça, Leona. Não é um dia para bancar o Nostradamus — rosnei, olhando ao redor do escritório.

— O que quero dizer é que, se tivéssemos as mesmas oportunidades que os milionários, não seríamos assim. Claro que não seríamos como somos agora. É errado ter dinheiro: não haveria pessoas dispostas a assumir riscos, a lutar ferozmente por uma causa, a dar tudo por um objetivo... porque sempre teríamos que salvar o que nos pertence e sempre teríamos coisas a perder. A coragem não existiria, porque não seria necessária, e você não poderia ser você mesmo em todos os aspectos. Você deve sempre abaixar a cabeça diante de um chefe ou agir corretamente com sua família. Embora talvez isso também se tornasse desnecessário se cada um de nós fosse diferente. Você entende? Nós não quereríamos ser diferentes, porque valeria a pena o nosso dinheiro. Para mim, pelo menos, valeria a pena.

— Sim. Você reclama de mim, mas tem uma séria obsessão econômica. Quanto você economizou com o que você ganha nos explorando? Você nem sequer gasta nada para limpar o pub. Os cristais têm camadas de sarna acumuladas há anos.

Leona inclinou a cabeça e seus grandes olhos negros brilharam. Ela estava linda em seu vestido apertado, abrindo aquele olhar selvagem. Leona era uma diva, com todas as letras, desde que nasceu; mais diva que Lana del Rey. Era Leona del Rey.

— No final, o dinheiro coloca todos em seu lugar, Hayden. Seja esperto e obtenha uma boa posição antes de ficar sem espaço. Porque eu sempre — Madame Walker me olhava para enfatizar —, sempre estarei interessada em fazer um bom negócio. Você vai se lembrar disso no futuro, querido?

Nós nos olhamos em silêncio, ligados por aquela atmosfera tensa e conspiratória. Era óbvio que ela estava se referindo a "qualquer coisa que Dean, Jeffrey e eu tivéssemos em mãos". Eu não sabia se isso a declarava dentro ou fora das minhas suspeitas, mas pelo menos parecia que Leona não tinha nada a ver com Sascha.

— Eu vou lembrar — respondi solenemente.

Girei nos calcanhares para me virar e sair do escritório, fechando a porta atrás de mim com cuidado.

Mas eu não andei. Eu não me mexi. Eu apenas fiquei paralisado com os olhos fixos na sala da frente. Depois de um minuto, um celular tocou no escritório atrás de mim e depois a voz de Leona:

— Sim? Oh, bom-dia, querido. Olha, há pouco tempo acabei de vê-lo. Sim. Eu sei, aqui chegou a consequência do seu fracasso. E quer saber? *Você está despedido*.

Abri a tela do notebook e entrei no Skype. Jeffrey estava conectado, como sempre, então eu abri uma conversa e pedi uma vídeo-chamada.

— Olá, Gato Negro. Tenho más notícias.

— Olá, Espelho. Eu também tenho.

Nós dois permanecemos em silêncio, com uma expressão estúpida. Ele passou a mão pelo cabelo preto, com um suspiro alto, e decidiu começar primeiro.

— A investigação do roubo do quadro voltou às notícias. O *Napoleão que cruzava os Alpes* pertencia à coleção de Versalhes, de modo que a polícia francesa começou a colaborar com a Metropolitana. Agora, as duas estão fervilhando em Londres e... bem, eles estão conversando com os vizinhos de Abbey Road. De acordo com as descrições, eles encurtaram a faixa etária para 25. Vinte e cinco. Como o limite de idade que Leona admite no Leviathan. Se for apenas coincidência, vou agora comprar um bilhete de loteria.

— Nada está perdido, Jeff. Há milhões de pessoas em Londres com menos de vinte e cinco anos. Poderia ser qualquer estudante de Cambridge, qualquer fã do Chelsea ou qualquer gótico de Camden Town. — Janice gritou alguma coisa para meu avô na sala oposta, então baixei a voz. — Quero dizer... isso não é um filme de detetive barato; nós não deixamos nenhum fragmento de roupa na cena do crime nem cabelo preso na janela da van. Eles não têm mais nada de nós, ok? Deixe-os ficar enredados com sua própria generalidade.

Jeff torceu o nariz e aproveitei o intervalo para bocejar. A sopa de Abbeline tinha um gosto tão bom, que eu ficava morgado na poltrona pelas duas horas seguintes. Meus olhos teriam fechado se não estivéssemos falando sobre um assunto tão importante.

— E você? O que você tem para me dizer? — perguntou ele, ainda fazendo uma careta no rosto sem barba.

— Ah, bem... Decidi falar com Leona para descobrir quem era o Ovelha Negra, mas parece que ela não sabe de nada. Embora tenha sido ela quem fechou o quarto reservado e... — Jeff olhou para mim com expectativa. Como se eu não tivesse o suficiente com River, agora tinha o Sascha. Sua memória me seguia como uma sarna, aproveitando-se de mim sem dar nada em troca. — E ela disse que não contratou Sascha para me roubar. Que ela não tinha ideia disso. Acho que muitas coisas estavam sendo ignoradas por um caça-níqueis como a Leona. Mas depois, quando saí, ouvi alguém ligando para ela e ela o despediu. E eles também me mencionaram.

— Você acha que era ele?

— Sim. Ela disse que ele tinha falhado em alguma coisa, e só me ocorreu pensar em Sascha indo lá em casa para nos roubar. E se eu estiver certo... — respirei profundamente, ouvindo Abbeline esfregar as panelas na cozinha —, isso significa que Leona também está atrás do Napoleão.

Jeffrey inclinou a cabeça em desgosto.

— Ainda é cedo para dizer isso.

— Eu sei. É por isso que eu queria te perguntar o número de Lizbeth. Você é a mão direita de Leona, então você tem o número de todos os *underdogs*, certo?

Jeffrey acenou com a cabeça e procurou em seu celular pelo contato salvo em seu nome de underdog: Electra. Assim que ele passou para mim, pedi desculpas ao meu parceiro e desliguei a vídeo-chamada.

O telefone tocou algumas vezes antes de se render a uma voz suave e feminina.

— Sim?

— Olá, Liz. Eu sou Hayden, seu colega no Leviathan.

— Ah, Gato Negro. — Seu tom se tornou lisonjeiro. — Eu não sabia que você tinha o meu número. O que você manda?

— Bem… acho que lembro que você é boa em tecnologia, certo? Posso te perguntar uma coisa?

A mulher do outro lado do telefone parou. Imaginei-a enrolando o cabelo loiro entre o dedo indicador e o polegar e fazendo-se de rogada.

— Um favor tecnológico, com tudo o que você poderia ter me pedido? Bem. Eu me arrependeria, mas você sabe que gosto das mulheres. E então, o que é?

— Você pode ter acesso às ligações de Leona? — perguntei, sem escrúpulos.

Por um momento pensei que ela ficaria escandalizada, até que respondeu:

— Já era hora de alguém me perguntar algo assim.

— Achamos que hoje ela recebeu uma ligação de Sascha por volta das 12h30. — Eu respirei de alívio. — Você poderia verificar?

— Sabe o que vai custar? — perguntou ela, com uma voz séria e um toque de ansiedade.

— Sim — respondi com segurança.

Naquele momento, o celular começou a vibrar pela invasão de outra chamada recebida. A linha deu o sinal de "Ocupado".

— Eu vou desligar, Liz. Outra pessoa está me chamando.

A garota se despediu e desligou primeiro. Pressionei a tecla verde, sem olhar para o número de telefone, e segurei no ouvido.

— Oi?

Nada do outro lado. Apenas um suspiro fraco.

Seria Leona?

— Quem é? — insisti. A situação se tornou estúpida quando o estranho passou dez segundos sem dizer uma palavra. — Olha, se você acha que eu vou jogar os jogos de adivinhação…

— Boa tarde — ele finalmente disse, com um sotaque masculino estranho.

Seria Sascha?

— Estou esperando pelo telefonema de Saxa — disse baixinho, mudando o nome do russo de propósito. Se o estranho pertencesse a sua organização, ele não hesitaria em me corrigir para saber se eu estava me referindo a ele. — Você está ligando em nome dele?

— Estou ligando em meu nome. Eu sou o único que vai te pagar vinte milhões por esse *quandro*. Parece-me uma oferta muito interessante.

Seu erro gramatical me desconcertou por um momento. Eu não sabia se me alegrava ou me assustava com sua óbvia estrangeirice. Então, descartei a ideia dos russos e reparei em alguém que nos deu seu número de telefone e com quem ainda não havíamos entrado em contato.

— Captcha666?

Eu tinha quase certeza de que estava certo, mas o estranho manteve sua palavra e acrescentou:

— Não. — Sua voz era suave e madura, como a de um homem magro de terno americano e óculos escuros. — No fórum eu me comuniquei com você como BlackArt12. Eu queria saber se poderíamos nos ver.

— Como você conseguiu meu número de celular?

— Eu estou em Londres — ele interrompeu de repente, como se essa resposta cancelasse todas as outras.

Isso serviu para anular a cor quente que banhava minha pele e me deixou sem palavras, paralisado como um cordeiro solitário no meio de um campo aberto. Londres. Londres era uma cidade gigantesca… mas considerando o tamanho do mundo, tê-lo em Londres significava ter podido sentir o cheiro de suas axilas na rua e não perceber quem ele era. E se ele tivesse percebido quem eu era?

Londres.

— Ah... Sim... — rebati, aparentando um sentimento neutro e profissional. — Boa cidade para se encontrar.

— Eu sei. Está perto, certo? — murmurou ele, com algo parecido com um sorriso de escárnio. — Marcamos na segunda-feira no Piccadilly Circus às duas da tarde; procure alguém que esteja lendo o Financial Times, próximo ao número treze. E me traga uma prova do quadro.

Londres.

— Uma prova...?

— Se me trouxer uma imitação, vou partir você em dois. Ou em três ou em quatro.

Ele desligou.

Londres.

16

SETE VIDAS TEM O GATO

Dia quatro de janeiro, o frio reinava absoluto.

Entrei em casa e joguei as chaves no balcão. Imediatamente, as unhas de Kaiser foram ouvidas pelo corredor, enquanto ele galopava em minha direção.

— Olá, colega. Como está seu estômago? — perguntei ao cachorro, enquanto coçava o pelo cor de cobre. O animal levantou os olhos para cima até o branco aparecer, contornando suas esferas negras.

Um conjunto de ruídos leves desviou minha atenção para o fim do corredor, em direção a um dos quartos. Eles soavam rápidos e comoventes, como se alguém estivesse rasgando tudo. Com o nó apertado em volta do pescoço, eu me arrastei furtivamente até o quarto invadido. Meus olhos pararam em uma garota de cabelos castanhos, que estava atirando aos ares todas as roupas que encontrava no armário, ofegando a cada golpe e com suas bochechas encharcadas de lágrimas. Eu sabia disso pela luz na mesa que refletia sobre elas.

— Eileen? — perguntei, perplexo, sentando-me com alívio. — Que susto você me deu, pensei que alguém tivesse voltado para essa casa. Eu queria que fosse aquele filho da puta do Sascha. Eu teria arrebentado ele. Ah… você está bem?

A garota deu um tempo para me olhar e fungar, por causa do choro.

— É que deixei aqui algumas cebolas para assustar os mosquitos. E elas me fazem chorar — ela apontou para os legumes picados no balcão. — Então ela jogou outra camisa na cesta.

— Nós não temos mosquitos neste momento — eu respondi, calmamente, também inseguro sobre a propriedade das cebolas. — Você está jogando fora as roupas do River? É por isso que você está chorando?

— Não. Estou chorando por causa das cebolas. Eu deixei as cebolas aqui e estou chorando por isso. Eu superei o River. Se eu choro, é por causa das cebolas. River não tem nada a ver com isso. Eu poderia arrumar suas roupas sem ter cebolas aqui, mas por favor, não as remova. Os mosquitos retornariam. E então eu não poderia lamentar à vontade, nem limpar o armário. — Eileen fungou e esvaziou a caixa de cuecas quase com ódio. — Mas eu não estou chorando por River. São as cebolas.

Eu não disse nada. Não a incomodei. Eu estava ciente de que a autoconfiança poderia mover as montanhas. Quando cheguei à sala de estar, encontrei o olhar de Cherry cheio de reprovação. Ele estava descansando no sofá com um baseado na mão e uma única meia.

— Você não vai dizer nada? Agora o quarto cheira a uma despensa da idade média. Nós já colocamos os ratos.

— O que vou dizer? — disse, caindo ao lado dele. — Ela está usando as cebolas como uma desculpa para desabafar. Se ela se sentir fraca, é o suficiente para desviar a tristeza para elas e fingir que não a afeta tirar as coisas de River de casa. E como nenhum de nós quer tocar nas roupas de uma pessoa morta, sugiro que você lhe dê apoio moral.

O adolescente ficou pensativo.

— Você acha que estamos sendo canalhas, deixando a namorada do cara cuidar de tudo?

Esquivei-me da pergunta, com evidente descaramento. Eu preferia ficar espantado em segredo com a coragem que Audrey às vezes tinha, comparada a nós. Eu olhei para Chaplin. "Ei, oito horas!", ele dizia.

— Merda. Eu quero jantar agora. Onde está o resto da galera?

— O Ás de Espadas fica hoje no Leviathan e Dean disse que estava prestes a chegar. Deve estar subindo.

Foi por isso que ninguém se surpreendeu quando a campainha tocou naquele momento.

— É ele. Abra você — disse, com relutância. Eileen murmurou alguma coisa com os dentes cerrados no quarto ao lado.

— Abra você. Não estou me sentindo bem — disse ele.

— Você é um contador de histórias... Você não teve turno hoje, foda-se, faça algo de útil!

O telefone vibrou no meu bolso com a imagem ruiva de Dean, então eu fiz a máxima expressão de preguiça, antes de me levantar e caminhar em direção à porta, levantando Cherry.

— Ok, Dean, vou abrir pra você, caralho.

— Não precisa. Tenho a chave — respondeu Dean através do dispositivo, sua voz nervosa. Eu estou na rua. É só que eu estava estacionando o carro e vi alguns caras pararem na frente do apartamento e subirem as escadas rapidamente. E eu pensei... Eles não vão subir pra nossa casa, certo?

Parei no corredor, paralisado, olhando para a porta, que não parava de soltar guinchos com a campainha.

— Já me ocorreu que talvez fossem do mercado ou algo parecido. Ou que quisessem ver a sra. Harrison. Mas fiquei nervoso e... Hayden?

Eu guardei o telefone e recuei até que eu me deparei com meu pequeno passarinho, saindo do quarto com uma cesta cheia de roupas e os olhos brilhando.

— Eileen... — murmurei, com uma voz fina.

— Foram as cebolas, Hayden! Ninguém aqui está chorando por causa do River! — chorou Eileen, exasperada.

A batida repentina à porta nos deixou sem fôlego. Até mesmo Cherry se assustou e começou a gritar palavrões contra Dean. A próxima fez a madeira estalar e estávamos no corredor, quando a porta foi quebrada e três gorilas vestidos de preto se jogaram em cima de nós, levantando suas armas.

Eileen recebeu uma coronhada, com um som semelhante ao das vacas no matadouro. Algo se aproximou de mim, assobiando como uma vespa furiosa: era uma navalha se cravando no ar uma e outra vez, numa tentativa insana de se enterrar na minha carne. Eu não conseguia parar de olhar para os olhos sombrios do meu rival, porque o resto do seu rosto estava coberto e porque, depois de três anos no Leviathan, eu tinha aprendido a farejar as intenções de estranhos só de ver o seu olhar. E o olhar daquele homem não indicava nada. O fato de terem ido matar três jovens não provocava nenhuma emoção.

Kaiser latiu de emoção. Que bando de estranhos em casa, quantos amigos Hayden tinha ultimamente!

A pequena Audrey se contorcia no chão, enquanto o outro homem tentava agarrar o cabelo dela. O último estranho tinha seu olho voltado para Cherry e procurava formas de chegar até ele, sem quebrar a cabeça com os móveis que o adolescente estava jogando nele.

Meu oponente exigiu um pouco de atenção, me acertando com um soco no olho que me deixou vendo pequenas luzes por três longos segundos. Mas o que mais machucou foi o piercing da sobrancelha, que cravou espinhosamente no meu crânio. No meu cérebro. Eu senti que estava morrendo de dor. O homem grande me segurou contra o chão tão perto que consegui respirar seu fedor rançoso, o suor de um assassino.

Virei a cabeça a tempo de ver Cherry rastejar até o varal para pegar um pregador de madeira. Então ele se arrastou até a tomada mais próxima e a empurrou para dentro. Era quase mágico ver o pequeno buraco chiar de raiva e deixar a casa completamente escura, pois as janelas estavam fechadas e a luz da noite também não entrava. O curto-circuito desconcertou o atacante de Eileen, que teve que sondar a parede para verificar os interruptores uma vez ou outra.

Eu imaginei como ele tinha feito isso. Imaginei como ele teria prendido um pregador com a pinça de madeira para não queimar, enquanto o metal interferia na rede elétrica. Mas estar no escuro foi algo que só beneficiou Cherry e Eileen. Para alguém que tinha um cara armado com uma faca em cima, era como se transformar em um presunto de bolota. Porque ver as fleumáticas investidas indo e vindo poderia me deixar muito nervoso, mas era muito pior não poder ver isso.

Quando os chutes e os golpes pararam de encontrar meu atacante, procurei uma maneira de escapar. Rastejando, honrando meu apelido. Mas, infelizmente, eu não podia ver tão bem como um gato, então, quando minha mão direita tocou em alguns dedos alheios nas profundezas da escuridão, eu não tive tempo suficiente para retroceder e a lâmina fria de uma guilhotina caiu no meu dedo mindinho e meu anelar.

O grito veio do fundo da minha garganta. Os espasmos contraíram as veias do antebraço e, quando retirei a mão, encontrei apenas um líquido quente em que nadar. Eu juro. Aí sim, acreditei que estava morrendo de dor. Naquele instante, minhas narinas fediam a ferro, mas talvez fosse apenas um efeito protagonizado pela loucura.

— Minha… Ah! MINHA MÃO!! Vai se foder! Filho da puuuuuta do caraaaalho! — eu me sentei, com os olhos lacrimejantes e a pressão nas minhas artérias. — Eu vou quebrar o caralho do seu pescoço com a porra das minhas mãos, seu filho da puta de merda!

A venenosa declaração ficou pendendo na escuridão, servindo apenas para atrair o animal cego para o som e dar outro talho no músculo da coxa, que, em comparação com a mão, eu nem notei. Eu apenas levantei minha perna para o grupo de sons e pisei com força, adivinhando o relevo do rosto dele.

Então, eu me sacudi no chão, sem saber o que fazer com a mão direita, que derramava o sangue que agora escorria até o meu cotovelo. Se chegasse na minha boca, provavelmente vomitaria. Eu só recuei com a minha raiva e notei a parede nas minhas costas, seguido por um gorgolejo de "plofs" ao apoiar minha bunda. Quando toquei com minha mão saudável, fiquei surpreso: era um pedaço do plástico que envolvia Napoleão. Nós éramos tão descuidados que tinha estado lá por dois meses e ainda não o tínhamos recolhido.

O homem ainda estava reclamando do chute, então não foi muito difícil encontrar aquele buraco cheio de maldições e cobri-lo com plástico. Ele se mexeu, procurando libertar sua boca. Eu não tirei a pressão, mesmo que a mão machucada estivesse se espremendo como uma laranja.

— Essa era minha mão de desenhar, babaca! MINHA MÃO DE DESENHAR! — gritei para o rosto que estava ofegando debaixo de mim, espirrando no plástico, com pequenas gotas de saliva.

A sala brilhou dolorosamente quando alguém abriu a porta externa, alguma luz vindo do corredor. Era Eileen, arrastando Napoleão.

Foi o suficiente para iluminar a face terrível do homem que eu estava segurando, com os olhos arregalados, colados ao plástico, nariz achatado e boca aberta, como em *O Grito*, de Munch. Eu nunca tinha ouvido o som de uma pessoa sufocando, mas era semelhante a alguém transando.

E apesar de ter essa música tão ouvida, a canção me perturbou tanto, que tirei o plástico e me agachei na escuridão, como uma coruja. Por um momento, me lembrei de um daqueles caras que registraram o assassinato com uma câmera surrada e o venderam na *deep web* para outras pessoas que não tiveram coragem de fazê-lo.

A cena ao meu redor estava delirante: Kaiser ficara chateado com o cheiro de sangue e tinha os dentes presos nas panturrilhas de um dos estranhos. Eileen havia puxado um lençol do cesto de roupa suja de River para embrulhar Napoleão, como um vestido de noiva, e o arrastava para as escadas aos soluços. Cherry conseguiu prender seu agressor na sacada, que estava transformando o vidro em uma rede de rachaduras, enquanto mantinha uma expressão de rottweiler nervoso. Mas a visão da minha mão era o pior. Entorpecida e tingida de uma cor escura, parecia um lenço, como parte de um truque de mágica. Um truque de magia que fazia o dedo mindinho e o dedo anelar desaparecerem. Onde estavam meus dedos? Eu quase podia visualizar a dor. Era uma sinestesia.

Eileen choramingou. Napoleão se batia a cada passo. Eu me levantei para ajudá-lo. Digo, para ajudá-la, desculpe.

Cherry nos seguiu com medo marcando seu rosto de menino e, passando ao seu lado, um dos atacantes brandiu a sua barra de ferro contra suas pernas e as partiu como se fossem troncos de dois pinheiros jovens. O adolescente caiu no chão abruptamente, sendo enterrado imediatamente pelo cara com a faca. Ele não se incomodou com os rodeios de romances de amor para adolescentes, nem com coincidências tiradas de faroestes americanos ou histórias cujos personagens são muito estragados por um autor. A lâmina entrou em sua barriga porque não havia nada para impedi-la. Enviesou a pele e a carne como um zíper se abrindo. O haraquiri terminou com uma careta de horror no rosto do underdog.

Não pensei. Eu não parei. Eu agarrei uma cadeira de madeira e esmaguei na cara do sujeito que agora estava rastejando no chão na escuridão. Então, peguei Cherry pelas axilas e o arrastei até o patamar, deixando uma pista vermelha tão brilhante quanto a de Hollywood.

Kaiser me cercou com uma expressão deplorável e mancando a pata traseira. A essa altura, Eileen já estava no quarto andar. Decidi seguir seus passos com toda a presteza que o corpo de Cherry me permitiu, descendo as escadas e passando a mão sangrenta pelos olhos-mágicos das portas. Se um vizinho olhasse, só veria vermelho.

Vermelho como estava vendo Cherry, apagando-se.

Vermelho como estava vendo a mim, enlouquecido de dor.

Vermelho como estava vendo meu cachorro, com o pelo da cabeça manchado.

Vermelho como estavam vendo os atacantes do nosso apartamento, presos na varanda ou se contorcendo no chão com a mandíbula quebrada.

Vermelho era uma cor tão demoníaca e tempestuosa que era capaz de testar a serenidade de uma pessoa. Vermelho como o Papai Noel, vermelho como uma coluna rachada por um soco no meio das costas, vermelho como um monte de pombos abertos no canal, vermelho como a capa flagrante que envolvia Napoleão. Vermelho. Não. Foco.

Chegamos à rua. O vento frio era um sopro de hortelã sobre nossas feridas. Dean estava em seu carro e assobiou como um policial assustado no momento em que nos viu. Então ele saiu com uma careta de horror no rosto e colocou a pintura no suporte de teto, coberto por aquele lençol branco que cheirava a River. Depois, ele me ajudou a colocar Cherry no banco de trás e apontou para minha mão, gritando alguma coisa. Eu não respondi. Naquele momento, meu interior era como uma explosão gigantesca no meio do universo: tão extremamente caótico quanto extremamente silencioso.

Reconheci instantaneamente o veículo em que os estranhos haviam chegado: um Land Rover preto como a noite. Dei um chute no tubo de escape dele. Depois outro. Depois outro. Então outro. E a unha do meu dedão do pé deve ter quebrado, mas eu me senti muito melhor. Somente quando o cano de escape se abriu como uma fenda, me permiti entrar em nosso carro, com Eileen e Cherry. Kaiser pulou para o banco do passageiro. O velho Fiat deu um par de peidos e arrancou, justo quando os grandalhões enfiaram a cabeça pelo portal.

— Acelere, Dean. Que maldição — disse, ofegante, com os dentes cerrados.

Os faróis rasgaram o ar da noite, quando Dean pegou a rua principal. O veículo preto fez um movimento para nos seguir, mas o tubo de escape amassado significou uma redução na potência que os deixou longe, mais longe e ainda mais longe.

E foi assim que um Fiat de 1990 deixou para trás um Land Rover de 2014.

Chegamos à m,ansão de Jeffrey às duas da manhã.

Essa foi, de longe, a pior opção que poderíamos ter escolhido, já que estava localizada no único bairro de Londres que nunca dorme: Camden Town. Dean teve que fazer um enorme desvio para encontrar as ruas que não estavam infestadas com ingleses bêbados, carregado com um quadro ilegal gigante em cima e duas pessoas feridas e outra agonizando dentro. Era um trato em que saíamos perdendo… mas pelo menos saímos.

Eileen e eu tínhamos nossas mãos dormentes de segurar o quadro no suporte de teto, cada um com um braço para fora da janela e com a sensibilidade completamente perdida por causa do vento gelado. Em vez disso, minha mão livre, a dos dois dedos decepados, latejava como se eu tivesse meu coração agarrado entre eles.

Mas a pior parte tinha ficado com Cherry, que tinha ido todo o caminho olhando para o teto, com os olhos vidrados, enquanto convulsionava a cada cinco minutos e tinha um estofado de cor escura, que já estava começando a cheirar a fel.

Nós não paramos de falar com ele nem um momento. Perguntamos a ele o que ele comeu ontem, qual era sua droga favorita ou qual era a cor do teto do Leviathan, que nenhum de nós lembrava. Ele sabia que não podíamos parar em nenhum hospital carregando Napoleão bem acima de nós, então ele enfrentou Camden Town como um campeão.

Ali, reunidos em torno do adolescente, no chão sujo da garagem, estávamos mais nus do que jamais estivemos. River, presente com seu cheiro no lençol que cobria a pintura, Cherry, Eileen, Dean e eu. Os cinco. Os autênticos. Os de sempre. Todos juntos novamente, antes de nos aposentarmos de uma vez por todas.

Jeffrey desceu em chinelos de casa e ajudou Eileen a levar o quadro para casa. Depois, eles chamaram a ambulância. Meu cachorro os seguiu com o ânimo no chão, embora não entendesse nada do que estava acontecendo.

Cherry estava tremendo como um hamster molhado.

— Eu sempre quis... ter aquele momento de glória em que o mundo inteiro está cuidando de você. Desde pequeno!

— Melhor não falar, idiota... — murmurou Dean.

O garoto apertou a barriga, com as entranhas se afrouxando sem remédio. Soltas como seu esfíncter, como pudemos identificar pelo cheiro azedo que atravessou o sangue. Não éramos capazes de olhar para outro lugar além da ferida terrível em sua barriga.

— Está frio — ofegou o rapaz, ignorando.

— Quê...? Você quer que eu te traga um cobertor? — perguntei.

— Não. Eu gosto do frio. Quando está frio... você não pode dizer quais pessoas estão tristes.

— O quê?

— Claro — disse Cherry, fracamente, como se tivesse dito a coisa mais óbvia do mundo. — Vocês não veem que estão fungando?

Então eu sorri, como um chorão. O mesmo que Dean. O mesmo que ele.

— Vocês são fortes — disse ele. — Aproveitem... Não deixem... que o frio os faça chorar.

Então, ele se encolheu e fechou os olhos em uma careta de desconforto. A certeza era terrível demais para cobrir as palavras: o menino havia parado de manter sua guerra. Agora estava apenas buscando sua paz.

— Cherry. Vamos, Cherry. Não me fode. A ambulância está a caminho, olhe para mim. — Eu dei um tapinha no rosto dele. — Ei, Cherry...

— Cherry, não — disse ele, quase sem voz. — Meu nome é Jerry. Sempre me chamaram de Jerry.

Jerry. Ele não ouvia seu nome verdadeiro há tanto tempo que o sentia longe, como qualquer outro nome, registrado em qualquer sepultura de qualquer cemitério. Eu acho que até ele sentiu isso bem longe. Uma posse que ele não queria reivindicar até o final.

Seus olhos estavam abertos, pregados ao nada, como os de uma sardinha encalhada na areia. Cherry, o garoto que nunca parou de sorrir. O adolescente que sempre andava atrás de amigos mais velhos que ele. A criança arrastada para um mundo de adultos.

Cherry, que sempre sonhou em ser um grande beberrão, um catador de neve de prestígio, um hábil vendedor demagogo, mas de seu próprio corpo. Eu quase podia chamá-lo de "obsexual", porque tinha transformado seu apelido de underdog em seu estilo de vida.

Cherry. Com treze anos já sabia distinguir o speed puro daquele que levava açúcar. Com quatorze anos, já ia comprar crack no The Void por conta própria. Ninguém previa um futuro muito claro, é verdade, mas nenhum de nós imaginou que iria acabar com sua vida sangrando em um chão oleoso.

Ele era uma pessoa tão humana; era completamente crível e comum que ele morresse em minhas mãos, com suas entranhas aparecendo naquele lugar onde nunca deveria haver luz. A frustração subiu pela minha faringe e me atingiu no cérebro, nos dedos ausentes.

— Hayden... Eu estive pensando que talvez... — Jeffrey veio até nós com um rolo de ataduras. Ele pensou bem suas palavras antes de dizê-las. — Talvez esses caras tenham encontrado o seu apartamento rastreando nossas conversas no Skype. Talvez devêssemos ter sido mais cautelosos.

Eu não respondi.

Acalme-se, Hayden. Calma. Não é sua culpa. Você não sabia disso. Você não tinha como saber.

Eileen tinha ficado na escada, chorando em silêncio, sobre o pelo de Kaiser. Dean se afastou apenas o suficiente para vomitar em um canto, enojado com o cheiro dos fluidos.

Ainda que você olhe, você realmente deveria saber. Primeiro River e agora Cherry. Você tem o medidor de mortes acelerado, hein? Outra que cai indiretamente nas suas costas. E além disso, seu parceiro, seu amigo.

O suor cobria minhas têmporas. Meus olhos verdes cintilavam sob o olhar atento de Jeff.

Você sempre pensou que seria o próprio Cherry quem acabaria com o Jerry, mas agora acontece que foi o Hayden. Para variar.

Você vale a pena.

Assassino.

17

GATOS E MULHERES, BOAS UNHAS TÊM

— Não, senhor policial, nós não conhecíamos eles de jeito nenhum. Sim, senhor policial, eles invadiram a casa, carregando uma arma branca e hastes de metal. Nós não pudemos vê-la, eles a cobriram com um lenço preto. Puff… bem, os três de olhos castanhos, de considerável altura. Eu não poderia dizer mais detalhes com certeza, sinto muito. Talvez eles tenham ido por causa de Jerry ou talvez eles tenham vindo para roubar, nós não sabemos. Não, senhor policial, não temos inimigos capazes de fazer algo assim. Problemas com drogas? Você quer dizer um ajuste de contas? Duvido. Nada forte, senhor policial. Consumo próprio. Não, o lugar onde trabalhamos não tem nada a ver com isso. Eu? Garçom. Cherry, garçom também. Quer dizer, Jerry. Rumores de prostituição? Eu não sei do que você está falando. Não estou dizendo que não há relações sexuais entre suas paredes, mas não estou ciente de que houve dinheiro envolvido. Sim, há uma *stripper*, só isso. Idosos todos, claro! Olha, senhor policial. Estou muito cansado, eles acabaram de matar nosso amigo e minha mão dói muito. Eu apreciaria continuar a conversa em outro momento. Sim, está certo, devo descansar, enfermeira? Ouça a enfermeira, senhor policial. Sim, muito obrigado pelo seu trabalho.

O homem me deu um olhar azedo e virou nos calcanhares para sair. A enfermeira colocou o travesseiro nas minhas costas e acompanhou o policial até a saída, deixando-nos sozinhos.

— Você poderia ter levado mais tempo e agido com mais sutileza, Hayden. Não queremos que investiguem a folha de pagamento de Leona — sussurrou Eileen da mesa de cabeceira. Seu rosto estava pálido e abatido por horas sem dormir. A bandagem em sua cabeça lhe dava a aparência de um colibri com asas quebradas.

— O que não queremos é que investiguem a existência de Napoleão. Deixe-os se concentrar em encontrar mulas e cafetões, em vez de questionar os vizinhos de Hackney. Você acha que alguém nos viu?

— Eu não tenho ideia, mas duas vezes levamos o quadro pela escada. Se ninguém ouviu ainda, é porque alguém lá em cima gosta da gente. — Ele balançou a cabeça. — Como está a sua mão?

Eu a levantei no ar. A ausência dos últimos dois dedos foi disfarçada por ataduras brancas e limpas. Parecia uma escultura de bom gosto.

— A dor não é nada comparada com o quão assustador é olhar para ela de vez em quando. Eu pareço um extraterrestre. Não consigo nem segurar a colher corretamente.

— Tive sorte, estou bem agora. Só estou aqui para te acompanhar e bancar a mona, mas temos que voltar o mais breve possível. Leona não vai ser a única a pedir explicações depois de Cherry. — O olhar de Eileen ficou sombrio de horror. — Ai, Deus. Nosso pequeno Cherry. Eu não posso aguentar outra morte. Não posso, de verdade.

— E o contador vai continuar aumentando se não fizermos alguma coisa — eu disse, baixinho e severamente. — Você está ciente de que, se Sascha e os três caras não vêm da mesma organização, significa que nos tornamos o mel que todos os ursos querem? Essas pessoas ainda estão lá fora, Eileen. E parece que eles já conhecem a marca do xampu que usamos. Certamente, há um líder dirigindo isso. Certamente estamos sendo perseguidos por um cara que em seu tempo livre fode bebês mortos.

— Ai, Hayden. Não me assuste, por favor. Tudo isso é culpa da *deep web*, deveríamos ter tomado mais precauções! — A jovem se agitou nervosamente na maca. — Como saímos dessa roda-viva agora? Mudança de identidade? Mudança de casa? Mudança de xampu? Nós nem vamos poder aproveitar o dinheiro do quadro com facilidade.

— Eu não sei, Eileen, mas mantenha sua voz baixa. — Eu me mexi desconfortavelmente. — Isso é pior do que qualquer conto sombrio de Lovecraft, mas muito mais comum. Talvez devêssemos desaparecer. Desintegrar, você sabe. Assoprar, e acabou. Abandonar a tentativa de venda antes que seja tarde demais. Eu fiz tudo isso para ajudar os *underdogs* e acontece que estamos perdendo eles. Cherry... — Respirei fundo e percebi que a máquina estava emperrando: era o sentimento de culpa, agarrado e poroso como uma crosta de cal. — O que aconteceu com o Cherry foi minha culpa. O navio está afundando.

— E você não acha melhor juntar forças para consertá-lo em vez de fugir em barcos particulares? — perguntou Eileen. — Nós não chegamos até aqui para arruinar tudo. Dissolver não é a solução. Sair? Para onde? Não temos dinheiro, nem família, nem apoio da lei. Nós deixaríamos nossos companheiros... e para alguns é a única coisa que resta. Cherry e River não se sacrificaram por isso.

— Cherry e River não se sacrificaram por ninguém, ambos morreram indiretamente por minha causa. Por que você não fala claramente? — Eu rosnei para a garota. — Eles teriam jogado alguém fora do avião para se salvar. É assim que os animais funcionam. Foi o que eu fiz. Eu deveria ter sido mais cuidadoso com o que estava fazendo. Eu deveria ter me assegurado, antes de fazer qualquer movimento. Eles abriram Cherry na barriga como um porco, Eileen! Para que eu quero o dinheiro, se não vou conseguir dormir bem à noite?

Ela se levantou com a graça de uma gazela e se sentou na borda da minha maca, para colocar o braço em volta de mim. Seu cheiro de grama molhada perfurou minha pele até que meus ossos tremessem.

— Primeiro a coisa das drogas com River. Depois o que aconteceu com Sascha. O erro estúpido de Sascha foi apenas minha culpa e...

— Fique calmo, Hayden. Eu sei o que é se sentir responsável pela morte de alguém. Eu acordo todos os dias com o olhar vazio de River observando cada canto da minha consciência. Mas você tem que ser um pouco egoísta para seguir em frente. River e Cherry não estão aqui para te censurar, entendeu? São sentimentos que criamos. Eles não podem estar aqui e nunca saberemos o que eles pensariam na vida. E o que nunca saberemos não existe para nós. — Eileen me abraçou com força. Eu apenas fiquei inerte, como uma boneca de pano. "O que nós nunca saberemos não existe para nós." — Limpa sua mente, Gatinho. Temos que terminar o que começamos. Mesmo que seja... Deus! Para que a vaca da Leona pare de acumular grana à nossa custa. Nós vamos vender a pintura o mais rápido possível, vamos mudar nosso nome e vamos morar no Wyoming, ok? Só resta pensar em como... porque estamos em xeque: esses caras não sabem para onde nos mudamos, mas, se usarmos a *deep web* da casa de Jeff, eles nos rastrearão novamente. Como continuamos o jogo sem correr riscos?

Levei um momento para reagir e, quando fiz isso, veio à minha mente a imagem de duas mulheres sentadas no braço de uma poltrona.

— Nós teremos que nos proteger. Usar um novo computador; eu já dou o meu por perdido. Eu não tenho conhecimentos suficientes de informática... mas eu conheço alguém que tem.

— Lizbeth e Alexia? — perguntou Eileen, que havia captado isso perfeitamente. — Lésbicas são sempre harpias. Você vai confiar no que duas fulanas que parecem viver dentro de uma seita dizem?

— Eu já fiz um trato com a Liz. Eu vou ter que ir vê-la de qualquer maneira. — esbocei um custoso sorriso divertido. — O que você tem contra elas?

— Que elas estão há muito tempo no Leviathan, e isso não pode ser bom. Entrar em um mundo de adultos quando criança vai transformar você em um adulto assustador quando crescer. — Eileen torceu o nariz, em uma careta adorável. — Eu acho que elas são ruins, mas não eminentemente. Como um veneno expirado. E somos novatos, se comparados a elas... Mas é culpa desse ambiente nojento, você sabe. Ninguém é criminoso em um mundo de assassinos.

— Cherry estava indo nessa direção. — Eu suspirei. — Jovens que começam a estragar suas vidas tão cedo... Inclusive as crianças de rua que não são *underdogs* de Leona permanecem sendo "*underdogs*": perdedores, fracassados... o nome lhes cai como uma luva, porque você já pode prever o fracasso antes que ele chegue.

— Nós não fracassamos nisso. Roubamos um quadro milionário de dois metros de uma van blindada — protestou Eileen. — Embora...

— Nós emergimos vitoriosos dentro da proibição. E é assim que deve ser feito se a lei não nos acompanhar. Se uma lei é injusta... o certo é desobedecer?

— O correto é eliminar a lei — respondeu ela.

— Isso não está ao nosso alcance. — Eu encolhi os ombros. — Olha, esta é a nossa maneira de ganhar, a nossa maneira de nos rebelar... mas nunca será apoiada. "Hienas insurgentes", teriam gritado conosco quarenta anos atrás. Porque os políticos podem mudar nosso futuro facilmente, mas não estão interessados. No fim, somos os indignos.

Eu fechei meus olhos. Essa maneira óbvia de nos negarmos me deixava doente. Eileen me deu seu olhar.

— Cada vez nos subordinam mais.

— Bem... Os trabalhadores são escravos da abelha rainha, mas pelo menos podem voar.

Ambas tinham cabelos claros e olhos escuros. Ambas estavam sentadas nos braços da poltrona e com as pernas desordenadas no travesseiro. Empoleiradas em seu pequeno império de simetria. Suas alturas eram idênticas. Nem mesmo o melhor arquiteto do mundo poderia ter construído um prédio melhor.

Lizbeth estava à direita com um rosto sorridente e astuto, enquanto os abutres com suas presas mancavam no chão. Seu cabelo loiro caía ondulado nos ombros, exceto pelos fios de sua têmpora, onde ela tinha a cabeça meio raspada. Os raios de luz entravam através da janela alta e fez refulgir o piercing circular que tinha no septo nasal, contrastando com sua pele cor de chumbo e desgastada.

Alexia, por outro lado, estava sentada à esquerda com uma expressão calorosa e perdida, como se algo existisse no ar que lhe tirasse a atenção. A luz caía diretamente sobre o cabelo verde e lhe dava lampejos tristes. Eu nunca tinha conhecido a sua cor natural, porque ela tinha tingido o cabelo quando cheguei ao Leviathan há três anos, então, para mim, eram tão verdes como sua aura.

— Ah! Olá, Lucy — disse ela, antes de se inclinar para o chão. Quando retornou a sua posição inicial, ela carregava uma cobra grossa em suas mãos. — Você estava aqui, pequena...

Eu ainda gostava do fato de que Alexia continuava a chamar uma naja de "pequena". Lucy começou como uma serpente magricela que ela utilizava para dançar na barra de *stripper*. Quando mudou de pele e superou todos na altura, começamos a nos perguntar se um dia iríamos acordar com metade do corpo dentro de seu estômago, mas Alexia nos tranquilizou e mostrou a Leona que aquele pedaço de dinossauro sem pernas era uma das principais atrações do Leviathan. Além disso, era um animal de estimação perfeito, porque ele tinha hábitos noturnos, como os *underdogs*. E então Lucy ficou. E chegou aos quatro metros de comprimento.

— Afaste esse bicho de mim, Alexia — rosnou Ás de Espadas, empurrando com o pé uma seção do corpo que ainda estava rastejando pelo chão. — Você sabe que as cobras se levantam à noite para medir suas vítimas antes de comê-las?

— Não vai fazer nada para você, frangote... embora pudesse. O que para um predador significa encher o estômago por algumas horas, para a presa supõe perder a vida. A alimentação é cruel na natureza. — A garota acariciou o corpo moreno de Lucy quase com admiração; a cobra se movia fria e lenta por seus músculos. — Mas essa é a diferença entre você e ela: você iria machucá-la mesmo se você não fosse comê-la.

— Os humanos são egoístas porque têm o privilégio de poder ser. Saltitando na frente de um crocodilo faminto nós não teríamos tanta coragem. — Lizbeth corroborou com um sorriso.

Ás de Espadas ficou em silêncio, sentado na cadeira ao meu lado, enquanto eu olhava de soslaio para Lucy e esperava que alguém abordasse o tema principal da conversa.

Eu me inclinei para a mesa para pegar a caneca de cerveja e beber. A cobra já havia chegado às costas da poltrona e ao braço de Lizbeth. Alexia tamborilou nas pernas, como se estivesse tocando bateria.

Ambas seguraram seus olhares reptilianos sobre mim; elas eram uma hidra de duas cabeças, pedindo os movimentos de um herói. Onde quer que uma fosse, a outra ia, e de quando em quando, mostravam os dentes para alguma presa. Elas não tinham nada em comum, mas eram feitas uma para a outra. Nem valia a pena tentar falar com Lizbeth sozinha; eu tinha certeza de que ela já havia contado à parceira sobre o nosso acordo.

— Bem. Se nenhum de nós foi embora, é porque sabe para o que veio. Eu acho que você está disposta a receber sua parte, assim como eu estou ansioso para receber a minha — disse, olhando para Lizbeth e deixando a cerveja sobre a mesa. — Eu presumo que você checou as chamadas de Leona do jeito que eu perguntei, então... você descobriu quem ligou para ela no telefone do escritório naquele dia?

Lizbeth respirou por um momento e se acomodou na cadeira.

— Sim. Eu investiguei a chamada da hora que você indicou para mim e descobri que era um número desconhecido, mas vindo da Inglaterra. Não era sobre Sascha, que foi o que você pensou, mas sobre um espião que Leona contratou para rastrear você. É por isso que eles falaram sobre você... e é por isso que ela o demitiu. O que quer que ele estivesse fazendo, parece que falhou.

Respirei fundo e senti o alívio devorar meus músculos como uma avalanche. Ás de Espadas olhou para mim também, incapaz de conter um sorriso de alegria: significava que pelo menos Leona estava fora desta, Ela não havia contratado Sascha como underdog para se aproximar de nós e roubar Napoleão. Que pelo menos aquele lampejo de desgraça era uma coincidência.

— Você está feliz por ela estar espiando você? — perguntou Liz, desnorteada. — Hayden, no que você está se metendo...?

— Não é da sua conta com o que estamos nos metendo — respondi resolutamente. — De qualquer forma, estou apenas preocupado com Sascha, então eu apreciaria se você continuasse vigiando a Leona e me avisasse se encontrar alguma pista sobre ele.

— Ok. A verdade é que ninguém sabe por que desapareceu de repente ou para onde foi. Eu sinto muito por você. Você parecia bem quando estavam juntos — disse a loira.

Eu mordi minha língua com uma careta de nojo camuflado e comecei a inventar uma mentira:

— É por isso que estou preocupado. Eu acho que há algum assunto suspeito no Leviathan e estou com medo de que algo possa ter acontecido com Sascha. Algo como… Cherry.

O clima se intensificou com a menção do adolescente recém-assassinado.

— A verdade é que todos os *underdogs* estavam se perguntando o que exatamente aconteceu com Cherry, mas nenhum de nós se atreveu a tocar no assunto — confessou Alexia.

E ela estava certa. No grupo, tínhamos concordado em distribuir apenas respostas secas e grosseiras até chegarmos a uma mentira decente. Eu pensei que eu nunca seria capaz de tratar do Cherry como um mero personagem da história, por isso mesmo Ás de Espadas me olhou estupefato, quando comecei a tecer aquela ladainha em torno dele:

— Ele foi esfaqueado por um grupo de homens de uma organização. O curso de mecânico que ele estava fazendo o deixava sem dinheiro e estava muito ligado em uma droga chamada *krokodil*. Em suma, um caso feio, com pessoas ainda mais feias, e nos dias anteriores nós o vimos conversando com Sascha várias vezes. É por isso que acreditamos que possa estar relacionado.

— *Krokodil*? Não é uma merda muito forte derivada do ópio? — Alexia queria saber. Eu assenti.

— Vocês têm uma certa tendência a morrer por drogas. Veja o que aconteceu com o Cachorro Molhado. Deveriam parar de brincar com fogo, se não sabem como usá-lo — respondeu Lizbeth, com mais facilidade do que deveria.

— Você não tem o direito de nos dizer nada. Você vai acabar com as entranhas podres em um buraco em um final de semana qualquer — respondeu Ás de Espadas com desdém, tirando de dentro do bolso um saquinho de pó branco e uma colher de metal. — Aqui está sua parte do acordo, minha irmã. Nós não conseguimos mais.

Lizbeth pegou a pequena bolsa e inflou o peito com um sorriso de felicidade pura e venenosa. Então, ela enfiou os dedos e sentiu a heroína, como uma viciada que de repente parecia muito mais velha do que era. Mal notara a série de hematomas no braço e antebraço, resultado das dezenas de vezes que o sangue coagulado lutara para sair daquele inferno. Então me ocorreu que talvez metade da cabeça tivesse sido raspada por obrigação. Que talvez o cabelo dela tivesse perdido o brilho e a força do passado e tivesse começado a cair, como as folhas no outono.

— Você comprou de Abril? — perguntou a loira, com um sorriso de satisfação cansada no rosto. Só de vê-la, eu sabia que ela venderia a mãe por um grama de heroína. E sua irmã, se ela tivesse uma.

— Sim — respondeu Ás de Espadas, que tinha conseguido a droga por um preço melhor em troca de sexo. Abril era apaixonada por ele desde os treze anos.

— Que menina doce — murmurou Liz, com um sorriso irônico. — Bem, ela não me deixa chegar nem perto dela, e eu sozinha não posso pagar a quantia de que preciso.

— Você é minha, Lizbeth. Minha jovem égua de corrida — Alexia sibilou, desconfiada. Lucy se arrastou pela cintura, trazendo lentidão para a cena. — Nós concordamos que você só podia dormir com clientes pagantes, então eu te mataria se você fizesse isso também por essa merda que coloca em seu corpo.

— A heroína me mantém ativa. Você não acha que tem um nome apropriado? Que é feita para nos salvar?

Eu me mexi no lugar quando ouvi as palavras de Sascha na boca de Lizbeth. Era verdade. Eu tinha experimentado a heroína na mesma noite em que Sascha me traiu, sentado na cama onde River secou como uma passa. Eu azedei a expressão quando me lembrei.

— Não olhe para mim assim, criança. Não como se você fosse minha mãe — retrucou a loira. — Além disso, o que você vai saber sobre drogas? Você é apenas um filhote de dezesseis anos de idade. Nós já temos… 23?

— Vinte e quatro, meu bem. Estamos ficando velhas — respondeu Alexia, com um sorriso. — Lembre-me de me isolar no Palácio de Buckingham quando eu tiver trinta anos.

— E o que faremos quando nossa venerável Rainha Elizabeth tiver as rugas carbonizadas debaixo de tanta joia? — perguntou Ás, com sarcasmo.

— Siga em frente. Que Deus Salve a Rainha! — Alexia bufou maliciosamente. — Eu não quero ninguém acima de mim. Eu quero liberdade.

— Bem, aqui estamos nós. Somos vespas se afogando em uma piscina — respondi, com uma careta. — Mas não se preocupe, vamos fazer algo a respeito. Você só tem que nos dar tempo.

Cruzaram minha mente imagens de Leona gritando para ser retirada do banheiro, enquanto Eileen, Dean, Ás e eu estourávamos no Leviathan com punhados de notas para os nossos colegas. Aquela bela cena afastava a dor de me separar de Napoleão. Naquele momento, Alexia se inclinou para frente e a luz da janela bateu totalmente em seu rosto e em seu cabelo esmeralda. Quando ela falou, notei algo que não havia visto antes: tinha a língua bifurcada como a das serpentes, dividida ao meio na ponta para que ela se abrisse com cada sílaba que chegasse ao palato.

— Talvez um viado ferido seja salvo por alguém, mas quem se dá ao trabalho de salvar uma vespa?

Eu permaneci em silêncio. Assentindo com suas palavras. Hipnotizado com sua língua de lagarta e querendo vê-la em ação. Relaxando-me, percorrendo meu abdômen. Fazendo-me explodir. Agora eu entendia Lizbeth.

Lucy estava assobiando e enfiando a língua para fora, mas eu gostava mais da língua de sua dona.

— Salvar nunca dói, mas fazer isso significa sacrificar algo em outra parte do mundo — murmurou a loira, olhando de soslaio para a cobra. — Eu gosto mais dos ratos que temos no terrário. Eles têm uma beleza muito controversa, como a dos *underdogs*, mas Alexia os usa para alimentar esse bicho.

— Nós apreciamos a vida precisamente porque é algo frágil. Eu não gostaria de viver eternamente. Acredito que a mente humana esteja preparada para abrigar uma data de validade — rosnou a que tinha cabelos verdes. — Nossa carne não serve para nada. Para outros, com sorte.

— O problema é que você não sabe ter animais de estimação normais. Um gato que coma ração, sei lá — disse Ás, com uma careta.

— Um gato que coma ração não é um gato.

— Que seja... — disse, nervosamente. Respirei fundo, na mira das duas mulheres. — Nós não viemos aqui apenas para o nosso negócio, Liz. Nós temos algumas dúvidas sobre os assassinos de Cherry — busquei como abordar o assunto com cuidado. — Nós acreditamos que eles vieram de mercados de drogas da *deep web*.

— A *deep web*? — O rosto da loira adotou uma expressão estranha, cautelosa.

— Cherry foi o primeiro a mexer com isso. Queria *krokodil* a um bom preço porque tinha ouvido falar que lá era mais barato do que nas ruas. Não teve muito cuidado… — Minha mente rolou em alta velocidade para procurar uma mentira crível. — Então, gostaríamos de fechar negócios e estar em paz com todos antes de deixar esse mundinho. Se rastrearam nossa localização, queríamos saber o que podemos fazer para… estarmos seguros.

Alexia e Lizbeth olharam de soslaio, sabendo pisar em terreno perigoso. A cobra verde tinha virado sobre si mesma para rodear o pescoço de sua amante, bem consciente de que poderia enrolar-se e apertar a qualquer momento.

— Vocês entraram com Tor, suponho — perguntou a loira. Assentimos. — A *deep web* é uma gigantesca rede de nós e intermediários, que agem como milhares de *proxys*. No fim, é isso que faz o Tor: funciona criptografando informações, usando camadas, por isso seu logotipo é uma cebola. As informações que deseja enviar passam por milhões desses nós invisíveis, antes de chegar ao computador de destino. É como um trem que viaja por todos os dispositivos no mundo em menos de um segundo, e você só pode sair em uma parada: o receptor. — Lizbeth levantou o punho para representar suas palavras. — Assim, vamos supor que uma mensagem tenha quatro camadas. A camada mais interna só podia ser decodificada pelo dispositivo de destino anterior, capaz de ler o que vem e que vai. A camada anterior iria ser decodificada pelo dispositivo antes do anterior, com o mesmo objetivo, mas pode não saber onde ir, depois de alcançar o próximo nó, por exemplo. Assim é como as camadas funcionam. Desta maneira, se alguém pega a mensagem, só teria informações a partir da camada mais externa disponível, marcando o nó que está justamente antes dele e o que está depois dentro do caminho, mas não conseguiria descobrir quem é o emissor principal nem a quem se dirige no final. E muito menos ler a informação que contém, já que também está criptografada.

— Então? Como eles poderiam ter descoberto onde Cherry vivia? — exigiu o Ás.

— Talvez ele se pareça com um sistema infalível, mas não é. As medidas de segurança padrão são fáceis de contornar, eventualmente. Na verdade, como era este método sobre o qual você me falou…? — interveio Alexia, tentando lembrar. O Ás de Espadas e eu estávamos ávidos tanto por suas palavras como pelo movimento hipnótico de sua língua. — Era algo assim... Vamos supor que o computador de envio mandasse uma mensagem por um determinado período de tempo e, em seguida, um computador receptor adquirisse outra mensagem centenas de microssegundos mais tarde, por exemplo. Esse isolamento não significa nada, mas se ambos os computadores continuassem compartilhando mensagens que demorassem sempre trezentos microssegundos para chegar, poderíamos dizer que ambos os computadores estavam conectados.

— Exatamente — corroborou Lizbeth. — Colocando-nos na pele do receptor, que neste caso é o seu perseguidor, você pode medir o quanto levou a minha mensagem para chegar a mim e depois buscar qual computador no mundo está transmitindo mensagens continuamente, com o mesmo tempo de viagem. Então te encontraria. Obviamente, você precisaria possuir algumas habilidades de hacker profissional, mas...

— Ah, eu entendo — concordei. — É como medir a distância de ambos os computadores virtuais em microssegundos.

— O que você nos recomenda? — perguntou meu companheiro.

— Não sei. Ir à polícia — sugeriu Alexia. — Às vezes, os cães do governo fazem as coisas direito.

Ás de Espadas olhou para mim e fez um gesto irônico. Eu me mexi na cadeira para me esticar e mexer a bunda.

— Beleza. Obrigado pela... cerveja, *my ladies*.

— De nada, amor.

Peguei o moletom e exagerei na reverência, antes de sair pela porta, seguido pelo menino de topete. Nenhum de nós dois se sentiu seguro seguros até darmos de cara com o ar frio da rua.

— Vamos para a polícia?

— Claro que não — respondi com obviedade. — Posso imaginar sua declaração: "Deixe-me ver se eu entendi. Uns garotos de vinte anos se meteram com a *deep web* para expandir seus horizontes e, em seguida, um fulano de não sei onde... Hey! Que quadro bonito você tem aí, certo? Justamente como o que foi roubado dois meses atrás."

— Que exagero. Não vai acontecer nada! — Ás bufou. — Mas, beleza, talvez seja melhor não arriscar.

— Eu não quero deixar qualquer pista. Bem, qual é a conclusão que podemos tirar a partir do que nos disseram aquelas gatas de duas pernas? — resumi apertando os olhos, soprando as mãos geladas antes de guardá-las.

— A conclusão é que o único usuário que pode nos ter rastreado pelo método de conversar repetidamente tem sido o Captcha666. Ainda que não tenhamos ligado para seu número de telefone, ele continua se esforçando para falar por chat, por isso ainda não sabemos como é a sua voz e Dean anda com a mosca atrás da orelha. E eu também. — Ás de Espadas acendeu um cigarro com a maior calma do mundo. — Isso não faz mais do que prolongar as negociações pela *deep web*, então eu acho que ele é o único que nos está seguindo desde o início e que pintou o seu Papai Noel com sangue de pombo. Foi provavelmente ele que enviou seus capangas a sua casa e matou Cherry.

— Que outra possibilidade existe?

— BlackArt12?

— Não — descartei. — Esse cara falou comigo ao telefone e disse que estava em Londres. Nós não falamos nada por chat, então não pode ter nos rastreado. E amanhã é segunda-feira. Marcamos de nos encontrar em Piccadilly, lembra?

— Sim. Não faz sentido ser ele. — Ás de Espadas ficou em silêncio por um momento. — Poderia ser… a máfia de Sascha de novo?

— Você acha que esse filho da puta teria a cara de pau de aparecer novamente na nossa frente?

— Você acha que alguém iria viajar da Rússia só para brigar em uma escada?

Estava nervoso. Nunca tinha ficado tão nervoso. Nunca a sopa de Abbeline tinha me sido tão invasiva. Foi uma segunda-feira especialmente difícil, porque eu tive que enfrentar o funeral de Cherry e os gemidos inoportunos dos meus avós ao ver minha mão em ruínas, mais do que eu já tinha choramingado sozinho no meu quarto, ao tentar segurar um lápis.

Como BlackArt12 não tinha chamado de volta, a ideia de se encontrar com um homem que estava lendo o *Financial Times* ao lado do número treze, em Piccadilly Circus, às duas da tarde, tinha sido irrevogável. Eu queria ir pessoalmente, mas...

— Não seja bobo, Hayden, você nunca perde a Segunda-feira da Sopa — disse Jeff. — Tudo que você precisa agora é parecer normal. A maior medida de normalidade é comer comida caseira e levar a sua irmã para casa, como você sempre faz. A rotina inocente é a via de escape que lhe resta... por isso não se irrite, porque seus avós não são estúpidos.

— Mas BlackArt ligou para meu número pessoal. Talvez saiba como sou e queira ver a mim — respondi.

— Sem ofensa, Gatinho, mas como chefe de ladrões você está deixando muito a desejar. — Jeff riu. — Você é apenas uma criança e não é lógico que sempre carregue o peso das decisões. Chega de egocentrismo, está me ouvindo? Nós vamos, Dean e eu, porque somos mais velhos e temos uma pinta mais forte.

Sua decisão também era irrevogável. Nesse mesmo dia, ajudamos Dean a liberar uma ponta de tinta do canto de Napoleão para ser levada a BlackArt12 como prova. Quando eles foram para Piccadilly Circus e eu, a Sussex Gardens, o meu coração batia como o de um potro fugitivo.

Passei o dia todo ligado no celular. Abbeline me repreendeu, dizendo que era falta de educação e Janice cobriu a boca com as mãos, porque é uma exagerada. Eu tive que me trancar no banheiro para usar o telefone, como se tivesse de novo catorze anos.

— E são duas horas em ponto. Sim, tem muitas pessoas. Como vamos vestidos? Eu de terno, como Al Capone. De maleta e o caralho. Fazia séculos que eu não vestia algo tão sério. E aí... Dean? Ah, sim. Dean vai de preto, como guarda-costas. Vai só faltar a Whitney, choramingando atrás. Temos que procurar um treze. Um treze. Treze onde? Não te disse mais nada esse idiota?

— Alguém que estiver lendo o *Financial Times* ao lado do número treze. Eu sei a mesma coisa que você, porra — sussurrei ao telefone, sentado no vaso sanitário.

— Talvez eu tenha que contar treze coisas, mas isso é muito rebuscado. Ele deve ter sido mais explícito. Treze. É o número de uma porta? Um cartaz? Um grafite pintado na parede?

— Eu não estou aí. Abra seus olhos. — Eu me queixei, com alguma hostilidade.

Os minutos passaram. Janice batia na porta do banheiro com os nós dos dedos cada vez que passava pelo corredor, só de brincadeira. No alto--falante, ouvia-se o burburinho de Piccadilly Circus, como um monte de espectadores rindo de algo que eu não podia ver. Imaginei a praça banhada em calçadas, asfalto e guarda-chuvas; agitada apenas pelo gigante placar de néon e pelos ônibus vermelhos.

— Ei, Gato. Eu acho que Dean viu um cara... Ah, sim. Vestindo uma camisa de Michel Vorm, com o número treze na parte de trás. É o goleiro do Tottenham. — Jeff pareceu hesitar, do outro lado da linha. — Eu não sei... Ah, sim. Tem um cara lendo jornal ao seu lado.

— Sério? É o *Financial*? — perguntei, levantando-me de repente.

— Eu não sei! Que alcance de visão você acha que eu tenho? — queixou-se.

— Cachorro Molhado lia o *Financial Times* e eu sei que é laranja. O jornal desse cara é laranja?

— Hmm.... Sim. É, sim. E... ops. Ele já nos viu. E o da camisa do Tottenham também está nos observando; eu acho que os dois estão juntos. Será que estamos dando muita bandeira?

— Então são eles? Como são?

— Um é esmirrado e com as sobrancelhas grossas. O da camisa do Tottenham é um homem gordo, com as axilas molhadas, que deve ter um cheiro de macaco que cagou.

— Bem. O que você acha então?

— Que o cara deve estar suando muito no rabo — respondeu Jeff.

— Quero dizer, você acha que eles são BlackArt12? A melhor coisa a fazer é se aproximar — disse, impaciente.

— Eles estão recuando. Eu acho que eles querem que nós os sigamos — disse Jeff. Não respondi. Podia ouvir sua respiração camuflada pelo frio, do outro lado.

— Jeffrey? — perguntei.

— Acabamos de sair de Piccadilly. Eles pararam em uma rua onde não há ninguém. E agora eles estão... gesticulando com as mãos. Eles continuam sem nos deixar chegar perto.

— Que tipo de gestos? — perguntei, com a semente do medo germinando.

— Está apontando com os dedos. Parece que ele está imitando... uma arma. — Jeffrey fez uma pausa inquietante.

— Jeff. Jeff! Ei, amigo. Saia daí. Diga ao Dean para sair. — Mas Jeff desligou o telefone do outro lado da linha e o altar da minha serenidade entrou em colapso. — Jeffrey!

Eu permaneci em silêncio. Oprimido. Enterrado. Perplexo e olhando para a tela do celular desligado. Janice bateu na porta pela décima vez e murmurou, numa voz triste:

— Haydeeeeen... Deixe eu entrar, por favor. Eu quero fazer xixi.

Eu saí como um vendaval. Para o exterior. Para onde a vida estava realmente avançando desse cenário ordinário.

Mas parei na porta da frente, observando as gotas de chuva se juntarem para fazer caminhos no vidro. De repente, tive medo de sair e o Captcha666 estar lá. Ou a organização de Sascha. Ou a Polícia Metropolitana, que já poderia ter resolvido o caso e tudo o que estava fazendo era esperar que o mandado de prisão fosse impresso na delegacia. De repente, fiquei com medo de que tudo caísse em cima de nós, enquanto eu estivesse lá, sorvendo a sopa. Eu não tinha pensado na ideia de que talvez alguém estivesse me espionando, a Abbeline ou a Brandon, ali mesmo. Ou Janice.

Então, eu tive que esperar. Eu vaguei pela casa, como uma hiena desesperada, afastando a cortina para olhar pela janela de vez em quando. Jeffrey também não deu sinal de vida. Angustiava-me pensar que dois dos meus melhores amigos tinham sido deixados sozinhos com um cara com as sobrancelhas de estuprador e um segurança do Tottenham que imitava uma arma virando a cabeça. Foi uma ameaça? Haveria alguém na *deep web* que não levaria a vida como uma roleta russa, que te poderia comer, se você topasse com ele?

Por favor. Se algo acontecer com Jeff e Dean, eu juro que largo tudo. Eu subo até a abadia de Westminster e me atiro. Eu juro que...

— ... às quatro. E mamãe vai gritar comigo se eu me atrasar para o piano. Mamãe sempre fica brava com essas coisas. E eu não quero mais que ela fique brava com você. Então vamos lá, cabeça de vento.

Levei um momento para perceber que minha irmãzinha estava falando comigo, sentada na sala e me observando de perto. Janice empurrou as perninhas para dar impulso, enquanto descia da cadeira e pegou meu dedo mindinho, puxando em direção à porta. Mas me libertei com um gracioso movimento de mão muito praticado, depois de dedicar um sorriso amoroso.

— Não desta vez, Jany. Hoje não posso acompanhá-la até em casa. Você pode pedir ao vovô para fazer isso por mim?

A garota ficou imediatamente parada. Em choque. Então, ela fez beicinho e se sentiu devastada, por quebrar a rotina que havíamos estabelecido nos últimos anos. Uma rotina sagrada; o único símbolo de tranquilidade sedentária em minha vida e que eu estava prestes a explodir em mil pedaços. Eu estava prestes a deixar o barco ao qual me apeguei depois de tantos anos de exploração.

— Você não pode vir hoje? Eu... hmm... Eu.... Bem, ok. — Meu passarinho abaixou a cabeça, com evidente desapontamento, e foi falar com Brandon.

Saí de casa sem me despedir de ninguém e corri como quem vai tirar o pai da forca pelas ruas de Sussex Gardens. Eu tive que fugir. Eu tive que tirar meu mundo da saudável existência da minha família. Eu não podia colocá-los em perigo. Eu era o perigo.

O telefone tocou quando eu estava prestes a chegar à boca do metrô.

— Jeff! — gritei com o aparelho. — É você? O que aconteceu?

— Ai... desculpe. Eles nos colocaram em uma van. Acabamos de sair em Piccadilly Circus.

— Mas você está bem?

— Respira, cara. Nós estamos bem pra caralho. Acontece que o gesto que ele fez não era uma arma: só queria me dizer para desligar o telefone antes de me aproximar, poderia estar levando um gravador. — O underdog riu do outro lado da linha. — Você estava com medo? — Ele deu uma risada. — Olha, Gatinho. No fim, eles são pessoas legítimas. Eles analisaram a amostra com alguns dispositivos na sua van e nos deram um adiantamento. Para nos manter felizes, vai. Dean está com dois milhões na maleta. Agora sim, é o perfeito Al Capone.

Eu não respondi. Quando eu me dei conta, minhas bochechas estavam molhadas.

18

QUEM PUXA MAIS, JOGA O GATO NA ÁGUA

Eu estava deixando de ser humano.

Passei as noites olhando para o teto, com os olhos bem abertos, e passando os dias lutando para não cair no sono. A escuridão me aterrorizava porque eu sonhava com milhares de facas e Cherry ofegando entre elas, cuspindo sangue. O molho de tomate me deixou nauseado e tínhamos começado a comprar a carne já cortada para não precisar usar a faca. Comíamos com as mãos, como animais complexados. Buscávamos alimentos pré-cozidos sem nos dar conta, como um familiar de quem você não gosta e a quem evita saudar, mas que está sempre lá.

Foi um acordo tácito, sem necessidade de palavras. Jeffrey tinha se tornado o único predisposto a preparar algo para comer, diferente de salada, mas sempre tinha um grande cuidado com a cara que tinham os pratos. Às vezes, nós o afastávamos com uma careta de desgosto e todos ficávamos quietos, olhando a toalha de mesa.

Os dois milhões de libras que BlackArt12 tinha nos dado ainda estavam na maleta com um semblante sombrio. A euforia do prêmio tinha soado suficientemente ultrajante, porque faltavam dois *underdogs* da equipe com quem compartilhá-los. Sem Cherry, o grupo perdeu o alívio cômico e despreocupado, necessário para não ficar angustiado; as piadas de Dean não estavam à altura. A felicidade havia sido perdida em uma espécie de espera perpétua.

A casa de Jeffrey era enorme, comparada ao nosso apartamento de Hackney, e o espaço parecia abismal. Pela primeira vez, tínhamos um quarto individual, e também pela primeira vez tínhamos nos instalado todos no mesmo, para que a solidão não nos arranhasse tanto.

Jeffrey tinha um gato gordo e cinzento, cujo nome era Perla e que andava por aí, como se tivesse o mundo a seus pés. Quando Kaiser tentou matá-la pela sétima vez, eu tive que trancá-lo no banheiro, com toda a dor de minha alma. Ele passava horas uivando, lamentavelmente, e arranhando o cesto inferior para que nós fôssemos visitá-lo. Seus únicos momentos de felicidade duravam o tempo que levávamos para cagar. Assim, aquela mansão cheia de corredores azulados, televisores e tapetes (alugados com o dinheiro pago por Leona a Jeff por sua submissão) se tornou um inferno peculiar. Um inferno que era resumido em novas incursões à *deep web*, com dicas de Liz e o computador de Jeff, ouvindo meu cachorro latir no quarto ao lado e o som de Camden Town através de suas paredes finas.

Camden Town, envolvendo nosso frágil senso comum, era uma das poucas coisas positivas para nós. Você poderia estar morrendo de câncer ou sangrando até a morte em uma garagem ou ocultar um quadro de vinte milhões de libras; Camden estava sempre no mesmo lugar. Exatamente igual. Exatamente diferente. Os estúdios de piercing e lojas de calças ainda estavam lá. Os recintos ocupados, os centros sociais e os pubs para motociclistas; os mercados de fritanga e os de negros, vendendo camisas a três libras. As estátuas de cavalos e os canais românticos serpenteando; os punks peculiares e os locais para maiores de vinte e um anos. Camden Town não dava a mínima, e agora estávamos muito gratos por ninguém nos dar a mínima.

A noite foi muito rápida para o ritmo do meu coração. O Leviathan tocava música eletrônica no fundo de suas entranhas e a agitação cheirava a suor.

Eram duas da madrugada e os *underdogs* ainda estavam caçando da melhor maneira que sabiam. Camaleão se fantasiou de Zorro para atrair clientes, mas continuava a trabalhar de graça, a fim de satisfazer Leona e ser recontratado. Galo de Briga tinha saído do seu estúdio de tatuagem para beber umas com Pato. Lady buscava na multidão algum valente que curtisse travestis e Abril piscava para o Ás de Espadas da cadeira. Desde que Ás tinha ficado com ela para conseguir a heroína de Lizbeth, acreditava que eles haviam assinado os papéis do casamento. Pobre ingênua.

Quanto à loira, estava discutindo com Alexia perto dos banheiros. Os olhos brilhantes da underdog de cabelos verdes faziam pensar que ela estava usando alguma coisa, provavelmente anfetaminas.

— Aaron, me dê um Kra-K-Toe aqui, por favor — pedi ao barman.

Depois de vários dias dormindo com uma porra de pena, tudo que eu precisava era de um coquetel bem carregado para disparar minha taxa de açúcar. Eu não tinha mais nada a fazer além de beber meu dinheiro até vomitar as tripas. Com o quinto Kra-K-Toe, eu fui em direção às cadeiras onde Eileen e Dean dão olhares compridos… mas a Red me interceptou ao longo do caminho.

— Gato, podemos conversar?

— Você também vai me perguntar sobre Cherry? Porque você deve saber que eu estou por aqui com esse tema e…

— Eu vou lhe perguntar sobre você, idiota — ela cortou, com uma careta de desgosto. Nós dois enrugamos as sobrancelhas e bebemos nossos respectivos drinks com hostilidade. Eu não sabia exatamente do que ela estava falando, até que ela suavizou sua expressão e deu um suspiro. — Me diga… você está bem?

Inclinei a cabeça para um lado e sorri, aborrecido.

— Sim, claro. Por quê?

— Bem… Você está muito estranho ultimamente — murmurou Red. — Eu sei que você acha que eu não posso notar, mas… Eu te conheço há três anos. Nós costumávamos fazer muito mais coisas juntos, sabe? Íamos àquele cinema barato que fedia a sovaco e que tinha um projetor que soava como uma máquina do inferno, para ver filmes de bairro ruins que estavam defasados há anos. Nós costumávamos tomar Cetamina na minha casa… você sabe, antes de eles me expulsarem; deitados naqueles enormes pufes até as quatro da manhã. Subíamos para o telhado e cantávamos músicas dos Aristogatos, enquanto imaginávamos que não era Londres a nossos pés, mas Paris.

— Nós jogávamos as tampinhas das garrafas de cerveja nos parisienses — murmurei com nostalgia. — Sim, eu lembro.

— Você sempre me pareceu alguém muito profundo e... — Ela estava com raiva de ver meu sorriso divertido. — Não faça nenhuma piada suja! Estou falando sério. Você é uma pessoa sensível. Eu sei que as coisas afetam você e que gira tudo ao seu redor. Eu não sei se isso tem a ver com ir a museus e outras coisas de malucos com camisa de Jersey que você faz às vezes, mas eu posso notar uma mudança. É porque River e Cherry acabaram de morrer? Eu também estou triste, eu conhecia River muito antes de você.

— Eu não quero falar sobre eles — interrompi, bebendo novamente.

— Tudo bem. Mas você ainda está estranho. Eu sei porque te conheço, mesmo que você tenha se distanciado de mim.

— A distância entre nós nunca foi um problema — respondi, sarcasticamente.

— Você sabe que não estou falando sobre esse tipo de distância. Às vezes, você é tão ordinário que faz justiça à ideia que as pessoas têm de nós. Caralho, parece que gosta de afastar as pessoas — rosnou com raiva. — Somos amigos, Hayden, e eu agradeço muito a você. Se há alguma coisa aí dentro que está te afetando agora... — Ela toca meu peito com a mão, suavemente —, você sabe que pode compartilhá-la. Você pode me dizer o que quer que esteja escondendo. Eu nunca te machucaria.

Eu olhei para a garota com olhos vidrados. Então eu percebi que a música ressoou.

Red sempre pareceu uma daquelas mulheres mortais, que caçam homens desesperados para castrá-los no porão. Uma mulher forte e dura, mas neste momento ela estava mais entregue e preocupada do que nunca.

Eu adoraria confiar em você agora.

Uma terceira opinião sobre a pintura de Napoleão parecia profundamente balsâmica. Uma opinião nova e recém-nascida, que não estava obscurecida pelos oceanos escuros em que nadávamos. Eu a imaginava gritando de emoção e terror, e, em seguida, me abraçando, para remover a angústia, enquanto dizia frases como “Tudo vai ficar bem” ou “A próxima coisa que você tem que fazer é isso." Sim. Isso seria bom. Que ela soubesse para onde dar o próximo passo.

Red arrastou a mão para a minha e acariciou meus dedos inexistentes gentilmente.

— Conte-me, Hayden. Nós encontraremos uma maneira de lhe devolver a alegria.

Mas seu sussurro não era nada. E o sorriso dela me lembrou Sascha, enquanto planejava como me trair sob a luz de um feixe imaginário.

— Não ser feliz não significa ficar triste — respondi, afastando a mão. Eu me levantei. — Até mais tarde, sim?

Eu tomei o último gole da bebida e me afastei do bar, para não ver o rosto confuso de Red. E depois, decepcionado. Eu suponho que há coisas que, embora você não queira ver, possa imaginá-las.

Eileen começou a choramingar a distância, no ombro de Dean. Bem, que plano temos, pensei, com cansaço. Eu estava relutante em me aproximar daquele ninho de lamentos, então, sem sucesso, encontrei Leona encostada no corredor que levava aos reservados. Ela parecia um pirata temível que assiste quando o tubarão se aproxima… mas também parecia o próprio tubarão. Ela me deu uma piscadela que eu tomei como um convite para acompanhá-la.

— Como está nossa senhora de escravos? — perguntei, com um certo humor negro.

— Eu não sei, vocês não parecem muito com escravos — disse ela, apontando para Lady, que agora estava rindo alegremente de algo que seu cliente havia lhe dito.

— Porque ela não sabe que é.

— Bem, ela é mais feliz do que você, sabe? — Leona levantou o corpo e apontou para o corredor com o polegar. Você quer que eu convide você para um trago no meu escritório, para ver se você se livra desse rosto amargo que você tem?

Eu não sabia se queria, mas naquele momento não senti vontade de olhar para Red nem Eileen e a segui. Leona abriu a porta do seu escritório para me deixar passar e começou a vasculhar seu frigobar particular.

— Aguardente? Bronte? Drambuie?

— Bronte.

Leona pegou a garrafa e serviu dois copos. Eu sentei na cadeira um pouco tonto.

— Ai. O número de vezes em que caras bonitos me convidaram para tomar um Bronte… — comentou ela. — Na minha juventude, quando minha bunda estava mais empinada e meus dentes mais brancos. Eu já te falei sobre o meu passado? — Respondi que não e bebi de um só gole. O conhaque deixou um gosto de mel na minha boca. — A rua era minha. Eu era uma gata caprichosa, como você, que não se deixa acariciar, mas gosta de estar em um lugar com as pessoas. Todos queriam me arrastar pelos cabelos até um beco, mas ninguém se atrevia a fazê-lo. Eles sabiam que qualquer garfo era suficiente para deixá-los sem um olho. Qualquer isqueiro para queimar suas camisas, antes que eles tivessem tempo de tirá-las para mim. Se, então, o cara ainda tivesse coragem de me encarar, estava cercado de ratos, baratas e sanguessugas. Irmãos saíam de seus buracos, como se alguém tivesse deixado um cadáver ressequido. Para picar como vespas, como eu picaria por eles em outra situação. Nós éramos a geração dos *underdogs* dos anos oitenta… mas com outras complicações, é claro; nenhum grito soa igual. Eu era um furacão. Eu tinha passos de leão, as pessoas diziam que o universo planejava meu nome e meus sobrenomes. Que um dia tudo teria que explodir. Não vê como eu transava.

Leona andou de um lado para o outro no escritório, dançando aqueles quadris magníficos. Abriu a gaveta da mesa e tirou um pequeno cilindro de metal em que depositou um montinho de ervas vegetais, que ela mantinha em uma caixa de chá preto e seu cheiro exalou por toda a sala. Então, ela acendeu a ponta com um isqueiro e fumou do outro lado, pacificamente. Ela me ofereceu o cachimbo com cordialidade, mas eu o rejeitei. Ela se sentou de pernas cruzadas.

— Depois, eu cresci um pouco. Não ganhei mais peitos nem acentuei meu caráter, que já havia atingido o limite. Mas aprendi a controlá-lo. Eu aprendi a saber o que mais me agradava. Naquela época, eu estava apaixonada por um daqueles homens elegantes que se vestem com ternos e convidam você a lamber o prato sob a toalha de mesa do restaurante. — Ela soltou a fumaça poderosa. — Ele era uma pessoa cruel, como eu. Ele tinha lindos olhos, me lembro. Eu sentava no colo dele e ele me convidava a beber licor de lagarto ou a fumar charutos cubanos como se fôssemos fechar um acordo precioso, quando o que eu realmente tinha que fechar eram as minhas pernas. E você sabe por quê?

— Porque ele era casado — respondi.

— Exatamente, criança. — Leona riu — Sua esposa era advogada e chegava em casa com um humor de cachorro... Então, meu leão decidiu fazer algo sobre isso e me coroou rainha pessoal de sua privacidade. Ele até me deu um codinome com o qual podia me procurar na rua, entre todo o rebanho. Eu era a ovelha desgarrada: a Ovelha Negra.

Inclinei a cabeça para o lado. O reservado. Debaixo da cama. O saco de grana. A cara que eu fiz interrompeu a história de Leona por um momento, ambos cautelosos, duvidosos. A leoa era a Ovelha Negra. Leona estava empilhando sua grana no quarto ao lado, como um dragão ciumento.

— Eu fui a primeira underdog oficial no Soho, antes que o Leviathan existisse — continuou ela. — Tem sua graça, parece que os animais negros não gostam de ninguém. Suponho que somos como o louva-a-deus: alguns acham que são lindos, mas acho que eles têm o rosto de um alienígena comendo minha mãe. — Leona desviou o olhar e ficou pensativa. — Muita água rolou desde aqueles tempos. Eu me tornei mais sábia. O curso de nossas vidas mudou, quando sua esposa morreu em um acidente de trânsito e ele ficou com todo o dinheiro. Então, depois... — Ela me olhou de novo, dessa vez com um sorriso estranho no rosto —, ele sofreu outro curioso acidente de trânsito; casual e fortuito. E eu fui a única que ficou com toda a grana. Assim como parece. Eles deixaram minha vida tão rapidamente quanto entraram, e não acho que me deram muito trabalho. Um galo que trabalhe bem e olhos lindos eu encontro em qualquer lugar. Agora, imagine, uma Leona Walker mais jovem e mais forte, com bolsos cheios de libras. Para onde eu iria? Onde eu gastaria os milhões? Bem, não, Hayden. Não fui à Flórida nem ao Rio de Janeiro. Eu fiquei em Londres, como uma empresária entusiasta e comprei um lugar para fundar o Leviathan. Então, eu contratei os primeiros garçons, que, em seguida, deixaram de ser garçons e se tornaram *underdogs*: os descendentes da Ovelha Negra, mais velhos que eu e dando brilho a seus apelidos. Ainda me lembro deles, sabe? Dólar, Huesitos, Penacho, Capricho e o resto. Depois comecei a contratar adolescentes e crianças que ainda não tinham encontrado sentido em suas vidas. O império tomava sua forma porque a Ovelha Negra estava à frente, entende? — ronronou ela, orgulhosa. — Jeffrey chegou naqueles anos, sendo um pirralho. Sabe, ainda tenho um pouco daquele dinheiro, querido. Você quer saber onde?

Eu não respondi. Nós estávamos nos olhando. Por que ela insinuaria isso, se não fosse porque supunha que eu já sabia? Estava tentando tirar alguma coisa de mim?

— Uau. O gato comeu sua língua, quem diria isso — disse ela.

— Eu não tenho certeza se quero dividir o endereço de dinheiro com você, Leona —respondi. Eu também não queria falar sobre assuntos arriscados, estando tão bêbado quanto eu estava.

— Bem, eu acho que você quer. Quando você conta segredos proibidos, instantaneamente entra em terreno perigoso. — A expressão de Madame Walker se tornou terrivelmente séria e, quando me dei conta, ela se aproximou de mim de maneira invasiva. Estava procurando uma resposta para dar, mas depois mudou de assunto, como um esquilo saltitante. — Você está muito bonito, Hayden. Você cresceu.

— Eu suponho que o tempo foi bom comigo — disse, cautelosamente.

— E você acha que amadureceu? Amadurecer é chegar. É tão simples assim: chegar — respondeu ela, com aquele tom hipnotizante que ela usava deliberadamente para parecer inocente. — Você acha que chegou? Você acha que ficou mais esperto? Porque você pode ser o maior símbolo sexual do mundo, mas sem uma mente brilhante com a qual competir, o mundo o comerá vivo.

— Eu acho que você pode sempre se tornar mais inteligente — falei. Não queria entrar naquele jogo.

— Boa resposta. E o que você acha que acontece quando duas pessoas prontas se enfrentam? — sussurrou ela, pressionando o rosto no meu ombro. Sua respiração quente agitou os cabelos do meu pescoço e fez minha pele arrepiar. Isso pareceu agradá-la, porque, então, ela estendeu a língua e correu meu pescoço com a ponta. Foi um contato estranho e elétrico, semelhante a quando você bate em um estranho no vagão do metrô.

— Já estamos em duelo, Leona. Eu sei que você contratou um espião para ficar atrás de nós — disse por fim, irritado.

— É verdade, mas não foi a única coisa que contratei. — Madame Walker lentamente retirou a cabeça para me olhar nos olhos. — E eu sei que você tem algo em casa que vale muito dinheiro. E como eu gosto de dinheiro… Por que você não me disse, meu gatinho?

— Há quanto tempo você sabe disso?

— Hmm… há um mês e meio, mais ou menos? — respondeu ela com lisonja, brincando perto do meu rosto. Então, ela colocou os lábios na minha boca.

Eles eram carnudos e quentes, como um pedaço de manga. Quando eu quis afastá-los, eles já estavam ligados aos meus.

— Argh… cheira a álcool. Você está tão bêbado…

— Não o suficiente — avisei, desconfiado. Eu insisti, sem me distrair: — Você contratou Sascha há um mês e meio. Espero que continue a afirmar que o contratou apenas como um underdog e não como um ladrão. Isso doeria muito.

Ela não respondeu de imediato: primeiro retirou os papéis da escrivaninha e sentou-se sobre ela. Suas unhas esmaltadas corriam pelo meu corpo como duas aranhas, ao longo da espinha e até onde as costas perdem seu nome.

— Sinto muito, mas retiro minha afirmação. Eu contratei Sascha como underdog, mas foi depois de falar com a sua organização e elaborar um plano completo sobre como se aproximar de você — confessou, maliciosamente.

E fingiu continuar, como se nada tivesse acontecido, então quando as pontas dos seus dedos alcançaram minhas costelas, me encolhi e ericei o pelo. Eu não acreditava no que acabara de ouvir.

— Depois de todas as voltas que fizemos para não indiciá-la e no fim, sim, você está envolvida. E agora você quer transar, sua puta traidora? Bem, arrume um cachorro.

Ela se afastou, com uma careta de insatisfação, e deu a volta no escritório algumas vezes, enquanto fumava de seu cachimbo.

— Ah, querido. Você ficou com raiva? Foi sua culpa por me deixar de fora de uma presa tão suculenta. Se tivesse me dito desde o início, eu teria amainado as horas de trabalho, teria fornecido um computador seguro e um sistema de lavagem de dinheiro através do Leviathan. Mas você preferiu fazer as coisas por conta própria e eu tinha que encontrar uma maneira de me encaixar no plano, embora com alguns russos que queriam o mesmo que eu. Eu não gostaria muito de dividir a grana em tantas partes, mas...

— Argh... Chega, chega! Cale a boca — metralhei, apertando minhas mãos contra a mesa para não bater nela. — Agora que eu sei que você está jogando, vai ter que encontrar uma maneira de me compensar, se você não quer que eu desapareça do mapa com Napoleão a qualquer momento.

Eu levantei minha cabeça arrogantemente e examinei minhas unhas, teatralmente. Sob seu atento olhar de delineador, tirei minha camisa e coloquei minha melhor cara de troféu por trás de uma urna de vidro. Poderia admirar, mas não tocar. Fazia frio.

Poderia conseguir muitas coisas de Leona se pudesse me colocar em sua frequência; três anos aproveitando dos *underdogs* fizeram com que o aluno ficasse mais poderoso que o professor. Que ela era mais quente do que uma bala no ouvido só servia de incentivo para adicionar mais tensão à corda. Madame Walker salivou com desejo e traçou meu peito com a boca até que ela parou no piercing do mamilo. Vendo que eu estava relutante, ela entendeu que o que eu queria era informação.

— Bem, eu não sei o que você fez em seguida, mas Sascha saiu e não me contatou novamente. Então, eu tive que recorrer a um espião, mas era um incompetente estúpido e o despedi quando ele admitiu que ele também tinha perdido a pista dos russos. É como se Sascha e sua máfia tivessem desaparecido do mapa.

— Quando você recebeu o telefonema naquele dia... você o estava despedindo por causa do Sascha e não de mim?

— Exatamente, querido. Você tem que aprender a não tomar as coisas como garantidas. Provavelmente, naquela hora, você pensou que era Sascha, que eu acabara de dispensar.

— Sim, eu pensei isso. Mas se eu não tivesse pensado, eu não teria suspeitado de você e você teria me apunhalado pelas costas — rosnei.

— Não há razão para suspeitar de mim, gatinho, ainda não fiz nada. Ao contrário de você. — Leona levantou as palmas, inocentemente. Sua risada não previa nada de bom. — E você sabe o que isso significa? Que a polícia ficará feliz em encontrar uma fonte de informação como eu sobre o roubo de Napoleão. A menos que você queira que eu também fique suspeita, é claro, o que seria um prazer...

Sim. Ali estava Madame Walker, com aquela curva terrível na boca e fumando o cachimbo com indiferença. Tinha que ser inato, próprio: tinha me superado com toda a elegância do mundo e dado a volta por cima. E eu não podia me dar ao luxo de manipular alguém que já me havia me prendido pelo saco, então eu teria que encontrar uma maneira de fazê-la acreditar que ela estava apenas me beliscando.

— O que você quer? — perguntei, com desinteresse.

— Hmm… Que tal dois milhões de libras de aperitivo?

Tentei não me incomodar, mas mesmo isso era exagero demais para chantagem.

— Nós não temos isso.

— Sim, você tem isso. Agora sim. Você sabe quem se tornou meu novo espião, querido, depois daquele que estava procurando por Sascha fracassou? Bem, foi Liu, seu querido ex-colega de quarto. Não faz sentido esconder isso, então…

— Espere… Dragão? Nosso Liu? Mas já não falamos mais com ele. Ele não tinha como saber de nada sobre…

— Como não? Mas se os viu carregar o quadro para casa no dia em que vocês o roubaram! — Ela riu. — Não, não fique bravo com ele. Simplesmente eu estava pronta: sabia como juntar as coisas e perguntar às pessoas certas. Ele estava nervoso e eu o ameacei um pouco. Bem na mesa onde você está agora sentado.

Bufei com raiva. Eu estava cansado de desconfiar do mundo e ter que manter a linha, especialmente agora que eu tinha olhos vidrados e queria menos do que nunca. Eu só esperava que as coisas fossem resolvidas o mais rápido possível, e sair desse buraco que Londres havia se tornado.

— Muito bem. Vou te dar o dinheiro que BlackArt nos deu. Espero que seu navio esteja carregando um espólio tão pesado que você afunde, sanguessuga materialista. E eu espero que você seja tão grande que fique presa até que seus pulmões se afoguem!

— Ei, chega, menino. Eu não permito que você me insulte. Quem você achou que era? — Ela ficou séria, como uma pantera recém-despertada. — Tenha cuidado, eu não gosto do seu temperamento.

— E o que pretende fazer?— rosnei.

Leona parou, insinuando algo como desprezo, até que ela declarou:

— Isso é o que vou fazer.

Primeiro, ela me olhou nos olhos com aquele sorriso predatório, depois abaixou minhas calças e cuecas. E ela desceu também, lentamente, para dobrar a perna, como se estivesse se curvando, mesmo que o mundo estivesse muito claro de que não era assim. O primeiro contato de sua língua me arrancou uma carranca que pareceu diverti-la muito, mas logo a expressão de desgosto me traiu e desapareceu, para dar lugar a um suspiro. Um após o outro.

O brilho artificial de seus olhos esvaziou meu cérebro. Apenas a tontura permaneceu.

— Você tem um rabo comível, querido. Alguém já te disse isso? — comentou ela maliciosamente, colocando as mãos nas bochechas da minha bunda.

A respiração me falhava e sua língua estava quente. Era uma ovelha lambendo um gato. Ela me convidou a fumar seu cachimbo com um gesto; àquela altura eu já estava pronto para queimar a noite, mesmo que isso chamuscasse meus dedos. Eu aspirava a fumaça de almíscar para expiar meus pecados, o cachimbo da paz.

Mas aqui não havia nada que se assemelhasse à paz. Eu estava com raiva da minha nova posição de submissão. Eu me cansei. Coloquei meu pé em sua barriga e a empurrei para longe de mim, rudemente. Eu rosnei para ela, como um jaguar molhado. Era uma tirania que não entendia de forças, mas de psicologia: ninguém queria ceder porque ninguém se sentia confortável sob o comando do outro.

Ela inclinou a cabeça e se aproximou de mim, explosivamente. Minha visão foi ancorada ao lado, de repente, minha bochecha começou a arder com fúria por causa do bofetão. Eu não tinha visto aquilo chegar. Eu olhei para ela novamente. Havia fogo nos meus olhos e água nos meus cílios. Quem venceria? Eu coloquei minhas mãos em seu pescoço em um frenesi. Não para acariciá-la, mas para apertar. Leona arranhou meus braços com medo e lutou com meus dedos rudemente, até que eu choraminguei de dor. A bandagem na minha mão tinha sido tingida levemente de vermelho.

— Você está com raiva, gatinho?

— Claro que não. Você quer que os dois milhões entrem em uma conta ou na puta da sua mãe?

Leona riu e agarrou meu cabelo, conduzindo-me através do escritório. Meus joelhos tocaram os longos sofás de couro e me deitei, relutantemente.

Foi quando senti suas pernas de ambos os lados e seu interior úmido abraçando meu corpo. Eu não conseguia ver nada além do teto quando começou a cavalgar, porque ela ainda não tinha soltado meu cabelo e não conseguia corrigir o ângulo de curvatura das minhas costas. Meus olhos estavam lacrimejando, mesmo que eu fingisse rebeldia. No fundo, era muito jovem, muito frágil no coração. Leona ronronava e gemia às vezes, enquanto eu me limitava a me mexer em busca de uma postura mais confortável, lutando contra o torpor da embriaguez e do cachimbo que eu havia fumado.

A noite foi consumida. Um orgasmo muito rápido me pegou para humilhar o senso comum, e só então Leona me soltou. Meu pescoço queimava, e ela poderia tê-lo quebrado se quisesse. Eu acabei tonto e fraco, tremendo como um filhote de cachorro.

O melhor momento foi quando Leona vestiu o vestido para sair.

— Sonhe com os anjinhos, Hayden.

No dia seguinte, acordei vomitando no banheiro. Um duende maquiavélico mastigava meu estômago.

Demorei meia-hora para acordar, e quando consegui foi apenas para entrar no banheiro de Leona e me ajoelhar nos azulejos sujos. Depois que terminei de liberar o que estava no estômago, levantei-me; a ressaca também fez um buraco na minha cabeça.

Leona me envolveu em uma espécie de bata de veludo, que às vezes era suave e às vezes estava queimada com buracos de cigarro. Procurei minhas roupas encostadas na parede e pendurei o roupão em um cabide. O duende maquiavélico ainda mastigava meu estômago.

Então, eu peguei um documento que estava assinado na mesa e o usei para limpar a sujeira inexistente que a noite anterior tinha deixado ao me apoiar. "Então você pode dizer que não gosta do meu caráter." Eu saí, mas depois fiquei na porta. Virei nos calcanhares e remexi no bolso, procurando por algumas notas de cinco libras. Neste ponto não era necessário explicar o quanto Leona gostava de dinheiro… Então, eu as deixei na mesa e saí.

Muito obrigado pelos seus serviços. Nós veríamos quem era a prostituta agora.

19

À NOITE, TODOS OS GATOS SÃO PARDOS

As facas de metal passaram em fila diante dos meus olhos, refletindo minha pele branca e os piercings embutidos nela. Metal contra metal. Os chifres afiados pendiam como um conjunto de garras portáteis para os tigres colocarem depois de lamberem as pernas.

Eu deixei para trás a seção de prataria e fui para a área de comida básica. Fazer compras para cinco pessoas era uma tarefa louvável. Especialmente no momento de pagar ou subir as sacolas pelas escadas. Coloquei uma dúzia de ovos no carrinho e encarei os cosméticos à procura de um creme barato para a tatuagem.

Era curioso como tínhamos passado de dois milhões de libras… para não ter absolutamente nada. Saindo do Leviathan, Ás de Espadas pegou o Liu de porrada por ajudar Leona; fomos nós que o paramos, depois de alguma hesitação. Madame Walker recebeu nossa mala de dinheiro e desapareceu no quarto reservado privado, provavelmente para colocá-lo junto com a bolsa da Ovelha Negra.

Nós voltamos a apertar os cintos. Voltamos a comer bolinhos e a mendigar no metrô.

Camden Town borbulhava sob os toldos dos mercados. Contornou um yankee octogenário, que tinha mais cabelo no queixo do que em sua cabeça, e que estava tocando bateria na calçada cheia e continuei pela rua até chegar à varanda de Jeff.

Ao entrar, Kaiser me recebeu com latidos tenros do banheiro. Fui à cozinha e comecei a arrumar a compra nas prateleiras.

— Você comprou cerveja, cara? — perguntou Dean, aparecendo pela porta. Como resposta, peguei o engradado de garrafas e deixei na mesa. Ele encostou-se à parede e abriu um saco de cereal para pegar uns punhados.

— Quem está cozinhando hoje?

— O Ás de Espadas, suponho.

— Não estou preparado para isso — reclamou o trintão de cima. — Se eu quiser comer merda, vou jantar no Kebab, porque pelo menos nos convidam a fumar um cachimbo de manga.

— Bem, não é tão ruim assim. Podemos dizer a ele para parar de experimentar, para nos fazer um ovo com arroz e...

Parei quando abri a caixa de ovo. O fechamento de papelão estava adulterado. Os imprestáveis do supermercado. Não que eu me importasse, eu tinha vindo para comer macarrão oriental. Mas, porra, era sério que os ovos estavam... manchados?

Olhei melhor. Eram letras. Era uma confusão de letras pintadas com uma caneta; uma nebulosa de frases muito finas e muito próximas para serem chamadas de texto:

"A ponte de Londres está caindo, Está caindo, está caindo. A ponte de Londres está caindo, minha bela dama."

Sem perceber, li a frase cantando. Minha mão pegou o ovo ao lado com meu coração parado.

"A construa com madeira e barro, madeira e barro, madeira e barro... A construa com madeira e barro, minha bela dama.".

O próximo ovo não foi diferente.

"Madeira e barro vão lavar, lavar..."

Eu levantei todos os ovos, todos com o lado interno manchado de literatura. Doze ovos apenas, com os doze versos que a famosa canção tinha.

— Escrever músicas populares em produtos é uma nova forma de publicidade? — Eu perguntei a Dean, entregando-lhe um. Ele olhou para mim com mais espanto do que repulsão.

— As garotas cantavam a London Bridge quando eram pequenas. O que é isso…? Por que você pegou uma caixa de ovos com essa estupidez escrita?

— Eu não sabia… que estava com defeito quando eu a coloquei no carro. Podem ter mudado quando eu fui pegar a cerveja — murmurei, com uma expressão paralisada. — Isso é alguém tentando nos assustar. Talvez um aviso. Alguém que gostaria de ter Napoleão em mãos? — O homem não respondeu imediatamente, como que se recusando a deixar o medo entrar pela porta.

— Como o que pintou seu Papai Noel com sangue? Será a mesma pessoa, Captcha666?

— Desta vez é pior. Ele deve saber onde estamos morando agora, porque ele sabe qual supermercado nós estamos indo, então eu tenho que presumir que ele estava lá, quando eu estava fazendo as compras. Nós podemos ter nos cruzado e…

Minha voz morreu.

— Talvez tenhamos nos arriscado muito ao continuar entrando na *deep web* pelo computador de Jeff — disse Dean, nervosamente. — Eles nos mantêm sob vigilância. Se eles chegaram em Camden Town, é porque algo está errado. Devemos elevar o nível de segurança? Usamos essa coisa do Linux que Lizbeth nos disse ontem para inicializar o Tor sem deixar vestígios, o que funciona por USB?

— Nós não temos isso agora, ou a chance de obtê-lo — respondi. — A primeira coisa a fazer é sair daqui.

— A primeira coisa a fazer é colocar Napoleão em segurança e pôr Leona para trabalhar, por isso pagamos a ela dois milhões de dólares.

Eu olhei para ele perplexo e soltei uma risada irônica.

— Sim. E o que você sugere? Que nós levemos o quadro para o Leviathan?

O ruivo não respondeu. Sua expressão dizia tudo.

— Você pagou a taxa de congestionamento? Eu acho que foi tirado na internet… — recordou Dean.

— Sim, mas…

— E você colocou minha placa de volta, certo? Nós não queremos ser pegos pelas câmeras.

— Sim, Dean, mas esse plano parece uma merda. Olhe. Dê a volta. Não pretendo continuar fazendo isso. — Eu quiquei no banco, como se tivesse um fogo de artifício na minha bunda. Não era um fogo de artifício, mas o fato de lembrar que tínhamos Napoleão bem acima de nossas cabeças, respirando o ar da rua.

— Não se mexa, garoto. Nem pense em sair do carro. A pintura está bem amarrada? Preciso saber disso.

— Está lindamente amarrada. Não vou deixar cair e ficar no meio do caminho; coisa que ainda pode acontecer, considerando que estamos passando pela porra da rua… com todas aquelas pessoas olhando para nós! Com um quadro de vinte milhões de libras! Há policiais em Camden! E indo para o Leviathan! Para um lugar público! Como eu pude aceitar isso? Dean, dê a volta agora mesmo!

— Isso se chama desespero, Gatinho. É um sujeito irritante que faz você fazer coisas loucas ao longo do tempo e também, ocasionalmente, poder salvar sua pele. Você pode ligar para Leona e dizer a ela que vamos para lá? — perguntou Dean, seus olhos no caminho, e tentando manter a calma.

— Nós nem sequer consultamos Eileen e Ás de Espadas — lamentei, discando o número da chefe.

— Ai. Quando você é espontâneo você não se importa com o que o resto vai pensar, mas quando você não tem certeza da espontaneidade de um parceiro, quer fazer mesa redonda. Você percebe como você é às vezes? — Dean rosnou com o estresse. — E você pode ligar para Leona agora?

— Para quem você acha que eu estou ligando, caralho? — explodi. — E eu não sou…

— Sim?

— Ah, Leona… Olha…

Eu belisquei a ponta do nariz com os dedos, procurando maneiras de dizer o que estava acontecendo, sem soar apocalíptico.

— Como, vigiando vocês? — perguntou ela, depois de uma explicação assustadora, sem intervalos.

— O que você acha? Nós carregamos a viagem inteira com vinte olhos colados no cangote. Nos encarando das calçadas. Virando-se para nós sem dizer nada. Nos seguindo em carros sem chegar perto. Eles estão por toda parte. Em cada canto do perímetro, camuflados entre pessoas normais. Ah, porra, sinto que cometemos um crime horrível.

— Você cometeu um crime horrível. Ou o que você acha que significa roubar um museu? — esclareceu ela, com algum sarcasmo, do outro lado do telefone.

— Eu gostaria que eles apenas olhassem para nós para nos fazer sentir culpados, mas esse não é o seu estilo. Eles estão atrás do quadro, Leona. E nós estamos andando embaixo dos narizes deles!

Dean olhou para mim nervosamente do volante. Embora tivéssemos voltado a disfarçar Napoleão de mesa, éramos uma estúpida parafernália de obviedade para todos aqueles que sabiam quem eram os ladrões da Galeria Nacional, perambulando por Londres dentro deste veículo com quatro pernas apontando para o céu. Não podemos voltar para a casa de Jeff ou para o apartamento de Hackney.

— Tanto faz. Este é um pub, um lugar público. As pessoas que ninguém conhece vêm aqui para se embriagar no bar, foder como coelhos ou se drogar até que lhes espume a boca.

— É precisamente por isso. Eu não acho que se atreveriam a atacar em um lugar público, temos que ficar aí — expliquei, usando o argumento de Dean, embora não acreditasse nele.

— O Leviathan pode te receber sem problemas, mas, aqui, onde eu coloco essa coisa sem que ninguém saiba? Este lugar está cheio de *underdogs* com os olhos bem abertos.

— Você tem escondido a grana que roubou de um cara que você provavelmente matou por trinta anos. Não me diga que você não pode esconder uma pintura por um par de dias.

— Bem, que eu o matei para ficar com a grana dele é algo que você está supondo. Eu não vou admitir no telefone que…

— Encontre uma maneira de escondê-lo até quando chegarmos ou isso vai para o inferno, querida chefe — interrompi, com hostilidade, antes de desligar. Dean olhou para mim com desconfiança.

Levamos vinte minutos para chegar ao bairro do Soho a partir de Camden Town. O ruivo lutou com o tráfico no mais absoluto silêncio; a tensão de levar Napoleão sobre as nossas cabeças, enquanto um monte de desconhecidos seguia nossa trilha nos tinha roubado as palavras. Era mais fácil dessa maneira, porque se nós não tínhamos nada a dizer, ainda podíamos tentar acreditar que eram nossas imaginações. O único que estava na merda era Kaiser, sentado no banco de trás com o cinto mal afivelado na barriga e a cabeça para fora da janela, dando mordidas no ar de vez em quando.

Finalmente, Dean contornou o Leviathan e estacionou o Fiat na porta traseira. Cinco da tarde. Estava ficando escuro, então, quando Leona saiu para nos receber, se acendeu o poste que tinha a seu lado.

— Sim, exato, acabei de ter uma ideia — brincou ela. Depois ela ajudou Dean a abaixar a pintura, com ansiedade. — Vamos escondê-lo debaixo da cama do quarto reservado. Afinal, sou a única que tem a chave.

Junto com a bolsa de dinheiro da Ovelha Negra, pensei. E eu pensei em todas as coincidências escuras que poderiam acontecer em um planeta tão pequeno. E eu pensei também no que implicava deixar o quadro onde Leona tinha marcado tão bem seu território.

— Ah... Você trouxe seu cão também... — rosnou ela, vendo Kaiser pular para fora do carro. O animal foi direto farejá-la e se afastou rapidamente, franzindo o nariz. Há momentos em que cachorros e cadelas não se dão bem.

— Eileen e Ás de Espadas estão aqui? — perguntei, cobrindo um dos cantos de Napoleão que estava visível com a borda do pano.

— Não se preocupe. Eu já os avisei. Eles inventaram uma desculpa para reunir todos os *underdogs* no meu escritório. Temos alguns minutos de vantagem até o reservado. Vamos, vamos!

Pegamos os três cantos e acompanhamos Napoleão em um lugar onde eu nunca pensei que ele viria a pôr os pés. A piranha de néon provocou reflexos na toalha dobrada sobre ele. O Leviathan lhe deu as boas-vindas com todos aqueles tentáculos de plástico imobilizados nas paredes. Subimos o quadro pelas escadas, enquanto Kaiser corria de lá pra cá por aquele pub que tinha ficado vazio, mas totalmente iluminado. Parecia uma festa à qual ninguém tinha vindo.

Houve muitos murmúrios no escritório de Leona. Quando fechamos a porta do reservado atrás de nós, finalmente conseguimos respirar com facilidade. E uma vez em seu escritório, Madame Walker encontrou dezenas de olhos questionadores no espaço. Eles não pareciam se importar muito. Os *underdogs* estavam acostumados ao calor humano.

— Ei... já se reuniram, como pediu. — Eileen interveio, vacilante. —Você tinha algo para dizer a eles, certo?

Os olhos de Leona se endureceram com o peso de ter que carregar essa desculpa.

— Sim. Eu queria informá-los de que... — uma desculpa com importância suficiente para reuni-los a todos — há a possibilidade de que o Leviathan tenha que fechar. Há certas pessoas que estão procurando Hayden por... causa de problemas alheios relacionados à morte de Cherry. Se alguém perguntar sobre ele, seria ideal que vocês mantivessem a boca fechada. Era o que eu tinha para dizer.

Os *underdogs* fizeram um momento de silêncio, assustados com a perspectiva de serem deixados na rua e todos surpresos que o Gato Negro tivesse algo a ver com isso. Embora inicialmente tivessem voltado os olhos para mim, ainda tinham a morte de Cherry muito presente para colocar a culpa em um de nós.

Então, eles deixaram o escritório com mais curiosidade do que preocupação e, lentamente, começaram a se mobilizar para preparar o Leviathan, antes da chegada da noite. Leona me deu uma última olhada antes de se trancar em seu escritório.

Lady e Pato varreram o chão e passaram o esfregão, enquanto os *underdogs* voltaram a manchá-lo com seus passos. Red encontrou um vômito ressecado no canto do banheiro e passou a reclamar até que Liu teve que limpá-lo. Bengala contornou os travesseiros das cadeiras. Libélula acompanhou Aaron até a loja, para reabastecer as garrafas de bebida. Lizbeth levou o lixo.

Quando deu oito horas, pedimos pizzas em um restaurante perto de Chinatown e comemos junto às primeiras interrupções dos clientes.

À uma hora, as luzes e a música funcionavam a toda velocidade. Os *underdogs* pareciam ter se esquecido das palavras de Leona e entraram em seu jogo, como em qualquer dia normal. Mas eu ainda estava inquieto. Sentado em uma poltrona com Eileen, deveria ser a única noite de trabalho da minha vida em que eu estava completamente limpo de substâncias. Um possível cliente se aproximou de mim e tive a audácia de rejeitá-lo. Eu precisava do dinheiro, mas não queria nada, muito menos comer alguém no banheiro. Eu acho que a coisa estava relacionada a não ter álcool ou tabaco no corpo.

Enquanto Eileen me dizia coisas que costumavam acabar em memórias do Cachorro Molhado, fiquei observando de longe o comportamento dos meus colegas.

Red dançou aqui e ali, com as botas altas de couro. Ela sorria como uma estrela brilhante quando alguém olhava para ela, e bufava com cansaço contra a parede quando não.

Alexia estava sentada em uma poltrona, altamente concentrada em uma caixa de insetos, mas não aguentou muito tempo sozinha. Ela logo encontrou uma mulher na multidão que reagiu a seus olhos estratégicos e decidiu se aproximar, quando ela fez o seu movimento magistral: levantou Lucy na frente do rosto e sensualmente lambeu a cabeça do réptil com a ponta de sua língua dividida. A mulher se sentou no seu colo e exibiu algumas notas com adoração. Alexia, em troca, ofereceu-lhe um inseto entre o dedo médio e o dedo indicador.

Abril procurou uma presa sem muito entusiasmo. No fundo, só queria convidar o Ás para uma bebida e pagar por seus serviços, se necessário. Sua paixão se tornou compulsiva.

— ... como se fosse voar de um momento para o outro — emocionou-se Eileen. — E Natalie Portman estava linda, vestida como um cisne negro, Hayden. Como eu gosto de balé e...

Bang!

O tiro ressoou na pista de dança, quebrando toda a hipnose e distorcendo a fantasia de uma só vez. O DJ demorou um momento eterno para desligar a música e, quando o fez, não havia nenhum olhar que não estivesse voltado para o foco do som: Alexia estava com os olhos arregalados e tremendo na frente do cano da arma.

A bala passou por cima do ombro e se acomodou no encosto acolchoado.

— Só uma palavra, cachorrinho — fulminou a mulher, marcando os erres. Alexia levantou as palmas devagar. — Onde está Hayden Rothem?

A resposta foi gerada no ar sem que a underdog de cabelos verdes tivesse a chance de dizer qualquer coisa. Instantaneamente, todas as cabeças se viraram para mim, de modo inconsciente, tanto as dos meus colegas como a dos clientes que já me conheciam.

A estranha se afastou de Alexia e virou o cano para mim. *Bang, bang.* Os tiros se perderam no corrimão e explodiram uma janela. Eu já tinha me jogado no chão de susto e as pessoas tinham se afastado com um grito de choque. Outro indivíduo se aproximou de mim. Eu não conseguia olhar para cima, mas sabia que não era um colega por causa da aparência dos sapatos dele.

Um saco tentou entrar na minha cabeça, com a óbvia intenção de me sequestrar, mas a luta foi mais fácil do que eu pensava e, em seguida, consegui me levantar para ver quem era. O indivíduo tinha o rosto coberto com uma máscara de esqui e estava se debatendo no chão para se livrar de Liu. O underdog chinês ainda tinha um lábio inchado da porrada que Ás de Espadas lhe tinha dado, e ele ainda tinha energia para chafurdar com o meu agressor como um gato escaldado. Eu tive uma série de sentimentos contraditórios.

Em seguida, Camaleão veio para dar apoio. Naquele dia ele estava vestido como um policial e tinha algemas de plástico para amarrar os clientes na cama. Ele nunca pensou que um dia serviriam para capturar um assassino na pista de dança do Leviathan.

Eu não tive tempo para relaxar: a mulher que tinha se enrolado com Alexia abriu seu caminho através da multidão, a menos de dois metros. Galopei escada acima, tropeçando nos primeiros degraus.

— Ah! Filhos da puta estúpidos! — gritou ela do andar de baixo. Ela tinha parado um momento para colocar as mãos atrás da cabeça, com uma expressão de dor. Entre seus dedos, havia um dardo de alvo.

Red não lhe deu uma folga do corrimão: o segundo dardo assobiou no ar e permaneceu ancorado em sua jaqueta de couro, embora, pelo sobressalto da mulher, eu percebesse que a ponta havia atingido sua carne. A underdog lhe lançou um terceiro dardo com uma expressão gelada e, pelo grito de dor, soube que ela havia obtido cinquenta pontos.

Bang! Bang! Mas a arma tinha menos pontaria, graças a Deus.

Eu não fiquei para ver. Os clientes começaram a se mover caoticamente em direção à porta de saída, exceto alguns voyeuristas imprudentes. Embora todos os *underdogs* permanecessem, a maioria estava em choque ou escondida embaixo das mesas. Já no andar de cima, achei Ás de Espadas, preso contra poltronas por um terceiro homem encapuzado, enquanto Eileen fugia em terror diante de outro agressor e Dean ameaçava um quinto com uma garrafa de Beefeater quebrada. Eles sabiam muito bem quem eles estavam procurando. Eles sabiam perfeitamente bem quem havia roubado a pintura de Napoleão e onde trabalhávamos.

Leona fez um gesto para mim do corredor dos reservados. Quando cheguei, um novo perseguidor camuflado se desviou do fluxo de pessoas e continuou a brandir uma barra de metal.

De repente, a porta do reservado se abriu e cuspiu um underdog contra ele, tão abruptamente que o estranho ficou desestabilizado e desmoronou no corredor. O rabo de dreadlocks balançou graciosamente quando Galo de Briga levantou a pequena lâmpada da sala acima de sua cabeça e a esmagou na testa do homem.

Galo de Briga olhou para mim com seus olhos negros, agachando-se. Estava seminua. A luz rasgou os reflexos dourados sobre sua pele escura, sobre seus pequenos seios e sua espinha irregular. Tinha um ar selvagem que eu não capturara no dia em que fui tatuar. A cliente que pagou por ela enfiou a cabeça para fora, timidamente, observou o corpo inconsciente do corredor e correu em direção à saída semivestida. Imediatamente, a agressora com a arma apareceu na entrada e apontou para ela, para intimidá-la. Ela não atirou. Se eles pensavam em desaparecer tão silenciosamente quanto tinham chegado, teriam que cuidar de seus métodos.

— Volte para o quarto e não saia até que eu lhe dê permissão — disse a mulher. — Vamos, mexa-se!

Galo de Briga se levantou como uma fera meio domesticada e se trancou no reservado com relutância. Leona e eu aproveitamos esse momento para nos esgueirarmos pelo corredor, enquanto as luzes bruxuleantes nos davam trechos alaranjados e de escuridão. Quando chegamos ao fim, uma chuva de calor caiu do telhado; alguém deve ter elevado o aquecimento ao máximo. Nem mais um movimento. Logo nos encontramos cara a cara com o olho do cano da arma virado para nós novamente.

— Mãos longe da maçaneta. Isso. — Seu sotaque me lembrou de alguém. — Eu vou perguntar uma vez. Você vai me responder e depois podemos sair. Simples. Limpo. Onde está o...?

A pergunta era tão óbvia que o universo não o deixou terminar: a porta da sala lateral (onde as pontas e os controles de eletricidade eram guardados) de repente se abriu e atingiu a mulher no rosto. Alexia emergiu da escuridão, como um enxame verde, e pegou a arma de sua oponente, que ainda estava reclamando com as mãos no nariz.

— Eu vou ficar com o seu brinquedo, vaca de merda.

Então a underdog jogou algo que se arrastou pelo corredor: Lucy. O gigantesco réptil se encolheu e levantou a cabeça lentamente, para a apetitosa mulher diante de suas narinas. Ela nunca atacou ninguém, mas as cobras reagiram com o calor e Alexia ligou o aquecimento, especialmente para isso. Lucy parecia simplesmente confusa. A cobra abandonou seus princípios domésticos por um momento e assobiou agressivamente quando a perseguidora tentou passar. Não foi o suficiente para atacar; nem mesmo para trazer a cabeça ou mostrar a boca. Ela simplesmente assobiou.

Seu comportamento imponente, mas inofensivo, era sua única carta na manga, especialmente agora que seu corpo ocupava a largura do corredor e não havia arma para se defender também. Alexia sabia disso. Aquilo não era mais do que a sombra gigantesca de um dragão, projetado por um lagarto perto de um incêndio.

— Vai em frente, Gato. Vou ficar de olho nessazinha. Vá para onde você tiver que ir. — avisou Alexia, com um sorriso desdenhoso, brincando com a arma entre os dedos.

Meu estômago se apertou, pensando em todos os *underdogs* que tinham se envolvido para parar os atacantes, sem nem mesmo saber o porquê. Red, Camaleão, Galo de Briga, Liu, Alexia.

Meus irmãos. Picam como vespas, como os *underdogs* dos anos oitenta; como os companheiros de Leona quando era Ovelha Negra. Eu só esperava que Dean, Eileen e Ás estivessem bem do outro lado da parede. A última visão que tivemos antes de entrar na última porta foi a de nosso agressor encurralado, sussurrando algumas palavras em um rádio comunicador.

Entrar naquela sala era como atravessar um portal para outro mundo: toda a angústia foi deixada de fora e a claridade da noite entrou pela janela, refrescando nossa mente. Aquele reservado era o único que tinha vistas para o lado de fora. O maior, o mais limpo. Dedicado aos clientes que pagavam por um serviço requintado ou àqueles que precisavam se abrigar por um tempo para fazer certos negócios. As cortinas vermelhas lhe davam uma aparência séria e elegante. Os buracos de rato atrás delas tinham sido fechados.

— O que fazemos agora? — perguntei à minha chefe, impaciente.

— Chame a polícia e saia daqui antes que algum mafioso vá ajudar aquela cadela do lado de fora. Esta é a única sala reservada que tem uma janela, então você sabe por que eu te trouxe aqui.

— Saltar pela janela? Esse é o seu magnífico plano de fuga? — exclamei, incrédulo.

— Cale a boca e me ajude a encontrar algo para descer — rosnou ela, enquanto andava de um lado para o outro no quarto. — Uma corda, um grande pano, uma trança de Rapunzel. Qualquer coisa vale a pena, exceto as cortinas. Eu não quero que você toque nas cortinas.

Abrimos as gavetas, olhamos no cabide, movemos a mesa. E nós também levantamos nossas cabeças com atenção, quando o tom do meu celular tocou no meu bolso.

"Dare me to jump off of this Jersey bridge. I bet you never had a Friday night like this."

— Sim? — perguntei, meus dedos tremendo e minha voz firme.

— Hayden Rothem?

— Quem é?

— Vá para a janela, por favor.

Nenhum de nós falou, na expectativa. Eu me aproximei do vidro com insegurança e olhei para fora, sem saber exatamente quem estava me chamando ou o que ele queria que eu visse.

A grama do jardim mais próximo balançava ao vento, como uma pilha de arcos de violino coordenados. Estacionado na porta dos fundos do Leviathan, estava o Land Rover preto com janelas escuras. Apoiado no capô, me observava um homem com um rádio comunicador em uma mão e um celular na outra. A janela traseira se abriu devagar, no meio do caminho.

Janice esticou o pescoço para mostrar a cabeça, amordaçada.

20

QUANDO O GATO ESTÁ AUSENTE, OS RATOS FAZEM A FESTA

— Como você conseguiu meu número?

— Nós encontramos o celular de Sascha. Ele tinha gravado seu contato quando era membro do pub.

— Você é da organização daquele bastardo?

É por isso que soava familiar o sotaque da mulher da arma: todos os estranhos eram russos.

— Sim. Você vai sair de uma vez? Sua irmã está aqui no carro dizendo palavrões.

— Posso quebrar a cara de Sascha se eu descer? — acrescentei de má vontade, olhando para Leona pelo canto do olho.

— Não está com a gente. Sr. Korovin desapareceu semanas atrás.

— Como? — No início, foi engraçado eles chamarem de "senhor" um menino de vinte anos, mas depois percebi que, se ele estava com eles, era porque ele era um profissional. Eu me virei para Leona. — Eles não sabem onde Sascha está. Você ouviu falar alguma coisa dele?

— Eu não consegui localizá-lo desde que ele tentou roubar o quadro — respondeu ela, sem muita surpresa. No entanto, ainda parecia estranho para mim. Criminosos costumavam desaparecer quando alcançavam seu objetivo, não antes.

Eu coloquei o telefone no meu ouvido de novo, devagar.

— Eu vou descer, mas, antes de fazer isso, eu preciso de certas garantias. Eu quero que você retire seus companheiros de cima dos meus colegas. No Leviathan, não quero ninguém com mais de 25 anos — exigi. — E quero que você coloque todas as armas de fogo a três metros de sua posição. Eu te vejo pela janela.

O estranho assobiou comicamente do outro lado da linha e fez algum tipo de movimento com o celular.

— Hayden? Diga a esses homens para me libertarem ou não chegarei a tempo para as aulas de piano. Mamãe vai matar você! — reclamou uma voz infantil do telefone.

— Janice! — Ouvir sua voz me levou ao limite do pânico. — Ei, pequenina, não os deixe com raiva, ok? Por favor, fique onde está e não toque em nada enquanto eu...

— Fim da conversa, sr. Rothem. Agora você entende que não está em posição de pedir nada, mas vou concordar em retirar meus companheiros do pub como cortesia. Você tem um minuto para descer. É do seu interesse acabar com isso antes que a polícia venha. Não desligue, por favor.

Eu mantive a palavra na minha boca. Preso. Frustrado. Intuí que a melhor coisa naquele momento seria obedecer.

Eu respirei fundo e sinalizei a Leona para a porta do reservado. Ela abriu com alguma desconfiança e não encontrou nada no corredor: nem Alexia, nem cobras, nem mulheres com armas, nem corpos inconscientes. Nós andamos em silêncio, tensos como uma folha de papel.

— Máxima discrição agora, sr. Rothem. Não fale com ninguém, nós estamos vigiando de fora. Você sai pela porta dos fundos — falou ele no telefone, com absoluta calma.

Quando chegamos ao último andar, encontramos o olhar insistente dos *underdogs*, de repente virados para nós, como uma manada de suricatos pendurados no predador. Nenhum falou. Todos nos seguiram com os olhos, mas não com os pés. Camaleão estava sentado no bar com uma bolsa de gelo presa a sua têmpora. Alexia ainda tinha a arma na mão. Kaiser olhou para mim alegremente da cadeira, a mandíbula um pouco manchada de vermelho. Eu tinha me esquecido dele.

Quando passei, Red ansiava por uma explicação, em vão.

— Convide a sair também seus outros três companheiros, por favor. A garota, o baixinho e o ruivo — continuou o sotaque russo.

Eu engoli e pedi a Eileen, Ás e Dean para virem comigo. A porta rangeu.

Lá fora o vento estava cinzento. Cinza como grama, cinza como pressságios, cinza como gatos com sorte. Estava claro o único que ainda era negro ali. Nós olhamos para os rostos um do outro com antipatia, nos avaliando. Havia sete pessoas: quatro morenas e três albinos, asquerosamente parecidos com Sascha. Alguns deles tinham os rostos cobertos por balaclavas, mas mesmo assim conseguimos distinguir seus terríveis olhos azuis por trás.

— Eles são apenas crianças… — murmurou um dos estranhos em russo para o seu parceiro. Então, eles exibiram um sorriso cheio de dentes pontudos.

Por pura inércia, deixei meus pés me levarem ao rosto terno de Janice, mas um russo ergueu a voz e me interrompeu no meio do caminho:

— Não se aproxime do Land Rover, sr. Rothem, ou vai se arrepender pelo resto da sua vida. Recue agora. — A língua estava presa nos erres de um modo assustadoramente familiar. Ele parecia ser o tradutor da organização que conversava comigo o tempo todo em seu celular. Ele era careca e sua pele enrugava na nuca logo atrás das orelhas. Isso me lembrou de um daqueles açougueiros obesos que trabalham na parte de trás das lojas, abrindo porcos no canal.

Havia dois veículos à vista: uma van branca, em torno da qual seis russos estavam agrupados e o Land Rover em que Janice estava, vigiada por um único mafioso que lhe fazia companhia de fora. Não era um bom sinal. Eu recuei.

— Os minutos correm, senhores. É só uma questão de tempo até que uma dessas crianças desobedeça sua chefe e chame a polícia.

O russo apontou para o pub. Nesse momento, os *underdogs* devem ter ficado divididos entre ficar onde estavam, enquanto o mundo corria do lado de fora, ou desafiar o comando hitleriano de Leona de não mover um músculo enquanto ela resolvia os problemas.

— Fazemos assim: você nos dá a imagem de *Napoleão atravessando os Alpes* e fecham a boca sobre o que tinham nas mãos. Além disso, você nos fornecerá voluntariamente o número do comprador que adiantou seu dinheiro, BlackArt12. — Ele falava a última parte do nome com uma palavra que não se parecia em nada com "doze", então presumimos que ele tivesse dito o número em russo. Nós não ficamos surpresos que eles soubessem sobre nossas relações com outras pessoas. O que nos assustou foi que eles sabiam o nome de usuário exato. — Em troca, da nossa parte, prometemos acabar com as ameaças pintadas nos ovos e os espiões da rua. Nós também devolveremos seu apartamento de Hackney e liberaremos esta garota sã e salva.

Janice grudou o nariz no vidro. Dei mais alguns passos em direção a ela, mas os russos na van ficaram tensos como gatos e me enviaram um sinal claro de erro. Frustrado, eu ia responder com um rápido "eu aceito", quando Leona falou antes:

— Exigimos uma parte do dinheiro da venda. Nós somos aqueles que roubaram a pintura.

Ás olhou furioso para a chefe por se atribuir méritos alheios.

— O BlackArt já te deu a parte do dinheiro que pertence a você, agradeçam por permitirmos que vocês fiquem com ela — respondeu o russo energicamente. Então ele fez uma pausa e ergueu as grossas sobrancelhas negras. Sua expressão era dura como gesso. — Também não é conveniente para você ir à polícia depois disso, porque conhecemos sua vida como a palma da mão. Sabemos onde vocês moram e onde morarão se decidirem se mudar. Vocês estarão toda a vida ao alcance de nossos dedos. E a única maneira de continuar em paz será consentir com nossas exigências sem rebeliões. Somos uma organização do mercado negro e não é nossa especialidade eliminar as pessoas, mas, se devemos silenciar alguém para garantir o sucesso, não hesitaremos em fazê-lo.

Eu contraí meus lábios em uma careta de desgosto. Sascha me disse exatamente a mesma coisa naquele dia, nas escadas. Sascha. Onde tinha se metido aquele crápula?

O russo murmurou algumas palavras ao companheiro em sua própria língua. Era óbvio que ele sempre falava da mesma forma, porque ele era o que mais sabia inglês, mas provavelmente as intenções haviam sido acordadas pelas dezenas de pessoas que formavam a organização. Então, ele olhou para nós novamente e acrescentou:

— Nós acreditamos que vocês não devem recusar o acordo. Se resistirem, podemos causar muitos danos. Podemos encontrá-los e repetir a morte de Cherry de uma maneira muito mais discreta.

Meu coração se encolheu ao ouvir o nome Cherry. O sangue bateu nas minhas têmporas e me lembrei da poça carmesim, das vísceras e do cheiro azedo. De repente, eu me senti completamente mestre de todas as minhas células encolhendo com náusea.

— Não era necessário que você matasse nosso amigo. — Eileen se aventurou. — Entenda que estamos relutantes em entregar na boa o quadro para alguém que nos causou danos irreparáveis.

— O desgosto é um sentimento que deve ser deixado de fora do tratamento profissional, senhorita — respondeu o russo, impaciente. — Esse foi mais um aspecto para forçá-los a agir. Um desastre como assassinato, sim, todo sujo e chamativo, mas necessário para removê-los de sua zona de conforto. Para que se adiantassem, ficassem desesperados e cometessem erros, como ter de trazer o quadro até aqui. Mas nós prometemos que o próximo será silencioso. Solitário. Nunca encontrariam seus corpos. É por isso que você deve decidir agora. E decida aceitar, pelo seu bem.

Eu me virei para os meus companheiros.

Dean ficou com os braços cruzados ao lado de Eileen, que estava mordiscando o dedo mindinho nervosamente. Ás estava irritado e Leona olhava para mim, como um tubarão prestes a morder.

— Mesmo se pudéssemos vender nós mesmos, teríamos que nos esconder por todas as nossas vidas — disse Dean com preocupação, apontando para os russos.

— Seríamos milionários, imbecil. Nós poderíamos comprar nossa segurança. Poderíamos comprar a morte deles e de todos os seus sobrinhos, se quiséssemos — grunhiu Leona, impaciente.

— Tivemos dificuldade em conseguir o quadro, colegas. Nós não podemos entregá-lo assim — confirmou o Ás. — Cherry e River morreram para que estivéssemos aqui agora, prestes a fechar o negócio com o BlackArt. Nós só precisamos consertar a bagunça com esses caras e mais alguns dias para transformar Napoleão em notas. E nós podemos desaparecer. Nós vamos desaparecer.

Leona apontou para ele concordando, mas o russo enfatizou o curso instável da nossa decisão, acrescentando:

— A garota. Pense na garota. Ela está andando por um terreno perigoso agora.

— Eu já estou pensando em minha irmã, imbecil.

Para mim não há pintura no mundo que seja igual a Janice. E ela tem toda a sua vida pela frente. Cerrei meus punhos até meus dedos perderem a cor. Os dedos inexistentes da minha mão direita reclamaram com uma punção. Eu me senti impotente, amarrado e ausente. Não havia nada que eu pudesse fazer para melhorar a situação, mas ao meu redor todos os ratos pareciam participar do jogo.

— Não vou dar a pintura a ninguém, e é melhor você ficar do meu lado se quiser sua parte do dinheiro — esclareceu Leona. — Dean, Ás. Vocês sabem quais são seus objetivos. Querem sair dessa bagunça e sabem qual é a maneira. Como realizá-lo? Não se movam e deixem que eu falo. Eu já lidei com essa organização quando contratei Sascha; chegaremos a um pequeno acordo de compensação ou chegaremos às ameaças — ela respondeu, com mordacidade. — As coisas estão do nosso lado se a polícia vier. Neste momento, a pintura está bem escondida, e aqueles que nos acusam de roubar estão invadindo um lugar público com armas de fogo: eles têm uma credibilidade de merda. Mercado negro? Eles vão adorar ver esse gancho e puxar toda a linha. Não é nem conveniente para eles estarem aqui quando os agentes aparecerem. Então apenas não se mova, não diga nada. Eu cuido de tudo.

Ás de Espadas e Dean foram tirados da frente. Parecia que eles iam dizer alguma coisa, mas, no fim, ficaram em silêncio. Leona os tinha em suas garras e os russos estavam inquietos. Inquietos, não, você não pode ficar desconfortável quando tem uma arma na mão. Eles estavam impacientes.

Foi Eileen quem começou a falar como uma lufada de ar fresco:

— A polícia virá e eles partirão, sim, mas o farão com a irmã de Hayden. Eles vão usá-la como isca para mais tarde ou vão matá-la em um celeiro, como um aviso do que vai acontecer com a gente nos próximos meses. Como esse dinheiro vai nos fazer bem se o conseguirmos à custa da vida dos outros? — ela se dirigiu especificamente para o Ás, com ferocidade. — Como você se atreve a colocar Cherry e River no assunto para levar isso adiante quando deveríamos estar fazendo isso para ajudar pessoas como eles, enquanto protestamos contra as injustiças da sociedade? Vocês sempre se queixaram da vida de dificuldades que tiveram que passar, sem ter culpa de nada, que vocês são inocentes. E o que ela é então? — ela indicou Janice com a mão. — O que são Red, Camaleão e Alexia, senão inocentes que se tornaram nossas vítimas? Você vai sacrificar os direitos daquela garota para que os seus fiquem um pouco mais cômodos. Uau, que surpresa! Veja se não é Leona Walker, a mulher quem Dean acabou de deixar em uma situação difícil há pouco!

Dean desenhou uma linha fina com os lábios. Leona perdoou, mas não esqueceu. Eileen continuou:

— Você vê a diferença agora? Você vê isso? Eu não. Você é capaz de ignorar o que acontece com aquela garota porque você não a conhece. Então você se pergunta por que as pessoas que acabaram de deixar um caixa eletrônico não lhe dão esmolas! E foda-se, Ás, se fosse um dos seus irmãos, você já estaria cagando em seus ancestrais. — Ele bufou e jogou seu peso na outra perna. — É isso que acontece com as pessoas de hoje, seus corações não batem por ninguém além de seu cônjuge e seus filhos. Eles não entendem que a unidade é o mais forte que temos. A unidade não gasta nem envelhece.

Colibri pegou ar por um momento, cansada, antes de adicionar:

— A ganância é sempre a casca de banana na qual nós escorregamos. Quando tivermos o dinheiro apodrecendo em qualquer banco de qualquer cidade, com quem estarei no quarto do hotel? Com vocês, que valem o mesmo que suas palavras? Deus queira que não. Eu ficaria com medo de estar lá quando virmos as orelhas do lobo; eu teria medo do que nos tornaríamos. Você se queixa de intolerância, preconceito, críticas, hostilidade. Você diz que dependemos apenas de nós para fazer as coisas mudarem, para existir na engrenagem de cada dia. A vida é a única coisa que nos pertence completamente, então não tire isso daquela garota. Sempre faça coisas das quais você se sinta orgulhoso. E eu não estou falando sobre o legal, mas sobre fazer a coisa certa... pela primeira vez em suas vidas.

Eileen terminou seu discurso com nervosismo, um nervosismo carregado de resignação. Não estava atuando. Não era Audrey Hepburn.

Os russos se perderam no meio do discurso, mas entenderam imediatamente que a decisão havia sido redirecionada para onde queriam. Leona também notou e se contorceu violentamente assim que Dean colocou as mãos sobre ela.

— O quê? Você vai ouvir o que essa pirralha diz? Por Deus, é Colibri! Ela não sabe o que diz! Ela nunca foi capaz de elaborar uma opinião por si mesma!

Não disse nada.

Pessoas excessivamente empáticas não têm personalidade e opiniões para defender. E você sempre precisa de algo para defender, mesmo que seja errado. Eu sempre pensei isso de Eileen, embora, ultimamente, ela tenha me mostrado que não era assim. Mas para mim ela não precisava provar nada; aquele caráter sempre esteve lá e me doía não ter visto até agora.

— Bem. O herói nem sempre tem que ser o mais rico da história, mas pelo menos ele é quem fica com a garota — disse o ruivo sarcasticamente, agarrando a chefe por trás, com força.

— Continuo pouco me lixando para o que acontece com aquela garota, mas, se eu me rebelar agora, serei linchado quando chegar em casa — confessou Ás, se aproximando de Leona. Ele remexeu por um momento em seu decote e pegou a chave do reservado.

— Não pense nisso! Nem pensem nisso! Eu vou te demitir. Eu vou demitir todos vocês!

Os olhos enormes e rodeados de maquiagem negra lhe davam um aspecto demente e macabro. Se Dean tivesse visto seu rosto naquele momento, ele teria ficado atordoado também.

— Eileen e eu distrairemos os *underdogs* para que não vejam o quadro — propôs o Ás. — Então ele jogou a chave para o russo que tinha ficado quieto em todos os momentos e anunciou: — Segundo andar. Salão do fundo, quarta porta à esquerda. Debaixo da cama.

O companheiro do tradutor murmurou algumas ordens ao telefone e, em seguida, vieram dois capangas, entre eles, a mulher da arma. Entraram com Ás e Eileen, enquanto esperávamos do lado de fora.

O vento uivou, mas não tanto quanto Leona. Devia ser porque ambos estavam presos nas ruas de Londres?

— Haydeeen… — murmurou Janice da janela. — Você prometeu à vovó que ia parar de conhecer pessoas estranhas.

— Agora não, pequenina. Me dê dois minutos e você estará livre.

Janice ficou pensativa por um momento e apoiou a cabeça no vidro com tédio.

— Veja só, você me ensinou a não julgar pela aparência, mas essas pessoas são muito estranhas. Você sabe que as armas são proibidas na Inglaterra? Eles sabem?

O homem ao lado dela deu um grunhido cansado e empurrou a mordaça em sua boca, violentamente.

— Ah! Idiooooota! Babaca! — gritou Janice, depois de cuspir a bandagem. Mas teve a decência de se encolher no banco e calar a boca.

Eu respirei fundo para não perder o controle.

Hayden Rothem sempre se moveu entre dois mundos diferentes: o negro do Leviathan e o branco da família. Ambos me mantinham em cativeiro em maior ou menor grau, mas pelo menos eles sempre estiveram separados um do outro. Ali estava o seu sucesso. Mas, ultimamente, tinha entrado em jogo um terceiro mundo, com bordas afiadas, que também estava destinado a correr em sua pista, sem se misturar com o resto: Napoleão.

Agora, ele o levara para o Leviathan e alguém levara Janice. Os três mundos haviam colidido ao mesmo tempo e estavam correndo juntos em direção ao desastre. Janice estava vendo seu irmão cercado por prostitutas e se tornara a maior vítima do roubo de Napoleão. Os perigosos *underdogs* continuavam à espera, farejando a presença do quadro, e assistindo Janice, verdadeiro ponto fraco do Gato Negro. Os russos nos rodeando com armas não eram tão graves como a ideia de que Leona Walker estivera a tão poucos metros do asseio da minha irmã, e, ao mesmo tempo, a proximidade de Napoleão com aquela máfia deixava em segundo lugar a presença insubstancial de Janice.

Tudo estava crítico, esmagador. Parecia o clímax caótico de uma história do realismo. E eu precisava que parasse, que cada ponto voltasse ao seu lugar sem deixar muitas sequelas ou eu ficaria louco.

Mas havia algo que não se encaixava: os olhos verdes de Janice analisavam tudo da janela, com uma curiosidade inocente.

Por que estão deixando Janice ver isso se eles vão soltá-la?

Os russos pegaram o quadro naquele momento, coberto com o lençol, seguidos por Ás e Eileen. Quando o Ás de Espadas voltou para junto de nós novamente, ele colocou algo frio no meu bolso secretamente: era a arma que Alexia havia tomado da mulher.

— Só para garantir — sussurrou ele. — Pelo menos, hoje sairemos daqui com a sua irmã.

Eu sorri. No fim, o garoto do topete não era tão insensível quanto parecia.

Leona gritava nos braços de Dean. Contemplamos impassíveis como o grande cavalo de Napoleão saltou para a van e fecharam as portas atrás dele. Eu queria chorar. Eu juro que queria chorar. Mas de alívio. O russo que fazia companhia a Janice abriu a porta da Land Rover e me disse com o dedo para ir buscá-la. Eu respirei fundo e avancei.

Um passo. Então outro. A arma parecia pesada e segura no meu bolso.

Naquele momento, Leona bateu na barriga de Dean e correu para a van, em um ataque de desespero. Ela gritava palavrões em inglês e acenava com os braços descontroladamente.

Ela colidiu comigo. Aliás, não, ela realmente me empurrou.

Quando eu caí, ela pegou minha arma e a apontou para os russos, que não tinham acabado de entrar na van. Eles voltaram com agitação e, por sua vez, apontaram para Leona, enquanto começaram a gritar palavrões e ameaças em seu próprio idioma.

Os passos de Leona Walker eram mais firmes que os meus, sempre foram, porque o nome dela dizia isso. A líder passou junto ao Land Rover de Janice e todos os russos meteram os pés e fecharam as portas da van. Apenas o tradutor se inclinava pela janela com a arma na mão. Ele gritou algo que parecia um aviso. Então, algo que parecia uma contagem regressiva. Como Leona não parou, ela puxou a outra mão pela janela e nos mostrou uma caixa de metal.

— Eu quero meu quadro. Fora da van. — Ela acenou com o cano da arma. — FORA!

O russo apertou a caixa.

Um estrondo perto de Leona atingiu meu coração de repente. E os de Dean e Eileen e os dos *underdogs* que esperavam lá dentro, e os pássaros voando no céu. Mas acima de tudo, o de Janice: o Land Rover explodiu, levantando uma chama infernal e ejetando milhares de pedaços de metal.

Janice.

A fumaça desafiou o ambiente úmido com alguma graça. O calor produziu outra explosão menor no tanque de gasolina.

Janice.

Janice.

Janice.

Janice.

Janice.

Janice.

Janice.

Janice.

Janice.

Janice.

Janice.

Janice.

A van, a poucos metros do desastre, partiu rapidamente.

As chamas lambiam o Land Rover carbonizado e Leona rastejou em direção ao Leviathan, metade de seu corpo escorrendo gordura e carne assada.

Janice.

Janice.

Ajoelhei-me no chão e gritei. Eu gritei até pensar que a garganta tinha se partido ao meio e estava sangrando em jorros. Eu não precisava me aproximar do Land Rover para verificar. Janice estava morta e Leona estava viva.

Eu pensei que o mundo acabara de me dar a maior injustiça na minha vida.

21

GATO COM LUVAS NÃO CAÇA RATOS

Alguém me levantou do chão e colocou o capuz em mim. Então me empurrou para o Leviathan, murmurando algo em um tom que fingia ser doce, reconfortante, mas depois se virou e começou a gritar, impaciente:

— Ajuda a Leona, ela está ferida!

Se podia ouvir terríveis gritos de dor, como uma baleia colossal encalhada na areia.

— Não penso em ajudar essa bruxa! — disse alguém.

— Ajudea, já disse! Nós não vamos ser como ela. Nós não.

— Você sabe que tem um coração tão grande que faz de você uma idiota, Eileen. Talvez seja por isso que o sangue não chega ao seu cérebro e…

— Se você deixá-la, é omissão de ajuda e você pode ficar sem cabelo, então faça pelo que você quiser, mas faça isso — disse a menina, mordaz. Então, ela se virou para mim e murmurou algo afetuoso em meu ouvido, enquanto me obrigava a continuar andando.

Eu não sentia o seu toque. Nem frio nem calor. Nem minha respiração. Estava morto?

A atmosfera escureceu de repente e presumi que havíamos entrado no pub. No inferno. É onde eu tinha que estar.

Eu me deixava dirigir como uma marionete. De repente, eu estava localizado no meio de muita gente. Ocasionalmente, alguém pegava minha mão ou me dava um pequeno tapa na bochecha, mas eu não sentia vontade de reconhecer ninguém. Ao meu redor, as pessoas tagarelavam de uma forma estranha, como em uma novela.

— Alguém já verificou o Land Rover? — perguntou a garota sobre a qual eu estava me apoiando.

— Sim — disse alguém. E ele não acrescentou mais nada. Seu silêncio dizia tudo.

Percebi que meus joelhos estavam enfraquecendo.

— Ei, ei, ei, Hayden. Aqui. Comigo. Isso.

Uma voz poderosa foi ouvida no burburinho.

— Temos que sair daqui, pessoal. Mas não temos para onde ir! Não temos o apartamento de Hackney nem a casa de Jeff. — A pessoa estava exasperada. Soava como Dean. — Eu sempre vivi com o Colibri e o Hayden. E você, Ás?

— Eu não posso levar vocês para a casa dos meus pais. Devo lembrar a você que eu tenho seis malditos irmãos questionadores.

— Liu e eu ajudaríamos vocês… — Bengala fez uma careta em seu rosto negro. — Mas nos mudamos para o Leviathan depois que vocês se meteram nessa bagunça.

Dean olhou para o grupo de *underdogs* em desespero.

— Sinto muito. Não me dou bem com meus pais — respondeu Camaleão.

— Eu também não. De fato, eles provavelmente o receberiam melhor do que a mim — disse Red.

— Minha mãe é uma louca de pedra. Ela me disse mil vezes para não levar para casa os amiguinhos com quem saio — lamentou Abril.

— Eu moro no Leviathan — respondeu Galo de Briga, a título de pedido de desculpas.

— Eu também, agora. A polícia despejou o apartamento do Chelsea há dois meses — murmurou Pato.

— E o que fazemos então? A polícia está vindo atrás da ambulância, e alguns de nós têm antecedentes. Deus! Até o maldito Leviathan tem uma história! De drogas, prostituição, brigas, abuso infantil... E River! E Cherry, que foi assassinado há duas semanas! — Dean colocou as mãos na cabeça. — Porra, a polícia falou com o Hayden! Eu não acho que eles tenham arquivado os casos muito longe um do outro, então eles só precisam conectar tudo. Eles não podem nos encontrar agora. Eles não podem nos fazer perguntas ou puxar o fio, se é que eles não sabem tudo já. — Ele se virou para mim e apertou meu braço. — Hayden, Hayden, o que faremos?

Eu não respondi. Eu já estava um pouco mais acordado, mas me senti incapaz de pronunciar uma palavra. Então Dean se virou para Eileen e Ás.

— Que faremos? Nós... fugimos?

— O que você está dizendo, louco?! — berrou Ás. — Fugitivos da lei? Correndo pelas ruas de Londres indefinidamente e rezando para que eles não nos encontrem antes que possamos pegar uma balsa? Você está maluco.

— Ajudaria muito se alguém nos dissesse o que está acontecendo aqui — disse Lizbeth, impaciente. — Por que esses estranhos estão perseguindo você? Por que eles têm armas? Por que você nos trancou duas vezes no escritório de Leona para que não víssemos o que estava acontecendo? Você escondeu algo no Leviathan, e não diga que isso tem a ver com o *krokodil* de Cherry, porque já não cola. Você deveria ter vergonha de usar um underdog para cobrir você.

Eileen foi dizer alguma coisa, mas no final ela abaixou a cabeça.

— Nós não podemos dizer nada para vocês, colegas. Sinto muito — murmurou Ás de Espadas.

— Sim. Bem, deve ser porque não somos tão colegas — rosnou Lizbeth. — A *deep web*? Vigia nas ligações de Leona? E onde está Sascha, hein? Diga-me, quanto mais você acha que podemos seguir vocês às escuras?

A sirene da ambulância lançou o som no fim da rua. Camaleão se inclinou e anunciou:

— Bem, pessoal. Sim, a polícia está chegando. Eu não sei por que diabos vocês ainda estão aqui se não querem que eles falem com Hayden.

— Fiquem aqui — ofereceu Alexia, encolhendo os ombros. — Correr para fora agora não parece ser a coisa mais inteligente, com aqueles cães farejando lá fora. Tranquem-se na parte mais profunda do pub e fiquem longe das janelas. Nós cuidamos do resto. Certo? — E ela aniquilou seus companheiros com os olhos, que se apressaram em assentir. — Então, venham. Movam-se de uma vez, ainda vai demorar um pouco para identificar o Land Rover.

Alexia deu um tapa nas costas de Eileen, que puxou todo o meu peso para me fazer subir as escadas. Nós cruzamos o último andar. Subimos mais escadas. Chegamos ao terceiro andar, onde estavam os quartos dos *underdogs* que viviam no Leviathan. Nós atravessamos o corredor e Eileen me pediu para entrar no último quarto.

Um forte cheiro feminino invadiu minhas narinas. As seis camas estavam desfeitas e havia algumas camisetas no chão. Eu vi as botas de Lady em um canto e a colônia de Red permeando todo o quarto. Deve ser o quarto onde as garotas dormem. À esquerda, havia um pequeno banheiro com cantos escurecidos por vazamentos. Eileen fechou a janela e abaixou a cortina.

— Ah, se esconda aqui. — Ele abriu a porta do pequeno armário. O interior cheirava a jaquetas de couro e lenços de inverno. — Eu não acho que a polícia vai subir, mas apenas não faça barulho, ok? Eles vão perguntar por você assim que eles identificarem sua irmã. Nós estaremos nas escadas, espiando o que acontece.

Eu respirei profundamente.

— Hayden. Eu posso te deixar sozinho, certo? — Eileen olhou nos meus olhos com ternura, da mesma forma que eu olhei para ela no dia em que River morreu. "Hoje por você, amanhã por mim." — Me responda.

— Sim... — sussurrei, com uma voz fina. A saliva tinha um gosto asqueroso para mim.

Eileen assentiu e me abraçou. Ela deixou o armário aberto, para que não me oprimisse, mas fechou a porta do quarto. Eu estava sozinho. Terrivelmente sozinho. Como sempre foi. O silêncio parecia sombrio e ameaçador, mas parecia ainda pior ficar ocioso com todas aquelas ideias atacando minha mente.

Deixá-lo em branco era mais fácil do que parecia; seria o efeito do choque emocional. Saí do armário e a piada não teve nenhuma graça. Dei algumas voltas ao redor do lugar, sem acender a luz. Ouvia-se barulhos embaixo. Eu abri a porta e olhei.

— ... e não pode entrar assim, agente — disse uma voz feminina. — Aqui moram pessoas e é propriedade privada. Se isso interferir na clientela...

— Que clientela vai chegar, se a ambulância estiver recolhendo os pedaços que restaram da dona do bar? — murmurou uma voz poderosa. — Eu sei que esses caras estão lá e nós temos que conversar com eles. Saia da frente.

— Olha, você virá aqui quando tiver um mandado de busca, sim? Esta é a Inglaterra, por favor. Não há ninguém no mundo mais civilizado que nós.

Eu fechei a porta. Não queria ouvir.

Quando a luz se apagou, levei um tempo para perceber que minhas mãos tremiam incontrolavelmente e que minhas bochechas estavam molhadas. Era curioso: minha mente estava trancada com cadeado para evitar danos, então meu corpo me impelia ao choro e não conseguia entender por quê.

Estava chovendo lá fora; eu podia ouvir o barulho. A atmosfera estava estranha e irrespirável. Eu não via nada, acho que nunca fui um gato de verdade. Meu cérebro respondeu como uma cerca eletrificada quando tentei acessá-lo, e isso só me deixou ainda mais nervoso. Eu dei voltas sem sentido até minhas costas encontrarem a parede. Só então me deixei desabar no chão e me amassei contra a pedra fria.

Eu abracei meus joelhos.

Meu celular tocou naquele momento, me arrancando um sobressalto, quando notei a vibração no meu bolso. Eu o joguei a alguns metros de distância, assustado e tremendo como um pudim. Foi puro terror; algo na minha cabeça me disse que este dispositivo de metal poderia explodir a qualquer momento, como o Land Rover.

Eu olhei para ele com desconfiança, tentando reconhecer algo familiar na cena que me deu força para aguentar. Os segundos se passaram.

"You told me: 'Think about it', well, I did. Now I don't wanna feel a thing anymore. I'm tired of begging for the things that I want, I'm oversleeping like a dog on the floor."

Aterrorizado, puxei-o para mim com a ponta do sapato. No fundo, eu estava desejando que ele parasse de tocar. Por que não parou de tocar? Quem passou quase um minuto esperando do outro lado da linha? Olhei para a tela e respirei fundo, incapaz de acreditar no nome que estava escrito nele.

Apertei o botão verde e segurei-o ao ouvido com hesitação, preparando-me psicologicamente para isso, como se estivesse abordando as Cruzadas.

— Hayden?

— Mãe…?

A voz saiu estrangulada.

Nenhum de nós disse nada, mas houve soluços vindo do alto-falante e não demorei muito para entendê-los. Meus lábios ficaram salgados.

— Eu vejo que você ainda tem o seu número de três anos atrás.

— Você teria se arrependido de não poder me localizar? — perguntei, com voz trêmula.

— Sim. Eu não poderia ter dito adeus como deveria.

Diga adeus. Diga adeus. Diga adeus.

— Como vai? — perguntou ela. Sua voz era impetuosa, embora a situação tentasse negar isso.

— Mal.

— Eu também. Eles acabaram de nos dar a notícia. Seu pai está chorando na cozinha, mas isso não é surpresa: a surpresa é que estou chorando sozinha. Eu não choro por ninguém há anos, Hayden.

Eu não precisava me certificar disso. Roxanne sempre foi uma mulher forte e dominante, dessas que são as primeiras a ajudar os feridos, depois de sofrer um acidente de avião.

— Desculpar-me agora soaria terrivelmente fácil — comecei a dizer. — Na verdade, qualquer coisa que eu disser agora vai soar tão simples que me faz querer me dar um tiro.

— Faça isso — respondeu ela. — Você merece. Você merece cada uma das coisas que estão acontecendo com você.

— Não me diga isso, mãe… Por favor — murmurei, em voz baixa. — É a última coisa que preciso ouvir agora.

— Você levou minha filha para longe de mim. Você poderia apodrecer nas drogas se era isso que queria, mas ninguém lhe deu permissão para levar a Janice.

Então, me lembrei disso. Meus pais não sabiam nada sobre a pintura, então pensavam que Janice morrera pelo mesmo motivo que me expulsaram de casa. Roxanne respirou fundo do outro lado do telefone e fungou. Ela mudou o assunto instantaneamente.

— Onde você está? A polícia não para de me ligar.

— Não posso lhe dizer — murmurei.

— Você está nesse lugar sujo, certo? Olha, é melhor você não me dizer. Eu prefiro não saber nada que possa ser do interesse da delegacia de polícia — disse ela, amargamente, e grunhiu. — Você está surpreso que eu saiba sobre esse pub? Você acha que estamos há três anos sem nos preocupar com você? Nós passávamos de vez em quando pela porta com o carro. Vimos você fumando lá fora muitas vezes e conversando com estranhos.

— Estranhos para você.

— E para você também. Não ache que sou idiota! Havia rumores muito obscuros sobre prostituição e tráfico de drogas. Seu pai e eu buscamos opiniões de Leviathan na internet. Olha, eu nem quero perguntar o que você estava fazendo lá. Eu nem quero saber. Oh, Hayden, meu pequeno Hayden. Eu bagunçava seu cabelo quando tinha dez anos e te tirava das ruas onde as prostitutas costumavam fazer seu turno. Você passou anos no colégio ouvindo conversas que diziam "não às drogas" e que faziam você repetir "não às drogas".

— Repetir não é a solução. Você não pode decidir sobre algo que não sabe como funciona sozinho. Só pode ensinar alguém como ser responsável. E eu fui! Eu tive meu emprego, meu apartamento, meus amigos e minha vida. Eu tentei fazer o bem... E sim, eu sei. Janice morreu por minha causa e eu me sinto como a maior merda do planeta... mas você tem que entender que na posição em que tenho estado às vezes era difícil ser responsável. Às vezes eu não conseguia.

— Não conseguia. Tá. Essa é a única desculpa que você encontrou? Você, artista criativo que não fez nada além de tirar pedras do parque para evitar voar?

— Sim, e isso não era desculpa. Eu não acho que haja uma.

— Ai, Deus! — Ela suspirou. — Eu não entendo o que fiz de errado, Hayden, eu te eduquei de forma exemplar. As crianças são como papéis que cortamos ao nosso capricho, mas você se desviou mais tarde. Por quê?

— Porque você se torna adolescente, porque quer saber quem você é. Porque você finalmente encontra o que quer dizer e fica procurando pessoas para ouvi-lo.

— Você sempre teve pessoas te escutando. E eu pensei em tirar você daí, tá? Não pense que não. Mas você ficava olhando por cima do ombro quando ia deixar Janice para as aulas de piano, e entrava furtivamente em casa para roubar o dinheiro das gavetas. Você acha que não percebemos? Isso me deixou doente porque seus avós ignoravam o tipo de rato que você estava se tornando. Você estava jogando fora uma oportunidade após a outra... e foda-se, filho, por que eu te perdoaria enquanto você se comportasse como se você não estivesse fazendo a coisa errada?

— Ei, espera. De que coisas erradas você está falando? Eu não me arrependo de ter saído sozinho ou de me encontrar com as pessoas que conheci.

Roxanne ficou em silêncio. Eu podia imaginar a nuvem de rancor que se formava ao redor dela.

— Ok, já entendi. Bom. É assim que as coisas são, não é? É por isso que sua irmã está morta agora. Mas, claro, suponho que você já tenha... vinte anos? Você tem idade suficiente para saber o que é melhor para você. Vá em frente com isso então. Dizem que não há melhor motivação do que problemas.

Eu cerrei os dentes, já machucado nas profundezas da minha alma com a conversa.

— Posso falar com o papai?

— Não. Eu vou ser honesta, Hayden: você me assusta. Eu não quero que você volte a se aproximar de mim, ou do seu pai, ou de seus avós. Mas você ainda tem Kaiser, certo? Janice não sabia que você o pegou. Ela pensou que ele tinha escapado porque sentia sua falta e que ele acabaria voltando para casa um dia, e por isso ela deixou sua casa e suas coisas no jardim todos esses anos.

Eu sabia. E nem mesmo tive a coragem de contar a ela.

— Mas isso não importa mais — continuou minha mãe. — Eu espero que você cuide dele e esperemos que aprenda a cuidar daqueles que te amam antes de machucá-los. Esta é a nossa despedida. — Suspirou do outro lado da linha. — Eu te amo, filho... embora eu deva admitir que hoje eu te amo muito menos do que ontem.

Ela não me deu tempo para responder. Roxanne desligara.

O que era isso...?

Ah. Eu chorei.

Chorei porque tive a sensação de que havia perdido algo que não deveria ser perdido e porque talvez mais tarde eu me arrependesse de toda a minha alma, mas agora estava tranquilo. Paciente. Receptivo. Eu tinha uma pequena distorção dentro de mim, um nó estranho e bem ancorado, mas fácil de ignorar, então agora minha mãe era a coisa menos importante para mim. Eu cheguei à conclusão de que talvez eu não a amasse mais. Eu me via perfeitamente passando todo o Natal da minha vida sozinho, como se Roxanne e papai fossem algumas pessoas estranhas que tinham passado.

Apoiei a cabeça contra a parede, mostrando-me real e desfeito pela primeira vez em muito tempo. Melancólico.

Era como passar um inverno sozinho, tocando piano enquanto nevava.

Como uma tempestade refinada.

Como colocar letra na melodia da chuva contra o vidro.

Estava me sentindo abandonado, como um guia de viagem com os cantos dobrados em um porta-luvas. Ou como um CD riscado, sendo jogado pela janela de um conversível azul em movimento.

Eu gostaria de estar naquele conversível, a duzentos por hora na estrada. Eu fechei meus olhos. *Eu gostaria de estar existindo agora mesmo em outro lugar no mundo, sem parentes, ou leoas, ou River, ou Cherrys ou Colibris. Eu queria que a distância parasse de conspirar contra mim.*

Minha mente se abriu lentamente, como um nó que se solta quando você para de aplicar pressão. Não há necessidade de cavar demais: as ideias e sentimentos sombrios foram vomitados para o exterior, assim que encontraram uma abertura.

No final do túnel havia apenas eu, austero, coberto de poeira e olhando para mim com maldade.

Olá, Hayden.

Eu não respondi. Eu preferia deixá-lo falar sozinho.

Você voltou para dentro. Me alegro. No fundo, você é corajoso, eu sei.

Eu não sou corajoso. O que acontece é que alguém pode escapar de qualquer um que não seja ele mesmo.

Com tudo que você já foi. E agora, o que você é? Nada. Uma bola de dúvidas traiçoeiras; pior até do que não ser nada. Porque você quer ser nada, certo?, eu disse internamente. *Ah, amigo, mas isso não muda as coisas. Nada não tem nenhum poder para deixar de ser nada, então eu não sei por que você inveja quando você pode.*

Não, não posso. Eu duvido que eu possa me mexer.

Mas seus pensamentos se movem e você sabe disso. Você está pensando em fogo. No som da explosão. No cheiro de carne queimada, fumaça e gasolina. No calor do rosto.

Chega! Pense em outra coisa.

Você não quer pensar em outra coisa. Você quer analisar cada segundo da memória para tentar entender por que você não percebeu antes que Janice não tinha os olhos vendados. Por que arriscariam libertar uma garota que tivesse visto o olhar de seus sequestradores e de Napoleão?

Eu estava nervoso! Eu não pensei nisso.

Você não foi muito inteligente, não, mas pelo menos você salvou sua vida. Os russos pensavam em explodir Janice desde o começo, e por isso havia tão poucos mafiosos em volta do Land Rover. Porra, eles até pensaram em explodir você com ela, é por isso que eles disseram para você ir lá e buscá-la, em vez de deixá-la sair. Isso teria sido lógico, certo?

Eu tinha uma arma. Eu teria evitado isso.

Você não teria conseguido usá-la, imbecil. Vocês dois teriam morrido, assim que chegassem ao Land Rover. Mas Leona foi na frente de você. Aquela cadela louca começou a ameaçar os russos com o brinquedo dela; uma roda furada da van e eles não teriam sido capazes de sair de lá. É por isso que eles avançaram com o plano, quando Leona passou pelo Land Rover, e eles explodiram antes. No fim, você está vivo para ela, certo? Como as coisas mudam. Talvez você devesse ir até lá e agradecer a ela.

Se eu for lá, é para matá-la. Tudo se complicou quando ela meteu o nariz.

Não, Hayden. Ela tomou o seu lugar na explosão. Pelo menos agora você está vivo. Vivo. Vivo. Vivo. Vivo. Essa é a única coisa que importa para você, não é? Essa é a única coisa que sempre nos importou.

Janice era a única coisa que importava para mim. E Napoleão.

Ah, sim, espere. Aí vem a melhor parte: você perdeu os dois. Você arriscou perder os dois. Que mau jogador, colega! Agora você nunca mais verá sua irmã nem o quadro. Aquele quadro que te custou tanto roubar…

Perdi Napoleão.

É isso.

Eu perdi Napoleão.

Abri meus olhos, devagar; eu me sentia pesado. Meus pulmões, meu estômago e meus intestinos pesaram sobre mim. Eles queriam me fazer cair, mas acima de tudo meu coração estava pesado.

Eu havia perdido Napoleão. Minha mente vacilou novamente, como uma besta em gestação:

Ei, Hayden, saia daqui. Você vê como às vezes é melhor não pensar? Você está começando a ficar chateado. Fora daqui. AGORA!

E deixei os fios da consciência por um momento, sim, mas a semente já havia sido plantada. Levantei-me, esbarrando na escuridão e galopando em direção à janela. Eu havia perdido Napoleão. A cortina rugiu quando levantou, as dobradiças gritaram quando se abriram para o canal. E lá fora, o céu. As sirenes da ambulância. A fumaça do Land Rover espalhando-se no meu cérebro. Havia perdido Napoleão.

Eu apoiei um pé na borda, como um capitão de navio. Senti que meu corpo estava balançando ao vento de Londres, que meus dedos estavam frágeis, que meus limites estavam sendo borrados. Eu me perguntei como seria se tornar o ar da cidade, esse que não é incolor, mas permanece indefinido. Eu havia perdido Napoleão.

O Shard me olhava de cima, gigantesco e anoréxico. O arranha-céu do vento, a agulha de Londres. E eu me perguntei como seria me tornar um furacão, para poder lhe dobrar a ponta. Olhei para o chão, onde os londrinos começavam a se aglomerar como galinhas idiotas, para tentar ver alguma coisa do acidente. O chão. O golpe contra os paralelepípedos. Esse seria o meu fim?

Não era. Eu estava com medo de quebrar todos os ossos do corpo, exceto o crânio, e ficar consciente para sempre. E, hoje em dia, você tem que morrer sem incomodar. Eu me afastei da janela, procurando minha maneira perfeita de deixar este mundo, colocando a criatividade em jogo, para não perder o hábito. A mentalidade fria que eu estava tendo teria me assustado em qualquer outro momento... mas eu havia perdido Napoleão.

A palavra "suicídio" soa espontânea e nem sempre é o caso; talvez a coisa mais difícil de todas seja continuar, quando você está nas preliminares. Entrei no minúsculo banheiro ao lado e olhei para mim mesmo no espelho rachado. A pia estava cheia de cosméticos femininos descobertos, lenços enegrecidos e escovas de dente. Peguei o canto do espelho e tirei um pequeno pedaço afiado; um menino de vinte anos se refletia nele. Eu o contemplei entre meus dedos. Ele olhou para mim com seus olhos verdes e sofria de vistas cansadas, apesar de sua juventude.

Então eu sentei no tapete... e encostei minhas costas na banheira e meu pulso na borda. Eu queria ver se é verdade que, quanto mais vivo você está é quando está morrendo. Eu queria ofegar em desespero e sentir na minha carne que eu estava realmente sentindo falta de algo importante. Eu queria sair do bloqueio.

A picada do corte contraiu minhas células e o menino refletido no pedaço de espelho se submergiu no líquido vermelho. E sabia que estava me equivocando, mas parecia uma maneira espetacular de fazer isso. Eu estiquei meu braço, para que o sangue escorresse pela banheira. Eu não tinha o direito de montar uma zona que depois as garotas tivessem que limpar.

E eu fechei meus olhos... quando ouvi a porta do quarto rangendo de repente. Não, eu não queria. Eu não queria que ninguém me interrompesse ou me salvasse, como nas histórias de amor.

Eu já estava me arrependendo de ter que levantar, quando Kaiser apareceu na porta do banheiro com aqueles olhos gentis. Ah, era só ele. Ele se aproximou de mim alegremente e lambeu meu rosto. Chega. Eu só queria morrer calmo. Ele latiu na minha frente e minha cabeça explodiu. Então, ele cheirou o contorno do meu braço até que ele encontrou a fonte de sangue e começou a lamber insistentemente. Eu tentei colocá-lo fora de alcance, mas meu braço não me alcançou. O animal tinha o pescoço esticado sobre a banheira e segurava o sangramento.

Onde andará a Morte? É a única vez que estou esperando por ela e ela está atrasada, a filha da puta.

E tudo muito devagar. Irritado, eu peguei meu braço com um esforço sobre-humano e voltei a colocar o pedaço de espelho no meu pulso, ao lado do outro corte. Eu precisava acelerar o processo. Isso doeu muito mais, porque a força estava se esvaindo e era mais difícil me concentrar. Kaiser olhou para o ferimento com o focinho de novo, mas quando ele não aguentou, desistiu e apoiou a cabeça na minha coxa.

Eu lhe acariciei lentamente com a mão saudável. Saudável porque o sangue não estava pingando, não, porque ela tinha dois dedos faltando. Então, eu estava hipnotizado em seus olhos negros, como duas gotas de alcatrão, e esqueci de levantar meu braço novamente.

Senti toda a essência do meu interior escapar pela fenda; o bombeamento incoerente do coração em direção à própria luz. Meu corpo estava lutando para me manter vivo, mesmo que fosse tão inútil quanto tentar carregar água em um balde furado. E, mesmo assim, estava sendo letalmente bonito, eu estava ficando cego, depois de contemplar o eclipse.

E eu ouvi o cachorro latir. Alheio. Vagamente.

Sinto muito, amigo. Desta vez você não será capaz de… me ajudar…

Agora, sim…

— Gato? Vamos, amigo. Acorde. Olhe para mim! — Uma palma fria bateu na minha bochecha várias vezes.

— Hmm…

— Graças a Deus. Eu juro que este ano eu me torno crente. Eu juro para você, Senhor.

— Quê…? Eu já estou morto?

— Não, mas eu vou matar você.

Levei um momento para me concentrar. O cabelo flamejante da garota quase me cegou. Red não parava de procurar nas prateleiras. Meu braço estava envolto em uma atadura grosseira e mal apertada.

— Vamos ver, tome. Coloque qualquer coisa que termine com "iodo".

Ele me jogava os pacotes que estava encontrando.

— Ei! Eu estava morrendo — reclamei. Meu braço ardia horrores, mas, por algum motivo, achei que toda a corrente de circunstâncias havia parado. Que, no momento, já não fazia mais sentido.

— Você é um imbecil. Ainda bem que ouvi seu cachorro latir! — Olhei para Kaiser, torcendo o nariz. Ele sacudiu o rabo de alegria para me lembrar que ele me salvara, mesmo que fosse com sua estupidez. — Que susto você me deu quando te encontrei. Você não imagina. Não sei se poderei dormir mais neste quarto.

— Me entregue para a polícia, Red. Eu não mereço estar aqui — lamentei, segurando minhas mãos na minha cara.

— Que azar. Eles saíram há um tempo e não retornarão até que tenham um mandado de busca. Você deve decidir seriamente o que fazer com sua vida até lá.

— Você está me ouvindo?

— Eu não vou entregá-lo à polícia, porra! — gritou ela para mim. — Olhe. Eu ainda não sei o que está acontecendo, mas eu não acho que é sério o suficiente para...

— Nós roubamos um quadro da Galeria Nacional.

Red ia dizer alguma coisa, mas minhas palavras não correspondiam a nada em sua mente e ela teve que repensar sua resposta.

— Um o quê?

— Um quadro. *Napoleão cruzando os Alpes*, de Jacques-Louis David, no valor de vinte milhões de libras. Eileen, Dean, Ás de Espadas, Jeff e eu atacamos a van que estava transportando a pintura, quando Cherry e River ainda estavam vivos. E ambos morreram por causa disso, na verdade. — Eu respirei fundo, olhando para o teto. — Pronto. Eu já disse. Bela história, certo? Eu só preciso contar para a polícia.

— Vi-vinte milhões... Espere, isso é verdade? Quero dizer... é tudo verdade?

— Eu gostaria que não fosse.

— Mas como vocês roubaram um...? — Red fixou seus olhos atônitos nos meus. Ela fez uma careta que a fez parecer uma idiota. — Quero dizer... vocês são prostitutos. Vocês são pobres. E vocês são quase crianças!

— É uma longa história — disse, secamente. Então, eu dei um sorriso soberbo, tentando esconder um humor partido. — Leona estava na jogada. Depois não. Depois sim. Depois não. Depois sim. Sascha também esteve, então eu espero que você entenda agora por que tudo tem sido uma merda para mim desde então.

— Eu faço ideia, embora eu ainda esteja juntando as peças — disse ela nervosamente. — Mas então o que aconteceu? Você jogou a toalha?

— Eu destruí a toalha — respondi com decadência. — Perdemos a pintura e Janice morreu. Ai, Deus, eles a lançaram pelo ar...

Levantei-me e saí do banheiro, quando percebi que minha visão estava ficando embaçada novamente. Eu respirei fundo. Pisquei milhares de vezes para conter a dor. Procurei um cigarro no meu bolso. Eu não sabia como eu o acenderia se estivesse mergulhado em lágrimas.

— Você não pode desistir agora.

Red ficou no centro da sala e olhou para mim com aqueles olhos fixos, sedentos de violência e algo muito mais violento: amor. Vivendo seu apelido, ela andou em torno de mim lentamente, carmesim, refulgente. Uma volta, duas, três... sei lá. Era uma égua exasperada e resoluta, preparando um desabafo para os touros, com as narinas dilatadas. Mas não. Ela era uma corajosa leoa prestes a caçar, uma lutadora. E nenhum dos dois. Ela era uma solitária e defensiva loba, que levantava o lábio superior para mostrar suas presas. Mas não. Não, não era isso. No fim, era apenas mais um gato com pelos eriçados.

Ou talvez fosse tudo de uma vez?

— Vamos, Hayden, mova-se. Distraia-se. Vomite toda essa merda que você tem na mente.

— Deixe isso, Red. O melhor será que você vá embora.

— Eu tenho uma ideia. Me bate!

— O quê?

— Me bate! Eu exijo que você me levante a mão! — gritou ela, puxando minha mão para sua bochecha. Não estava procurando uma carícia.

— Não se bate em mulheres.

— Que tema mais machista. Há momentos em que, se você não acertar uma mulher, você vai ficar sem bolas — respondeu ela, com uma nota de indignação em sua voz e uma grande fome do meu corpo, meu coração.

Eu não respondi. O primeiro soco me pegou em cheio na bochecha e me fez virar a cabeça de repente. Como não me movi, ela repetiu o golpe no estômago, mas encontrou o acesso fechado pelos meus antebraços.

Assim permanecemos durante um minuto frenético: ela descarregava mísseis contra a minha barreira, incapaz de atravessá-la ou causar qualquer reação no líder que estava escondido dentro... e, finalmente, acabou chorando de pura frustração. Ela sabia que não seria capaz de entrar dentro de mim em qualquer aspecto, e essa certeza se escancarou em seu peito e apertou sua garganta. Tinha medo de não ser o suficiente para arranhar meu coração, mas sim de somente arranhar um pouquinho a superfície.

Mas os gatos não desistem, os gatos não se dão por vencidos, porque é para isso que servem os sinônimos de sobrevivência. Red gritou. E berrou como uma sirene espremida, até que espremeu seus pulmões, cortou o fluxo lacrimal e os *underdogs* embaixo levantaram a cabeça. Então, ela respirou fundo, exausta e exultante ao mesmo tempo. Ela passou as mãos pelo cabelo e puxou meu braço com toda a força.

Eu caí no chão, torpe e mal-humorado de repente, mas quando eu encontrei apoio, me contorci e derrubei Red com um golpe no tornozelo, sujeitando-a no eixo. E sem ter imaginado, nos vimos rolando no chão como dois gatos raivosos e espinhosos. Uma luta ágil e dançarina. Nenhuma palavra foi necessária. Apenas golpes, grunhidos de fúria e consequentes gemidos. Ela agarrou meu pé, quando tentei me mexer, chutei-a na barriga e segurei seus punhos. Ela se contorceu, como uma cobra atropelada e tentou me morder para se libertar. Assim que via uma mão livre, usava-a para me bater impiedosamente.

Paramos quando nossos músculos estavam queimados, exaustos, atingindo um paroxismo. Red tinha arranhões no peito e nas mãos; eu tinha contusões na minha bochecha e espalhadas pelos meus braços. Nós nos sentimos estranhamente bem, mas por alguma razão, tivemos a sensação de estar no fim de algo e querer mandar tudo à merda.

Red olhou para cima e me desarmou com o olhar dela. Então, eu me parti em pedaços e amontoei ao lado dela, ofegante.

— Se sente melhor? — perguntou ela, em um sussurro frágil e cheio de ar.

— Sim.

— Eu sabia! Isso, sim, foi uma amostra de igualdade de gênero. Nem educação, nem anfitriões.

— Você me machucou — murmurei.

— Você também me machucou.

Red descansou a cabeça no meu peito e ficou imóvel, calma, voltando para a cama. Eu coloquei meu braço em volta dela. Nós estávamos confortáveis. Assim.

— Você tem um certo magnetismo, Hayden. — Ela queria me dizer o que sentia, mas não sabia por onde começar. Ainda estávamos ofegantes. — Para você, você é perfeito; sempre foi. E mesmo que as pessoas joguem as falhas em seu rosto, eu te amo em todos os seus aspectos... porque sem eles você não seria Hayden. Você sabe.

Os empregados dedicados ao amor nunca tinham se dado bem com os rodeios com essas questões. E, na verdade, era melhor assim: essa maneira de nos deixar nus, mas simplesmente com palavras.

— Sim, suponho. Perfeição se faz depois de cometer centenas de erros. E também é subjetiva, que é o que a deixa bonita — respondi. — Nem é que eu tente fazer as coisas bem. Ninguém sabe viver, só estou tentando improvisar. Isso é o que nós somos. Vivemos de forma empírica.

— Você vê? — Red bufou, sorrindo, cansada. — Você sempre sabe o que dizer. Você também é escritor ou algo assim?

Seus dedos deslizaram tristemente pela minha clavícula, como tantas outras vezes, e acabaram tocando o anel que atravessava meu mamilo.

— Eu acho que nunca te contei — murmurei. — Você sabe por que está do lado esquerdo?

— Por quê?

— Porque é onde temos o coração. É a casca de metal que todos devemos ter para protegê-lo, para evitar que ele seja quebrado. Mas, no final, é sempre melhor prevenir do que remediar. É melhor não amar ninguém e você se poupa de sofrer por uma irmã ou por um parceiro.

Com esse último, era óbvio que eu estava me referindo à traição de Sascha; talvez a desconfiança que eu havia despertado em relação ao amor se tornasse meu pior inimigo. Você tem o hábito de vagar por aí quando você sempre teve a pessoa ideal ao seu lado, a pessoa que o amou desde que conheceu você e que nunca o machucaria. Então, você percebe isso e já é tarde demais.

Red olhou para mim com desolação, com a sensação de ter perdido o trem estampada em seu rosto. Naquele momento, ela pôde ver claramente minha casca rachada.

Quando havia muita sujeira, simplesmente virava o colchão, até que esquecia a merda que estava do outro lado e caía nos mesmos erros. Tudo era uma concatenação de circunstâncias infames; conspirações malignas do destino para me fazer virar o colchão uma e outra vez. E agora o quê? Já era hora de comprar um novo colchão? Ou talvez sucumbir à sujeira, que era mais simples?

— Eu te amo — reconheci de repente. Ela me deu um olhar desgastado.

— Não diga isso. São muito mais que palavras.

O ambiente tinha cheiro de algo fechado. Eu sabia que era meu coração.

22

GATO COM LUVAS NÃO CAÇA, MAS AMEAÇA

Eu estava com frio. Devo ter adormecido.

Pisquei algumas vezes, mas minha visão não se focava. Eu via tudo branco. Então, percebi que tinha algo no nariz. Um papel, preso na minha testa com zelo. Eu o arranquei desconcertado e li.

Eu estou saindo do país. Você era a única coisa pela qual valia a pena ficar em Londres e eu já tinha comprado o bilhete. O plano era reviver um pouco para que você pudesse vir comigo, mas você não respondeu como esperado. Então, eu te abandono, mas apenas pela metade. Eu acho que uma parte de você estará sempre comigo, mesmo que você não queira. Isso eu que decido.

Sinto ser tão egoísta,

Red/Amy

Eu respirei profundamente. Eu li várias vezes antes de colocá-lo cuidadosamente no meu bolso. Então, demorei um pouco para reagir. Meu corpo estava entorpecido por ter adormecido no chão, embora Red tenha tido a intenção de me cobrir com uma camiseta dela antes de sair.

Saí do quarto e desci as escadas. Eram sete da noite e eu estava com fome. Eu não havia comido nada o dia todo. No piso principal, os *underdogs* retornaram ao ambiente habitual da comunidade. Alguns fumavam nas poltronas, outros haviam começado a beber no bar e os demais falavam em pequenos grupos.

Kaiser se aproximou de mim, feliz no momento em que me viu. Eu andei em direção ao Camaleão um pouco nervoso.

— O que aconteceu? — perguntei.

— O que aconteceu com o quê?

— Porra, cara. Eu adormeci no andar de cima. Com Leona, o policial e isso.

— Ah. A ambulância levou Leona para o hospital e ao policial foi solicitado um mandado de busca. A imprensa está lá fora, farejando a explosão e muitos espectadores vieram ao pub. Tudo se acalmou muito. Aqueles espectadores poderiam se transformar em clientes, mesmo para Aaron. — Ele apontou para o underdog no bar. — Embora eu preferisse que eles viessem para nós. Você sabe... Agora que Leona não está aqui, nós poderíamos guardar toda a grana.

— E qual é o problema?

Camaleão olhou para mim com obviedade.

— Qual é o problema? Que esses putos estão fodendo todos os planos. Eles interditaram o Leviathan até que retornem com o mandado de busca. — Ele apontou para os dois policiais que estavam de guarda na porta do pub. Através dos vidros, podia-se vê-los dando um tempo no interrogatório.

— Lacraram? Com vocês dentro? — perguntei, sem entender muito bem.

— Sei lá, qual o nome dessa merda? E tudo para que você não escape; Red lhes pediu a identificação há algum tempo, quando foi embora. Eu não sei aonde foi — disse ele, acendendo um cigarro.

— Então Dean, Eileen e Ás ainda estão aqui?

— Não. Parece que aqueles sanguessugas de uniforme se esqueceram de que estão brincando em nosso território. Eileen me disse para encontrá-los ao lado da Torre de Londres. — O underdog sorriu. — Venha, Galo de Briga pode te tirar daqui.

Eu balancei a cabeça e agradeci o recado. Então, eu olhei de soslaio para a polícia esperando do lado de fora e fui até a garagem, onde a tatuadora trabalhava. Não precisei pedir a Kaiser para me seguir.

A última vez que entrei naquele aposento foi acompanhado por Sascha. A morena com o trançado de dreadlocks virou da mesma maneira, olhou para mim do mesmo jeito e sorriu da mesma maneira.

— Ah, Gatinho. Já está aqui…

Galo de Briga deixou seu bloco de notas na mesa e me disse para segui-lo para a parte de trás da garagem. Estava escuro, mas podia-se ver a textura áspera das paredes de pedra. Pela primeira vez em três anos, percebi o quanto parecia um esgoto, um porão surrado, sem janelas nem aberturas. Leona a fazia trabalhar como uma toupeira, entre fuligem, alcatrão e tinta fresca, até que o underdog se transformara em um verme com pele dourada e bíceps fortes.

— Você não pensa em me perguntar o que está acontecendo?

A mulher grudou na parte de trás do lugar e despertou a gigantesca porta de correr com um chiado metálico. Eu corri para ajudá-la.

— Não. — A porta deixou um buraco retangular, grande o suficiente para uma pessoa se encaixar. — Você precisa de ajuda agora e eu não quero impedi-lo com minhas dúvidas. Faça o que você tem que fazer.

Eu não respondi. Nós saímos para o exterior: um beco sujo, onde os sacos de lixo estavam empilhados e o carro de River estava estacionado há meses. Passei a mão pelo capô, como se estivesse segurando a mão de meu amigo, fria e dura, como deveria estar naquele momento, três metros abaixo do solo. Memórias do dia do roubo no carro vieram à minha mente. O cheiro de velhos assentos de couro. O toque dos guarda-chuvas entre as minhas pernas. O som das portas se fechando, misturado com o estresse. A merda seca de uma pomba interrompeu o caminho suave da minha mão; o brilho da carroceria estava enlameado por mil marcas de gotas de chuva.

— Hayden? — Eu olhei para a tatuadora. — Você tem que ir agora. Aqui é perigoso.

A agitação do tráfego e os transeuntes deslizaram pelo fim do beco. Eu retirei minha mão do capô e assenti. Kaiser estava se divertindo, abrindo todos os sacos de lixo com o focinho. Galo de Briga me acompanhou até o extremo oposto do beco, atravessando uma parede de vários metros de altura.

— Tá bem. Suba aqui, vai levá-lo a uma boca de metrô pelas ruas secundárias. A polícia virá da frente, então você não deve cruzar com ela.

A mulher construiu uma escada com as próprias mãos e eu me apoiei para alcançar o topo da parede. Sentei-me no topo e pedi-lhe que me passasse Kaiser; o cão esperneou um pouco até que eu consegui passá-lo para o outro lado da parede de pedra. Então, olhei para Galo de Briga.

— Eu não sei se nos veremos novamente.

— Eu espero que não! — Ela sorriu, com sinceridade. Seus olhos felinos disseram tudo. — Saia daqui, é o que você sempre quis. Eu vou despedir das pessoas por você.

Ela estendeu a mão para me cumprimentar, mas usei o gesto para beijar suas costas.

— Obrigado por tudo, *my fair lady* — murmurei, sorrindo maliciosamente.

— Cuide-se, Gatinho.

Eu pisquei para ela e caí para o outro lado da parede. Eu lhes desejava boa sorte e paciência; afinal, sempre soubera que um dia deixaria para trás os pobres vermes que estavam presos em seu buraco.

Uma vez pronto, coloquei o capuz e tirei a coleira do bolso: Kaiser olhou para mim com aqueles pequenos olhos felizes. Apesar dos golpes que recebeu e apesar da carne que ele teve que morder... ele estava feliz por estar com seu amo. Com seu amo, não seu irmão. No final, fomos nós que começamos tudo e os mesmos que estavam terminando, ambos dispostos a fazer o mesmo. Ele era o único que teria me acompanhado em toda a história se eu não tivesse insistido em trancá-lo. Depois disso, não pude pensar em colocar a coleira, então a joguei no chão e começamos a correr.

Logo chegamos à boca do metrô. Debaixo do chão, me senti um pouco mais calmo, mas não devo esquecer que estava correndo por Londres, enquanto a polícia me procurava. Eu mantive minha cabeça abaixada e o capuz em todos os momentos. Quase fiquei feliz em renovar o ar quando fiz a baldeação para Embankment.

As ratazanas negras corriam pelos trilhos do trem quando você não olhava, gordas como coelhos. Corri pelos corredores subterrâneos para entrar na circular. Sentei-me no chão do carro para afastar meu cachorro dos outros passageiros. Respirei profundamente.

Eu sabia, com certeza, que algo dentro estava quebrado. Eu me sentia apático, cansado de mim mesmo e tonto com a vida. Janice estava morta e eu perdera Napoleão. Eu me senti como que lutando por uma causa que não me importava mais, assim como um corredor que insiste em terminar o circuito, mesmo sabendo que ele será o último.

Eu levantei minha cabeça, derrotado. E, então, eu descobri uma silhueta que era familiar para mim no banco da frente. Seria seu cabelo loiro ondulado? Ou suas longas pernas cruzadas na frente com elegância?

Danielle não me viu. Eu não achei que a veria novamente depois da festa de despedida de solteira. Pareceu-me impossível ir ao Leviathan novamente, depois do que acontecera com o noivo dela. Qual era o nome dele... ah... Louis?

Instantaneamente, ela olhou para mim, por puro acaso ou pura atração do destino. Seus olhos desencantados encontraram os meus, tentando me reconhecer, e eu sabia que ambos estávamos presos na mesma preguiça. Nem sequer me atraía a possibilidade de vê-los em chamas, enquanto eu estava transando com ela contra a parede. No que dizia respeito a mim, eu estava tão perdido, que por um momento eu pensei que tinha que procurar a Wallaby Street, em Sydney.

E você também parece fodida, querida. Você parece muito mais velha. Tem rugas nos cantos dos olhos e usa uma saia longa como se tivesse ganhado mais dez anos. Que tipo de problemas estão acontecendo na sua vida? E na do senhor ao lado, ou na do da frente? Certamente, eles são muito menores que os meus... mas é claro, é isso que todo mundo pensa do mundo inteiro.

Danielle não fez nenhum movimento. Nem eu, além de acariciar a cabeça do meu cachorro. Foi assim durante toda a viagem, olhando um para o outro, mas sem decidir trocar uma palavra.

Depois de meia-hora, chegamos a Tower Hill. Saí do trem e nunca mais a vi.

Quando saí, senti o ar frio me morder, mas cheguei à conclusão de que gostava. Estava nas margens do Tâmisa e, a distância, ficava o fabuloso Big Ben, com seu relógio eterno e as costelas de pedra marcando seu corpo. Um titã, um ícone arcaico; o orgulho de toda a Inglaterra, que nunca poderia ser derrubado ou maculado. Mas agora diziam que o velho Ben estava se curvando, ainda que um milímetro por ano. Parece que os gigantes são obrigados a cair… que não apenas pessoas pequenas caíam.

Eu andei com Kaiser ao lado da Torre de Londres. Avistei Eileen, Dean e Ás de Espadas, sentados em um meio-fio, carregados com mochilas.

— Já estava na hora, Gato! — comentou o trintão.

— Você veio tranquilo? Algum policial? — perguntou minha pequena Audrey.

Eu neguei com a cabeça, abatido.

— Passamos pela minha casa e temos comida, roupas e dinheiro — disse Ás de Espadas, apontando para as mochilas. — Mas eu não esperava que você trouxesse o cachorro, amigo…

— Eu sim — disse Eileen. E começou a fazer carinho em Kaiser.

— No fim, Jeff não veio — explicou Dean. — Como ele não mora conosco nem participou do assalto, ele supõe que estará seguro quando a polícia tentar relacionar os fatos. Ele ficou no pub. Ele não é mais a mão direita de Leona, então ele terá muito trabalho a fazer com os *underdogs*.

— Tudo bem. Então, qual é o plano? — perguntei, sentando no meio--fio.

— Esconder-se. Ir para algum lugar longe — respondeu Dean. — Eu não iria ao aeroporto, mas talvez de barco nós pudéssemos chegar a outro canto da Europa. Podemos ir para a Escócia pedindo carona, porque não vou me arriscar a levar o Fiat. As câmeras gravaram a placa ontem, quando eu o levei para o Soho.

Nem respondemos, nos dedicamos a olhar para a ponta dos nossos sapatos com pesar. A ideia de começar do zero era terrivelmente pesada e chocante.

Eu virei meus olhos para a Torre de Londres.

A fortificação estava lá há quase mil anos. Anteriormente visitada por Ricardo Corazón de León e os Tudors; agora era visitada por centenas de japoneses com suas câmeras. Foi onde Ana Bolena perdeu a cabeça, literalmente, e onde milhares de pessoas foram presas e torturadas até a morte. Conta a lenda que, se os seis corvos que viviam na Torre de Londres fossem embora um dia, a edificação cairia junto à monarquia britânica. Para evitar isso, os beefeaters que montavam guarda no edifício cortaram as penas de suas asas, de modo que não pudessem voar, e começaram a alimentá-los com carne e cerveja, para mantê-los felizes.

Nós realmente vamos sair de Londres? Mas nós somos seus corvos!

Eileen olhou para mim, como se ela tivesse acabado de me perguntar alguma coisa. Quando voltei a me concentrar, lembrei-me de uma coisa.

— Temos que passar pelo apartamento de Hackney primeiro. Nós temos algum dinheiro escondido na cisterna.

— Não podemos nos aproximar, Hayden. Eles estão lá.

— Eles quem?

— Os russos. — Eileen inclinou a cabeça, cautelosamente. — Você se lembra do que eles disseram na troca? Que se lhes déssemos o quadro, eles devolveriam voluntariamente o apartamento de Hackney. Isso significa que eles estão lá… e, de fato, Dean foi antes com o carro e viu a van na porta.

— O quê? A van do quadro? — consegui dizer, atordoado de repente.

— Sim, claro. Eu duvido que eles tenham mais, eles são uma organização pequena e não moram em Londres.

— E que sentido tem passar por Hackney antes de ir embora, podendo sair de mansinho neste momento?

— Talvez eles tenham algo para fazer lá. Como vou saber? — respondeu o Ás de Espadas, com desinteresse.

— De qualquer forma, esqueça o que havíamos guardado na cisterna. Você não pode mais voltar lá — disse Dean. — Parece que eles colocaram luvas nas suas garras, Gatinho.

Dei-lhe um olhar peculiar e incipiente.

— Se minhas pernas ficarem presas em algo, serei o Gato de Botas.

Eu me levantei de repente, instantaneamente renovado. Finalmente, com um objetivo. Com uma motivação que puxava minha mente e meu corpo.

— Como? Espere um pouco… Aonde você está indo? — Eileen ficou alarmada.

— A Hackney. Vou arrancar o couro daqueles crápulas.

— Você não está falando sério…

— Ah, pode crer que sim! — Eu ri.

Os três *underdogs* me encararam com espanto.

— Meu irmão — Ás começou —, temos apenas uma chance de fugir, agora, e...

— Nós também temos uma única oportunidade para reverter as coisas. Eu estou indo.

Fiz um sinal para Kaiser e me virei nos calcanhares.

— Hayden — sussurrou Eileen. — Hayden, não se mexa, por favor. É perigoso. Eles estarão armados e...

Comecei a andar na direção oposta às margens do Tâmisa, em direção ao centro da cidade.

— Hayden, se você der outro passo, eu vou chamar a polícia — disse a garota com firmeza. Eu parei e sua voz soou um pouco mais casual. — É para o seu bem.

— Você está bancando o Sascha Korovin? — Eu olhei para eles com repulsa. — Você está comigo ou contra mim?

— Você nunca teria duvidado disso antes, garoto — murmurou Dean, abaixando as sobrancelhas. — Você mudou...

— Se você não mudar, você não avança. Pergunte a Darwin — respondi secamente.

Não me entretive mais e corri, deixando-os lá plantados.

Eu suspeitava que não tinha muito tempo. Os russos estariam dispostos a deixar o país, se já não o tivessem feito. Eu não tinha medo que Eileen e o resto pudessem me denunciar. No fundo, todos nós não gostávamos de colocar a polícia em nossos assuntos.

Eu contornei o pátio da Torre de Londres em fuga, acompanhado pelo mar sangrento de papoulas que cobria todo o seu fosso. O vermelho me deu força, abriu minhas asas.

Depois de ficar sem comer desde o acidente de Janice, eu mal podia acreditar na energia que eu tinha naquele momento. A velocidade que eu estava alcançando, a necessidade de chegar a um lugar específico... ainda que pudesse botar o pé em Hackney e a máfia já ter saído. Apenas por esta possibilidade estúpida valia não ter ido com Red, embora durante a viagem de metrô eu tivesse me martirizado pela perda dessa oportunidade.

Sinto muito, Red. Eu ri mentalmente, quase insano. *Eu me cansei do amor. Amor na TV, amor nas canções, amor nos livros, amor entre os casais.*

Amor... amor... amor... amor...

Tente sentir ódio. Tente sentir raiva, solidão ou dor. Agora, isso é inspiração, senhores. Isso é sentir-se vivo.

E à medida que corria, sentia a fúria entrando em minhas veias, engrossando-as como uma dose de heroína, bárbara e desumana. Eu queria queimar Londres. Eu queria vê-la queimar, como se estivesse queimando no Grande Incêndio de 1666 e morrer com ela.

Mas, antes, eu tinha algo para fazer. Cheguei ao ônibus em cinco minutos e consegui convencer o motorista a levar o cachorro. Nós estávamos juntos nisso. A viagem para Hackney era o teste final para voltar atrás, mas eu passei caindo contra o vidro como um touro e desci com a mesma raiva irracional com a qual tinha subido.

Galopei para a rua onde vivi esses três anos, para o portal que tinha abrigado a sra. Harrison por três anos. Havia uma van branca estacionada em frente ao prédio, mas não me atrevi a procurar Napoleão, com tantas pessoas ao seu redor. Eram os russos; eu não tinha dúvidas.

Eles mataram Janice, repeti, como um disco quebrado. Como uma mente riscada. Olhe para eles agora, nadando em sua insignificância. Lá estão eles, sorrindo e conversando naquela língua imunda arrastada. Olhe para eles. Olhe bem.

Cheguei cada vez mais perto, me escondendo de carro em carro e segurando Kaiser atrás de mim. E senti que não deveria estar lá, como as cócegas fantasmagóricas que percorrem os dedos de um braço amputado.

Se a arte está em tudo o que consegue provocar uma emoção em alguém... o que é vingança então, se não o ramo mais distorcido da arte?

Eu queria tanto matá-los, que estava ficando excitado. Eu queria ser um terremoto de magnitude onze, que matasse todo mundo, ou que ao menos matasse de medo. Naquela hora, eu era tão humano que estava começando a me tornar um monstro.

Eu esperei pela oportunidade, quando aquelas hienas não estavam olhando, para entrar no portal. Uma vez lá dentro, subi as escadas, furtivo como uma pantera. Houve um pequeno murmúrio acima. A partir do sétimo, senti um cheiro profundo de gasolina. Já no nono, descobri um decantador vazio no patamar.

A porta estava entreaberta. Eu me agachei na moldura e tirei o telefone do bolso lentamente, como um cowboy segura uma arma. Depois, expus através da abertura, de modo que o ângulo refletisse na tela o que estava do outro lado da sala, do lado de dentro. Eu contei duas pessoas na sala. Eu me escondi no elevador quebrado e esperei. Eu esperei, porque a vingança sempre envolve espera. Quando um deles desceu as escadas com a jarra vazia na mão, aproveitei o momento para entrar e assaltar o restante.

O chão estava pegajoso e fedia a produtos químicos; meus sapatos estavam grudados. O apartamento estava tão caótico como no dia em que descemos com Cherry soltando espuma pela boca: os móveis derrubados no chão e a janela quebrada em uma teia de rachaduras.

Eu me perguntei se meus dedos ainda estavam lá. Se a polícia teria descoberto o caos, antes que os russos o limpassem e o recolhessem.

Eu ouvi movimento na cozinha.

Pensei.

O encontro com Danielle me deu uma ideia. Vasculhei as gavetas da cômoda e encontrei o colar cravejado e a correia que eu usara no dia da despedida de solteira. Era irônico que eu a tivesse guardado para Kaiser.

Avancei. Seguro como nunca. Feroz como nunca.

Eu virei a esquina. O russo me deu as costas, esvaziando a garrafa na penteadeira, tentando apagar qualquer pista sobre Cherry, para voltar ao seu país sem a polícia em seus calcanhares. A causa da morte de um garoto de dezesseis anos não importava a ninguém, é verdade, mas quando descobriram que ele estava relacionado com o roubo de Napoleão, seguiriam a pista até o fim do mundo.

Tudo aconteceu rápida e silenciosamente. Eu levantei a coleira de metal na frente do cara e puxei seu pescoço com força.

As armas de arremesso são covardes. Se você quer ferir alguém, deve fazê-lo com as próprias mãos ou com qualquer arma que transmita o calor das veias. Para poder matar, deve ter certeza do que você destrói, do que você está tirando. Se o seu pulso treme e você não é capaz de fazer o que tem em mente, não merece a honra de privar alguém da sua vida.

O russo balançou a garrafa, tentando freneticamente me borrifar gasolina, mas ele não conseguiu erguê-la além do quadril. A força me falhou na mão direita porque eu tinha dois dedos a menos, mas compensava a falta, envolvendo a coleira no meu pulso. Ele sacudiu o braço espasmodicamente. Uma vez. E outra. E outra. Ele parou de se mexer. Mais uma vez.

E outra.

Estava morto, mas já era eterno.

Outra.

...

Nada mais.

Caiu no chão, como um saco de batatas.

Kaiser estava andando pela sala, com o nariz enrugado pelo corte e andando como se estivesse segurando ovos. Suas pernas também estavam presas ao chão. O parceiro do russo demorou um pouco mais para subir, e quando o fez, ele encontrou um gato raivoso correndo para seu rosto. Este convidado não era esperado, então ele não veio armado. Éramos apenas ele e eu, com nossas mãos. Ele me empurrou contra a parede e agarrou meu pescoço, levando alguns segundos para me examinar com aqueles terríveis olhos azuis.

— Você "ser" apenas uma criança — rosnou ele, naquele sotaque repulsivo, sorrindo. Ele me reconheceu. Claro que ele me reconheceu.

Eu levei minhas mãos às dele, alarmado. Ele rompeu em uma risada. Eu rompi os dedos dele.

Ele se retirou com um grito de dor, impressionado com a minha determinação.

— Janice. Você pode me ouvir? Aprenda o nome dela. Janice.

Seu punho voou a uma velocidade vertiginosa... e vertigem foi o que produziu ao colidir com a minha barriga. Quando caí de joelhos, ele aproveitou a oportunidade para me dar uma joelhada na cara. Uma vez no chão, suas mãos feridas se agarraram às minhas mandíbulas, como dois dragões se contraindo na entrada de sua caverna. Eu ofeguei, tentando mordê-lo, mas a dor sob meus ouvidos era tão assustadora, que eu só podia vibrar e rezar para não quebrar um dente.

Ele já esteve prestes a me matar em outra ocasião, quando eu deveria ter explodido no ar em vez de Leona. Mas você sabe o que dizem: "O que não te mata, te faz mais forte. O que não te mata, te faz disparar."

Então, me lembrei que ainda tinha a coleira de Danielle na mão. Peguei o colar de couro, de modo que os espinhos estavam alinhados com os nós dos dedos, como um soco inglês. E então eu bati. Eu bati de novo e de novo em sua cara, mas o primeiro impacto foi o pior, porque o russo teve o instinto infeliz de olhar para a mão. E agora ele estava recuando, com mil gritos, enquanto chorava rios de sangue e tocava seu rosto. Ele não enxergava através do olho direito. É por isso que ele nem percebeu.

Eu soltei a coleira por puro embaraço, então o cara olhou para mim com aquele buraco escuro e sangrento. Eu estava paralisado. Esse teria sido um momento ideal para me arrepender, mas a lembrança de Janice ainda se agitava em minha mente.

Como você vê o panorama agora, filho da puta?, pensei, com um humor negro como a noite.

Eu não tinha muito tempo. O grandalhão cerrou os dentes para conter a dor e sacudiu os joelhos à procura de uma arma. Eu virei para o balcão para fazer o mesmo, vasculhando as gavetas. Abri a de talheres e tirei a primeira coisa que peguei.

Uma colher de chá.

E você vai pensar: porra, Hayden, você poderia ter pegado uma faca. Sim, gênios, eu poderia ter feito isso, mas as coisas nem sempre funcionam do jeito que você quer.

O russo encontrou a coleira e se levantou, mas eu não lhe dei mais trégua e agarrei os cabelos da sua nuca, para imobilizar a cabeça sobre a mesa. Ele olhava para mim com seu olho saudável, seu rosto pousado de lado, como um peixe em um restaurante de sushi. Então, eu levantei a colher com a mão e enfiei o cabo no ouvido dele com força.

Se ele olhava para mim como um peixe antes, agora ele se mexia como uma baleia recém-arpoada. Ele balançou ao redor da cozinha, guinchando e puxando todas as panelas penduradas nas paredes até o chão. A colher ainda estava presa no ouvido, levemente dobrada.

Fiquei desconcertado que aquele não tenha sido o meu último golpe. O que alguém tem que fazer para imobilizar um rival? Kaiser latiu da sala de estar, sem saber se teria que intervir ou se seu amo estava se divertindo. Eu também não sabia.

Eu não estava fazendo nada além de sair do seu caminho, enquanto o observava com os olhos arregalados, como uma criatura noturna. O sangue não me incomodava. Os gritos não me afligiam. Eu estava apenas brincando, tentando bisbilhotar. Eu não tinha ideia do que poderia matar uma pessoa, mas eu teria ficado ali toda a vida, experimentando os umbrais da dor, enquanto cada golpe acrescentava um pedido de desculpas para Janice. Mas eu não poderia me dar esse luxo, seus companheiros de equipe poderiam vir a qualquer momento. Em uma das vacilações desajeitadas do meu oponente, abri um dos armários e esmaguei a cabeça dele contra o topo da porta. O russo caiu no chão. Finalmente.

Eu fiquei um momento o olhando com os neurônios desconexos, mas então eu reagi, lavei as mãos na pia e deixei o apartamento com pressa.

Enquanto eu descia as escadas com Kaiser, eu pensei. Não tinha ideia de onde estava indo, o que pretendia fazer quando cheguei. Agora eu era oficialmente um assassino; nenhuma culpa indireta de drogas ou descuido. No dia em que atacaram Cherry, tentei e vi a oportunidade em minhas próprias mãos, mas no último momento não consegui. E agora? Eu esperava sentir remorso, ou talvez um pouco de ânsia de vômito. Mas nada. E eu estava preocupado que essa questão não me incomodasse nem um pouco.

Quando cheguei ao térreo, espiei pelo portal. Os russos continuavam tagarelando em sua linguagem repulsiva ao lado da van. Eles pareciam esperar que as chamas explodissem e seus dois companheiros descessem para ir embora.

Eu corri para a parte de trás da van. Levei meu tempo. Rezei, porque a traseira estava aberta. Decidi experimentar e mexi nas dobradiças, quando os russos aumentaram o tom de voz. Eu levei o tempo que precisava. Abri as portas, só um pouco. Uma fresta.

Lá estava ele.

Meu coração disparou, mas foi rapidamente silenciado pelas sirenes da polícia que soavam no fim da rua, como um eco satânico. A porra da polícia. Os russos se levantaram, como se tivessem uma brasa no traseiro, e começaram a gritar o nome de seus companheiros. Eles não esperaram muito tempo. Imediatamente, eles subiram na van apressadamente, enquanto eu rezava agachado no final do veículo. Eles não olharam, mas também não tiveram tempo. Eu teria feito o mesmo.

Naquele momento, uma ideia maluca me ocorreu e enfiei o braço pela fenda da cabine, agarrando a borda de Napoleão. Imprimindo toda a minha força na parte superior, consegui colocá-lo reto. Quando o furgão deu a partida, o quadro empurrou a fenda, até que as portas se abrissem na espessura certa… e passou por elas, como se fosse um cartão de crédito. Ele permaneceu em minhas mãos. Sim, tropeçando nelas, por causa do peso.

Eu mal podia acreditar. Eu mal podia olhar para isso. O conquistador piscou para mim.

Eu o arrastei para o portal, tremendo de euforia, enquanto a van freava alto. O óbvio era patético e o momento era crítico. As sirenes soaram implacavelmente em cinco ruas ao redor.

Eu carreguei Napoleão nas minhas costas com todas as minhas forças. Pela última vez. Eu subi um andar. Dois. Eu esbarrei no elevador quebrado por dez anos. Três. Napoleão bateu a borda contra o canto do quarto violentamente; o golpe me feriu nas profundezas da minha alma. Cinco. Eu ouvi os gritos da Metropolitana e, em seguida, os palavrões lançados pelos russos. Eles teriam sido presos? Seis. Minhas pernas estavam tremendo. Eu parei para descansar. Kaiser me olhava desde o desembarque no sétimo; para ele, era uma brincadeira de olhar pela grade do último andar. Sete. O cheiro de gasolina. Oito. Eu estava quase lá. Nove.

Entrei no apartamento desesperadamente, procurando um lugar para me esconder ou tentar fugir. Não me atrevi a apoiar a pintura no chão porque estava impregnado de líquido inflamável. Na cozinha, um dos corpos moribundos ainda estava se mexendo. Não havia outro andar acima do nosso, mas havia um telhado. O telhado? Mas não era como um daqueles telhados de Detroit que tinham escadas confortáveis ao lado do prédio para subir; os telhados de Londres eram inacessíveis, porque ninguém estava interessado em estar em um lugar que inundava toda vez que chovia.

Entrei no quarto de River, mas as janelas eram pequenas. Também no quarto vizinho, mas eram iguais. Fui para o banheiro. O barulho vinha através de sua enorme janela quebrada, como acontecia há três anos. Espiei através dela e vi uma pequena saliência, que beirava o prédio e se perdia atrás da esquina. Olhei para fora, colocando metade do corpo, e vi que a borda do telhado estava a menos de dois metros acima. Acessível? Não. Havia nove andares até o chão!

Mas o desespero era flagelante, então levantei o quadro na diagonal. Não se encaixava por pouco. Deixei-o no chão por um momento e lutei com a moldura da janela até ficar sem as unhas. Felizmente, a madeira era velha e ninguém se incomodou em consertar as rachaduras, que facilmente cederam.

Quando retirei o quadro, ganhei aproximadamente dez centímetros de cada lado. Quem ia me dizer que a janela da qual eu vinha reclamando há três anos iria me salvar? Napoleão saiu roçando por toda parte, mas saiu. Ele permaneceu encostado no consolo da lareira com seu porte magistral, com as costas contra a parede e o rosto exposto ao céu. Eu senti seu manto ondular como nunca antes. Senti os deuses estremecerem com seu olhar. Eu só tinha que rezar para que não chovesse em sua tinta.

Não havia tempo. A polícia logo subiria e agora os russos não eram os únicos que haviam assassinado alguém no apartamento.

Corri até a cozinha, peguei o acendedor de cigarros e acendi a borda da bancada impregnada de gasolina. O fogo se espalhou como uma exalação de raiva. A queima. O vermelho. Isso me fascinou.

— *Pomogite*! — exclamou o corpo moribundo no chão quando sentiu o calor.

Eu parei para olhar para ele e sorri desdenhosamente, ajoelhado em frente a esse meio cego russo, agora esticado, tremendo como um peru. Gasolina misturada com sangue corria pelo rosto dele.

— Você vai fazer companhia à minha irmã — murmurei.

Coloquei minha mão no final da barba e acendi o isqueiro. Quando as chamas começaram a lamber seu rosto, saí da cozinha para evitar ouvi-lo gritar.

A fumaça foi detectada pelo antigo sistema antifogo, mas a água que devia estar guardada para estes casos tinham sido usada no dia em que River morreu.

Voltando ao banheiro, Kaiser ainda estava lá, preso no único canto em que não tinha chegado a gasolina, enquanto lambia as patas e se esvaía em uma diarreia da porra. A temperatura de toda a casa aumentara e o animal estava inquieto. Subi no vaso para sair pela janela, encolhendo-me na pequena saliência e respirando o ar da noite. Que horas marcaria Chaplin, oito horas? Nove? Eu não havia tomado café da manhã, almoçado nem jantado naquele dia. Minhas pernas tremiam, mas duvidava que fosse por causa da fome. Pelo contrário, seria pelos vinte metros de queda que havia até o chão.

— Vamos em frente. Venha, garoto. Comigo — disse, apontando para o cachorro com as mãos. Quando o animal se aproximou, tive sérios problemas para carregá-lo em meus braços. Demorei alguns segundos para me sentir seguro para me levantar.

Kaiser choramingou de terror e agarrou meus ombros desajeitadamente, coçando minhas costas. Suas patas traseiras tremiam e seus olhos estavam fora de foco. Eu sabia que ele estava incomodado pelo vento tocando sua pele, porque estava acontecendo comigo também.

— Calma. Isso... Bom menino. Não se mexa, ok?

Eu me movi lateralmente, perto da parede, pouco a pouco. À minha direita, fui acompanhado por Napoleão, deslizando lentamente pela borda com o impulso da minha mão.

Passo a passo. Londres gemia acima dos edifícios. As estrelas do céu eram pouco visíveis porque as verdadeiras estrelas estavam embaixo. Pululando por Covent Garden, por Camden Town e por Notting Hill. Possuindo o bairro de Westminster, escurecendo a luz do London Eye. Alguns com um sax nas costas, outros com a ajuda exclusiva de suas mãos e seu talento. Eu me perguntei quantos gatos estariam olhando o céu naquele momento. Quantos se incomodariam em fazê-lo, porque talvez fosse a última noite em que teriam a liberdade. Apreciar as coisas quando você está prestes a perdê-las é a maior maldição do ser humano.

Eu estava apenas a um pequeno passo de distância, com o meu rosto pressionado contra a parede, Kaiser tremendo em meus braços e incapaz de ver o caminho que se seguia.

O que aconteceu em seguida foi tão absurdo que, até hoje, ainda estou desorientado quando me lembro:

De repente, a pintura se inclinou sobre o abismo, lentamente.

E desapareceu.

Nunca na minha vida eu havia distorcido tanto a calma, o silêncio. A falta de ruído. A falta de situação. A falta de causa. A falta de bom senso. O patético. A simplicidade. O fracasso do que foi assumido. Do autônomo. O inesperado.

Havia sido tão simples como Napoleão caminhou até o final da laje, a borda terminou e então ele andou no ar.

Demorei quase sete segundos para ouvir o barulho. A espera mais longa e mais atroz da minha vida. E quando ele o fez, senti o impacto nas profundezas do meu ser. Eu senti o terremoto retumbante agitando os territórios do Haiti. O tsunami titânico, convulsionando as costas da Tailândia, destruindo tudo. Senti as entranhas da terra se contorcendo de desgosto, para vomitar sua fleuma ardente. Senti os furacões se expandindo em direção às pontas dos meus dedos, enquanto os pedaços de lona se expandiam. Eu senti os desastres do mundo. E eu senti que isso tinha sido o pior de todos.

Eu esqueci de respirar. Kaiser se mexeu desconfortavelmente, porque ficamos em silêncio por um minuto, naquele oceano de ar e escuridão. Chamas espiaram pela janela mais próxima por algum tempo.

Não podia acreditar. Eu simplesmente não conseguia.

Eu olhei para o chão cuidadosamente para, pelo menos, dar um descanso à minha sanidade. Para ter certeza de algo que eu nunca gostaria de ver tão certeiro. Napoleão estava no chão, vinte metros, desmembrado e humilhado, como uma ninfa sublime, que tinha violado os vinte porcos. Uma tontura contraiu meus neurônios por um momento.

— Ei!

A exclamação me assustou. Levei um tempo para virar a cabeça, sem desencostar da parede, para ver quem tinha falado.

— Ei, menino, venha aqui! — Eu odiava ser chamado de "menino". — É perigoso. Você não pode ir a nenhum lugar por aí.

Havia dois cavalheiros morenos, curvados sobre a janela do banheiro; ambos vestidos com capacetes e uniformes azul-marinho. Em seu peito, havia um distintivo, que os identificava como membros da Polícia Metropolitana.

Fechei meus olhos, respirando fundo. De um lado, havia Kaiser e seu peso incessante. Por outro lado, aquele Napoleão morto, que não havia sentido em fugir e que, se me recusasse a voltar voluntariamente, eles viriam até mim.

Olhei pela última vez o cadáver, para que minha mente evitasse criar um mito para venerar. Voltei passo a passo, com náuseas na boca. Quando cheguei à janela, os policiais me seguraram e me ajudaram a entrar no prédio, cuja atmosfera se transformara nas entranhas de um dragão. Então, eles me agarraram sem muita gentileza e me empurraram para o corredor.

Kaiser latiu de felicidade; ele estava feliz por tantos humanos diferentes terem vindo cumprimentá-lo. Eu sabia que ele estava latindo por isso, mas o policial que estava me segurando olhou para ele cautelosamente e o chutou para longe. Algo na mente do cachorro deve ter mudado naquele momento, quase como uma faísca. De repente, ele percebeu que aqueles indivíduos não estavam lá com intenções receptivas em relação a nós, embora neste momento todos nós estivéssemos imersos nas mesmas notas incipientes. E, então, ele começou a latir ferozmente.

Deixem de estressar seu amigo de duas pernas. Que se podia sentir o cheiro da sua angústia, embora parecesse impossível sentir o cheiro de algo além de fumaça. Ele franziu o lábio superior, para mostrar suas presas, como os lobos. Que lhe deixassem em paz. Que eles deixassem Hayden em paz ou morderia uma das suas mãos para ajudá-los a decidir. E assim o fez. O policial saltou e saiu da frente. Kaiser latiu de novo, enquanto espumava uma pequena saliva; eu gostaria que fossem suficientes para apagar o fogo que agora atingia o tapete da sala.

— Kaiser! Não! Acalme-se! — Eu me mexi o melhor que pude, mas os braços do meu captor eram firmes, como duas barras de aço. Eu tossi. O animal uivava com bestialidade. O fogo em seus olhos era mais selvagem que o fogo no tapete. — Cale a boca! Vamos calar a boca!

Nós recuamos pelo corredor como uma estranha procissão. Os policiais, assustados, mantiveram a postura, mas o fizeram porque tinham uma arma apontada para o imenso cão. Eles não atiraram, mas nem se atreveram a dar as costas para ele. Quando chegamos ao exterior, compartilhamos a última visão das chamas chegando ao corredor... encurralando um animal que, além disso, tinha as patas impregnadas de gasolina. E então eles fecharam a porta.

— Não! Kaiser! — gritei, enquanto minha traqueia convulsionava com fumaça, tosse e angústia. — SALVE-O! SALVE MEU CÃO!

Os policiais não pensaram em correr riscos. Um animal não era uma pessoa. Uma vez em segurança no patamar, desceram as escadas me carregando pelas axilas.

Lá fora estavam reunidos uma ambulância, os bombeiros e dois carros da Metropolitana, todos montando o escândalo com suas próprias sirenes. Os agentes foram parabenizados no meio da correria. Heróis duplos por me salvar de um apartamento em chamas e de um cachorro raivoso.

Então, percebi que eles realmente me pegaram para não me deixar fugir. Eu entendi por que policiais tinham aparecido, e não bombeiros, para me tirar de lá, e percebi que estavam de fato os parabenizando por me prenderem.

E eu entendi tudo quando o vi parado ali, com sua trancinha e seus olhos de gelo.

— É ele, certo? — perguntou o tenente ao garoto.

— Sim — respondeu Sascha. — É ele.

23

E AGORA? QUEM PÕE O SINO NO GATO?

Dia primeiro de fevereiro.

A sala de interrogatório tinha uma atmosfera sombria e desumana. Apenas o copo de água na mesa indicava que essa parafernália era feita para respirar, e não para aquela pilha de placas de metal e vidro. As algemas estavam frias.

Quando Sascha entrou pela porta, minhas mãos se contraíram. Ele estava acompanhado por um agente e um homem alto e loiro, vestido impecavelmente. A linha de sua cabeça não tinha um único fio de cabelo. Ambos olhavam para mim, como se sua existência asquerosa e árida fosse melhor que a minha.

— Vocês têm meia-hora — relatou o agente, antes de sair. O som da porta de fechamento era tão tênue quanto a queda de um bailarino.

— Hayden.

— Sascha.

A saudação soou muito tensa. A sirene de uma rua antes de ser bombardeada. Eles se sentaram.

— Estou te apresentando a Rodek, meu advogado — começou o homem loiro. — E agora o seu também: pedi que revisasse seu caso.

— E por que um advogado de gabinete cuidaria de dois casos ao mesmo tempo?

— Não é de gabinete. Eu tenho dinheiro suficiente da companhia para pagar por um privado.

Companhia. Até parece. Companhia parece mais pragmática do que máfia, assaltantes de relíquias ou ratos do mercado negro, hein? Vamos ver como os comissários o chamaram no processo.

Apertei a mão do homenzinho de olhos afiados. Seus dedos voaram através das páginas de seu arquivo.

— Por que está aqui? — perguntei a Sascha.

— O que você acha? Estou detido por danos à herança da humanidade, intimidação e apropriação de propriedade do Estado. É no que dá trabalhar onde eu trabalho. Rodek vai falar com o promotor para baixar minha sanção por trabalhar com a polícia para capturá-lo.

— Eles te pegaram? Eu pensei que você tinha ido me denunciar voluntariamente, depois que você falhou em sua missão — zombei.

— E me entregar? Isso teria sido estúpido. Agir por despeito não é a coisa mais inteligente a fazer, então, se eles não tivessem me prendido, eu teria atacado você de novo em algum momento.

Bufei com um certo desdém. Então, comecei a ver o loiro como uma fonte de informação, que poderia me aproximar um pouco do mundo exterior, do qual havia sido privado há três dias.

— O que aconteceu com Leona e o resto?

— Leona ainda está no hospital e eu não sei se ela vai sair de lá em algum momento. Falta-lhe meio ou todo o corpo. Que mais? — Sascha bufou. — No pouco tempo que eu estava trabalhando com ela, percebi que é o pior bicho que encontrei em anos.

— Digo o mesmo.

— A única coisa que espero é que seus companheiros fiquem com o Leviathan. Eles são bons rapazes. Eu gostei deles.

— Suponho que eles ficaram com o dinheiro da Ovelha Negra. Jeff sabe onde ele está — respondi, com algum consolo. — Embora existam muitos *underdogs*, então não vai render muito e eles terão que continuar com seus trabalhos. E isso supondo que o Ás de Espadas não tome a frente de tudo e o divida somente entre Eileen, Jeff, Dean e ele.

O loiro encolheu os ombros, com desinteresse. Eu perguntei apressadamente:

— A propósito, há notícias do Kaiser? Os bombeiros já estavam subindo quando saí do prédio. Talvez eles tenham conseguido salvá-lo.

— Você acha que me ocorreu perguntar sobre um cachorro?

— Bem, então vai tomar no cu. Teria ocorrido a você, se conhecesse uma milésima parte do que você acha que me conhece.

Sascha olhou para mim com um certo humor em seu rosto.

— Você está com problemas mais sérios do que isso. Era apenas um cachorro, Hayden.

— Você tem sido mais cachorro que ele.

Nós permanecemos em silêncio, compartilhando olhares hostis. O advogado interveio então, porque naquele dia ele estava interessado em se tornar um diplomata.

— Não há problema com isso, sr. Rothem. Vou perguntar ao corpo de bombeiros se eles tiraram um cachorro vivo de lá.

— Obrigado. Ele foi o único nesta história que não merecia o que aconteceu com ele. Ele era apenas um animal. Não fez nenhum mal — murmurei, ferido.

— Mas agora estamos aqui para decidir se também merecemos o que nos aconteceu. Estamos em terreno perigoso, Hayden, você mais do que eu. Creio que…

— Sr. Korovin, acho que você deveria ter uma conversa privada com o cliente antes…

— Feche a boca, Rodek. Eu sou um mafioso. Eu sei perfeitamente o que dizer ou não quando enfrento as pessoas. — Sascha ignorou a cara de pão que o advogado fez e continuou. — Eu vou te dizer o único lado da história que você precisa saber, Hayden: o da polícia. Após o roubo do quadro, a Metropolitana prestou especial atenção aos controles do aeroporto. Eles colaboraram com outros países para obter algum nome ou descrição de compradores de arte do mercado negro famosos, especialmente com a polícia francesa, mas, por sorte, não tivemos muitos problemas para entrar, porque as armas e carteira de identidade falsa nós adquirimos uma vez que estávamos em Londres. Mas, então, nos ocorreu a ideia estúpida de perguntar por meu pai naquele dia no Borough Market... e o fato de que não havia nenhuma informação de uma pessoa que supostamente vivia e não nos preocupamos em denunciar seu desaparecimento o que despertou seus alarmes.

Sascha bebeu água do meu próprio copo. Eu me senti intimidado e pensei que o garoto era um gênio. Agir como se fosse ele quem colocava as algemas aqui, e não quem as usava, só servia para me certificar de que me achava impotente. Pessoas desamparadas são mais fáceis de administrar.

— Então o computador da polícia entrou na *deep web*. Eles são profissionais, então não foi difícil para eles encontrar o post de que todos os mercados falavam e entrar em contato com você. O usuário você conhece: Captcha666.

— Captcha666 era a polícia?

Sim. Eles deixaram o seu número de telefone, eles disseram. Se você tivesse atendido a ligação, eles o teriam capturado imediatamente e denotariam uma patética falta de profissionalismo de sua parte. — O russo riu, mas eu fiquei em silêncio. — Não ligamos para o número de telefone porque estávamos ouvindo outras propostas, mas teríamos sido perfeitamente capazes de cair na armadilha. Como você não se coçou, eles tentaram rastrear os sinais do computador, para saber de onde veio o endereço IP por meio de medições de tempo entre mensagem e mensagem. É algo que muitos internautas sabem como fazer.

— Eu sei. Depois disso, fomos falar com a Lizbeth e ela nos avisou. A partir daí, começamos a ter mais cuidado com chats.

— Isso, me disse a polícia, que começou a ficar mais difícil. Ainda assim, eles descobriram o número de série do seu notebook, e o sinal de GPS os levou a Hackney, mas isso foi quando o seu amigo Cherry chegou morto ao hospital e perderam as pistas. E não porque aquilo não era suspeito... porque, de fato, a polícia falou com você no hospital, certo? — Eu concordei. — Mas porque você foi viver com Jeff e mudou de computador. Eles tiveram que reiniciar a investigação, mas também avançaram em outros aspectos.

— Que aspectos?

— Investigando a morte de Cherry, colocaram o olho em Leona e no Leviathan. Eles reviram a ficha dos seus funcionários e quinze deles viviam em Hackney, de onde veio o primeiro sinal de GPS. Isso não é incomum, em Hackney há muitas pessoas... mas, em seguida, receberam um telefonema de uma mulher idosa que vivia em seu prédio: Emma Harrison. Ela disse que tinha visto muito sangue e barulho no prédio, mas quando a polícia chegou estava tudo limpo.

— Sua organização, certo?

— Exatamente. Fomos naquele dia para esfregar o chão. A maldita velha deve ter ficado pendurada no olho mágico durante toda a tarde, porque quando a polícia foi falar com ela, lhe deu os detalhes físicos de cada um de nós e coincidiu com a informação que tinham do aeroporto e da delegacia onde perguntamos sobre meu pai. E não só ficharam a nós, eles ficharam você também. Era muita coincidência que você estivesse metido com uma organização do mercado negro de arte.

— Seus companheiros de equipe disseram que não tinham visto você. Onde estava? — quis saber.

— Bem, eu decidi rondá-lo novamente para roubar Napoleão. Confesso que pensei um pouco em mim mesmo e vacilei em me comunicar com meus parceiros... embora também fosse mais seguro desta forma, porque eu não sei se eu seria denunciado por roubo ou algo assim. — Encolheu os ombros. — Assim, no dia em que você foi ao encontro de BlackArt12, eu também estava escondido em Piccadilly Circus, sozinho. Minha surpresa foi enorme ao descobrir um carro da polícia camuflado na rua ao lado... mas foi ainda maior quando descobri que não estavam espionando você, mas a mim! Sacou? A ideia era encontrar o ladrão de Napoleão em uma armadilha para potenciais compradores. Eles sacaram suas algemas contra mim quando sua verdadeira presa estava ao lado, fechando o negócio. Mas normal não terem se dado conta: foram seus amigos que encontraram com o BlackArt, e deles tinham menos dados físicos.

— Então eles te detiveram e ninguém sabia. Nem Leona, nem eu, nem seus amiguinhos mafiosos. Você traiu a todos nós trabalhando com estes cães.

— É isso mesmo, Gatinho.

— Não me chame de Gatinho.

— Olha. Eu estava preso pelo saco e pensei que seria bom ajudá-los a te pegar para livrar a minha pele. Eles me contaram toda a sua trajetória e eu lhes disse quem você era, por onde você se movia e até onde tinham que levar seu faro. Quando sua irmã explodiu ao lado do Leviathan, eles já haviam selado sua sentença. Em seguida, eles foram para o pub, mas vocês se empenharam em nos encher a porra do saco com o mandado. Quando eles voltaram, não o encontraram. Nenhum de vocês. Mas eles sabiam que a minha organização tinha estado na porta do Leviathan com seus veículos, e isso significava uma coisa: tinha entrado no Soho, no centro de Londres, por isso a sua placa tinha que ter ficado gravada pelas câmeras de tarifa do congestionamento. Pagassem ou não o pedágio, nós teríamos seus dados de qualquer forma. Em seguida, só faltava rastreá-la até Hackney. Eu convenci a polícia de que a investigação não devia se aproximar do seu apartamento, para que a minha organização se sentisse confiante o suficiente para ir até lá queimar as provas antes de sair. E uma vez que eles ainda tinham o quadro e que você estaria uma arara depois de Janice, não era difícil imaginar que você também estaria indo nessa direção. Ambos agiram como tínhamos planejado e a polícia te pegou em Hackney, mas os meus companheiros escaparam. — Sascha respirou fundo. — É uma bela história, você poderia contá-la aos gritos a seus netos inexistentes, através de uma janela gradeada.

— Vai à merda!

— Seu humor também é inexistente. — Sascha riu. — Então, você quer saber de que é acusado, Hayden?

— Sim.

— De nada.

Fiquei em silêncio, atordoado. O loiro parecia tranquilo.

— O que quer dizer com "de nada"?

Rodek virou a pasta para mostrar o interior. Entre a papelada, presos com grampos, estava uma imagem plastificada de dois corpos, negros como carvão. Eu reconheci o chão da minha cozinha.

— A polícia encontrou dois corpos em seu apartamento no dia do incêndio. O relatório do legista indica que eles foram mortos antes que as chamas chegassem até eles.

Virei-me para a foto. Atrás, estava escrito algo a caneta; eu achava que era a letra de Sascha:

"Há um nó em torno de você que só você pode desfazer. Ouça com atenção. Colabore e vamos sair daqui com a menor punição possível."

Eu entendi. A foto era apenas um meio para me passar a mensagem. Isso significava que a polícia estava ouvindo toda a nossa conversa. Sascha se acomodou em seu assento, com uma cara de paisagem.

— Em primeiro lugar, qualquer pessoa iria acusá-lo de homicídio. Mas o fogo queimou qualquer evidência que você poderia ter deixado nos dois cadáveres da cozinha e a polícia se encontrou em um pequeno beco sem saída de suposições. Nikolai e Puchkin, coitadinhos. Eles não eram maus, trabalhei com eles em várias missões no Cairo. Você sabe, cerâmicas egípcias e coisas assim… — Sascha olhou para mim, um brilho de inteligência em seus olhos. — Mas, calma, eu já disse à polícia que não tinha sido você. Esses dois sempre tiveram falta de fraternidade; não seria incomum que no final eles roubassem o quadro de seus colegas e então brigassem na cozinha. Você já viu isso. Puchkin tirou um olho e enfiou uma colher de chá no ouvido, mas, no final, Nikolai conseguiu enforcá-lo. Má sorte que você estava lá para… Por que você foi?

Ele ergueu as sobrancelhas sutilmente. Seu sinal era claro.

— Para pegar o dinheiro que havíamos guardado na cisterna — respondi.

E ele sorriu satisfeito. Eu ainda estava atordoado, mas percebi que muitas coisas dependiam dessa conversa.

— Já tinha dito isso. É que sou parceiro de Nikolai e Puchkin há muitos anos. Eu sei como eles funcionavam. Eu já cheirava a traição da organização por parte deles. Mas acusá-lo de matá-los? Isso seria ridículo. Você não machucaria uma mosca. Você é apenas uma criança.

— Sim, eu seria incapaz de fazer uma coisa dessas. E menos ainda depois da Janice — respondi monotonamente.

Era engraçado que Sascha falasse sobre traições tão naturalmente. Eu tinha vontade de pular na jugular dele. Ele assentiu.

— Por outro lado, até mesmo uma pessoa com um cérebro neandertal acusaria você de roubo. A polícia não tem provas materiais conclusivas, mas o cronograma se encaixa e pode ser perfeitamente defensável em um tribunal de Justiça. De fato, a Galeria Nacional entrou em contato com a delegacia de polícia e fez uma queixa mais pesada que uma pedra. Com uma queixa a polícia pode agir, mas podemos fazer algo sobre isso…

— Podemos fazer com que retire a queixa? — bufei com sarcasmo.

— Sim. É isso. — Sascha olhou para mim muito sério. — O resto dos amantes de arte e museus do mundo estão vibrando com a perda de Napoleão… especialmente os ricos de Versalhes, já que a pintura era dele. Eles ainda não sabem que está quebrado. O que acontecerá com a Galeria Nacional quando descobrirem? Ou melhor ainda… O que significará para o museu se a pintura reaparecer, sã e salva, como que por mágica?

Isso significaria milhões de visitas e fama por anos, já que três meses se passaram e todos pensavam que estava perdido. Mas eu não entendia onde aquilo ia dar. Eu inclinei minha cabeça.

— Nestes três dias que você ficou preso, Rodek e eu conversamos com um contato, cujo nome não podemos revelar, e chegamos a um acordo, depois de muita persuasão. Ele se inteirou sobre você. Ele sabe que você fez pinturas falsas para certas pessoas e conseguiu localizar algumas. Ele as viu, diz que são boas. Ele já trabalhou na Espanha antes, então conhece perfeitamente o seu ofício. Você se dirigirá a ele por suas iniciais: GF. Consegui que você fosse admitido no time de restauração particular de Napoleão. Você vai trabalhar em um navio fora de Londres, com outro profissional. É provável que estejamos falando de um trabalho de vários meses, sem descanso. Você deixará esse quadro como novo e desaparecerá. Zas. Entendeu?

Eu olhei para ele, como se ele tivesse acabado de me contar uma piada de mau gosto.

— Não. Por que eles me deram essa oportunidade?

— Porque você acredita que suas falsificações têm alto nível e poderiam ter mais, com os materiais certos. Considere isso como uma forma de compensar seu erro, porque será um trabalho quase desumano. Além disso, ninguém quer colocar mais pessoas no jogo. É uma questão complicada, você sabe.

— Mas eu não restauro, eu falsifico.

— Cá entre nós… — Sascha baixou a voz. — É praticamente o mesmo. Todos os museus sabem disso.

— A Galeria Nacional sabe sobre essa restauração?

Sascha olhou para mim de uma maneira muito peculiar.

— Não posso responder a essa pergunta.

— Mas sabem que o quadro foi quebrado, certo?

O advogado interveio, com uma voz calma:

— Só estamos autorizados a dizer que a Galeria Nacional não tem nada a ver com isso, mas se a imagem aparecer novamente sem um arranhão, o museu vai retirar a queixa contra você. Esse é o acordo.

Sascha levantou as sobrancelhas, com obviedade.

— Quanto à polícia... segundo eles, o quadro apareceu. Ponto. Seu trabalho era encontrar você e é isso. O status de Napoleão não importa em nenhum momento da história. E como deixamos claro antes que você não matou Puchkin e Nikolai, se a Galeria Nacional também retirar a queixa, você estará livre de acusações. Com condições claras.

— Eu suponho que não é necessário dizer que você aceitará a tarefa assumindo o máximo senso de discrição. — Rodek adicionou. — Os detalhes sobre restaurações não dizem respeito a ninguém. Nem a seus amigos. Nem a sua família. E muito menos à imprensa.

Eu balancei a cabeça, entendendo perfeitamente o que era tudo aquilo.

— Obviamente, quando Napoleão voltar a Versalhes, passará por um controle exaustivo da veracidade, como acontece com qualquer pintura que entre e saia do país. Isso significa que dependemos completamente de sua habilidade. Se eles perceberem que Napoleão foi modificado, essa investigação virá à luz, você vai ficar como um assassino da arte, entrará na prisão até a morte e eu vou junto, por ajudá-lo. É óbvio que o museu e a polícia não nos apoiarão. Eles virão contra nós com toda a força porque... deixe-me enfatizar... eles não têm nada a ver com isso. — Sascha fixou seus olhos de gelo nos meus. — E você não pode ir para a prisão, Hayden. A arte é uma das poucas coisas do mundo que não podem ser enjauladas.

Eu engoli em seco. Minhas pernas estavam tremendo.

— Tudo bem? — Sascha insistiu. — Não que eu esteja lhe dando uma escolha entre comer macarrão ou asas de frango em um buffet. Você não pode negar. Agora você é nosso e você será por toda a vida. Meu. Da polícia. Do Estado. Do Reino. É hora de colocar o sino no gato. — Ele sorriu com aquela fileira de presas afiadas. — Então, me diga, pintor de subúrbios. Você acha que a mão com três dedos salvará a nossa pele pela última vez?

EPÍLOGO

PARA UM GATO QUE MATEI, ME CHAMARÃO DE MATAGATOS

— Eu não esperava que fosse tão grande. — O casal esperou que a multidão se dissipasse um pouco. — Agora.

— Olhe para isso. É esplêndido. Eu podia sentir o cheiro do suor do cavalo daqui.

O homenzinho pôs a mão no queixo, pensativo. Sua companheira parecia igualmente feliz.

— E note a juba e a capa vermelha. Que cor poderosa, né?

Eu não podia ver isso. Da minha posição, só avistei as cabeças do público e as costas dos dois turistas em pé, na ponta dos pés. Mas eu não me importava. Depois de ter passado cinco meses difíceis, aprendendo cada centímetro do corpo de Napoleão, percebi que estava cansado de vê-lo.

O primeiro foi contra o relógio, dedicado a dominar todas as técnicas de restauração que existiam e praticar o estilo de pintura de David até que ele saísse naturalmente.

Depois, outros quatro meses aconteceram, com as costas arqueadas sobre um andaime, recompondo cada fragmento de pele de cavalo, cada pedregulho lascado e cada pedaço de roupa miserável. Tínhamos removido qualquer partícula de poeira e pedra de asfalto incrustada. Tínhamos juntado o abismo de vazio até que ficaram apenas algumas rachaduras finas e, em seguida, nós cobrimos essas rachaduras finas com argamassa e tinta, para que o mundo jamais ficasse ciente do sacrilégio. Antes de lançar o verniz, tínhamos que repintar áreas inteiras, como a camisa de Napoleão, a parte de trás do cavalo e as palavras da parte inferior.

Meu pincel tinha pousado ali onde David colocou o dele. Isso não deixava de me causar tremores à noite e um profundo desprezo por mim. Falsificar pinturas em tamanho fólio e de fama questionável não era nada, comparado ao trabalho que essa atrocidade tinha suposto. A culpa por ter quebrado a obra já era devastadora, mas tinha sido pior ter que manchar sua tinta de mais de duzentos anos com a minha. O autor colocaria seu olhar sobre mim neste momento e abaixaria a cabeça, decepcionado. Meu lábio tremia. Eu estava em dívida por toda a vida.

— Napoleão realmente atravessou os Alpes assim? Ouvi dizer que a versão do Delaroche é mais fiel à história, mas ninguém pode negar que a de David é mais elegante.

Foi um esforço titânico para minha mão direita. A perda do dedo mínimo e do dedo anelar tinha levado muito da minha precisão com eles. A frustração da primeira semana me fez chorar em silêncio, sentado na cama daquele quarto insensível em que eu tinha sido instalado. Um cárcere de paredes insípidas, em que só tinha tempo de martirizar-me por não conseguir corrigir Napoleão e ter que fazê-lo, e de me lembrar da perda da minha irmã, do meu cachorro e dos meus amigos. Foi pior que o inferno. Deixava, a cada dia, a câmara de restauração após doze horas de trabalho e recebia esse vácuo. Aquelas paredes.

Apenas Adrien, meu colega de trabalho, se preocupava em colocar a mão sobre meu ombro e me levar um café no quarto de vez em quando, para me contar sobre sua namorada do Arizona e suas viagens pelos Estados Unidos. Eu gostava. Isso me distraiu nos primeiros dois meses. Ele começou em Oklahoma e acabou em Kentucky. Em seguida, terminaram os Estados e eu não tinha nada a dizer, porque eu nunca tinha deixado a

Inglaterra e meu mundo se reduzia a alguns subúrbios que nem ele queria ouvir e nem eu queria contar. Sorte que nessa época minha mão começou a colaborar e a angústia se dissipou um pouco. Nós avançávamos com cuidado e G.F. nos olhava pelas câmeras.

— E que pinceladas! — O casal de turistas continuava tagarelando.

— E que porte. Se eles me dissessem que esse homem era um mendigo de rua, eu não acreditaria nisso. Qualquer um pareceria um imperador com aquele selo.

Eu também adoraria ter um companheiro que compartilhasse minha paixão. Eu sorri cansado, me permitindo o luxo de ser egocêntrico por um tempo. Onde estava a verdadeira arte e mérito de tudo isso, na falsificação ou no original? Ao criar a partir do zero, sem pressão ou cânones a seguir... ou criar abandonando o estilo com que você se sinta confortável, atendo-se a um modelo e plasmando cada pincelada com a mesma facilidade com que o autor tinha feito dois séculos atrás?

Todas essas pessoas aqui. De todos os cantos do mundo. Entrando e saindo. Cacarejando. Limpando as solas no tapete da entrada e chegando para admirar qualquer globo de cor que eles colocassem em uma caixa. Quão estúpida era a humanidade. Metade não gostava do que via. A outra metade nem sabia o que estava vendo. Agosto. 2015. Um bulo assinado por David, mas com a caligrafia de Hayden e Adrien. E quantos museus fariam o mesmo hoje? E quem saberia, se os restauradores são como dubladores de filmes, que eles são melhores quanto menos notarem sua presença? Seja aqui ou em Versalhes, as pessoas vêm nos admirar, sem ter a menor ideia de quem somos.

Eu balancei a cabeça e me virei para sair. Os corredores da Galeria Nacional me receberam com desconfiança, como um velho amigo que não se sente mais em saudação.

Estou melhor hoje. Suspirei, relutantemente. *Bem, eu não sei se estou melhorando ou se estou cada vez menos interessado nas coisas. Espero morrer logo, ponto final.*

Naquele momento, meu celular começou a tocar e fui ao banheiro para atendê-lo.

— Hayden? Oi! Eu estou ligando do Leviathan.

— Desculpe, mas eu larguei meu emprego — respondi, desanimado. — Não ligue mais. Estou fora de serviço e não quero alugar ninguém.

— O aluguel é para apartamentos, seu estúpido. Pessoas são contratadas... — respondeu o telefone.

Então, eu reconheci isso.

— Eileen? É você? O que há de errado com sua voz?

— Estou com um pouco de frio. Você nunca termina de se imunizar com esse clima estúpido.

— Hmm.

— Não ouvi falar de você por muito tempo. Seu celular não funcionava e você não nos deixou nada para contatá-lo — começou ela. — Mas, ei, ouvi que você está bem. Você saiu da prisão imediatamente e tem grana. — Eu ri. — Nem sequer tinha pisado nos bares. Está trabalhando?

— Eu não posso te dizer nada, meu chefe é rigoroso com isso — respondi, com cautela. — Mas sim, eu tenho dinheiro sobrando agora. Eu tenho mais do que eu poderia gastar.

— Estou feliz em ouvir isso. Eles perguntaram por você aqui, há alguns meses. O tipo meio estranho que negociava afrescos religiosos.

— Murray? Bem, se voltar a perguntar de mim, diga-lhe que estou fora do negócio. Que as falsificações acabaram.

— Tudo bem... — Eileen parecia entristecida. — Ei, você vai nos ver de novo?

— Não. Meu chefe não quer que eu fique mais aqui. Eu vou morar na Alemanha.

— Ah... — Eileen ficou em silêncio do outro lado do telefone, assimilando a decepção. — Então você tem que encontrar um tempo para vir aqui e dizer adeus. Quero dizer... você tem que fazer isso, sabe? — Eu não respondi. Nós dois sabíamos a resposta. — Ei, Hayden, eu não sei como te dizer isso... Por aqui as coisas estão se mostrando difíceis. Há *underdogs* que querem deixar o negócio. O resto permanece, mas eles querem fechar o serviço. Precisamos de dinheiro para isso. O que Leona guardou não é suficiente.

— Eu imaginei.

— Você sempre quis tirá-los de onde eles estavam. Você ia dar a eles metade do valor de Napoleão e isso sempre me pareceu muito admirável.

— Colibri respirou fundo. — No final, tudo o que fizemos foi em vão, mas você ainda pode salvar nossa pele. Se você não precisa desse dinheiro, você ainda pode ser o herói da história. É o que você sempre quis, acabar com a dependência e nos tornar o mesmo que aqueles porcos de terno, certo? Agora você pode fazer justiça.

Eu olhei para o chão, com uma bufada de graça. Eu balancei a cabeça e lembrei daqueles momentos em que eles me ajudaram. Eles tinham se arriscado muito por mim... mas não era nada comparado ao que eu tinha me arriscado por eles.

— Há quadros para todos na Galeria Nacional — respondi, suavemente. — Perdi o que perdi para ganhar o que ganhei. É isso.

A voz de Eileen estava desorientada.

— O quê? — Então ela se levantou, irritada. — O que isso significa, Hayden? Você vai nos deixar...?!

Desliguei o telefone.

— Eu não gosto de gritos — murmurei, desenhando um sorriso cansado. Demorei alguns minutos para tirar os *underdogs* da minha mente.

Então, olhei no espelho. Meu rosto estava descolorido, exceto pelas bolsas arroxeadas sob meus olhos. Agora que eu tinha dinheiro e depressão suficientes, considerava as drogas um perigo para minha própria existência. O roubo de Napoleão me custou caro, primorosamente carregado de vidas que eu apreciava. Janice e Kaiser foram as que mais me machucaram, porque morreram sem entender. Para eles, o preço era ultrajante, mas para mim ia ser uma penitência perpétua por estar vestido de culpa.

Nadar em libras não fazia sentido para alguém que se movia agora automaticamente. Eu perdi meu equilíbrio, minha atitude. Nada importava mais. Nada valeu a pena, depois do que aconteceu. Eu não me importava em comer caviar. Eu não me importava em viajar de helicóptero ou em um vagão de trem na hora do rush. Eu não me importava de quebrar minha espinha e passar dez anos da minha vida em coma. Eu não me importava, e não me importava de voltar, então a coisa lógica era ficar parado. Dizem que quem não conhece a verdadeira dor não pode conhecer a verdadeira paz. A tranquilidade do museu me dava a entender que isso era algo como a paz mas, se fosse o meu futuro, me assustava mais do que qualquer condenação no inferno. Era exasperante e ao mesmo tempo não significava nada. Lutava para sair da apatia, mas às vezes o esforço e apatia não mereciam a minha atenção. Eu estava em um estado letárgico, como um verme que ficava para sempre em seu casulo. Talvez isso significasse que toda minha vida seria um casulo integral.

A única coisa que arrancava alguma resposta complexa de mim era pintar, como sempre foi, desde o começo. Acordava por um tempo para me queixar deste absurdo tão decepcionante como para agradar a mim mesmo, e então me sentia mais inútil do que o tímpano de Beethoven, as cordas vocais de uma girafa. Eu queria sentir de novo. Eu queria beijar a chuva e me espetar com as pétalas de uma flor. Porque a maior droga da minha vida não era maconha nem anfetaminas, mas a arte.

Eu bebi um pouco de água e notei um gosto enferrujado na minha boca. Cuspi na pia e a saliva estava vermelha: minhas gengivas sangraram de novo. Então, a cor me lembrou Red e eu a imaginei sozinha, em alguma estação de trem, em algum lugar. Talvez eu devesse ter ido com ela e mandado Napoleão se foder. Que ironia, eu devo ser a única pessoa no mundo que, quando encontra o amor verdadeiro, o manda para o inferno.

Mas suponho que sempre tenha sido assim. Muito eu. Como tinha que ser. Vivi só para vocês e desfrutar antes de morrer, porque isso é o que somos: um punhado de experiências encerradas na carne que só servem para nosso prazer e, em alguma ocasião, para o gozo dos outros. Esta foi a história de como eu passei de ser pobre e rodeado de gente para ser rico e completamente sozinho. Foi um final feliz? Talvez a história que acabei de escrever só sirva para imprimir e limpar minha bunda com ela.

Peguei um pedaço de papel para colocá-lo no chiclete e, quando me virei para jogá-lo, ele estava lá. De repente.

Tinha cortado sua trancinha.

— Que susto você me deu.

— Olá, Gatinho. — Ele inclinou a cabeça. — Ai! O que você tomou? Você está cheio de pó.

— Disseram que você acabou de sair da prisão. O que faz aqui?

— Um abraço cairia bem, sabe? — Se pôs a rir — Mas venha, não se faça de maluco. Se você não quisesse me ver, você não teria me dito onde estaria hoje, quando me soltaram.

— Eu te disse porque você me perguntou.

— Não minta. Você terminou Napoleão há dois meses. Se você ainda não saiu da Inglaterra, é porque você estava me esperando.

Eu não respondi. Eu acabei por comentar:

— Sete meses me parece pouco. Como você fez isso?

— Movi meus pauzinhos — confessou, sorrindo. — Rodek tem sido muito eloquente; demonstrou que estava na organização sob coação. Então, eu tive que pagar uma compensação enorme, com dinheiro da organização e ter dado as chaves para deter todos os seus membros. Se eles me pegarem, vão me colocar uma bala entre os olhos, então, eu solicitei uma transferência para a Alemanha, onde eles não vão me deixar sair por dois anos, enquanto eu vou para... uma espécie de terapia assistida.

— Você solicitou Alemanha para poder vir comigo? — rosnei.

— Exatamente, então você não vai se sentir sozinho. Somos dois jovens sem raízes e sem amarras. Que início bonito para começar outra história, não acha?

— Eu não quero começar outra história com você — murmurei pesadamente.

— Os gatos não buscam carícias, por isso as encontram... Podemos ser misantropos juntos. — Os olhos azuis do garoto eram esmagadores, mas, pelo menos, me eram familiares.

— E eu não sou um gato.

Ele bufou com a risada, porque eu tinha uma tatuagem mostrando o oposto. Uma tatuagem, aliás, que ele me incitou a fazer. Eu saí do banheiro sem segurar a porta. Sascha me cercou como um golden retriever e me seguiu com um grande sorriso no rosto. Tentei ignorá-lo, porque era bom caminhar sem alguém me perguntando as horas e queria aproveitar o momento. Restaurador. Parecia bom, hein? Agora eu tinha um trabalho, embora, provavelmente, não fosse exercê-lo novamente por um longo tempo. As ordens de GF tinham sido claras: colocar um zíper na boca e desaparecer do país. Ele seria responsável pelo envio de dinheiro e talvez também nunca mais precisasse de mim novamente.

— Você não tem medo do que está lá fora? — perguntou-me então.

— O que você quer dizer?

— Quero dizer que estamos aqui para a vida toda, vigiados pela polícia, para a sociedade se sentir melhor. Mas a *deep web* ainda existe. Não é como se você tivesse terminado algum tipo de história, sr. Ego. Fraudes, violência e assassinatos estão acontecendo todos os dias nas redes de anonimato. É... como se diz em inglês? Deplorável? A morte é feita para acontecer uma só vez. Não é natural que você possa vê-la inúmeras vezes em vídeo. Está morto. Pausar, rebobinar. E está vivo novamente. É feio, você sabe.

Deixou-me pensativo. O sol nos atingiu no rosto ao sair e o loiro abriu uma lata de cerveja com um piscar de olhos. Eu tinha quase certeza de que era o que Sascha queria de mim: o meu dinheiro. Eu não me importava. Eu também tinha certeza do que queria dele, porque a solidão me apavorava mais do que qualquer coisa.

— Ouça. Há algo que eu não entendo — pensei então. — Eu já sei quem é BlackArt12, quem é Captcha666 e quem é a sua organização. Se não foi nenhum dos três, quem pintou meu desenho de Papai Noel com o sangue de pombo?

Nós nos olhamos.

— Deus, Hayden. Esta é a puta vida real. Na vida real, há sempre coisas que permanecem sem conexão, por mais que a dúvida te atormente. Na vida real, as respostas não têm por que chegar para o que você pergunta. — Então, ele deu de ombros e bebeu. — Quem quer que seja, esse cara ainda está nesta cidade... e com certeza está furioso com a perda de Napoleão. Agradeça que estamos indo para a Alemanha.

Correu um arrepio pela minha espinha. O que mais me incomodava do que tudo era que havia alguém lá fora com um sentido de arte tão macabro como o meu. Eu tinha mudado muito desde um ano. E desde três. Mas neste mundo venenoso ninguém pode permanecer estático por muito tempo.

Agora mesmo deve haver milhares de pessoas muito mais parecidas com você do que a criança que você foi anteriormente. Uma pessoa não é um mosaico de memórias, ou uma composição: uma pessoa é uma essência pontual que vai viver quando você morrer. E um dia, alguém, em algum lugar do mundo, pensará como você pensou, dirá o que você disse, agirá como você agiu. Ainda que apenas por alguns segundos, essa pessoa será você.

Quando me virei para enfrentar a Trafalgar Square, a vida parecia um pouco palpitante. Mais uma vez, eu tenho algo a oferecer, mesmo que fosse constrangimento.

Sascha alcançou meus dedos suavemente e agarrou a minha mão.